Zu diesem Buch

Richard Mason, geboren am 16. Mai 1919 in Hale/Cheshire, war Journalist. Sein hier vorliegendes Werk «The Wind Cannot Read» schrieb er 1944, während er bei der englischen Luftwaffe am Burma-Feldzug teilnahm. Die Geschichte von der großen und traurigen Liebe des Fliegeroffiziers Michael Quinn zu der kleinen Japanerin Hanako machte ihn über Nacht berühmt und wurde mit Dirk Bogarde verfilmt. Einen weltweiten Erfolg hatte auch sein Roman «Suzi Wong».

Richard Mason

... DENN DER WIND KANN NICHT LESEN

Roman

Deutsch von
Edmund Th. Kauer

rororo

Rowohlt

509.–523. Tausend Juni 1988

Veröffentlicht im Rowohlt Taschenbuch Verlag GmbH,
Hamburg, April 1955

Titel der englischen Ausgabe:
«The Wind Cannot Read»
Umschlagillustration Günter Blum
Umschlagtypographie Jürgen Kaffer
Satz Bembo (Linotron 202)
Gesamtherstellung Clausen & Bosse, Leck
Printed in Germany
980-ISBN 3 499 12295 2

Kono hana wa
kataku oru-na! To
iu tate-fuda mo,
yomenu kaze ni wa
zehi mo nashi.

(Japanisches Gedicht)

Wenn auch die Worte
geschrieben sind:
«Nicht pflückt die Blüten!
Sind lebend Wesen!»
Die Zeichen vermögen nichts
wider den Wind.
Denn der Wind
kann nicht lesen.

ERSTES BUCH

1 Wir brauchten den ganzen April und Mai, um aus dem Dschungel herauszukommen. Mein Geburtstag lag gegen Ende April, und ich hatte meine goldene Uhr gegen Peters Siegelring gewettet, daß ich es nicht erleben würde, ihn noch einmal zu feiern. Er hätte die Uhr bekommen, wenn sie am 27. April nicht bis zur Unreparierbarkeit kaputt gewesen wäre. Auch so, sagte ich ihm, solle er sie nehmen und das Gold verkaufen; er aber meinte, daß von einer richtigen Geburtstagsfeier ja gar nicht die Rede gewesen sei, wofern ein Tropenfurunkel mehr und ein Beutel voll Reis nicht als Feier gelten sollten; und auf jeden Fall, selbst wenn das übrige geklappt hätte, würde er seinen Siegelring ja auch nicht hergegeben haben, nur damit die Japs ihn von meinem Leichnam herunterzögen. «Und was meinst du damit, das Gold verkaufen?» fragte er weiter. Wir dachten damals nicht einmal daran, daß wir jemals wieder in zivilisierte Gegenden kommen würden.

Hinter uns plagten sie sich aus dem Schlamassel heraus. Alles, was wir überhaupt denken konnten, war Rückzug, aber keiner wußte genau, wo die Front eigentlich war, und einmal hatten die Japs uns auf Schleichwegen umgangen und uns den Weg abgeschnitten. Wir mußten unseren Transport im Stich lassen und durch den Dschungel kriechen, so gut wir konnten. Unsere ganze Ausrüstung hatten wir zurückgelassen bis auf eine Wasserflasche, einen Brotbeutel und einen Reissack.

Viele Leute fielen aus durch Fieber und Erschöpfung. Sie wurden zurückgelassen mit einem Gewehr und fünf Schuß, solange wir diese Dinge noch hatten. Nach der Vorschrift sollten sie nur einen

Schuß bekommen wegen der Munitionsknappheit, aber wir ließen ihnen fünf, nach Belieben zu gebrauchen gegen die Japs oder gegen sich selbst.

Es gab auch viele schwere Fälle von Ruhr, sie schmissen ihre Hosen einfach weg und schleppten sich in den Hemden weiter. Ich hatte die Ruhr nur leicht; mein schlimmstes Übel waren die Furunkel – vier von Talergröße, die sich wie Säure ins Fleisch fraßen bis auf den Knochen.

Nachts schliefen wir, indem wir uns neben dem Pfad hinfallen ließen, sofern es einen Pfad gab, neben den man sich hinlegen konnte, und hol der Teufel die Moskitos und die Malaria. Und zum Teufel mit den Tigern, aber was das betrifft, so sahen wir glücklicherweise keinen einzigen Tiger, um ihn zum Teufel zu wünschen.

Die Nächte waren schwerer zu ertragen als die Tage, besonders wenn man schlief. Bei Tag hatte man allerlei, woran man sich halten konnte, seinen Galgenhumor, die Kameradschaft, das Wassergeschlabber oder wenigstens die Sehnsucht nach Wasser; oder die Plage, sich einen Hang hinanzuschleppen; Entfernungen, Strecken auf der Landkarte waren das einzige, was man noch begriff. Im Finstern aber bäumte sich die Angst grotesk auf. Man war so schauerlich klein und verlassen. Keine britische Armee, keine indische Armee, kein General Alexander; man war ganz allein in den Klauen eines Nachtmahrs. Ein Nachtmahr kann wirklicher sein als das wirklichste Ding, denn wenn man schläft, weiß man nicht, daß es ein Nachtmahr ist. Ist man aber wach, so kann man sich einbilden, das ganze Leben wäre ein Traum.

Einmal, als wir am Morgen aufwachten, war Peter fort. Nach zwei Meilen begegneten wir ihm wieder, er kam den Pfad zurück, um uns zu suchen. Er hatte sich im Schlaf weitergeschleppt, weil er sich einbildete, wir hätten ihn zurückgelassen. Ein anderes Mal weckte mich ein Sergeant. «Ich sehe sie!» keuchte er. «Schauen Sie!» Er zeigte hinaus in den mondhellen Dschungel. Der Schweiß strömte ihm über das Gesicht. Dann fragte er nach der Zeit, rollte sich weg und war still. Nachher konnte er sich an nichts erinnern.

Manchmal stießen Deserteure von den Kampftruppen zu uns. Hernach, in Indien, bekamen die meisten von ihnen lange Gefängnisstrafen vom Obersten Kriegsgericht aufgebrummt. Wir konnten nicht desertieren, denn es war nichts da, wovon man hätte weglaufen können, und ich war oft froh, daß wir keine solche Wahl hatten.

So schleppten wir uns weiter, krank, halb verrückt, ausgeleiert. Nie, außer in meinen Träumen, bekam ich einen Jap zu sehen, bis nachher einer 5000 Meter über Assam mit seiner Maschine abgeschossen wurde. Man konnte seine Körperform als Eindruck in dem quatschigen Reisfeld sehen, die Arme ausgestreckt wie ein Kreuz.

So war es, der Dschungel und die Sonne hatten uns gebrochen; Gott allein weiß, wie man seine Lebensgeister durch all das hindurchbringt. Ich hatte keine Ahnung, daß ich so etwas aushalten konnte und doch leben und unter Gehirntorturen bei Trost bleiben. Und dabei ging es mir noch nicht am schlechtesten von allen.

Wir dachten, wir würden sterben und die Japs würden sich ein Vergnügen daraus machen, unsere verfaulenden Kadaver mit ihren Bajonetten zu zerstochern. Wir starben nicht. Wir erreichten ein Camp in der Nähe der indischen Grenze, und die Leute, die eben gestorben waren, wurden aus den Betten getan, um uns Platz zu machen. Dann gab es eine Lore und zuletzt einen Zug. Wir waren 500 Kranke und Verwundete in dem Zug, ohne Ärzte, ohne Sanitäter, ohne Bestimmungsort. Es schien, man schleppte uns durch ganz Indien auf der Suche nach einem Lazarett, das nicht zu überfüllt wäre, um uns aufzunehmen. Auf den Bahnstationen brachten wir die Eingeborenen dazu, ihre Dhotis von den Lenden abzuwikkeln, wuschen sie aus und machten Bandagen daraus. Die Toten trugen wir auf den Stationen aus dem Zug.

Wir fuhren drei Nächte, es war beinahe Mittsommer, und die Ventilatoren funktionierten nicht. Ich dachte, die Hitze hier und der Geruch von Schweiß und Eiter wären so schlimm wie irgendwas in Burma.

Am Nachmittag des vierten Tages erreichten wir Katschatola, und da waren Ambulanzen am Bahnhof. Um fünf Uhr waren wir alle im Bett. Das Lazarett war knapp fertig geworden, aber es gab weiße Laken, Ventilatoren, kühle Räume mit sauberen, weißen Wänden. Und es gab weiße Pflegerinnen. Und Tee und heißes Wasser und Medizin und Ärzte, die nach uns sahen.

Ich begriff, daß es nichts war mit dem Sterben, zumindest fürs nächste noch nicht.

Ich lag zwischen kühlen, weißen Laken, und es roch nach Hospital. Ich dachte, der Himmel würde einst so riechen und die Engel würden gestreifte weiße Kittel anhaben wie die Pflegerinnen und Gott würde uns mit Gummihandschuhen anfassen. Genauso wird es sein, dachte ich: Man kommt dreckig und erschöpft aus den Dschungeln des Lebens, man wird mit Schwämmen gewaschen und rasiert und bekommt einen frischen hübschen Pyjama, und alle Pein wird gelindert, die Furunkelgeschwüre heilen ab, es gibt schmerzstillende Mittel gegen alle Qualen und gegen die Bitterkeit und den Haß der Seele. Dann wandelt man, gesäubert und schimmernd rein, zwischen Rasen und Blumenbeeten und Springbrunnen...

Es gab weder Blumenbeete noch Springbrunnen auf dem Hospitalgelände, nur braune Erde und dürrgebranntes Gras; trotzdem war ich dem Himmel nah, besonders wenn ich nachts aus dem Schlaf auffuhr und in wahnsinnigem Schrecken nach dem Revolver tastete. Dann entdeckte man, daß die dunkle Gestalt, die man gesehen hatte, kein Jap war, sondern einer der Posten auf der Veranda, und man ließ sich mit unbeschreiblichem Aufatmen in die Kissen zurückfallen. Es ist merkwürdig, wie zäh Nachtmahre sich an uns festklammern. Ich sprach mit dem Doktor darüber, und er sagte:

«Vielleicht sind sie nur da, damit Sie sich um so mehr freuen, wenn Sie dann finden, daß Sie in Wirklichkeit hier sind.»

«Und wenn ich im Dschungel von daheim träumte», fragte ich, «war das, um mein Grauen zu verstärken, wenn ich zur Wirklichkeit erwachte?»

Ich blieb nur drei Wochen im Bett. Nachher pflegte ich in einem Armsessel auf dem Balkon zu sitzen, rauchend und nachdenkend. Es dauerte einige Zeit, bis ich fand, daß ich wieder klar denken konnte. Durch ganz Burma hindurch waren meine Gedanken fieberisch und krank gewesen; tausendmal hatte ich mich gefragt: War das ich, dasselbe Ich, das einmal bei Tewkesbury am Flußufer im Gras saß und schöne ledergebundene, wunderbar riechende Bücher las? Und soviel noch Verstand in mir war, antwortete: Das warst du, dasselbe Körper-Du, aber nicht dasselbe Geist-Du. So war das, der Körper war der gemeinsame Nenner, aber davon abgesehen, war ich jemand anderer, jemand Fremder, tat Dinge, die keinen Zusammenhang hatten mit dem Selbst, das ich vor langer Zeit einmal gewesen war.

Gradweise aber senkte sich wieder Heiterkeit auf mich herab, und mein altes Selbst zog wieder in mich ein. Ich hatte wieder das Gefühl eines Zusammenhanges mit der Person, die ich gewesen war; aber wenn meine Gedanken nach England zurückschweiften, so flogen sie nicht, sozusagen wie die Krähe fliegt, pfeilgerade, sondern machten den Umweg über Burma; durch den Dschungel, durch diese Zeit, da mein wirkliches Selbst fast ausgelöscht gewesen war. Wie ein Strafgefangener, dessen voll abgesessene Strafe noch ihren Platz in seinem Bewußtsein hat, war ich nach Burma verändert.

Ich genoß den Frieden in köstlicher Hingegebenheit und wünschte nur, daß er andauern möchte. Ich wollte nur noch Zigaretten rauchen, nachdenken und auf dem Balkon sitzen, im Schatten, für immer. Ich wünschte mir keine Frau, keinen Whisky, ich wollte nicht Poker spielen oder Radio hören. Im Krankensaal schalteten sie das Radiogerät den ganzen Tag nicht aus, solange nur irgendein Geräusch aus ihm herauszubekommen war, und meist war es nur die schreckliche metallische Kakophonie einer Jazzband. Ich sah lieber den Baumratten auf dem Hospitalgelände zu; es waren natürlich nicht wirklich Ratten, sie hatten Schwänze wie Eichhörnchen, sie sprangen wie Affen und hatten fahrige, ungeduldige Bewegungen wie Eidechsen; und sie waren sehr hübsch mit ihrem gestreiften Fell. Ihnen sah ich zu, und ich lauschte den Vögeln, und nachts hörte ich die verhexten Schreie der Schakale. Ich war glücklich, ich wünschte gar nicht das Leben wieder in die Finger zu bekommen. Oft dachte ich, ich hätte besser getan, mir etwas Schlimmeres als Dschungelfurunkel und Ruhr zuzulegen, etwas Schmerzloses, aber dauernd Lähmendes.

Nein, ich hatte keine Eile, aus dem Hospital fortzukommen, aber als es soweit war, gaben sie mir einen Monat Urlaub, und ich fuhr hinauf nach Simla. Alle sagten mir, ich würde mir keine einzige Minute von dem ganzen Urlaub merken; mit all meinem Sold, der sich angesammelt hatte, würde ich 24 Stunden am Tag besoffen sein. Doch ich erinnere mich an alles, zwar nicht an die Wirkung von Whisky und Gin, aber an den langen Horizont der schneebedeckten Himalayaberge hinter der Stadt, an die kühlen Wanderungen unter Deodarbäumen, daran, wie ich 2000 Meter in die heiße, flimmernde Ebene hinabsah und mich fühlte wie ein Gott. Ich fand einen Diener, einen Träger, der mir gut paßte. Er war ein freundlicher Bursche namens Bahadur, er sprach Englisch und ging auf meine Launen ein, war aber, glaube ich, beleidigt, daß ich es ablehnte, mich von ihm anziehen zu lassen. Er hatte sanfte braune Augen, und ich mochte ihn gern, weil er innig von seiner Familie sprach und mir nicht seine Tochter anbot, für drei Rupien eine Nacht.

An den Abenden saß ich im Hotelgarten, schlürfte Gin und Zitronensaft und wünschte, daß dieser Monat nicht aufhörte, nie. Und dabei wußte ich, wenn es für immer wäre, daß ich mich nach dem Leben zurücksehnen würde, nach meinen Freunden, nach Wechsel, Unordnung und neuen interessanten Dingen. Seit sechs Wochen hatte ich Peter nicht mehr gesehen. Er war vor mir aus dem Lazarett entlassen worden und nach Madras hinuntergefahren, weil er mehr von einer abwechslungsreichen Genesung hielt. Ich wünschte nicht gerade, ihn sofort da zu haben, aber beizeiten würde ich das Stimulans seiner Freundschaft und seines Geplauders entbehren. Meine Heiterkeit würde auf die Dauer nicht vorhalten, diese äußerste Gelöstheit, mit der ich aufs flache Land hinabblickte, würde von mir weichen. Ich war nicht dazu gemacht, in Wolken zu leben. Was ich brauchte, war Erde unter den Füßen.

Aber fürs nächste hatte ich ja keine Wahl. Bettler haben nicht zu wählen und Leute der Air Force auch nicht.

Es war Anfang September. Bahadur sagte, ja, Sahib, er würde mein Diener bleiben, er würde mit mir nach Delhi kommen; wahrhaftig, er mußte wohl mit mir nach Delhi kommen, schon um aufzupassen, daß ich nicht im Zug schlechtes Wasser trank. Und er mußte ein Auge darauf haben, daß ich nicht ein Hemd zweimal anzöge.

So stiegen wir zusammen in die niederen Gefilde herab.

2

Ich wußte, daß es mit meiner Fliegerei zu Ende war, und es machte mir nichts aus. Als ich in Burma war und die Sache mit dem Schwindel begann, hatte ich zuerst getan, als ob es mich nichts anginge. Aber nach zwei oder drei schweren Nervenkrisen hatte ich meine Maschine beinahe zu Bruch gefahren, und das war das Ende. Die letzten drei Tage, bevor wir abhauten, stand ich auf dem Flugfeld, sah zu, wie die andern aufstiegen, und fühlte mich wie ein Wurm.

Ich hatte einen guten Grund, mich so zu fühlen. Ich glaube, dieser Schwindel war teilweise gekommen, weil ich Angst hatte und überhaupt nicht mehr fliegen wollte, so wie ich früher immer Blinddarmschmerzen bekommen habe, wenn ich zur Schule zurück mußte. Das muß irgendwie der Grund gewesen sein, und obwohl die Doktoren nicht so sagten, glaube ich immer noch, daß es das war. Hätte ich diese Schwindelanfälle nicht gehabt, so wäre ich weitergeflogen, denn die Angst, für einen Feigling gehalten zu werden, ist die schlimmste von allen Ängsten; aber der Mechanismus des Unbewußten arbeitet verteufelt präzis.

Ich fühlte mich damals wie ein Wurm, wenn die andern aufstiegen; hernach aber machte der Dschungel Kleinholz aus meinen heroischen Bedenken, und es war mir gleichgültig, ob ich jemals in meinem Leben wieder eine Maschine zu sehen bekam. Wenn mich einer fragte, warum ich das Fliegen aufgegeben hätte, sprach ich ohne eine Spur schlechten Gewissens von meinen Schwindelanfällen. Das war so eine von den kleinen Unredlichkeiten, die ich mir zubilligte.

Ich kam in Delhi vor die Ärztekommission und wurde offiziell «auf den Boden gesetzt». Sie hätten beinahe ausdrücklich «mit allen Ehren» gesagt, denn der Flug-Commander klopfte mir auf die Schulter, schüttelte mir die Hand und sagte:

«Es ist nicht so aufregend am Boden, aber das Leben ist immer noch ein guter Spaß.»

Er schwenkte den Befund, den er unterschrieben hatte; er wußte, was seine Unterschrift bedeutete.

«Wir werden schon etwas Interessantes für Sie finden», meinte er.

«Schnelle Beförderung und Sold wie bei der Staffel?»

«Weiß man nie voraus», sagte er.

Mir machte es nicht viel aus. Der Krieg in Europa würde noch lange dauern und der im Osten noch länger. Ich würde darinstecken bis zum Ende. Ich sah unermeßliche Zeit sich in nichts auflösen, sah sie zerfließen in heiße, sandige Ebenen Indiens, unerträglich öd und leer. Vielleicht würde diese Ödigkeit mich auf die Dauer wieder zur Fliegerei zurücktreiben.

«Gibt es eine gute Bar in Delhi?» fragte ich.

«Es gibt Davico», sagte er, «und das Imperial.»

«Das Leben ist ein guter Spaß», wiederholte ich mit einem müden Witz, und er lächelte.

Ich trottete die lange Avenue hinunter. Nach einer Weile war ich schweißüberströmt und winkte eine Tonga heran. «Zu Davico.»

Das Pferd setzte sich in Trab, ich rief dem Kutscher «langsam!» zu, aber er verstand mich nicht, sondern berührte den Pferderücken mit einem kurzen Peitschenhieb, und wir rasten erst recht los. Ich wurde erbärmlich in dem engen, offenen Fahrzeug durchgeschüttelt und war froh, als wir die Bar erreichten.

«Zwei Rupien», sagte der Kutscher. Er konnte natürlich sehen, daß ich ein Neuling war. Woran sie es merken, weiß ich nicht, aber sie finden es immer heraus.

Ich reichte ihm eine einzelne Rupiennote. Er nahm sie zwischen seine Fingerspitzen und machte ein Gesicht, als ob ich ihn durch das Geschenk eines Zigarettenstummels beleidigt hätte. Dann sah er mir mit vorwurfsvollen Augen nach, und als ich durch die Drehtür der Bar ging, hörte ich ihn klagend «Sahib!» rufen. Ich ging weiter, aber mir war nicht wohl, ich ärgerte mich über ihn, daß er mich betrügen wollte, und er tat mir doch leid, denn wenn ich ihn betrogen hätte, wäre die Polizei nicht auf seiner Seite gewesen. Ich erinnere mich, daß ich einmal zwei betrunkene Soldaten aus einem Wagen steigen und den Fuhrlohn verweigern sah. Als der Kutscher sein Geld verlangte, schlug der eine Soldat ihn auf die Hand. Ein Schutzmann stand in der Nähe, widerstrebend kam er heran, aber nur um dem Kutscher zu sagen, er sollte keine Scherereien machen.

Als ich in die Bar eintrat, war Peter mit Mervyn Bentley da. Das war eine aufregende Begegnung. Wir wußten nicht, wovon wir zuerst reden sollten.

«Das hätte ich mir denken können», sagte ich, «daß du hier in der besten Bar wärest.»

«Nur weil es hier den besten Whisky gibt.»

«Hast du natürlich gleich herausgehabt.»

«Ich sitze seit Wochen hier herum», sagte Peter. «Warte auf mein neues Kommando.»

«Ich war heute morgen dort. Delhi ist über alle Maßen seelenlos.»

«Fein, daß wir der gleichen Meinung sind!»

«Es kostet eine Rupie, von einem Haus bis zum andern zu fahren, und dann kann man nicht hinein, weil es entweder das Palais des Vizekönigs ist oder das Haus des Oberkommandeurs.»

«Hier muß man Luftmarschall sein», sagte Mervyn, «und einen ganz schweren Chrysler fahren. Dann ist Neu-Delhi ein Paradies.»

«Die Straßen hier sind für schwere Chrysler gebaut.»

«Und die Marmorpaläste für steife Hemden.»

«So ist's richtig», sagte Peter. «Ich werde auch ein steifes Hemd tragen, schon bald.»

«Früher oder später muß das ja kommen», sagte ich.

«Ja, ich werde auch so einer im steifen Hemd sein. Jetzt fahre ich in den Ghymkana-Club. Mach rasch mit deinem Whisky.»

Ich leerte mein Glas. Es war schottischer Whisky, er machte mich frei und froh. Ich vergaß meine heitere Gelassenheit aus Simla und freute mich, wieder mit Peter zusammenzusein und sogar mit Mervyn, obwohl ich Mervyn nicht so gern mochte wie Peter. Ich war mit Peter von England gekommen, war mit ihm in Burma zusammengewesen und im Dschungel. Er war erst zwanzig Jahre alt. Als der seltsame Krieg losging, war er so jung gewesen, daß man ihm erlaubt hatte, an die Universität von Grenoble zu gehen und Französisch zu studieren. Dann kam der Durchbruch, und er saß im unbesetzten Frankreich in der Falle. Er hatte sich noch mit Skifahren in den Pyrenäen eine gute Zeit gemacht, bis er meinte, daß es nun Zeit wäre, heimzufahren und zur Air Force zu gehen. Er wanderte über die Pyrenäen, aber in Spanien griffen sie ihn mit einem gefälschten Visum auf und setzten ihn für sechs Monate ins Loch. Dabei kam er irgendwie mit seinem Ohr zu Schaden, so daß er zum Fliegen disqualifiziert wurde. Nun war er Abwehroffizier bei der Air Force.

Sein Name war Peter, aber alle Welt meinte, daß er eigentlich Algernon heißen müsse wegen seines vornehmen Schnurrbartes, den er sorgsam pflegte, an den Enden aufgedreht. In London brachte er ihn immer eigens zu Maurice, um ihn in Form zu halten, und das ist Beweis genug dafür, wie ernst er die Sache nahm. Besonders über die Zukunft machte er sich Gedanken, wenn der Bart ganz grau und wunderbar in Form gehalten sein würde. Er sah sich gern im Geist in der Rolle des englischen Gentleman, der er ja tatsächlich von Geburt aus war. Überdies legte er noch Wert darauf, eine gute Konversation zu führen, etwas vom Wein und vom Essen zu verstehen und gut zu schreiben. Für sein Alter war er in allen diesen Dingen hervorragend.

«Heiliger Himmel», seufzte Mervyn, «ist das eine lausige, verlumpte Höhle hier!»

Wut und Haß waren plötzlich in ihm wie ein Windstoß aufgekommen, seine Stimme flatterte im Sturm. Es war keine besondere Überraschung. Wir hatten zu viele von Mervyns neurotischen Ausbrüchen gesehen, um alarmiert oder auch nur beeindruckt zu sein.

«Ich war ein verdammter Narr, daß ich...!»

«... daß du was?»

«... nach Indien kam, natürlich.»

«Natürlich», sagte ich. «Zu schade, daß du nicht den Luftfahrtminister ersucht hast, dich für den Überseedienst zu sperren.»

«Ich hätte mich heraushalten können.»

«Konntest du?»

«Ich war feig», sagte er. «Es gab ein Dutzend Möglichkeiten. Ich komme immer durch meine Unentschiedenheit in die Patsche.»

«Du hättest in Burma sein sollen.» Ich konnte mir nicht verkneifen, das zu sagen, obwohl es schrecklich überheblich klang.

«Oh, ich weiß, was ihr durchgemacht habt. Ich hätte Selbstmord begangen.»

«Wirst du nie tun.»

«Ich fürchte, du hast recht.»

«Quatsch», sagte Peter. «Mervyn wird Selbstmord begehen, und du hast ihn nicht zu entmutigen. Er hat es vorige Woche versprochen, und er wird uns dazu einladen. ‹Sie werden gebeten, auf der Freitreppe des Regierungsgebäudes am Abend des 23. September 1942 pünktlich um neun Uhr dreißig dem hervorragendsten gesellschaftlichen Ereignis beizuwohnen.› Ich werde die Kugel zur Erinnerung aufbewahren. ‹Mit dieser Kugel hat sich Mervyn Bentley das Leben genommen, um gegen die Einkerkerung des Mahatma Gandhi zu protestieren.›»

«Hol der Teufel Gandhi», brummte Mervyn. «Ich protestiere nur gegen meine erzwungene Verschleppung in dieses unaussprechlich scheußliche Land Indien.»

«Indien ist in Ordnung. Du liebst es von Herzen.»

«Wahr ist, daß es unter vernünftigen Umständen nicht unerträglich wäre. Die Umstände sind so entsetzlich. Ich fahre heim. Es ist einfach unmöglich hier.»

«Du fährst nach Bombay», sagte Peter. «Wußtest du das noch nicht, Michael? Wir fahren alle nach Bombay. Ich habe nur bis jetzt gewartet, es dir zu sagen.»

«Woher willst du wissen, was ich tun werde?» fragte ich.

«Alles arrangiert. Seit Wochen. Du kommst vor eine Ärztekommission.»

«Ich bin schon vor der Ärztekommission gewesen.»

«Und sie haben dich auf den Boden gesetzt? Das ist fein. Da kannst du jetzt nach Bombay fahren.»

«Warum nach Bombay?»

«Es ist furchtbar nett dort. Das Tadsch Mahal Hotel, Dschuhu-Strand und die schönsten Frauen, die du je gesehen hast. Aber wir fahren nicht deswegen hin. Wir lernen Japanisch.»

«Ich war nie fähig, auch nur Hindustani zu meistern.»

«Ich habe dich öfter Dhobi und Bakschisch sagen hören. Du darfst mich auf keinen Fall blamieren. Ich habe dem Geschwaderführer eingeredet, daß du ein Sprachenwunder bist. Ich habe gesagt, du hättest Serbisch in drei Wochen gelernt, ohne Lehrer.»

«Ich wußte nicht einmal, daß es eine Sprache gibt, die Serbisch heißt.»

«Der Geschwaderführer auch nicht, darum war er so tief beeindruckt. Du brauchst nur zu sagen, ich hätte übertrieben, und er wird dich doppelt gern haben, weil du bescheiden bist. Wir werden uns mit dem Japanischlernen eine wunderbare Zeit machen. Auch Mervyn, obwohl er das noch nicht weiß.»

«Es wird wunderbar sein müssen», sagte Mervyn.

«Freust du dich nicht darauf?» fragte ich.

«Es ist mir egal. Alles das gleiche. Egal, wie man seine Zeit vergeudet.»

«Es ist Krieg», sagte ich. «Viele Leute vergeuden ihre Zeit jetzt.»

«Red nicht geschwollen.»

«Du, sei nicht selbstsüchtig.»

«Ich habe nie behauptet, daß ich etwas anderes bin als selbstsüchtig. Der Krieg interessiert mich nicht.»

«Was würdest du schon zu Hause anderes tun als Zeit vergeuden?»

«Ich würde leben. Das ist kein Leben hier. Hier sind alle tot.»

«Irrtum. Manche Leute sind hier viel lebendiger, als sie zu Hause wären.»

«Na ja, was dem einen eine Eule ist...»

«Dieser Japanischkurs wird gut sein», schnitt Peter ab. «Dauert glatt ein Jahr. Ich hatte immer so einen Instinkt, wieder in den Mutterleib zurückzukriechen. Sich wieder auf die Schulbank zu setzen, das ist ein Schritt in dieser Richtung. Und wir werden auch viel Ferien haben, denn es ist eine arge Anstrengung. Nebenbei, es ist auch eine Auszeichnung, nur die besten Köpfe können Japanisch lernen. Es erfordert eine völlige Neuorientierung des Gehirns. Man denkt nach rückwärts und schreibt von oben nach unten.»

«Das wird lustig sein. Und was ist nachher?»

«Du wartest, bis ein Jap heruntergeschossen wird. Dann fragst du ihn, wie er heißt und wo der große Angriff zu erwarten ist.»

«Der war schon da», sagte ich, «weißt du es nicht? Das war doch der Grund, warum wir aus Burma heraus mußten.»

«Schön, dann fragst du ihn nach den weichen Stellen der Front. Es ist ganz ungefährlich, du machst das im Hauptquartier, und es sind zwei Gurkhaposten da, um ihn an beiden Armen festzuhalten.»

«Die Japs benützen keine Fallschirme», sagte ich, «darum gibt es keine Gefangenen aus der Luft.»

«Das ist der Grund, warum nur so wenige von uns ausgebildet werden.»

«Schön», sagte ich, «das klingt vernünftig.»

«Ich sage dir, es ist der beste Dienst, den man im Krieg finden kann.»

«Dann ist es genau das, was ich mir gewünscht habe», sagte ich.

Als wir mit unserer Runde Whisky durch waren, verließen wir die Bar, um irgendwo zu einem Lunch zu kommen. Mervyn trottete verdrossen dahin, die Fäuste in seinen Hosentaschen vergraben, mit runden Schultern. Er sah aus, als ob er die Nacht über nicht aus seinem Khakihemd herausgekommen wäre, was wahrscheinlich auch der Fall war. Als wir auf der Überfahrt auf der Höhe von Ceylon waren – wir hatten eine gemeinsame Kabine –, trieb er sich oft bis fünf oder sechs Uhr morgens auf Deck herum, kettenrauchend, und warf sich dann auf sein Bett, ohne die Kleider auszuziehen. Er hatte ein Künstlertemperament, die empfindlichen Sinne eines Künstlers, aber er konnte sich nicht zu einem Schaffen aufraffen. Es lag ihm mehr, Menschen in den Bann seiner Konversation zu ziehen, das kostete ihn weniger Mühe als das Medium der Farbe oder des geschriebenen Wortes; und gerade diese seine Persönlichkeit hatte seinen Buchladen in Chelsea zum Erfolg geführt.

Wir nahmen unseren Lunch in einem chinesischen Restaurant und bestellten Wein. Der Kellner sagte: «Ich werde Wein geben, aber am heißen Mittag ist er mörderisch. Ich kann nicht dazu raten.» Wir fanden das sehr nett von ihm. Nachher schwor Peter, der Kellner habe gesagt «mitten am heißen Tage». Auf jeden Fall riet der chinesische Kellner uns davon ab, und so tranken wir Wasser zu unserem geschmorten Reis. Nachmittags ging ich ins Hauptquartier und wurde von dem Kommandeur der Abwehrsektion ausgefragt. Ich gestand, daß ich nicht Serbisch sprach, aber Französisch und Spanisch nicht zu schwierig gefunden hatte. Er sprach beides fließend. Ich sagte, ich könne auch ein paar Worte Polnisch, und er meinte darauf: «Wetten, es ist nur ‹na zdrovie!›» Es war gut, daß ich nicht behauptet hatte, ich könne Russisch.

«Und Sie sind also scharf darauf, Japanisch zu lernen!»

«Nichts, was ich lieber täte.»

«Soviel man mir gesagt hat, ist es ein Abkürzungsweg ins Irrenhaus.»

«Es gibt eine ganze Menge solcher Abkürzungswege», sagte ich.

So setzte er meinen Namen auf eine Liste, die vor ihm auf dem Tisch lag.

«Der Kurs beginnt Montag. Sie kriegen einen Marschbefehl und können morgen den Zug nehmen.»

3

Es ist keineswegs die schönste oder abwechslungsreichste Gegend von Indien, die zwischen Delhi und Bombay liegt. In diesem ausgedörrten Land, das sich mürrisch bis zum flachen Horizont hinstreckt, hat nichts Größe. Flüsse schwemmen faul ihre trüben Schlammfluten dahin, Büsche plagen armselig ihr dürres, stauberwürgtes Laub hervor. Nichts führt einen auf den Stationen in Versuchung, den Zug zu verpassen oder auf Entdekkungen auszugehen.

Auf einer dieser Stationen, an denen unser Zug hielt, bemerkte ich den Namen Dhanapore und erinnerte mich, daß ich mit dem Nawab dieses Staates, der aus irgendeinem Grund nicht nach Eton geschickt worden war, in England zur Schule gegangen war. Ich hatte mir immer vorgestellt, sein Land wäre üppig und dschungelreich, denn er hatte einmal von Tigerjagden erzählt. Als wir es jetzt durchquerten, entdeckte ich, daß er über eine Wüste herrschte, mit kleinen Dörfern, eng wie Bienenkörbe, nur schmutziger und nicht so gut organisiert. Nichtsdestoweniger war der Palast, auf den ich einen kurzen Ausblick hatte, von gigantischer Pracht. Der Zugbegleiter sagte mir, der Nawab wäre unerhört reich und empfange alles, was in Indien zu den großen Tieren zählt, in seinem Palast. Die Frau des Nawab sei streng zum Gebrauch der Purdah verhalten, aber einmal habe sie im Zug den Begleiter gefragt, ob man von außen in die Wagen hineinsehen könne. Als er ihr erklärte, das wäre unmöglich, schob sie ihren Überhang mit dem kleinen Gitterfensterchen beiseite und zündete sich eine Zigarette an.

«Du mußt ihm schreiben und ihn auffordern, dich einzuladen», sagte Mervyn. «Du wirst es gut bei ihm haben. Man sollte es sich zur Pflicht machen, einen Maharadscha zu besuchen.»

«Ich habe keinen geeigneten Anzug mit. Auch sonst bin ich der Sache nicht gewachsen. Ich weiß nichts über die Etikette in orientalischen Palästen.»

«Ach, das ist eine Kleinigkeit. Sie äffen uns nur nach in solchen Dingen.»

Ich war trotzdem nicht der Meinung, daß ich dem Nawab schreiben würde. Oder nur, wenn Bombay zu langweilig wäre. Und wenn wir einmal einen längeren Urlaub bekämen, würde ich doch lieber in die Berge fahren.

Wir waren unser vier im Abteil, und im Nebenabteil waren auch drei Offiziere, die nach Bombay fuhren, um Japanisch zu lernen. Einer von ihnen war ein Fliegerleutnant, der sich uns schon auf dem Bahnhof in Delhi angebiedert hatte; auch hatte er sich mit seinem

Hindustani unnütz wichtig gemacht, indem er die Träger herumjagte. Ich mochte ihn auf den ersten Blick nicht, aber ich war nicht sicher, ob ich nicht im Unrecht wäre, bis Peter sagte:

«Es wird mir nicht leichtfallen, diesem Mann keine Grobheiten zu sagen.»

«Er ist ganz wild darauf, sich bei uns beliebt zu machen», sagte ich.

Der vierte in unserem Abteil war Mario Vargas, gut aussehend auf eine feine, dunkle, aristokratische, lateinische Art, mit Augenlidern, die flatterten wie die einer koketten Frau. Portugiese, aber sein Englisch war fast einwandfrei; nur hatte er sich eine Andeutung von Stottern zugelegt, um vor jedem schwierigen Wort Zeit zur Besinnung zu haben.

Mervyn kannte ihn schon aus Delhi.

«Es ist ein Prachtbursche», versicherte er uns, «der beste Mann, den ich in diesem gottverlassenen Land angetroffen habe.»

«Wieso das?» fragte ich.

«Er ist einer von den Leuten, die immer und überall nach dem Geschäftsführer verlangen. Dabei furchtbar gutmütig. Er wohnte auf Quartierschein, und sie wollten ihm kein heißes Wasser aufs Zimmer liefern. Mordskrach mit der Wirtin. Als er sagte, er würde ausziehen, wollte sie die Anzahlung nicht herausgeben. Da schraubte er im ganzen Haus die Glühbirnen heraus, packte sie in seinen Koffer und verschwand um Mitternacht.»

«Kann er sonst noch etwas Besonderes?»

«Oh, er ist eine Persönlichkeit», sagte Mervyn, «nicht eines von diesen entmannten Schmalspurbürschchen.»

In bezug auf Charakterbestimmung konnte man sich nicht immer auf Mervyn verlassen. Diesmal aber war ich mit ihm gleicher Meinung. Mario war der netteste Mensch, den ich je beim Stottern mit den Augenlidern flattern sah. Er war in jeder Weise gutmütig. Bei Frauen mußte er ungeheuren Erfolg gehabt haben, aber er schwieg sich über seine Eroberungen aus.

Der Wagen hatte keinen Korridor. Die Abteile erster Klasse nahmen die ganze Wagenbreite ein, mit je vier Schlafkojen. Mein Träger Bahadur fuhr im Dienerwagen, kam aber an jeder Station über das Trittbrett zu uns gelaufen, um sich zu überzeugen, daß ich wohlauf war und nicht schmutziges Wasser trank. Er räumte im

Abteil auf und blieb auch wie ein Wachhund darin sitzen, als wir zum Dinner in den Speisewagen gingen. Als wir zurückkamen, freute er sich wie nach einer Trennung von Monaten. Er hatte viel von einem Spaniel, nur keinen Schwanz zum Wedeln.

Nach dem Dinner spielten wir Poker. Wir stellten zwei Koffer in den Mittelgang und setzten uns auf die beiden unteren Betten. Da wir nicht genug Wechselgeld hatten, machten wir Spielmarken aus Streichhölzern, zu vier Annas, acht Annas und einer Rupie. Peter jeute scharf und trieb das Spiel hoch. Mervyn war sehr vorsichtig. Mehrmals mußten wir warten, weil er endlos überlegte, ob er es sich vier Annas, was soviel ist wie vier Pence, kosten lassen solle, sich des Partners Hand anzuschauen.

Während wir spielten, hielt der Zug an einer Station, und ein Knabe kam mit einem Tragkorb voll Orangen und Bananen herein. Ich fand sein Lächeln nett und seine Augen hübsch. Gern hätte ich ihm Früchte abgekauft, aber wir hatten schon zuviel Orangen.

«Nein, danke», sagte ich.

«Sehr hübsch, Sahib. Gut, Sahib.»

«Ich brauche keine.»

«Gute Orangen, Sahib.»

«Nein.»

«Sehr billig, Sahib.»

Mervyn sprang auf seine Füße und warf die Arme in die Luft.

«Hinaus mit dir, du kleiner Teufel, oder ich breche dir dein verdammtes schwarzes Genick!»

Der Knabe verschwand wie ein verängstigtes Tier.

«So muß man mit ihnen umspringen», sagte Mervyn. Ihm machte die Sache einen Heidenspaß. «So schafft man sie sich vom Hals.»

«Ein anderes Mittel ist, auf sie zu schießen», sagte Mario.

«Hast du gesehen, wie er verduftet ist?! ‹Hinaus mit dir, du schwarzer kleiner Teufel!›» Er kicherte im Nachgenuß. «So muß man ihnen Beine machen.»

«Du bist ein Niggerfresser», sagte ich.

«Ich habe ihn richtig abgefertigt.»

«Du hast ihm einen ordentlichen Schrecken eingejagt.»

«Ich brech' dir dein verdammtes schwarzes Genick», wiederholte er.

«Ich würde mich auch nicht wundern, wenn du es getan hättest.»

«Quatsch, ich habe mich doch nur so gestellt.»

«Unsinn», sagte ich, «du bist ein verdammter Heuchler.»

«Ich tue nichts, wozu ich mich nicht auch bekenne.»

«Da hast du immer dieses Gerede von dem armen indischen Volk, das von den Briten ausgebeutet wird, und dann benimmst du dich wie ein Imperialist in dritter Potenz.»

«Du redest nur Unsinn», sagte er. «Wenn man nicht so tut, als wäre man ein Wüterich, so machen uns diese Leute das Leben zur Hölle.»

«Und was wird aus unserem Poker?» fragte Peter.

«Ich kann es mir nicht leisten, noch mehr zu verlieren», sagte Mervyn.

«Du verlierst nur, weil du knickerig bist.»

«Ich habe kein einziges Blatt gehabt.»

«Ich auch nicht», sagte Mario, «aber du bist so leicht zu bluffen.»

«Ah, c'est Mario qui blague.»

«Sag das auf japanisch», schlug ich vor.

«Die erste Frage, die ich an jeden japanischen Gefangenen stellen werde, ist die, ob er Englisch kann.»

«Das wirst du nicht fragen», sagte Peter. «Du wirst zu ihnen sagen: Wenn du nicht Englisch sprichst, brech' ich dir dein verdammtes Genick!»

«Du kleiner gelber Teufel!» vollendete Mervyn, indem er die Worte genießerisch mit der Zunge zerdrückte.

«Ich dächte, du wärst geradezu das Vorbild und Ideal der autoritären Scharfmacher.»

«Möchtest du, bitte, davon Abstand nehmen, meine Worte zu mißdeuten. Ich bin nicht ihr Vorbild.»

«Du bist eine lebendige Entschuldigung für sie. Du rechtfertigst sie.»

«Im Gegenteil, ich versuche, niemanden zu rechtfertigen, und ganz gewiß nicht die Japs. Nicht einmal uns selbst. Ich kann ein Wort wie Rechtfertigung überhaupt gar nicht gebrauchen. Ich fühle mich gar nicht qualifiziert zu sagen, daß etwas allein richtig ist und alles andere falsch, und du bist es auch nicht. Ich lasse nicht zu, daß andere Leute ihre Ideale zu willkürlichen Werturteilen über mein eigenes Leben standardisieren. Ich basiere mein Betragen auf das, was mir wirksam und zweckmäßig scheint, wenigstens so lange, als ich mich genügend unter Kontrolle habe, um mein Betragen auf irgend etwas zu basieren. Und ebenso ertrage ich den Krieg nur insoweit, als er ein Mittel ist, die Deutschen und die Japaner unterzukriegen. Wenn sie uns unterkriegen, würde das Leben noch unerquicklicher sein, als es schon in normalen Zeiten ist. Aber zu sagen, daß unsere Sache die gerechte ist und die des Feindes die ungerechte, stinkt nach Vorurteil und Heuchelei.»

«Warum sind Sie zur Air Force gegangen?» fragte ich Mario. «Um für Heuchelei zu kämpfen?»

«Ich hatte überall gesagt, daß ich zur Air Force gehen würde, wenn Krieg käme. Ich mußte mein Gesicht wahren.»

«Sie haben es allen Mädeln in Estoril gesagt», meinte Peter.

«Er lügt», behauptete Mervyn, «er ist ein hundertprozentiger Idealist.»

«Es war nur, um das Gesicht zu wahren.»

«Glaube kein Wort davon», sagte Mervyn. «Sie können morgen nach Portugal zurück, wenn Sie es wollen.»

«Man kann nicht sagen, daß man zur Air Force geht, und dann mitten im Krieg kneifen, weil es einem keinen Spaß macht.»

«Sie können es, wenn Sie ich wären», sagte Mervyn. «Ich würde abhauen ohne das leiseste Erröten. Ich würde ihnen sagen, was sie von mir aus mit ihrer Air Force tun könnten. Und ich werde es ihnen auch noch irgendeinmal sagen. Und ich haue ab.»

«Das sagst du seit Monaten.»

«Ich habe Leute gekannt, die von der Armee freigekommen sind. Waren eben psychologisch ungeeignet. Einer wurde in eine Nervenheilanstalt gebracht, und irgendwer lief sich die Füße ab, um ihm gute Abgangsbedingungen zu schaffen. Schließlich wurde er zu seiner Firma heimgeschickt. Er schrieb ein Buch über die Behandlung, die er erfahren hatte, aber kein Verleger wagte die Finger daran. Heiße Sache.»

«Niemand kann leugnen, daß du psychologisch ungeeignet bist.»

«Bis zum Kriegsende sind wir alle verrückt», meinte Peter. «Man kann nicht unter unnatürlichen Bedingungen leben wie wir und nicht verrückt werden.»

«Es ist die Sonne», meinte Mario.

«Und schlechter Whisky. Das ist wirklich unnatürlich.»

«Es kommt nur darauf an, wie man sich Indien gedacht hat», sagte ich. «Ich hatte eine ganz andere Vorstellung von meinem Indien. Komisch, wie hilflos man gegen Kleinigkeiten ist.»

«Wir wollen etwas Rum trinken», schlug Mervyn vor.

Er reichte seine Flasche herum, und wir tranken der Reihe nach. Es schmeckte scharf und brannte einen heißen Kanal bis in den Magen hinab. Peter fand ein paar Zigarren, und so saßen wir bis nach Mitternacht und ratterten auf Bombay zu. Dann kletterten wir in unsere Schlafkojen. Ich erinnere mich, daß ich lange im Dunkeln wach lag, der Ventilator surrte an der Decke rechts über meinem Kopf, und ich dachte nach, warum ich hier wäre. Es gab tausend Millionen Menschen auf der Welt, und ausgerechnet ich mußte auf dem Bett rechts oben in dem Zug liegen, der von Delhi nach Bombay ging. Und ausgerechnet ich fuhr nach Bombay, um Japanisch zu lernen.

Wie albern, dachte ich, wie komisch; warum war ich nicht als der Nawab von Dhanapore geboren?

Ich wandte mich zur Wand und schlief ein.

4

Wir kamen Freitag nachmittag an und wurden zu einer Einheit hinausgeschickt, die am Stadtrand von Bombay stand.

Der Adjutant sagte: «Oh, ihr seid die Jap-wallahs... feine Sache», und er schickte uns auf einem Transportbus in ein Hotel in der Harrison Street. Es wurde von einer Frau, die sich Miss Jackson nannte, geführt, einer Angloinderin, etwa 35, mit Gesichtszügen, die auf eine irgendwie jüdische Weise hübsch waren, aber schon Zeichen von Weichwerden aufwiesen, sozusagen begannen, in die Samen zu schießen; es war dabei doch noch ein reifer Reiz um sie.

Das Hotel war sauber und nicht schlecht eingerichtet, es gab Ventilatoren in allen Räumen. Als wir in die Halle kamen, sagte Fenwick, der Fliegerleutnant, leise zu mir:

«Als Rangältester hätte ich wohl ein Einzelzimmer zu beanspruchen, aber ich bin bereit, ein Zimmer mit jemand zu teilen. Sie könnten zu mir kommen.»

«Danke», sagte ich, «aber ich habe mich schon mit Peter verabredet.»

«Vielleicht würde Vargas gern das Zimmer mit mir teilen», meinte er.

«Vielleicht.»

Wir gingen hinauf, es gab überhaupt kein Einzelzimmer, man hatte in jeden Raum zwei Betten gestellt, um uns alle unterbringen zu können. Peter und ich nahmen eines, Mario ging mit Mervyn.

«Sie kommen in dieses», sagte Miss Jackson zu Fenwick. Ihr Ton hatte etwas Kommandierendes. Schon war sie voraus, drinnen, Fenwick bekam ein Zimmer zusammen mit einem Offizier, der schon am Tag vorher mit einem anderen Zug aus Karatschi gekommen war. «Seid ihr nun alle in Ordnung, Boys?»

«Wo ist das Bad?» fragte Mario.

«Am Ende des Ganges.»

«Wann wird gegessen?»

«Sie essen um acht. In Zukunft kann auch auf Wunsch früher serviert werden.»

«Ich hoffe, Sie haben gute Küche.»

«Wir sind gewöhnt, Offiziere zu verpflegen.»

«Das beweist noch gar nichts», sagte Mario, «wir sind sehr heikel.»

«Ich bin auch heikel», sagte Miss Jackson. «Ich achte sehr darauf, wen ich in meinem Hotel habe. Ich hoffe, ihr seid alle nette Jungen.»

«Wir zahlen für das, was wir bekommen», meinte Mario, «und in dem Ausmaß sind wir auch nett.»

«Ich denke, wir werden uns ganz gut verstehen.»

Fenwick stand in seiner Tür. Er war noch ärgerlich über die Art, wie er in sein Zimmer hineinbefohlen worden war; auch hatte er Mario mit der Wirtin sprechen gehört und war eifersüchtig auf seine unbekümmerte Art. Jetzt meinte er, es wäre an der Zeit, sich als Rangältester aufzuspielen.

«Und wie meinen Sie, daß ich mir meine Hände waschen soll, wenn der Hahn über dem Becken nicht läuft?»

«Es ist ein Hahn an der Wasserleitung.»

«Oh», sagte er mit gezwungener Lustigkeit, «das ist natürlich etwas anderes. Warum haben Sie das nicht gleich gesagt?»

Bahadur begann meine Sachen auszupacken. Er schichtete Anzüge und Wäsche sauber nach seinem unwandelbaren System auf, die blauen Hemden und die Khakihemden in verschiedenen Stapeln, Hosen und Westen abwechselnd geordnet, daß sie paarweise bereitlagen. In einer meiner Socken hatte er ein Loch gefunden, über das er betrübt den Kopf schüttelte. Dann ging er in das Badezimmer, um mein Handtuch und die Seife für das Bad bereitzulegen. Er würde bestimmt nicht in den Basar hinuntergehen, um sich selber eine Schlafstelle zu suchen, bevor ich nicht fürs Dinner angezogen war. Und das darum, weil er Angst hatte, er brauche mir nur den Rücken zu kehren, und schon würde ich dasselbe Sporthemd anziehen, das ich den ganzen Tag über getragen hatte. Er ließ durchblicken, daß er mir in diesem Punkt nicht weiter traute, als seine Augen reichten.

Am nächsten Tage gingen wir in die Schule zu einer ersten Fühlungnahme. Zwei Wohnungen waren zu diesem Zweck in einem großen, geräumigen Block beschlagnahmt worden. Von den geräumigen, kühlen Zimmern aus übersah man den Hafen mit all seinen Passagierdampfern und Kriegsfahrzeugen und mit anmutigen Fischerbooten. Wenn ein neuer Truppentransporter von England hereinkam, konnten wir ihn vom Fenster aus beobachten. Wir haben später oft aus den Fenstern hinausgesehen, statt uns über das Japanische den Kopf zu zerbrechen.

Der Leiter des Lehrganges war ein in den Ruhestand versetzter Brigadier, ein feiner, kultivierter Mann, eher klein, sehr gut gehalten. Er hatte viele von seinen 65 Jahren in Japan verlebt, und wir sollten bald eine erfrischende Vorurteilslosigkeit in der Art finden, wie er von den Vorzügen und Lastern des japanischen Volkes sprach.

Wir setzten uns an die Tische in dem Klassenzimmer.

«Sagen Sie mir, wieviel Japanisch Sie können», begann er.

«Sayonara», sagte Mario.

«Harakiri.»

«Kimono.»

«Gut», meinte er, «sehr viel ist das nicht. Wir können also von vorn beginnen. Zuerst werde ich eine Probe mit Ihnen anstellen.»

Er schwenkte die Tafel herum. Auf der Rückseite war ein Dutzend Wortzeichen aufgemalt. Wir durften sie uns zwei oder drei Minuten lang konzentriert einprägen. Dann wischte er sie weg und schrieb zwölf neue hin. Wir numerierten sie. Wir mußten auf ein Blatt Papier die Nummern jener aufschreiben, von denen wir dachten, sie wären schon in der vorigen Auswahl gewesen.

«Das ist ein Test, um Ihr visuelles Gedächtnis zu prüfen.»

Dann schrieb er auf die Tafel einige wortwörtliche Übersetzungen japanischer Sätze. «Mann betreffender kommt einmal zu mir zu benachrichtigen geruhen.» Wir sollten versuchen, einen Sinn da reinzubringen.

«Ein Jahr ist zu kurz, um beides zu lernen, die gesprochene und die geschriebene Sprache», sagte der Brigadier. «Ich will Sie in zwei Gruppen einteilen.»

Er setzte sich zu jedem von uns der Reihe nach und examinierte unsere Notizen. Ich war der erste in der vorderen Reihe.

«Sie haben sich die Charaktere nicht alle richtig gemerkt», sagte er.

«Ich habe kein gutes visuelles Gedächtnis mitbekommen.»

«Nehmen Sie Wörter gut mit dem Gehör auf?»

«Ich lerne am besten so.»

«Schön, Sie können am Sprechkurs teilnehmen.»

Dann kam Fenwick an die Reihe.

«Würden Sie sich nicht auch besser für die gesprochene Sprache eignen?»

«Ich bin ins Französische und Deutsche ohne Schwierigkeit hineingekommen.»

«Abgemacht, also.»

Mir war es leid, ich sollte also mit Fenwick arbeiten, aber auch Peter und der andere Offizier, der mit uns im Hotel gewesen war, Lamb und noch ein paar Offiziere von der Armee gehörten zu uns. Mervyn und Mario wurden ausgewählt, die Schriftzeichen zu erlernen.

«Ich will Sie jetzt mit Ihren Instruktoren bekannt machen», sagte der Brigadier und führte uns hinaus. Wir folgten ihm in den Gemeinschaftsraum. Vier Japaner saßen dort und lasen Zeitungen. Als wir eintraten, standen sie auf und verneigten sich, und wenn sie mit dem Verneigen fertig waren, beugten sie noch einige Male die

Köpfe und sogen die Luft schnaubend ein. Sie waren alle kleingewachsen, zwei von ihnen trugen Brillen mit dicken Gläsern. Alle waren sie in Indien gewesen, als der Krieg ausbrach; nun hatte man ihnen den Unterricht angeboten, wenn sie der Internierung ausweichen wollten.

Wir schüttelten einander die Hände.

Einer sagte mit peinlich sorgfältiger Aussprache: «Wie geht es Ihnen?»

«Es ist noch eine Lehrkraft auf dem Weg aus England», sagte der Brigadier. «Mittlerweile sind wir glücklich, die Herren zur Verfügung zu haben.»

«Gewiß, natürlich», murmelten wir, und die Japaner begannen sich wieder zu verneigen.

«Na schön», sagte der Brigadier, «dann kommen Sie, bitte, Montag früh. Ich hoffe, halb zehn ist nicht allzu früh?»

Obwohl ich kaum hoffte, Mr. Headley sonntags in seinem Geschäft anzutreffen, sprach ich auf gut Glück in Nummer 211 Cornwallis Road vor. Ich hatte den Namen und die Adresse bekommen, bevor ich England verließ, und irgendwie war mir beides im Gedächtnis verblieben, lange nachdem mein Adreßbuch in Burma zum Teufel gegangen war.

Mr. Headley war auf sozialem Gebiet tätig; ein Mann, der, soviel man mir gesagt hatte, die Eigenschaften eines Heiligen besaß. Ich dachte, er würde mich gut in Bombay einführen können. Sein Büro wirkte wie ein muffiger Buchladen; ich hatte dergleichen in den wohl instand gehaltenen Heimen und Läden anderer Engländer im Orient noch nie zu sehen bekommen. Überall waren staubbedeckte Bücher aufgestapelt, auf den Stühlen, auf dem Boden, den Korridor entlang. An den Wänden hingen alte, abgelaufene Kalender mit eingerollten Ecken. Auf dem Tisch ein Chaos von Papieren und alten, gebrauchten Gegenständen.

Aber Mr. Headley selbst war nicht da. An seiner Stelle empfing mich ein junger Inder, der mich auf eine Weise anstrahlte, wie es in Indien nur die getauften Christen tun.

«Ist Mr. Headley unterwegs?» fragte ich.

«Er sehr bald zurückkommen.»

«Wann?»

«Um zwölf muß er zurückkommen. Er hat nicht mitgenommen sein Instrument, so muß er zurückkommen. Um zwölf er muß sein bei sein Instrument.»

«Dann werde ich um zwölf kommen», sagte ich, obwohl ich nicht begriff, was er mit dem Instrument meinte, und ging noch einige Einkäufe erledigen.

Ich klapperte die großen europäischen Geschäfte ab, die aber geschlossen waren, weil Sonntag war, dann die Basare der Seitenstraßen. Ich fühlte mich als der Fremde, der ich war, ohne Zusammenhang mit dem Leben, das ringsum braute, ohne Verständnis für die einfachsten Vorgänge, das Zusammenmischen von Getränken, das Ausweichen vor der heiligen Kuh, die an einem Gemüsekarren schnüffelte, das Rauchen von Hokahs, das Essen von Tschapattis, ich verstand weder die Sprache noch die Gefühle, weder wie diese braunhäutigen Leute liebten und beteten, noch wie sie sich freuten und was sie haßten.

Die Straße war voll Schmutz und Lärm; Kinder spielten nackt im Rinnstein, verstümmelte Bettler in stinkenden Lumpen begehrten mit heiserem Flüstern nach Almosen. Mir fiel ein, wie leicht es war, mitleidlos zu werden, sich überlegen zu fühlen und zu verachten, was man nicht verstand. Der syphilitische Bettler war zu erbärmlich für unsere Sympathie, zu weit weg von unserer eigenen Erfahrung, zu tierisch. Man muß eine eigentümliche Sympathiebegabung haben, um sich in alles das sogleich hineinzudenken. Ich machte kehrt, ging in Mr. Headleys Büro zurück, und jetzt hatte das staubige Chaos einen freundlichen, vertrauten, englischen Anstrich.

Mr. Headley, an seinem Tisch sitzend, rief mich heran wie einen seiner gewöhnlichen Besucher.

«Vorwärts, hier herein!» rief er. «Sie verbrennen sich nicht.»

«Draußen ist es verdammt heiß, heute», sagte ich.

«Entschuldigen Sie, aber ich gehöre zu diesen Unglückswürmern, die sich selber pünktlich zur Stunde piken müssen.»

Ich sah erst jetzt, daß er eine Injektionsspritze in der Hand hielt. Nun senkte er die Nadel in den Gummiverschluß einer kleinen Flasche.

«Sonderbares Zeug, dieses Insulin», sagte er, «hält mich seit 22 Jahren am Leben. Wie alt würden Sie mich schätzen?»

«Schwer zu raten», sagte ich. «50. Vielleicht 55.»

«60. Und nie krank. Keine Spur ... das macht das Insulin.»

«Großartig», sagte ich.

«Schauen Sie her!»

Er knöpfte sein Hemd auf und faltete zwischen seinen Fingern einen Streifen Fleisch zu einer Rolle. Er war ein kleiner Mann, borstig behaart.

«Schauen Sie», wiederholte er und stülpte das eine Hosenbein seiner Khakishorts hoch. Ich betrachtete seinen Schenkel.

«Keine Einstichspur», sagte er. «Seit 22 Jahren gebe ich mir täglich zwei Spritzen, aber Sie sehen keine Spur. Immer eine andere Stelle, das ist der Trick. Was glauben Sie, wie lange ich brauche, um um meinen ganzen Körper herumzukommen?»

«Ich habe keine Vorstellung.»

«Acht Monate. Schauen Sie her!»

Er drückte die Nadel in das Fleisch seiner Schenkel und begann die Flüssigkeit hineinzupressen.

«Sie werden keinen Einstich bemerken. Die Stelle ist seit Februar nicht an der Reihe gewesen. Und jetzt kommt sie vor Juni nicht wieder dran. So», sagte er, noch immer die Spritze drückend, «jetzt setzen Sie sich. Sagen Sie mir, wer Sie sind.»

«Mein Name ist Michael Quinn», sagte ich.

«Quinn?» wiederholte er. «Niemals jemand dieses Namens zuvor getroffen. Was sind Sie? Ich verstehe mich nicht auf Uniformen.»

«Luftwaffe.»

«Fein. Bleiben Sie zum Essen, wenn Sie mit dem vorliebnehmen wollen, was gerade da ist. Es wird in zehn Minuten soweit sein. Ich muß nach der Uhr essen, sehen Sie, weil ich Diabetiker bin. Wieso kommen Sie zu mir?»

«Mrs. Bostock gab mir Ihre Adresse – Sie war mit Ihnen in Birmingham bekannt.»

«Mrs. Bostock? Ich kann mich nicht erinnern, den Namen je gehört zu haben.»

«Ihr Mädchenname war Beresford.»

«Ah, jetzt bin ich im Bilde. Lucie Beresford. Eine äußerst charmante Lady mit keiner Spur von Moral. War eine Flamme von mir. Ißt sie noch immer so gern kalte Knackwürste? Habe nie wieder eine Frau mit einer solchen Passion für Knackwürste getroffen.»

«Ich weiß nicht», sagte ich. «Sie ist eine Freundin meines Vaters.»

«Natürlich. Ich sehe sie noch mit 25 vor mir, aber jetzt muß sie auch 50 sein. Kein Küken mehr. Ist Ihr Vater auch eine alte Flamme von ihr?»

«Das weiß ich nicht.»

«Mutmaßlich. Wer ist übrigens Bostock? Der Bursche vom Zirkus?»

«Ich glaube, er macht Fahrräder.»

«Verrückt. Was ist Ihr Vater?»

«Er war in der Reklamebranche.»

«Da verdient er sicher ganz ordentlich.»

«Er kommt gut zurecht», sagte ich.

«Selbstverständlich. Gibt Ihnen genug, vermutlich?»

«Wenn ich etwas brauche, gibt er es mir.»

«Soll er auch. Man braucht was, wenn man jung ist. Sind Sie einmal in meinem Alter, so brauchen Sie nichts. Dann leben Sie ruhig. Haben Sie meinen Jungen gesehen?»

«Den, der hier herinnen war, als ich kam?»

«Das ist er, Jack. Ein Unberührbarer. Man nennt es jetzt nicht mehr so. Niedrigste Klasse. Ausgestoßene Klasse. Jetzt sind sie ein wenig im Aufstieg. Jack wird Sie in Bombay herumführen. Er kennt sich aus, er hilft mir bei meiner sozialen Arbeit. So, da kommt unser Lunch. Es macht Ihnen doch nichts aus, hier im Büro zu essen? Es ist bequemer. Wenn man Diabetiker ist, muß man ganz spezielle Dinge essen.»

Nach dem Lunch ging ich mit ihm den Mahatma Gandhi Road hinunter, zum Tadsch Mahal Hotel.

«Sagen Sie mir etwas über Indien», bat ich.

«Indien? Gewiß. Größe eineinhalb Millionen Quadratmeilen. Bevölkerung approximativ 400 Millionen. Etwa 500000 Dörfer und 83 Großstädte.»

«Nein», sagte ich, «ich meine nicht die Statistik.»

«Die Hindus tragen Turbane, die Moslim Fez, die Parsen Hüte, die wie Kuhhufe aussehen. Die Parsen stellen ihre Toten auf den Türmen des Schweigens aus. Man kann sie auf Malabar Hill sehen, da drüben. Von den Geiern in einer halben Stunde aufgefressen. Das ist hygienisch, verstehen Sie?»

«Sonst noch etwas?» fragte ich.

«Wollen Sie Indien kennen?»

«Ich muß hier leben.»

«Wenn Sie hier 30 Jahre leben, werden Sie etwas davon ahnen. So, jetzt habe ich eine Verabredung, bitte entschuldigen Sie mich. Gehen Sie und seien Sie jung. Es ist eine gute Sache, jung zu sein, verstehen Sie?»

Ich lag auf meinem Bett mit einem Handtuch über meinen Hüften und starrte den Ventilator an. Nein, es war nicht immer gut, jung zu sein. Und ich war nicht einmal jung, fünf Jahre zuvor war ich es gewesen, so wie Peter es jetzt war. Ich vergaß nur immer, wie diese fünf Jahre dahingeschwunden waren. Ich mußte mich daran gewöhnen, mich mit dieser Tatsache abzufinden, daß ich nicht mehr einer war, der eben aus der Schule kam und das Leben vor sich liegen hatte. Wenn der Krieg vorüber wäre, würde ich praktisch ein Mann in mittleren Jahren sein. Es war sinnlos, zu hoffen, daß man das Leben wieder da aufnehmen würde, wo man es 1939 aus der Hand gelassen hatte. Dies war nicht eine kurze Pause unseres Lebens, es war ein Teil von unserem Leben selbst, man mußte es ausleben, in der Gänze durchleben.

Ich lag und sah den Ventilator an. In meiner Brust war eine Leere, ein Loch. Das kam immer am Nachmittag, gegen Abend. Ein Gefühl, völlig nutzlos zu sein. Wenn ich mit einem guten Buch in der Hand vor einem Kamin saß, an einem lodernden Holzfeuer, hatte ich dieses Gefühl der Leere nie. Auch nicht, wenn ich verliebt zu sein meinte oder wenn ich mich für irgend etwas wirklich interessierte. Überhaupt nie in England, dort war das Leben zu voll. Aber in Indien kam dieses Gefühl oft. Man mußte sehen, wie man damit zurechtkam. Das war kein schweres Studium – Hauptsache war, daß man lernte zu trinken; oder wenn man das schon konnte, dann brauchte man bloß herauszufinden, wo und mit wem man sich am nettesten unter Alkohol setzen konnte. Alkohol war eine unfehlbare Methode, die Höhle zu füllen. Und zugleich das Eingeständnis der Niederlage.

Es war grundverkehrt, sagte ich mir, den Ventilator anzuglotzen, gemächlich in die mittleren Jahre hineinzuschlittern und immer noch eine Höhle in sich zu haben. Wäre man jung, wäre man zum Beispiel nicht älter als Peter, so hätte man ein gewisses legitimes

Anrecht auf eine Höhle, denn man durfte erwarten, daß das Alter sie eines Tages mit Erfahrung, Philosophie, Liebe oder Religion ausfüllen würde. Ich aber hatte nichts von alledem, vielleicht mit Ausnahme von Erfahrung; und was hatte die Erfahrung mir eingebracht als höchstens das Bewußtsein von der Unergiebigkeit aller Dinge? Was mir nottat, war Religion, unter allen Höhlenausfüllern der größte. Hatte man Religion, so brauchte man sich nicht mehr mit flackernden Kaminfeuern und Frauen und Briefmarkensammeln abzugrämen. Es war ein furchtbarer Jammer, keine Religion zu haben. Ich aber war ihr nicht einmal auf Reichweite nahe – zumindest nicht, solange kein Wunder geschah und Gott mir nicht selbst und völlig unerwartet inmitten meiner großen Hohlheit erschien.

Der Luftzug von dem Ventilator streifte kühl meinen Körper. Ich schob das Handtuch weg und lag nackt, die angenehme Kühle überzog mich ganz. Ich rollte das Kissen unter meinem Kopf zusammen, und wenn ich an mir hinabblickte, konnte ich sehen, wie weiß und rein mein Körper war. Und ich dachte an 400 Millionen andere Körper auf eineinhalb Millionen Quadratmeilen. Wenn es mir nur möglich wäre zu denken: ja, aber die sind braun, die sind schwarz, die sind unterlegen! Ich bin weiß. Ich bin etwas. Ich bin eine Größe. Aber ich konnte mich nicht zu dieser Überzeugung aufraffen.

Da war nun Krieg, dachte ich, und Gott wußte, wann all das vorüber sein würde.

Ich bin nicht mehr jung; es liegt nicht in meiner Macht, mein Leben so zu formen, wie es mir beliebt.

Dieser Körper ist Ich; und dieses Gehirn ist auch Ich: Und ich kann diese Dinge nicht gegen andere auswechseln, sowenig wie ich Wasser in Feuer verwandeln kann. Ich kann ihnen nicht entkommen, sowenig ein Gefangener aus seinem eisenvergitterten Käfig ausbrechen kann.

Peter kam herein und sagte:

«Warum bist du deprimiert? Du bist doch selten so – sonst bist du immer an allen Dingen interessiert. Wenn du durch die Basare gehst, bist du vollkommen glücklich. Tu ich es, so fällt mir nur ein, was für erbärmliche, grausliche Leute das sind. Und ich bin nur froh, daß ich das ordinäre Zeug nicht verstehe, das sie miteinander bereden.»

«Und du redest auch nur so», sagte ich, «bis du dann plötzlich zu einem brillanten Diskurs über die psychologischen Vorgänge in einem Straßenkehrer startest, voll intuitiven Verständnisses.»

«Mutmaßlich war einer meiner Ahnherren ein Straßenkehrer. Ich soll wirklich besser den Mund halten. Ich bin auch nicht sonderlich von dieser Art Dinge eingenommen.»

«Ich bin nie ganz dahintergekommen, wofür du eigentlich eingenommen bist.»

«Für das Tadsch Hotel», sagte er und lächelte. «Wenn du dort bist, ist alles sauber und schön, und du brauchst dir über Straßenkehrer keine Gedanken zu machen. Komm, wir wollen zum Dinner hingehen. Wir werden guten Brandy bekommen, und du kannst mir über die Frauen in deinem Leben erzählen, dann wirst du dich gleich fabelhaft fühlen.»

5 Ich begann am Japanischlernen Vergnügen zu finden. Zur Hälfte war daran schuld, daß ich den Brigadier gern mochte. Seine Vorträge waren amüsant, und er belebte sie mit Anekdoten über Japan.

Er wußte eine ganze Menge über die Kultur und das soziale Leben dort. Manchmal unterbrach er den Unterricht, um uns irgend etwas vorzuführen; er räumte seinen Tisch ab, kletterte hinauf und zeigte uns die Art der Japaner zu sitzen, oder er lief vor uns auf und ab, mit Verneigungen und schnaufendem Atemziehen, damit wir sehen sollten, wie sich ein wohlerzogener Japaner benimmt, wenn er auf der Straße einem Bekannten begegnet. Dann wieder ahmte er die Mimik einer Geisha bei ihren jäh aufsteigenden und abfallenden Gesängen nach; oder er führte uns das kuriose Grunzen aus der Tiefe des Bauches vor, mit dem japanische Generale ihre militärischen Befehle erteilen.

«Nun, Miss Wei wird Ihnen alles über die japanischen Frauen sagen», erklärte er. «Sie ist die neue Lehrkraft, die nächste Woche eintreffen muß.»

Unser zweiter Instruktor war Mr. Itsumi oder Itsumi San, wie wir ihn nannten, denn San, hinten angehängt, ist das japanische

Äquivalent zu unserer Anrede Herr. Er war höchstens 29 oder 30 Jahre alt und hatte das eulenhafte Gesicht des Büchermenschen. In England hatte er britisches Handelswesen studiert und war auf dem Wege heim nach Japan gewesen, als der Krieg ausbrach; sein Schiff ging in Indien auf Dock. Man hatte ihn aus dem Internierungslager entlassen, damit er uns unterrichte.

Er war auffallend gelb. Ich hatte noch nicht viele Japaner gesehen und wußte noch nicht, daß dies ihre wirkliche Farbe ist, ein tiefes Braungelb. Wenn er sich ärgerte, wechselte es ins Graugelb, und das geschah oft, denn er war leicht zu beleidigen. Offenbar ein Minderwertigkeitskomplex. Manchmal mißverstand er ein Wort, glaubte, man habe ihn beleidigen wollen, wurde plötzlich still und nährte seinen Mißmut tagelang.

Als er den Unterricht übernahm, hielt er eine wohlvorbereitete Rede.

«Ich will mit Ihnen offen sprechen. Ich bin ein Zivilist, Sie sind Offiziere. Das bedeutet mir nichts, denn ich bin Ihr Lehrer. Wir wollen also Rangunterschiede nicht in Anschlag bringen. Sonst kann ich nicht unterrichten. Wenn Sie etwas falsch sagen, will ich Ihnen das ohne Zeremonien begreiflich machen. Ich werde Sie auch tadeln.»

Was er meinte, war, daß es ihm gegen den Strich ging, uns mit Sir anzusprechen. Ich hatte ihn nicht gern, nicht deswegen, sondern weil ich wußte, daß hinter seinen ausdruckslosen Augen eine schöne Menge tückischer Hintergedanken steckte. Was er sprach, war immer aufs sorgfältigste vorausbedacht, und wenn er jemand einen Fehler ankreidete, so war das immer ein von langer Hand geplanter Racheakt.

Auch seine Lektionen bereitete er mit bemerkenswertem Fleiß vor. Jeden Tag brachte er uns eine Liste neuer Wörter, aus denen er Sätze gebildet hatte. Diese Sätze waren in peinlich exakter Handschrift aufgemalt, die japanischen Ideogramme neben der englischen Übersetzung. Manche dieser Sätze bewiesen, daß er erstaunlich mit Kenntnissen vollgepfropft war.

«Die Sonne ist 93 Millionen Meilen von der Erde entfernt, der Mond aber nur 240000 Meilen.»

«In England gibt es 86 Arten von Schmetterlingen.»

Diese Angaben waren immer streng korrekt.

Seine besondere Vorliebe war es, uns auf die Probe zu stellen. Er ging in dem Klassenraum umher, stellte an jeden von uns der Reihe nach verschiedene Fragen, dann schrieb er ohne alle weitere Erklärung irgend etwas in japanischen Zeichen neben unsere Namen. Wir erfuhren nie, was er geschrieben hatte.

Er bevorzugte Fenwick, denn Fenwick war der härteste Arbeiter unter uns. Wenn wir andern froh waren, daß der Unterricht sich in unformelle Diskussion auflöste, so wurde Fenwick ärgerlich und sagte wohl auch: «Ich möchte daran erinnern, daß wir hier sind, um Japanisch zu lernen.» Abends saß er im Hotel und büffelte, und am Morgen stand er um sechs Uhr auf und arbeitete eine Stunde vor dem Frühstück.

«Der betriebsame Fleiß eines asiatischen Buchhalters», sagte Mervyn über Fenwicks Arbeitswut, und wir alle empfanden sie unmutig als einen niedrigen Ehrgeiz. Bald genug aber wurde es klar, daß Fenwick einen guten Vorsprung vor uns gewann. Wenn er nicht dagewesen wäre, hätten wir vielleicht alle abends gearbeitet, zumindest während der langen Ruhepause nach Mittag, aber Itsumi San stellte ihn uns als Beispiel hin und verlangte, wir sollten ihm nacheifern. Diese bloße Vorstellung genügte, um uns abzuschrekken. So beschränkten wir unsere japanischen Studien hauptsächlich auf die Unterrichtsstunden.

Manchmal schalt uns Itsumi San.

Wenn er mir eine Frage stellte, die ich nicht beantworten konnte, so betrachtete er lange Zeit schweigend seine Liste, als ob er die verschiedenen Möglichkeiten einer Zurechtweisung abwäge. Dann hielt er mir eine Predigt über mein verfehltes Verhalten. Es wäre meine Pflicht, erklärte er mir, aufmerksamer zu sein. Genau ebenso, führte er aus, wäre es seine Pflicht, mich zu unterrichten. Er wünsche mir nicht mehr beizubringen, als ich zu lernen wünsche, aber er tue immerhin sein Bestes. Dann schlich sich eine sentimentale Note in seine Rede ein. War ich der Meinung, daß er kein guter Lehrer sei? War da irgendeine Abänderung seiner Lehrmethode, die ich in Vorschlag bringen wollte? War es mir auch wirklich klar, daß es nur zu meinem Besten geschah, wenn er sich über mich ärgerte? Offenbar sei es doch nur sein Hauptanliegen, uns gut durch die Prüfung hindurchzubringen, und er wünsche uns zu helfen, nicht uns einzuschüchtern.

Dann war er endlich besänftigt, gab mir ein paar leichtere Sätze zu übersetzen, und für den Moment war alles in Ordnung.

Ich ließ mich durch keinen Fehlschlag verstimmen, der Lernbetrieb ergriff mich, ja, ich faßte sogar Interesse.

Einmal, nachts, traf ich den Brigadier in der Bar des Cricket Club.

«Sie machen alle recht gute Fortschritte», sagte er.

«Itsumi San ist weniger lobefreudig.»

«Sie müssen ihn nicht zu ernst nehmen. Er ist in einer schiefen Position.»

«Aber unterrichten kann er», sagte ich, «und er macht es sich auch nicht leicht.»

«Finden Sie das Japanische schwierig?»

«Schlimmer als Griechisch und Latein.»

«Es ist wirklich sehr schwierig», sagte er. «Aber doch auch sehr reizvoll, nicht? Es ist schade, daß Sie nicht auch Lesen und Schreiben lernen können, aber Sie müßten mindestens 5000 Schriftzeichen kennenlernen, damit es der Rede wert wäre.»

«Wenn ich sprechen kann, ist es schon genug», sagte ich.

«Es gibt nur wenig Leute, die es bis dahin bringen. Nach dem Kriege werden diese Kenntnisse für Sie wertvoll sein.»

«Nach dem Krieg werde ich keine Verwendung dafür haben.»

«Sie wollen nicht nach Japan gehen?»

«Vielleicht auf eine Ferienreise. Aber ich werde nicht dort leben.»

«Das weiß man nie voraus», sagte er. «Das Leben ist voll von Überraschungen.»

«Ich werde in England oder in Frankreich leben, irgendwo, wo ich die Leute gern mag.»

«Sie können es mir glauben, es gibt auch in Japan gute Leute.»

«Da habe ich meine Vorurteile», sagte ich. «Ich habe in Burma gegen sie gekämpft. Ich bin vor ihnen davongelaufen. Sie waren ein Alptraum für mich. Sie haben meinen Bruder umgebracht.»

«Im Krieg?»

«Er war in Hongkong. Sie haben sich dort grauenvoll benommen.»

«Ja», sagte der Brigadier. «Sie können grausam sein. Soldaten können grausam sein. Wenn sie betrunken sind, tun sie schlimme Dinge.»

«Nicht nur, wenn sie betrunken sind.»

«Nein», sagte er mit einem Seufzer. «Auch nicht nur, wenn sie Soldaten sind. Es gibt viel Schlimmes auf der Welt. Manchmal fällt es einem wirklich schwer, darüber hinwegzusehen.»

«Ich versuche gar nicht, darüber hinwegzusehen.»

«Aber Sie hassen doch nicht alle Japaner?»

«Ich habe keinerlei Grund, sie zu lieben.»

«Sie hassen doch wenigstens Ihre Instruktoren nicht?»

«Ich liebe sie auch nicht.»

«Miss Wei ist auch Japanerin. Ich glaube nicht, daß Sie sie hassen werden!»

«Auf jeden Fall verspreche ich, es nicht zu zeigen.»

Ich sah das Schiff in den Hafen einlaufen. Es war ein großer dreischlötiger Liner. Er kam abends an und ging im Hafen vor Anker. Drei Barkassen fuhren zu ihm hinaus. Ihre Spuren, dunkler als das Blau des unberührten Wasserspiegels, spreizten sich zu Keilen, die an ihren Spitzen zusammenstießen.

Der Liner sah stolz und mächtig aus, wie er so breit dalag, hochmütig erhaben über all die Fischerboote, die an ihm vorbeizogen und sich ihm gegenüber sammelten.

Er sah gewaltig aus und alt wie ein Naturwesen, nicht von Menschenhand gemacht, eher wie ein Berg.

Ich nahm ein Fernglas vor, um ihn aufmerksamer zu betrachten. Auf Deck waren tausend kleine weiße Punkte – britische Soldaten.

Die Nacht senkte sich herab. Am Morgen lag er noch immer da, mächtig und unbeirrt in dem funkelnden, glitzernden Hafen.

Ich beobachtete ihn noch von dem Klassenzimmer aus, sah, wie er sich faul und schwer bewegte, bis er hinter dem riesenhaften steinernen Tor verschwand, das den Namen Gateway of India führt: Eingangstor Indiens.

Sie kam mit dem Brigadier herein.

Der Brigadier hatte uns schon vorher instruiert: «Wei ist ein chinesischer Name. Sie führt ihn, weil es jetzt nicht ratsam ist, einen japanischen Namen zu haben. Aber Miss Wei ist Japanerin. Sie werden bald feststellen, daß sie die beste Tokioter Aussprache hat.»

Das war alles, was er uns sagte. Wir hatten mit Spannung gewartet; die meisten von uns hatten noch nie eine Japanerin gesehen.

Schweigend betrachteten wir sie. Sie stand nervös neben dem Brigadier, ließ die Ecke des Tisches nicht aus den Augen, war sehr schmalschultrig und schmächtig in ihrem Sommerkleidchen.

«Ich möchte Sie bekannt machen», sagte der Brigadier. «Dies ist Miss Wei.»

«Guten Morgen», murmelten wir.

«Guten Morgen!» Sie bewegte nur die Lippen und machte eine ganz kurze Verneigung, die Andeutung eines Knickses.

«Miss Wei ist eigens den weiten Weg aus England herübergekommen, um uns aus der Patsche zu helfen.» Er lächelte ihr galant und dankbar zu. Sie lächelte ihrerseits, wobei sie die Augenlider senkte, um anzudeuten, daß sie hier überschätzt werde. Dann nahmen sie beide hinter dem Tisch Platz.

Bei uns hatte sie sofort gewonnenes Spiel. Sie hatte die erste Probe bestanden, sie war hübsch. In dem Schulzimmer mit seiner Tafel und seinen Bücherstapeln und Bänken und Tintenfässern war sie ein freundlicher Farbfleck. Fürs nächste sah niemand aus dem Fenster, und es gab eine Menge Geblinzel und Geflüster.

«Sie ist bezaubernd.»

«Ja.»

«Der Unterricht wird viel vergnüglicher sein.»

«Höchstwahrscheinlich.»

«Wenn sie nur die erste Scheu überwunden hat.»

Es war schließlich nicht überraschend, daß sie scheu war, wenn sie zehn fremden Gesichtern gegenüberstand, zehn Männern, die sie kritisch als Frau betrachteten.

Der Brigadier nahm ein Lehrbuch zur Hand.

«Ich möchte Sie besonders darauf hinweisen, daß Sie Miss Weis Aussprache nachahmen sollen», sagte er. «Ich werde sie jetzt bitten, uns einen Absatz vorzulesen, und wir werden ihn dann alle wiederholen.»

Sie begann sehr leise. Dann hüstelte sie und fing nochmals an.

«Ich glaube, es wäre besser», sagte der Brigadier, «wenn Sie ein wenig langsamer lesen wollten. Wofern es Ihnen recht ist.»

Sie blickte auf, ihre Wimpern zuckten, ihre Augen waren mandelförmig und sehr groß.

«Entschuldigen Sie.»

Nach einer Weile ging der Brigadier, und sie sagte japanisch:

«Wenn Sie der Reihe nach Fragen an mich stellen wollen, so werde ich versuchen, sie zu beantworten.»

Ihre Redeweise war sehr förmlich und höflich. Es klang, als ob sie sagte: Wenn Sie gütigst geruhen wollen, Fragen an mich zu stellen, so werde ich mich befleißigen, sie zu beantworten.

«Hatten Sie eine gute Überfahrt?» fragte einer der Armeeoffiziere holperig.

«Es ist freundlich von Ihnen, das zu fragen», sagte sie. «Es war eine lange Fahrt, aber irgendwie gab es immer etwas zu tun. Ich las eine Menge englischer Bücher!»

Sie hatte eine Liste mit unseren Namen vor sich liegen.

«Der nächste? Quinn, ja?»

«Ich hatte mir eine Frage auf Papier vornotiert, nachdem ich die Wörter aus dem Lexikon gesammelt hatte.

«Ist es wahr, daß die Frauen in Japan, wenn ihre Männer betrunken nach Hause kommen, sich zu ihren Füßen niedersetzen und ihnen die Schuhbänder auflösen?»

Miss Wei schüttelte freundlich den Kopf und lachte. Dabei hielt sie ihr Gesicht hinter die Liste, damit wir sie nicht lachen sehen sollten. Nur ihr schwarzer Haarschopf über der Liste blieb sichtbar. So ging das eine Minute lang.

«Ist es wahr?» beharrte ich, als sie wieder hervorkam.

«Ich kann es nicht sagen. Es ist eine komische Frage.»

«Also Sie wissen es nicht?»

«Vielleicht tun sie es manchmal. Nun, wer ist der nächste?» Sie sah auf ihre Liste. «Ist es – Fenwick?»

Ich bemerkte plötzlich, daß Fenwick zornrot war und daß seine Adern angeschwollen waren.

«Ja.»

«Haben Sie eine Frage?»

«Ich habe keine Frage», sagte er englisch, «aber es ist etwas anderes, was ich feststellen möchte.» Seine Hände waren auf den Tisch gepreßt, auch sie gerötet. Er mußte sich in eine Art Raserei hineingesteigert haben, um sich zu zwingen, diese plumpe Beschwerde vorzubringen. «Wir sind alle Offiziere in dieser Klasse. Es ist üblich, uns mit unserem Rang anzusprechen, wenn man das Wort an uns richtet. Wenn Sie unsere Rangabzeichen nicht kennen, so wäre es zumindest höflich, uns Sir anzureden.»

Ein langes Schweigen folgte. Wir alle waren entsetzt.

«Natürlich ist es für Sie als Ausländerin schwer, unsere Bräuche zu kennen», lenkte Fenwick ein, unbeholfen, auch auf der Suche nach einem Ausgleich.

«Seien Sie doch still», flüsterte Peter halblaut. «Mein Gott, ist so etwas überhaupt vorstellbar?»

Miss Wei war ganz verstört. Sie hatte ihr Gesicht wieder hinter der Liste verborgen. Schließlich sagte sie: «Entschuldigen Sie... es tut mir leid... ich war mir nicht bewußt... ich hörte den Brigadier Sie so ansprechen.»

«Das ist wohl kaum dasselbe.»

«Es war natürlich sehr ungezogen von mir», sagte sie. Ich fürchtete, Tränen würden ihr in die Augen treten. Aber es geschah nicht.

«Hat noch irgend jemand eine Frage?» sagte sie, und die Röte wich langsam aus ihren Wangen. Sie scheute sich jetzt, irgend jemanden direkt anzureden.

«Ich hoffe», sagte Peter japanisch, «daß Sie hier lange bleiben werden. Wir sind froh, einen neuen Lehrer zu haben.»

Er sagte es so freundlich wie möglich, nur um ihr zu zeigen, daß wir mit Fenwicks grober Beschwerde nichts zu tun haben wollten.

«Danke», sagte sie und neigte den Kopf. «Ich verdiene dieses Kompliment nicht. Danke Ihnen sehr.»

Nachher sprachen wir nicht mit Fenwick. Er stapelte mit gemachter Gleichgültigkeit seine Bücher auf und pfiff vor sich hin; offenbar erwartete er, daß wir seine Art, für unsere Rechte einzutreten, kommentieren würden. Aber wir sagten nichts.

«Gehen wir heim?» fragte er endlich.

«Gleich.»

«Wenn einer eine freie Fahrt in einer Ghari wünscht, ist er gebeten, rasch zu machen.»

«So arm sind wir noch nicht», brummte Peter.

«Nach Belieben.»

So ließen wir ihn gehen. Erst dann schlenderten wir hinaus und hielten Ausschau nach seinem Wagen. Die Straße war leer.

«Ich gehe in den Basar», sagte ich. «Habe ein paar Einkäufe zu besorgen.»

Ich wandte mich zur Seite, schritt die Straßenfront hinab, und da ich immer noch zornheiß war, entschloß ich mich, zuerst in den Cricket Club zu gehen und einen John Collins zu trinken. Ich machte kehrt und ging die Front des Wohnblocks zurück. Als ich auf der Höhe unserer Schule war, kam Miss Wei hastig aus dem Tor. Weit und breit kein Wagen. Sie sah zu mir herüber.

«Sie haben es eilig?» fragte ich.

«Wie bitte?» fragte sie und blieb stehen. Es war etwas Verängstigtes, Überraschtes in der Art, wie sie mich ansah.

Ich wiederholte die gleiche Frage japanisch.

«Oh, ich bin gelaufen», sagte sie englisch. «Ich weiß gar nicht warum.»

«Ich hoffe, es war nicht, weil Sie bereits froh sind, unserer Schule zu entkommen.»

«Nein, denken Sie das nicht, bitte.»

«Sie müssen eine recht schlechte Meinung von uns haben.»

«Nach einem Monat Unterricht, ich weiß gar nicht, wieso Sie so gut Japanisch sprechen.»

«Ich meinte gar nicht das Japanische, sondern unsere Manieren.»

«Was meinen Sie mit Ihren Manieren?»

«Dieser Ausbruch wegen der Titel vor unseren Namen.»

«Ich verstehe nicht, wie ich so unbedacht sein konnte.»

«Wir andern hatten es gar nicht beachtet.»

«Aber es war doch dumm von mir. Ich habe gar nicht bedacht, was ich redete. Es war mein erster Versuch zu unterrichten, und es waren so schrecklich viel Leute.»

«Bloß zehn.»

«Mir schienen es mindestens hundert.»

«Sie werden sich an unsere Gesichter gewöhnen. Es ist wirklich nichts an uns, was jemanden einschüchtern könnte.»

«O nein», sagte sie.

In diesem Augenblick kam eine leere Ghari die Straße entlang. Das Pferd hielt mit einem Ruck. Der Kutscher trug den roten Fez der Mohammedaner und hatte einen schwarzen Schnurrbart, der ihm halbmondförmig über den Mund herabhing.

«Ghari, Sahib?»

Er lächelte von seinem hohen Sitz zu uns herab. Seine Zähne waren rot wie die eines Pyorrhöekranken.

«Darf ich Sie irgendwo absetzen?» fragte ich Miss Wei.

«Ich möchte ins Hotel.»

«Es ist auf meinem Weg.»

«Wissen Sie denn, wo es ist?»

«Nein, aber das ist gleichgültig.»

«Aber ich möchte nicht, daß Sie einen Umweg machen, bitte», sagte sie. «Nehmen Sie diese Ghari, und ich werde eine andere finden.»

«Wie heißt Ihr Hotel?»

«Mayfair.»

«Dann ist es auf meinem Weg. Zum Mayfair», sagte ich zu dem Ghari-Wallah.

Ich kletterte nach Miss Wei in den Wagen. Das schwarze Lederdach war gegen die Sonne tief herabgezogen, die Seitenleder hingen weit vor, so daß man wie in eine Zelle eingeschlossen war. Man konnte nur über den Kutschbock hinweg die Flanken des Pferdes sehen.

Es waren viele Monate her, seit ich eng neben einer Frau gesessen hatte. Etwa zwei Jahre. In Rangoon hatte ich keine Frauenbekanntschaften gehabt. Auf dem Schiff von England herüber, hatte es ein paar Nurses gegeben; manchmal hatte ich gedacht, es würde nett sein, mit einem von diesen hübschen Dingern eine Affäre zu haben, aber lange, bevor ich mich für eine von ihnen entschied, waren sie alle bis über die Ohren in andere Leute verliebt, die mehr Initiative gezeigt hatten als ich. Wenn man bei den Soldaten ist, muß man eine ganze Menge Initiative aufbringen, um eine Frau zu erlangen, denn es kursieren so wenige.

Denn, zu Hause... die letzte Frau, die dicht neben mir gesessen hatte, war meine Mutter gewesen. Ich habe in einer Droschke neben ihr gesessen, auf der Fahrt zum Bahnhof. Ich hatte mir Mühe gegeben, sie nicht anzusehen, denn sie mußte ihr Gesicht starr halten, um nicht in Tränen auszubrechen. Und ich hatte aus dem gleichen Grund mein Gesicht versteift. Vorher aber, seit Kriegsbeginn, hatte ich nur neben Frauen gesessen, aus denen ich mir nichts machte, und das hieß überhaupt nicht neben einer Frau sitzen.

Jetzt aber wurde mir plötzlich mit all meinen Sinnen bewußt, daß ich eine Frau dicht neben mir hatte. Das kam ganz unerwartet und überraschte mich; ich erinnerte mich erst, was für eine angenehme

Sache das war. Mir fiel ein, daß ich all diese Zeit über, wann immer ich an Orten, wo es keine gab, an Frauen gedacht hatte, all diese zarten Freuden vergessen und mich nur der groben erinnert hatte. In diesem Augenblick zog ich aus dem leichten Duft des Parfüms und der noch leichteren Aura der kosmetischen Artikel eine unbeschreibliche Freude und beobachtete das Spiel der schönen Finger. Dann blickte ich zu ihrem Gesicht auf und fand, daß es wie Elfenbein war, ein rundliches Gesichtchen voll Heiterkeit und Freundlichkeit, mit diesen dunklen, schrecklich mandelförmigen Augen.

Eine Japanerin, dachte ich... hasse ich nicht die Japaner?

«Du schafsköpfiger Idiot», hörte ich Peter sagen, «du hast keine Ahnung, was du haßt. Du bist ein unmöglicher Wirrkopf.»

«Ich glaube, ich könnte diese Frau dafür hassen, daß sie Japanerin ist.»

«Könntest du?»

«Wenn ich nur ein einziges Mal an sie als Japanerin und nicht als Frau dächte.»

«Sie ist beides», sagte Peter. «Hör auf, Quatsch zu reden.»

«Hier ist es besser als in einer Tonga in Delhi», sagte ich zu Miss Wei. «Man sieht nach vorn, und man braucht nicht zu fürchten, daß man herausfällt.»

«Aber der Kutscher hat einen wunden Mund», sagte sie betrübt.

«Sie waren früher noch nie in Indien?»

«Nein. Haben sie alle einen wunden Mund?»

«Sie kauen alle Betelnuß. Sie können es sich anschauen, wie man im Basar Betelnüsse verkauft. Sie machen eine klebrig-zähe Paste daraus und streichen sie auf ein Laubblatt.»

«Was ist Basar?»

«Wo die Inder ihre Einkäufe besorgen.»

«Kann man sich das ansehen?»

«Ich will gerade hin.»

Ich versuchte, aus ihrem Gesichtsausdruck zu erraten, ob sie gern mit mir kommen würde. Ich hoffte beinahe, sie würde es vorschlagen, aber sie schwieg.

«Haben Sie Zeit, ein wenig mit mir zu kommen?» fragte ich und ertappte mich über dem schmerzlichen Argwohn, nicht daß sie nicht kommen würde, aber daß ich ihr einen Vorschlag machte, den abzulehnen sie peinlich fände.

«O bitte», rief sie, plötzlich strahlend wie ein Kind, das eine Orange bekommt. Und dann, als ob ihr einfiele, daß sie nicht soviel Interesse zeigen dürfe, sagte sie unsicher: «Aber vielleicht ist es Ihnen gar nicht recht, mich mitzunehmen?»

«Warum nicht?»

«Vielleicht sind Sie schon mit jemandem verabredet.»

«Nein», sagte ich.

«Sind Sie aber auch ganz sicher, daß es in Ordnung ist?»

«Was soll nicht in Ordnung sein?»

«Nun...»

«Nun?»

«Ich bin Japanerin. Sind Sie ganz gewiß, daß Sie keine Unannehmlichkeiten bekommen werden?»

«Vollkommen. Sie sind meine Lehrerin. Wir sprechen Japanisch.»

«Schön, dann wollen wir in den Basar gehen», entschied sie. «Ich finde das Wort so hübsch, Basar. Und es muß sehr aufregend sein.»

Ich gab dem Kutscher Anweisung, nach dem Tschandragupta Road zu fahren. Er zog die Zügel an, und wir standen mit einem Ruck still. Dann machten wir inmitten der Straße kehrt und fügten uns in die Kolonne ein, die in der verkehrten Richtung fuhr.

«Es war also doch ein Umweg für Sie», sagte sie.

«Ein paar Schritte.»

«Es tut mir leid, Ihnen beschwerlich zu sein.»

«Ich habe meine Freude daran, es ist das erste Mal, daß ich mit einer Dame in einer Ghari fahre. Ein großes Ereignis.»

«O-seiji...», sagte sie.

«Ich verstehe nicht soviel Japanisch.»

«Es bedeutet, daß Sie eine Schmeichelei sagen.»

«Es ist pure Wahrheit.»

Wir ließen die Ghari an der Ecke des Tschandragupta Road halten. Als wir ausstiegen, war uns gegenüber eine glattgetünchte Mauer, an der ein Plakat hing. Es war ein Plakat, das ich überall in ganz Indien gesehen hatte.

Das Gesicht eines Japaners, ein lächelndes und nicht unfreundliches Gesicht. Aber dieses Gesicht war nur eine Maske. Hinter ihm, die Zähne entblößt, aber nicht vom Lächeln, die Augen enggeschlitzt und grausam, war das wirkliche Gelbgesicht; und daneben die Schlagzeile: «Hüte dich vor der Maske der Freundschaft, sie verbirgt japanischen Verrat!»

Ich sah nach Miss Wei; sie hatte es bemerkt. Ihre Augen nahmen es auf, die Lider zogen sich zusammen, sie blickte zu Boden und wandte sich nach dem Basar.

«Es ist schwierig für Sie», sagte ich.

Ihr Gesicht hellte sich sofort auf:

«Es ist auch schwierig für Sie.»

«Es ist doch ein Unterschied.»

«Sie haben keine Bedenken?»

«Bedenken?»

«Mir den Basar zu zeigen?»

«Ja», sagte ich, «ich bin sehr heikel in der Auswahl, wem ich den Basar zeige.»

«Du meine Güte...»

Die Heiterkeit schwand aus ihrem Gesicht, ihr Blick war plötzlich leidend und mutlos. Ihre Augen waren geweitet, sie sah mich an, um mich zu erraten. Rasch brachte ich den Scherz zu einem Ende.

«Ach, das war nur eine idiotische Lust am Spaß.»

«Wirkrich? Es macht Ihnen nichts aus, Sie haben keine Bedenken?» Sie sprach das l in wirklich als r aus, und es war etwas Zauberhaftes in diesem leichten und doch ernsten Appell, der eine Welle von Gefühl in meiner Brust aufsteigen ließ. Es entzückte mich wie ein Sprachfehler, den ein Kind begeht.

«Warum lachen Sie?» fragte sie.

«Verzeihen Sie, es war plump von mir.»

Wir schritten durch den Basar. Die Straße war dicht gedrängt voll Menschen; Holzkarren, von Büffelochsen gezogen, holperten über das Katzenkopfpflaster, es war ein furchtbarer Lärm. Und dabei gab es mindestens so viele Gerüche wie Geräusche, aber der hervorstechende war der trockene, scharfe Dunst von Holzkohle. Es war sehr schmutzig. Die Leute drängten und schoben uns weiter, ohne auf uns zu achten. Nur die Ladenbesitzer suchten uns durch Zurufe festzuhalten, als ob wir etwas fallen gelassen oder verloren hätten.

«Sahib!»

«Schauen Sie, Sahib!»

«Eine Minute, bitte!»

«Sahib, wirklich billige Schuhe!»

Miss Wei hatte die Augen geweitet wie ein Kind. Sie lief von einer Straßenseite auf die andere hinüber, zeigte auf Dinge, berührte sie, benahm sich vollkommen ihrer selbst unbewußt wie ein Kind im Puppenladen. Bezaubert sah ich sie an. Es begann mir klarzuwerden, daß ich noch nie etwas so Hübsches gesehen hatte; dann dachte ich absichtlich an das Plakat, an die Japaner, und was die Japaner mir bisher bedeutet hatten, und an Itsumi San. Doch zugleich wußte ich, daß ich mir Mühe geben mußte, an Miss Wei als Japanerin zu denken und nicht bloß als Frau.

Eine schmutzige graue Kuh trottete ziellos und in heiliger Unantastbarkeit hinter ihr her.

«Schauen Sie», rief Miss Wei, «sehen Sie doch!» Sie legte dreist ihre Finger an das Horn der Kuh. Die Kuh schüttelte den Kopf, schnüffelte mit ihrer trockenen, gleichmütig prüfenden Nase an dem Kleid Miss Weis, die hastig einen Schritt zurücktrat und ihre Hand zurückriß, als wäre sie gebissen worden.

Erschrocken sah sie mich an.

«Haben Sie gesehen? Sie hat einen Schnurrbart! Ich wußte nicht, daß Kühe Barthaare haben.»

«Haben Sie keine Kühe in Japan?»

«Doch, aber ich habe noch nie eine angefaßt. Ich war noch nie einer so nah. Warum haben sie hier Kühe im Basar?»

«Niemand wagt es, sie hinauszujagen.»

«Oh», sagte sie nachdenklich. Und dann: «Ich finde, der Basar ist schrecklich aufregend. Ich werde etwas kaufen.»

«Eine Kuh?»

«Irgend etwas. Es muß sehr lustig sein, hier einzukaufen. Ob ich wohl eine Füllfeder bekomme?»

Wir fanden einen Laden, in dem welche zum Verkauf ausgestellt waren. Der Ladenbesitzer saß feist und kreuzbeinig auf der Schwelle. Er streckte die Hand nach einigen Füllfedern aus und begann sie uns einzeln zuzureichen. Seine Hände waren dick und braun, mit großen spröden Nägeln.

«Ist diese gut?» fragte Miss Wei.

«Ich zeige Ihnen unsere beste. Es ist diese hier. Eine echte Blackbird.»

«Ist sie wirkrich gut?»

«Probieren Sie, wie sie schreibt... superfein.»

«Und was kostet sie?»

«Nur 50 Rupien.»

«Ich nehme sie.»

Sie begann in ihrer Handtasche zu wühlen.

«Nein», sagte ich.

«Bitte, ich möchte sie so gern kaufen!»

«Sie ist zu teuer.»

«Aber ich möchte eine gute Feder.»

«So gut ist sie gar nicht.»

«Wieviel ist sie wert?» fragte sie.

«Bieten Sie ihm 25.»

«Sie ist mehr als 50 wert», sagte der Ladenbesitzer. «Eine erstklassige Feder. Ich gebe sie extra billig für Memsahib. Für jeden andern kostet sie 60 Rupien.»

«25», sagte ich.

«Ich kann sie nicht unter 50 geben.»

«25.»

Miss Wei sah mich flehentlich an. Ich nahm ihren Arm und wollte sie wegführen.

«Kommen Sie», sagte ich, «wir werden dieselbe Feder anderswo billiger bekommen.»

«40 Rupien, Sahib! Sonderpreis.»

«Sagen Sie 30.»

«Es ist eine echte, erstklassige Blackbird.«

«30 Rupien.»

«35, extra für Memsahib.»

«Gut», sagte ich, «35. Sie haben Glück, daß Memsahib so großzügig ist.»

Miss Weis Gesicht strahlte. Hastig zerrte sie die Banknoten aus ihrer Handtasche, bevor jemand es sich überlegen konnte. Sie nahm die Feder und stopfte sie in ihre Handtasche.

«Sie müssen nie bezahlen, was man von Ihnen verlangt», sagte ich, als wir weitergegangen waren. «Man erwartet, daß Sie handeln.»

«Aber er sah so arm aus.»

«Er war heilfroh, 35 zu bekommen. Haben Sie sein Gesicht gesehen?»

«Er dachte doch nicht, daß ich ihn übervorteile?»

«Nein, er dachte, er könnte Sie übervorteilen.»

«Dann haben Sie fünfzehn Rupien für mich gespart. Bitte, lassen Sie mich etwas dafür kaufen... für Sie.»

«Ich brauche nichts.»

«Doch», sagte sie, «es sind Ihre fünfzehn Rupien. Sie haben sie für mich gespart. Ich werde das da kaufen.»

«Leider trage ich keine Hosenträger.»

«Ach, Lieber», sagte sie klagend, «es ist unnett von Ihnen, daß Sie mir nicht sagen wollen, was Sie haben möchten. Oh, schauen Sie», unterbrach sie sich, «eine Musikbande!»

Sie deutete die Straße hinunter, wo inmitten eines Gedränges von Indern das monotone Gequiek einiger Musikinstrumente zu hören war.

«Schauen Sie nicht hin», sagte ich.

«Aber vielleicht sind es Schlangenbeschwörer?»

«Nein, es ist etwas Schreckliches.»

«Bitte, ich möchte es so gerne sehen.»

«Sie werden sich aufregen.»

«Was ist es also, bitte?»

«Eine Art zu betteln.»

«Und warum darf ich nicht sehen, wie man bettelt?»

«Sie können es sehen, wenn Sie wollen, aber es wird Ihnen nicht gefallen.»

«Ach, Sie sind überängstlich», sagte sie, sichtlich entzückt, daß ihr ein so hübsches Wort eingefallen war.

«Schön», sagte ich, «kommen Sie.»

Wir drängten uns durch die braunhäutigen, dürrbeinigen Fußgänger, bis wir die Musikanten sehen konnten. Der Leiter der Bande war ein alter Mann mit langem, schwarzem, verfilztem Haar, das ihm über die Schulter herabhing. Sein Gesicht war kaum weniger schwarz als sein Haar, seine Backen waren aufgebläht, während er in sein kürbisförmiges Instrument hineinblies. Hinter ihm standen zwei Knaben, fast nackt, ihre Wangen waren prall wie kleine braune Fußbälle, ihre Augen quollen grotesk hervor. Das Getön, das aus ihren Instrumenten kam, war durchdringend und pausenlos.

«Hier ist gar nichts Schlimmes», sagte Miss Wei. «Sehen Sie nur, sie blasen so angestrengt... oh!» Jäh brach sie ab. Ihr Mund blieb offen vor Schrecken. Wie unter einer furchtbaren Faszination starrte sie auf etwas.

Zwischen den Spinnenbeinen der Zuschauer war etwas in Sicht gekommen, was eher einem Fötus glich, mit einem Riesenkopf und nutzlosen, schlaffen Streichholzbeinchen, die in einem verschrumpelten Bauch staken. Sein aschebeschmierter Körper war nicht größer als der eines neugeborenen Kindes; und doch war in dem sprachlos starren Gesicht nichts, was erraten ließ, ob dieses schauerlich mißförmige Geschöpf seit fünf oder 50 oder 500 Jahren seinen winzigen Lebensfunken beherbergte. Nur der eine Arm war beweglich, und mit diesem schob sich das Geschöpf qualvoll Zoll um Zoll den Rinnstein entlang.

Der Schmerz stand tief in Miss Weis Gesicht eingegraben, aber sie zuckte nicht.

«Kommen Sie», sagte ich.

Sie wühlte in ihrer Handtasche und fand ein paar Banknoten. Es mochten zwanzig oder dreißig Rupien sein. Sie reichte mir das Geld. Ich bemerkte, daß ihre Augen ganz trocken waren, aber das Mitleid stand in ihnen gleich Tränen.

«Bitte, geben Sie ihnen das», sagte sie.

«Aber...»

«Bitte», wiederholte sie und drängte sich aus der Menge.

Ich schob die vordersten Zuschauer auseinander. Der alte Mann mit den langen Haarflechten sah mich, streckte eine Hand aus, ohne sein Blasen zu unterbrechen, und spähte über das Holzinstrument, wieviel ich gab. Ich schob ihm die drei oder vier Banknoten in die Hand. Das monotone Getön schien sich für einen Augenblick zu einem unerwarteten Aufquäken zu heben, fiel aber sofort wieder zu dem alten einförmigen Rhythmus herab. Der alte Mann neigte leicht den Kopf, die Augen der beiden Knaben quollen noch stärker hervor. Ich wandte mich um und arbeitete mich aus dem Gedränge heraus.

«Sie sind sehr großherzig», sagte ich zu Miss Wei. Sie gab keine Antwort. «Normalerweise bekommen sie in einem Monat nicht soviel zusammen.»

Erst nach einiger Zeit sagte sie: «Es ist das Scheußlichste, was ich je gesehen habe.»

«Es ist abstoßend. Man möchte es nicht glauben, aber manchmal verstümmeln sie kleine Kinder absichtlich, damit sie bettelnd einen Lebensunterhalt finden.»

«Ach», sagte sie mit einem leisen Aufseufzen, «es ist so böse.»

«Ja», erwiderte ich, die Worte des Brigadiers nachsprechend, «es gibt eine Menge schlimme Dinge auf der Welt.»

Eine Weile gingen wir schweigend weiter, taten, als ob wir die Dinge in dem Basar betrachteten, aber wir hatten die unbefangene Freude aneinander nicht mehr. Ich fühlte mich bedrückt, einmal durch das abstoßende Geschöpf im Rinnstein, dann aber auch, weil die bezaubernde Fröhlichkeit von Miss Wei gewichen war und weil sie jetzt unaussprechlich niedergeschlagen aussah. Ich machte eine gezwungen heitere Bemerkung, aber sie sah mich nur an und zwang sich zu einem traurigen Lächeln.

Als wir auf Hornby Road hinauskamen, verabschiedete sie sich und dankte mir, als ob ich irgend etwas Wundervolles für sie getan hätte. Sie machte zwei oder drei kleine Knickse, bevor sie in ihre Ghari stieg.

«Es war ein großes Erlebnis», sagte sie.

«Ja, es war ein Erlebnis.»

Ich rief eine andere Ghari an und nannte dem Kutscher den Namen meines Hotels.

6

Ich nahm eine kalte Dusche, schlug mir ein Handtuch um die Hüften und rauchte eine Zigarette an. Das ist eine ganz besondere Sache, eine kalte Dusche in Indien – besser als Alkohol, besser als eine Tasse Tee, besser sogar als Schlaf. Man geht unter die Brause, müde, mit wundgelaufenen Füßen, schweißüberströmt, von irgendwelcher Betrübnis niedergedrückt, und kommt wie neugeboren wieder heraus. Natürlich ist die Zigarette eine wichtige Zugabe. Mit Ausnahme der ersten Zigarette nach dem Frühstück ist dies die beste, die man haben kann.

Barfüßig lief ich hin und her, fühlte mich unaussprechlich wohl, mit einem wachen, frohen Körperbewußtsein. In England hatte ich dieses Gefühl selten gehabt, soweit nicht die Befriedigung eines Begehrens anstand. Und diese Begierden dienten doch eigentlich nur dazu, die Lästigkeit des Körperlichen zu unterstreichen. Sogar Training bloß um des Trainings halber war eine unerträgliche Zeitverschwendung.

Auf der Überfahrt von England war es mir zum erstenmal ganz klargeworden, wieviel mehr man seines Körpers bewußt wurde, je näher man dem Äquator kam. Wir hatten eine junge Burmanerin an Bord, sehr hübsch, lebhaft, intelligent; das Feuer der Leidenschaftlichkeit brannte heiß in ihr. Ein Militärarzt im Captainsrang verliebte sich Hals über Kopf in sie, noch bevor wir über den Clyde gekommen waren. Und als dann unser Zickzackkurs über den Atlantik begann, war eine Affäre in voller Entwicklung, die nicht ganz geheim bleiben konnte. Ich begann mir den Kopf zu zerbrechen, wie das ausgehen würde, denn beide waren verheiratet. Es war schon von doppelter Scheidung die Rede. Aber das war eine Idee, die in dem kalten nordischen Klima ausgeheckt wurde, als die Burmanerin noch in den Falten ihres mächtigen Pelzes fröstelte und er in seinem Offiziersmantel. Als wir uns dem Äquator näherten, räumte die Natur alle die Schwierigkeiten hinweg, in die sie die beiden planlos hineingeschleudert hatte. In der Sonne sich rekelnd, kam ihr nußbrauner Körper wieder zum Leben; irgend etwas lange Schlafbefangenes wurde wieder wach. Was den Captain betraf, so wechselte er nur widerstrebend in die Tropenausstattung, die ein Paar knorrige Knie und eine weiße Haut enthüllte, welche unter der Sonne bald mit schmerzhafter Röte überzogen waren. Sie lagen beide in ihren Liegestühlen, der eine in der Sonne, der andere im Schatten, er begann sie zu beneiden, sie ihn zu verachten. Auf der Nordpassage um Irland konnten sie ineinander verliebt sein, in den Tropen war ihre Verschiedenheit unversöhnlich.

So zaubert die Sonne dieses Körperbewußtsein hervor; mir hatte Burma und der Aufenthalt im Lazarett dasselbe getan. Daß mein Körper sich wieder zurechtfand, hatte mir zu der Erinnerung verholfen, daß ich zu mir gehörte, daß ich meinen Körper weder austauschen noch ohne ihn auskommen konnte, daß er mehr war als ein paar lästige Unvermeidlichkeiten, die miteinander verknüpft waren.

Ich rauchte eine zweite Zigarette und las ein paar Seiten in einem Buch. Dann zog ich weite Khakishorts und ein loses Buschhemd an und nahm eine Ghari in den Yacht Club. Peter hatte eine Notiz hinterlassen, daß ich ihn dort finden würde.

Er saß trinkend mit Mervyn und Mario beisammen. Ich nahm einen Whisky, dann gingen wir zum Dinner hinauf. Es war ein hoher, kühler Speisesaal mit vielen starken Ventilatoren. Die Kellner waren smart in Weiß gekleidet und eilten barfuß auf dem gebohnerten Boden hin und her. Wir bestellten zu dem köstlichen Essen eine Flasche Wein.

«Ich beginne Bombay gern zu haben», sagte Peter.

«Das ist der Jammer», meinte Mervyn. «Ich habe Angst, ich könnte es zu gern haben.»

«Wie meinst du das?»

«Das Leben ist so einfach, wenn sich alles um King's Road in Chelsea dreht. Du weißt immer, wo die Nabe zu deinem Rad ist.»

«Aber es ist nett, herauszufinden, daß man auch auf der Felge ganz gut leben kann.»

«Ich möchte aber gar nicht, daß mein Rad aus der Form kommt.»

«Das Quinn-Rad wird bald trudeln», sagte Mario gutlaunig. «Die Nabe wird demnächst am Ende einer Speiche sitzen.»

Ich sah ihn fragend an.

«Bist du schon wieder beim Plänemachen?» fragte er.

«Ich verstehe nicht.»

«Natürlich ist er dabei», sagte Peter. «Michael lebt immer organisiert. In dem Augenblick, in dem er in eine Stadt kommt, kauft er sich einen Plan. Er zeichnet sich die interessanten Plätze blau an, die Lokalbehörden grün, die Wohnungen schöner Frauen rot.»

«Was soll das alles?» fragte ich.

«Unsere Spione haben uns alles gesagt, und wir sind ernstlich verletzt. Du drückst dich auf die feinste Art und behauptest, Einkäufe zu besorgen. Dann kommst du heimgeschlichen zu unserem Rendezvous.»

«Miss Wei?» fragte ich.

«Das ist es, was uns berichtet worden ist.»

«Ich kann euch versichern, daß es nur Zufall war.»

«Die Fahrt in der Ghari auch?»

«Das war instinktive Galanterie.»

«Das ist eine sehr absichtliche Galanterie, wenn du dabei mit einer schönen Frau unter dem Lederdach einer Ghari verschwindest.»

«Ihr findet sie also schön?»

«Natürlich ist sie schön», sagte Peter. «Sie ist exquisit. Ich habe solche Augen in meinem Leben noch nicht gesehen. Es ist, als ob man in einen dieser bodenlosen Weiher hinabblickte, die man zwischen den Felsen der cornischen Küste findet.»

«Klingt fast, als ob du eifersüchtig wärst», sagte ich.

«Ganz gewiß bin ich eifersüchtig. Ich kann mir nicht erklären, wie ich nicht selbst auf den Gedanken gekommen bin, das zu tun.»

«Ich bin gar nicht auf den Gedanken gekommen. Es ist einfach geschehen.»

«Gib acht, wie weit du gehst», sagte Mervyn. «Vergiß nicht, daß sie eine gelbe Haut hat. So etwas kann dich Hals und Kragen kosten.»

«Ihre Haut ist nicht gelb. Sie ist gar nicht so wie Itsumi San. Sie ist weiß und rosig wie eure.»

«Das Prinzip ist dasselbe. Die Frage ist nur, ob du deinen Geschmack umstellst. Man hat mir gesagt, daß einer, der ein einziges Mal Betelnuß kaut, alles Interesse an Zigaretten verliert.»

«Heiliger Himmel», sagte ich, «ich kann nicht sehen, was das alles mit mir zu tun hat. Ich habe sie nur angesprochen, um uns für Fenwick zu entschuldigen.» Mein Einspruch klang etwas überheftig und humorlos, etwas an Mervyns Worten hatte mir einen unbehaglichen Stoß versetzt. Ich war mir selbst nicht ganz klar darüber, warum die Sache mich so viel anging, und ich nahm mir vor, später darüber nachzudenken. Mittlerweile war es besser, die Unterhaltung zu einem harmloseren Ziel zu lenken. «Fenwick hat sich heute selbst übertroffen, findet ihr nicht?»

«Er ist unbeschreiblich», sagte Mervyn. «In Friedenszeiten würde man einen solchen Menschen nicht in seinem Haus dulden. Man ließe ihn nicht einmal die Dienstbotentreppe benützen.»

«Manche Leute lassen sich von seiner anbiedernden Schulterklopferei gewinnen», sagte Peter. «Sie merken wohl nicht, daß das nur ein Teil seiner Methode ist, vorwärtszukommen.»

«Das ist nicht nur Schulterklopferei. Habt ihr gesehen, wie er mit dem Brigadier tut? Das ist schon sykophantische Speichelleckerei; das heißt in die ehrenwerte Rückseite des Chefs hineinkriechen.»

«Gerade diese Art Leute kommt vorwärts», sagte Mario. «Wartet's nur ab, ihr werdet schon sehen. Wir werden alle noch Fliegeroffiziere sein, wenn er schon Staffelkapitän ist, daran können wir nichts ändern. Und er wird Staffelkapitän sein, weil er seiner Aufgabe gewachsen ist. Und darum gibt es keine Waffen, mit denen wir ihn bekämpfen könnten, denn wir sind kein Viertel so tüchtig wie er.»

«Man könnte allerhand zugunsten der alten Zeit sagen», meinte Peter, «als man noch nicht ohne 500 Pfund jährlich und einen Vater bei der Garde Offizier werden konnte. Ich empfehle einen Antrag, der das Dahinschwinden der alten Zeiten beklagt, und die Gründung eines Clubs für Überlebende. Präsident wird der Oberst werden, den ich im Cricket Club traf.»

«Erzähl uns von dem Oberst.»

«Er sagte: Sie sollten sich selbst drei Dinge fragen. Erstens, wünschen die rechtdenkenden Inder, daß die Briten aus Indien hinausgehen? Zweitens, geschieht es zu ihrem Vorteil, daß die Briten hinausgehen? Und drittens, wollen die Briten überhaupt gehen, und wenn nicht, warum, zum Teufel, sollen sie? Ja, der Oberst hat eine echte, von Gott gegebene Überzeugung, daß wir eine überlegene Nation sind, die eine heilige Mission in Indien zu erfüllen hat. Er war absolut aufrichtig und freundlich und mindestens 72 Jahre alt. Er hatte ein lustiges Augenzwinkern und erzählte vom Bühneneingang der Gaieté. Ich bin sicher, daß er zu seiner Zeit den richtigen Blick für ein wohlgeformtes Fußgelenk hatte. Er sagte zu mir: Ich weiß, ich bin ein alter Diehard, ein Blimp, oder wie man sonst einen altmodischen Kauz meiner Art jetzt nennt. Das sagte er. Ich aber möchte, daß man ein Denkmal des idealen Diehard und Blimp errichtet. Es sollte den Typ für alle Zeiten aufbewahren. Stellt es in Madame Tussauds Panoptikum oder sonstwo hin, damit alle widerlichen Rangen in Zukunft ihn dort anschauen können. All die frühreifen kleinen Fenwick-Kinder sollen hingeführt werden, um es anzuschauen.»

«Ich glaube nicht, daß Fenwick jemals Kinder haben wird», sagte Mervyn. «Er ist ein langweiliger Traumichnicht.»

«Ich muß euch von meinem Onkel erzählen», fuhr Peter fort «Ihr werdet es kaum glauben – es ist wirklich zu gut, um wahr zu sein. Also, er ist ein Gutsbesitzer mit Adelsprädikat. Wir nennen ihn nie den Onkel. Bei uns ist er nur der Squire. Alle sind wir begeistert von ihm. Das einzige, was er wirklich kann, ist im Sattel sitzen – ihr habt nie etwas so Überzeugendes gesehen wie den Squire auf dem Rücken seines Pferdes, wenn er die Runde um seinen Besitz abreitet. Natürlich zahlt das Gut jährlich mit schöner Regelmäßigkeit 600 Pfund drauf, aber der Squire hält das für eine Last, die zu tragen er zu seinen Pflichten zählt – er würde mit den Traditionen brechen, wenn er das Gut rentabel machte. Er hat vor etwa 50 Jahren in Cambridge studiert, zu einer Zeit, da nur die Söhne von Pfeffersäcken graduiert wurden. Natürlich kam er zu keiner Promotion, aber das hinderte ihn nicht, Friedensrichter in Worcestershire zu werden – er war ja dazu geboren. Jetzt ist er nicht mehr Friedensrichter, aber er hält sich noch immer streng an eine Morgenzeremonie, die bei ihm ‹das Geschäft im Auge behalten› heißt. Für das Geschäft also ist halb elf Uhr vormittags angesetzt, wenn der Squire sich in sein Arbeitszimmer zurückzieht. Er setzt sich an seinen Schreibtisch, räuspert sich zuerst ergiebig die Kehle frei und streicht dann den Schnurrbart, was ein Anzeichen tiefsten Nachdenkens ist. Dann blättert er die *Times* durch, Seite um Seite. Wenn er bis zum Ende gekommen ist, überblättert er noch einmal das Ganze von Beginn an, für den Fall, daß ihm irgendeine bedeutsame Meldung entgangen wäre. Unterbricht man ihn bei dieser Beschäftigung, so blickt er einen düster über seine Brille hinweg an und sagt: ‹Könnte diese Sache nicht warten, lieber Junge? Ich bin über Geschäften.› Um halb zwölf, nachdem das Geschäft hinreichend im Auge behalten ist, kann er sich mit reinem Gewissen in den Sattel schwingen und ein paar Ulmenhaine inspizieren, wegen derer er seit elf Jahren zu keinem rechten Entschluß kommen kann, ob sie abgeholzt werden sollen oder nicht.

Nach dem Dinner gibt es immer Portwein und Zigarren. Ich hatte einmal die Stirn, eine Flasche Champagner zu verlangen. Ich habe einen günstigen Augenblick, wo er guter Laune war, abgewartet, aber es war doch ein furchtbarer Schock für ihn. Ich mußte mein Ansinnen mehrmals wiederholen, bis er seinen Ohren recht trauen konnte. Dann sagte er mehrmals hemhemhem, erzeugte in seiner Kehle ein furchtbares Geräusch und zerrte an den Enden seines Schnurrbartes. ‹Leider haben wir die letzte Flasche neulich ausgetrunken, mein lieber Junge›, sagte er schließlich. Aber ich hatte vorher den Weinkeller inspiziert. Ich sagte ihm das. Es war klar, daß ich ihm eine furchtbare Enttäuschung bereitet hatte; es gab eine lange Pause, während er seine Brille zurechtschob, daß er mich über den Rand hinweg anschauen konnte, dann nahm er sie ganz ab, erzeugte wieder einige ergiebige Räuspergeräusche, langgezogene, die zu einem Crescendo anstiegen, allmählich wieder verebbten und zum Schluß klangen wie ein Wagen beim Gangwechsel. Krieg und Frieden für ein ganzes Land hätten auf dem Spiel stehen können, so sah es sich an. Endlich sagte er mit furchtbarer Feierlichkeit: ‹Ich will es mir überlegen, mein lieber Junge. Es soll in Erwägung gezogen werden.› Und an diesem Nachmittag gab es unerwarteterweise eine lange Sitzung mit ‹Geschäft-im-Auge-Behalten›. Jetzt habe ich nur Angst, daß der Squire, bevor ich nach England heimkomme, bei seinen Vätern versammelt ist und daß das Land auch nicht mehr dasselbe ist. Mittlerweile will ich ihn zum Ehrenwerten Sekretär der Überlebenden des Alte-Zeiten-Clubs bestellen. Er wird seine Aufgabe bis zur Vollendung erfüllen.»

«Du müßtest in Indien sehr glücklich sein», sagte Mervyn. «Dies hier ist das letzte Bollwerk. Schau dir nur die vielen steifen Hemden in diesem Saal an.»

«Oh, das ist beileibe kein Bollwerk! Die Bastionen zerbröckeln zu nichts. Es gibt zuviel Aufruhr hier und zuviel Schlamperei, Bereitschaft, den Dingen ihren Lauf zu lassen; auch hat der Krieg zu viele junge Bürschchen hierhergeholt, harmlose Kerlchen, wie wir welche sind. Es gibt keine Prinzipien mehr. Sieh doch diesen Michael an mit seiner verrückten Idee, auch Inder wären Leute, die man zum Dinner einladen kann. Und jetzt ist er verliebt in eine Japanerin.»

«Du bist betrunken», sagte ich.

«Nein, ich kann es in deinem Gesicht lesen. Du bist verrückt nach unserer neuen Lehrerin.»

«Nicht die Spur. Ich finde sie sehr hübsch, aber wahrscheinlich hat sie schon irgendeinen Liebhaber. Wenn ich einer schönen Frau begegne, ist sie immer schon leidenschaftlich in jemand anderen verliebt.»

«Ja», sagte Mario, «ich möchte fast sagen, daß du darin recht hast.»

«Was weißt du darüber?» fragte ich, denn gerade von Mario klang es sonderbar, daß er so etwas sagte.

«Sie sitzt nämlich hinter dir», sagte er. «In der dritten Ecke des Dreiecks.»

Ich wandte mich um. Zwei oder drei Tische weiter saß Miss Wei, den Rücken gegen mich, ihr gegenüber ein Mann mit einer Hornbrille. Er hatte eine breite Stirn, eine Adlernase und dünne, blasse Lippen.

«Nun», sagte ich, «das wird euch hoffentlich überzeugen. Ich bin nicht auf der Jagd nach der japanischen Dame.»

7

Am nächsten Samstagnachmittag fuhr ich mit Peter und Mario zum Rennen. Mervyn ließen wir zu Hause auf dem Bett liegen, er steckte wieder in einer seiner schwärzesten Depressionen. Wenn es so mit ihm stand, war es nutzlos, sich um seine gute Laune Mühe zu geben; man hätte ebensogut versuchen können, jemandem das Delirium tremens auszureden. Wir begannen zu argwöhnen, daß er seinen Trübsinn kultivierte, sich gewissermaßen an eine kleine Abnormität seines Gehirns klammerte, sich vergrößerte, kurz, sich selbst in die Verrücktheit hineintrieb. Wenn man überschnappte, wurde man nach England heimgeschickt.

Mario war ein begeisterter Besucher des Rennplatzes; er sagte, daß seine Seele langsam dahinsieche, daß er Bewegung brauche, Farbigkeit, und daß er schöne Frauen in smarten Kleidern sehen müsse, Frauen, die ihm die Hauptstädte Europas in Erinnerung riefen. Peter ging nur zum Rennen, weil er Geld verdienen wollte. Er hatte ein System. Seiner Meinung nach mußte man ein System haben; und wirklich, sagte er, von jetzt ab werde er allen seinen Handlungen Systeme unterlegen. Eben erst hatte er ihren Wert entdeckt – so gebrauchte er zum Beispiel ein mnemotechnisches System, um sich japanische Vokabeln einzuprägen. Von nun an wollte er sein ganzes Leben nach einer Anzahl solcher Systeme organisieren, das war vielleicht noch eine Chance, es zu irgend etwas zu bringen.

Ich ging zu den Rennen, weil ich kein System für irgend etwas hatte, und weil mir nichts Besseres einfiel, was ich hätte tun können. Höchstens konnte ich an etwas Besseres denken. Ich hätte schließlich lieber im Cricket Club ein Buch gelesen oder ein wenig Japanisch gelernt, aber ich wußte im voraus, daß ich es am Samstagnachmittag unmöglich finden würde, ruhig zu sitzen und mich zu konzentrieren. Und das war nicht nur am Samstagnachmittag so. Der Friede, der in Simla über mich gekommen war, war wieder dahin, eine neue Art Rastlosigkeit hielt mich in ihren Klauen. Ich wußte selber nicht, was ich zu tun wünschte, nicht einmal, warum ich rastlos war. So ging ich zu den Rennen, weil das irgendeine Abwechslung war und weil man damit über den Nachmittag hinwegkam. Obwohl die Temperatur über 33 Grad stand, drängte sich die Menge auf dem Rennplatz. Dutzende von Limousinen waren an der Straße aufgereiht, und die Tribüne war voll von Maharadschas. Der Brigadier hatte uns Marken zugeteilt, die uns Zutritt zum Sattelplatz verschafften.

«Ist es nicht einfach herrlich?» sagte Mario. «Ich fühle mich nur unter den besten Leuten wohl.»

«Exzellent», bestätigte Peter. «Da seht ihr wenigstens, daß die Inder auch beste Leute haben. Ich war offenbar auf dem Holzweg. Ich dachte, die Inder wären nur Babus und Straßenkehrer.»

Es war genug Farbigkeit da für Mario. Alle die indischen Frauen trugen ihre seidenen Saris, ganz weich und bunt und über alle Maßen weiblich; die englischen Frauen bewegten sich dazwischen wie ein anderes Geschlecht, eine Zwischenstufe zur Männlichkeit. Diese Inderinnen schienen zu gleiten, wenn sie sich bewegten, und der durchscheinende Stoff, köstlich bordiert mit Silber und Gold, wehte hinter ihnen her; oder sie standen zu zweien und dreien wie Sträußchen sanftblätteriger Blüten. Mario lächelte, ästhetisch bezaubert, sein helles italienisches Lächeln.

«Ich verliere jede Minute Geld, die ihr hier verzückt herumsteht», sagte Peter. «Ich muß gehen und das Feld studieren.»

Wir ließen Mario im Gedränge, arbeiteten uns hinaus und sahen nach den Pferden. Dann gingen wir zu den Buchmachern und setzten auf das erste Rennen. Der niedrigste Einsatz war 30 Rupien. 30 Rupien, das war unser Sold für zwei Tage.

«Dadurch wird dein System ekelhaft teuer», sagte ich.

«Ich werde mich doch daran halten. Der springende Punkt bei jedem System ist, daß man sich unerbittlich daran halten muß.

Wenn ich dann noch verliere, fällt die ganze Blamage auf das System. Wenn du nur etwas Verstand hast, wirst du dich auch an eines halten.»

«Ich setze auf die Namen, die am besten klingen, und auf die Farben, die mir am besten gefallen.»

«Du bist bei weitem nicht zynisch genug», sagte Peter. «Du verstehst das Leben nicht. Die schmetterndsten Namen und die lautesten, die schreiendsten Farben gehen immer zuerst durchs Ziel.»

Wir nahmen unsere Zettel und gingen quer über den Sattelplatz zur Tribüne zurück. Da es aussichtslos war, Mario in der Menge wiederzufinden, suchten wir uns Sitze und rauchten eine Zigarette, während wir auf das erste Rennen warteten. Die Menge begann auf den Rasen vor der Tribüne hinauszuströmen, sie drängte sich an den Gittern entlang, die die Rennbahn einfaßten. Alle die Stimmen quollen zusammen in einem röhrenden Getöse, das sich hob und senkte wie stürmische See. Obwohl es hier bei der Tribüne kühler war, troff ich von Schweiß. Dabei begann ich Spaß an der Sache zu haben und genoß die Erwartung, die in der Luft zitterte. Ich hatte nur 90 Rupien bei mir, knapp genug für drei Rennen, und mir fiel ein, daß ich für den Fall eines Gewinnes eine Menge Dinge wüßte, für die man Geld ausgeben konnte. Zum Beispiel könnte ich, dachte ich, wenn ich gewann, Miss Wei zum Dinner einladen. Ich sagte es Peter.

«Du bist übergeschnappt», sagte er. «Du kannst sie auf jeden Fall ausführen, das ist keine Geldfrage.»

«Aber das Rennen macht mir so mehr Spaß.»

«Es ist nicht besser als das blöde Spiel, auf dem Pflaster die Fugen zu vermeiden – ‹wenn ich auf eine Fuge trete, falle ich beim Examen durch›. Du bist hoffnungslos. Du bist nicht mein Typ. Ich weiß nicht, warum ich gerade dich zum Freund habe.»

«Ich gehöre in eines deiner Systeme.»

«Auf jeden Fall habe ich jetzt den Beweis in Händen, daß wir im Yacht Club vollkommen im Recht waren. Was dich und Miss Wei betrifft.»

«Ihr wart nicht im Recht», sagte ich.

«Wenn du deine Frauenangelegenheit auf ein Pferd setzt...»

«Das war nur so eine Laune.»

«Wir wollen sehen, ob dein Pferd gewinnt.»

Lange hatten wir nicht zu warten. Und es gewann nicht. Mit Ausnahme eines Pferdes, das noch ein Stück weiter hinten lag, war mein Pferd vom Start an das letzte. Ich sah das Lachsrot und Himmelblau, die Jockeyfarben, die ich gewählt hatte, hinten in der Gruppe hängen, und der Jockey schien nicht einmal einen Versuch nach vorwärts zu machen. Peters Pferd kam als fünftes herein.

«Das ist fein», sagte er. «In meinem System ist es so, daß man nicht bei der ersten Wette gewinnen soll, man kriegt doch nicht genug, und man muß noch einmal losgehen.»

«Ich habe Miss Wei verloren», sagte ich. «Voraussichtlich werde ich dich zum Dinner einladen müssen an ihrer Statt, wenn du den ganzen Nachmittag weiter verlierst.»

«Ich werde mir schon helfen. Du solltest lieber deine Dame auf das nächste Rennen setzen.»

«Nein, das ist aus und vorbei.»

Wir gingen wieder zu den Buchmachern hinüber und setzten neu. Ich nahm wieder Lachsrot mit Himmelblau, Peter nahm ein Pferd, das Tintinnabulation hieß. Wir beobachteten das Rennen vom Gelände aus. Ich sah mein Pferd, als es vorbeikam, bedrohlich weit zurück, aber Peter sah seines überhaupt nicht. Wer gewann, konnten wir nicht ausmachen, und Peter war auf der Folter, bis die Nummern hochgingen; keine von den unseren war darunter. Ich setzte meine letzten 30 auf ein Pferd, das «Die Tochter des Obersten» hieß, und Peter wagte 90 auf das gleiche Pferd. Es kam als Dritter herein, wir hatten aber auf Sieg gesetzt. Nun fiel ich aus, denn ich hatte kein Geld mehr in der Tasche. Peter wollte mir welches leihen, aber ich hatte absichtlich nur 90 zu mir gesteckt und riet ihm, sein Geld auf sein System zu verwenden. Beim fünften Rennen setzte er 150 Rupien, und sein Pferd ging zehn zu eins durchs Ziel. Wie ein Halbverrückter arbeitete er sich zum Buchmacherstand durch, um seine über hundert Pfund zu kassieren, als ob er Angst hätte, das Geld könnte ausgehen. Dann setzte er noch 30 auf das letzte Rennen, ich lieh mir 30 von ihm aus, und wir verloren beide.

Wir warteten am Sattelausgang, bis Mario im allgemeinen Gedränge herausgeschoben wurde. Er sah so vergnügt aus, daß wir meinten, er müsse mindestens ebensoviel Erfolg gehabt haben wie Peter. Aber bevor er etwas sagte, fragte er nach uns.

«Mein System hat sich wundervoll bewährt», sagte Peter.

«Nächstes Mal wirst du damit breit auf die Nase fallen.»

«Ich werde nichts dergleichen tun. Das Genialste an meinem System ist, daß man niemals dasselbe System zweimal hintereinander gebrauchen darf. Noch niemand ist vor mir auf diesen Gedanken gekommen. Und was hast du gewonnen?»

«Mehr als du.»

«Glaube ich nicht. Du hattest gar nicht genug Kapital.»

«Du hast deine Seele verloren», sagte Mario. «Und ich habe die Welt gewonnen.»

«Ich hasse Menschen, die in Rätseln reden.»

«Und den Himmel habe ich auch gewonnen, obendrein.»

Er versuchte sein Lächeln zu unterdrücken, aber sein ganzes Gesicht leuchtete, und seine Augen strahlten vor Glück. Er sah außerordentlich hübsch aus, hübsch auf eine dunkle, angenehme Weise, gar nicht hölzern.

Wir ließen ihm sein Geheimnis, bis wir in ein Taxi geklettert waren, dann nahmen wir ihn in die Zange, und er sagte etwas scheu, als ob er selbst ein wenig überrascht wäre:

«Also wirklich, ich habe ein wundervolles Mädchen kennengelernt.»

«Verdammt», sagte Peter, «ich hätte dich nicht aus den Augen lassen dürfen.»

«Ich war nicht im geringsten darauf gefaßt, etwas dergleichen hier zu finden.»

«Natürlich bist du auf eine dieser nervenzerrenden Saris hereingefallen. Mein Gott, wirst du hineinspringen... diese Kittel können Berge in Maulwurfshügel verwandeln.»

«Es ist ein englisches Mädchen», sagte Mario.

«Gehört sie zu den ‹besten Leuten›?»

«Gewiß, sie war in Begleitung ihrer Eltern.»

«Also zu den allerbesten offenbar.»

«Ich sah sie an und fand sie wunderbar. Ich sah sie weiter an, sie erwiderte meinen Blick ganz ungeniert, und ich wußte sofort alles über sie. Ich ging schnurgerade zu ihr hin und begann mit ihr zu sprechen, als ob ich sie von Kindesbeinen an gekannt hätte. Ich habe so etwas in meinem ganzen Leben noch nicht kennengelernt. Nach so etwas möchte man alles Unwahrscheinliche für möglich halten.

Gottheiten, die das Schicksal bestimmen, und dergleichen. Und einen ganz außergewöhnlichen Namen hat sie auch. Sie heißt Dorcas.»

«Ja», sagte Peter, «das ist ein hübscher Name. Ich kann mir die unbefangenen Blicke vorstellen.»

«Ich habe den ganzen Nachmittag damit verbracht, für sie Wetten zu placieren. Wir haben alles verloren.»

«Macht natürlich nicht das geringste aus.»

«Wir vergaßen sogar, auf das Rennen zu achten, so waren wir ins Gespräch vertieft.»

«Und die Eltern?»

«Nach der Art, wie wir miteinander sprachen, dachten sie, wir wären alte Freunde. Ihr Vater ist Generalmajor. Ein wenig gichtisch.»

«Du wirst unerhört glücklich werden», sagte Peter.

«Natürlich weiß ich nicht, was daraus werden wird. Vielleicht war es nur einer dieser schönen Momente, die nie wiederkehren, ein richtiges Zusammentreffen chemischer Elemente unter richtigen atmosphärischen Bedingungen. Auf jeden Fall werde ich sie nächste Woche treffen. Zum Dinner.»

«Nicht heute abend?» fragte Peter. «Dann wollen wir eine Feier haben. Wir werden deinen schönen Moment feiern und die Rechtfertigung meines Systems. Nur Mervyn will ich nicht dabeihaben, denn seine Mißlaune ist ansteckend.»

Als wir ins Hotel zurückkamen, war Mervyn verschwunden. Er hatte sein Bett zerwühlt gelassen, seine Kleider wild zerstreut. Wir badeten und zogen uns um, dann gingen wir aus und aßen in einem chinesischen Restaurant. Wir bestellten Haifischflossensuppe, denn das war das Teuerste auf der Speisekarte, und Peters Tasche quoll über von dem Geld, das er gewonnen hatte. Hernach gingen wir ins Kino. Aber wir waren nicht in der richtigen Stimmung für zwei Stunden Sentimentalität, und so machten wir anzügliche Bemerkungen, die den Leuten rings um uns mißfielen. Als wir wieder gingen, brachten sie ihre Befriedigung durch absichtlich hörbares Gemurmel zum Ausdruck.

Mervyn war nicht da, als wir heimkamen. Wir gingen zu Bett, ich lag lange wach und dachte an das Rennen, an den Film, die Haifischflossensuppe und gelegentlich an Miss Wei. Draußen war es dunkel, aber der Ventilator ging auf halben Touren, und ich sah die Funken über meinem Kopf rings um den Motor sprühen. Dann hörte ich Mervyn die Treppe heraufkommen, schwer atmend wie ein Tier.

«Wie spät ist es?» rief ich, als er an meiner Türe vorbeiging.

«Weiß nicht.»

«Du hast doch eine Uhr.»

Er leuchtete mit seiner Taschenlampe das Handgelenk ab. Lange stand er so an die Tür gelehnt, starrte auf seine Uhr und schnaufte. Vielleicht war er betrunken; aber Mervyn mußte sich gar nicht betrinken, um sich in einen solchen Zustand zu versetzen.

«Drei Uhr», sagte er endlich.

«Gute Nacht.»

Er sagte nicht gute Nacht, sondern stapfte schwerfällig in sein Zimmer. Ich konnte hören, wie er die Schuhe auf den Boden warf, dann ächzten die Federn seines Bettes, als er sich schwer darauf fallen ließ, ohne die Kleider ausgezogen zu haben.

Miss Wei gab ihre Lektionen nachmittags. Als sie ihre erste Scheu überwunden hatte, wurde ihr Unterricht die hellste Stunde des Tages.

Alle zogen sie ein wenig auf, und sie fand das sehr lustig; die ganze Stunde hindurch mußte sie immer wieder ihre rotrückige Liste vor ihr Gesicht halten, um ihr Schmunzeln zu verbergen. Aber wir lernten eine Menge Japanisch von ihr. Wir suchten komische Vokabeln und Phrasen aus einem Reisewörterbuch heraus und mischten sie in unsere Konversation; immer wieder mußte Miss Wei ihr Gesicht verbergen und darüber lachen, wie seltsam diese Worte auf unseren Lippen klangen. Sie wollte gern wissen, wer sie uns gelehrt hatte. Dann, eines Nachmittags, blieb sie von der Schule aus. Der Brigadier kam und kündigte an, sie wäre erkrankt, würde aber bald wiederkommen. Wir durchstöberten die Phrasenbücher nach allen Arten von Teilnahmekundgebungen. Aber sie kam auch am nächsten Tag nicht und am übernächsten wieder nicht. Einmal glaubte ich sie auf der Straße zu sehen. Ich hielt meine Ghari an, sprang heraus und lief der Unbekannten auf dem Trottoir nach. Aber sie war es nicht. Und von da an glaubte ich sie auf der Straße immer wieder in verschiedenen entfernten Gestalten zu erkennen. Und sooft mein Irrtum aufgeklärt war, hatte ich das gleiche Gefühl von Enttäuschung und Niedergeschlagenheit, wie wenn sie nicht zum Unterricht kam. Die Tage waren lang und öde. Sie hatten eine Lücke, die wir nicht empfunden hatten, bevor Miss Wei zu uns kam. Für mich war es ein kleiner Schock, als mir endgültig klar wurde, wie sehr sie mir fehlte.

Plötzlich schien es mir ganz dringend notwendig, ihr Blumen zu schicken. In der Siesta nach dem Lunch ging ich zu Matier und bestellte einen Strauß, der ihr ins Hotel gesandt werden sollte.

«Ist eine Karte beizulegen?»

«Nein», sagte ich, «es ist unnötig.»

Ich meinte, die Blumen abzusenden wäre genug und würde den Druck, der auf mir lastete, lösen. Tatsächlich dachte ich jetzt unaufhörlich an sie. Es war wie eine Krankheit. Ich wollte es loswerden, denn es lenkte mich von Dingen ab, die ich wirklich tun wollte. Nachdem ich die Blumen gesandt hatte, fühlte ich mich besser, ging abends in den Cricket Club, badete und dachte, ich hätte mich wie ein Idiot benommen. Ich bestellte geeisten Kaffee und schlürfte ihn, auf einem Decksessel neben dem Schwimmbassin sitzend; ich las ein Buch und nahm sogar das meiste von dem Gelesenen auf. Ich fühlte mich sehr wohl und glücklich und war froh, daß ich die Blumen ohne Karte geschickt hatte. Und so behaglich war mir, bis ich im Bett lag. Dann kam alles wie eine plötzliche Brandung wieder hoch, ich hatte verzweifelte Sehnsucht nach Miss Wei und nahm mir fest vor, am nächsten Tag zu ihr ins Hotel zu gehen. Der nächste Tag war ein Samstag, und ich ging am Nachmittag hin.

Ich stand in der Halle, während ein Bote hinaufging, um zu fragen. Das Hotel hieß Mayfair, es glich einem der alten Hotels in Belgravia, reichlich düster und trübsinnig und voll viktorianischer Einrichtungsgegenstände. Es hatte einmal bessere Tage gesehen, darum hielt es sich trotz allem an die alten Preise. Ich begann zu wünschen, ich wäre nicht gekommen, nicht wegen der Düsternis in der Halle, aber weil ich jetzt eine gewisse Unruhe empfand. Zunächst meinte ich, es wäre einfach eine Geste der Höflichkeit, hierherzukommen, über jeden Verdacht erhaben, und wenn sie im Bett war und mich nicht zu sehen wünschte, konnte sie ja ohne weiteres ein paar nette Worte sagen lassen. Gleich darauf aber schien es mir, jedes Kind müßte erkennen, daß ich mich in eine lächerliche Verblendung hineingetrieben hatte und einen Narren aus mir selbst machte. Am Ende wollte ich Schluß machen und gehen, gehen und alles in einem von Ventilatoren gekühlten Kino vergessen. Zugleich aber wußte ich: wenn ich das tat und die Sehnsucht wieder über mich kam, würde ich mich selbst wegen meiner Feigheit verachten. Und ich begriff, daß ich meinen Gefühlen gemäß zu leben hatte, selbst wenn sie abwegig waren.

Der Bote kam zurück.

«Es ist Zimmer Nummer 43, bitte», sagte er.

«Soll ich hinaufgehen?»

«Die Lady sagt, sie bitten kommen.»

Ich wurde in einem alten rasselnden Lift in den zweiten Stock hinaufgeschleust und in einen düsteren Korridor ausgeleert. Ich fand Nummer 43 und klopfte. Miss Weis Stimme rief mich hinein.

Es war ein großer hoher Raum, heller als das ganze übrige Hotel, aber schäbig möbliert. Nur das Bett mit seinen einwandfrei weißen Bezügen und Kissen sah neu aus; und darin saß Miss Wei gegen die hochgestellten Kissen gelehnt, sehr klein und ein wenig verloren so allein in dem großen Raum. Aber nie hatte ich sie so allerliebst aussehend gefunden, ihr blasses Gesichtchen von schwarzem Haar umrahmt und ihre schmalen Hände neben ihr auf dem Bettzeug liegend. All mein Widerstreben schwand dahin, ich war voll Freude, und ich wollte lauter Dinge sagen, von denen ich genau wußte, daß sie unmöglich waren. Statt dessen ging ich die ganze Jammerliste von Komplimenten und Teilnahmekundgebungen durch und setzte mich auf einen Stuhl, ein paar Meter von dem Bett entfernt.

«Wirklich», sagte sie, «ich bin nur aus dem Lot. Ein wenig Kopfweh, das ist alles.»

«Hatten Sie den Arzt hier?»

«Er kommt und gibt mir eklige Pillen.»

«Vermutlich ist es die Sonne. Und Sie hätten die Dinge von Anfang an leichter nehmen sollen.»

«Ich bin ein faules Geschöpf, das ist der Jammer. In der Schule werden alle ungehalten über mich sein. Bitte, sagen Sie mir, hat der Brigadier Sie geschickt, um mich auszuschelten?»

«Ja. Er ist wütend über Sie.»

«Jetzt machen Sie sich lustig über mich. Das ist nicht nett.»

«Wir machen uns alle Sorgen um Sie», sagte ich.

«Jemand hat mir schöne Blumen gesandt. Bitte, können Sie mir sagen, ob es jemand aus der Schule war?»

«Kann schon sein.»

«Sie necken mich. Sie wissen ganz genau, wer die Blumen geschickt hat.»

«Gibt es außer Schulleuten noch jemand, der sie gesandt haben könnte?»

«Ein Freund wäre da, aber der hat schon schöne Trauben geschickt.»

«Sie haben nur einen Freund in Bombay?»

«Ja», sagte sie, «das ist alles. Außer den netten Leuten in der Schule.»

«Sind Sie sabishii...?» Das war, glaube ich, eines der schönsten von allen japanischen Worten, das ausdrucksvollste, sabishii... es meinte säumig, zaudernd zum Glück, ähnlich dem Wind, der traurig seufzt. Sabishii, das ist nicht Traurigkeit, nicht Einsamkeit, sondern etwas zwischen beidem, trauriges Alleinsein, ein sentimentales Sichhärmen. Miss Wei war sabishii. Ich konnte es von ihren Augen ablesen, obwohl sie zuerst geradezu heiter ausgesehen hatte.

«Ich bin ganz glücklich», sagte sie. «Ich habe tausend Gründe, um glücklich zu sein, aber die dummen Kopfschmerzen! Und ich habe jetzt wirklich zwei Freunde... ich habe den, der die Trauben, und den, der die Blumen geschickt hat. Es ist nett von den Leuten, daß sie freundlich mit einer Japanerin sind!»

«Es ist ganz gleichgültig, was Sie sind, solange Sie ein gutes Herz haben.»

«Ich habe ein selbstsüchtiges Herz.»

«Ich glaube das nicht.»

«Doch, es ist so. Ich denke nur an mich.»

«Sind Sie darum den weiten Weg von England hierher gekommen, um uns zu helfen?»

«Ich mag die Engländer gern, sie waren gut zu mir. In Japan ist viel Schlechtigkeit.»

«Es ist nicht leicht, mit Leuten zusammenzusein, die gegen Ihr Land kämpfen.»

«Ich versuche darüber wenig nachzudenken, daß sie gegen mein Land kämpfen», sagte sie. «Bitte, möchten Sie nicht Tee haben?»

Sie zerrte an einem enormen viktorianischen Glockenzug, der neben dem Bett hing, und der Zimmerkellner kam. Er brachte Tee, und wir sprachen nicht mehr vom Kampf gegen Japan, aber vom Leben in Japan, von Teezeremonien, von der Art, wie man japanische Kleider trägt, und manchmal sprachen wir sogar ein bißchen Japanisch. Ich fand heraus, daß ich sie zum Lachen bringen konnte, und wenn sie vor mir allein lachte, so verbarg sie ihr Gesicht nicht hinter etwas, als ob sie weinte. Ihr Lachen war sehr hübsch und freundlich, und einige Zeit lang waren ihre Augen nicht im mindesten sabishii. Ich lachte auch eine Menge zusammen, nicht weil wir etwas besonders Komisches gesprochen hätten, sondern weil mein Blut froh war und in meinen Adern sang. Und ich konnte mir auf der ganzen Welt kein größeres Vergnügen vorstellen, als eine schöne Frau immer näher kennenzulernen und mit ihr allein zu sein.

Als ich ging, nahm ich mir keine Ghari, sondern wanderte zu Fuß nach Hause. Ich mußte immer noch lächeln, und der schmerzhafte Druck in meinem Innern war gewichen wie aus einem geöffneten Ventil.

Meine Ruhr brach wieder aus. Ein oder zwei Tage lang hatte ich es vermutet, und eines Morgens war es gewiß. Die Keime zerrissen mein Inneres, ich wußte ganz genau, daß es nutzlos war, ihnen mit einem Chemikertrank begegnen zu wollen. Statt in die Schule zu gehen, besuchte ich den Arzt.

«Packen Sie Ihren Koffer, alter Junge», sagte er, «Sie gehen ins Lazarett.»

Ich fuhr in einem Ambulanzwagen ins Hotel, um meine Sachen zu holen und für Peter und Bahadur, meinen Diener, Nachricht zurückzulassen. Dann sagte ich dem Fahrer, er sollte an der Schule vorbeifahren. Ich ging hinauf, um den Brigadier zu besuchen und aus meinem Schrank eine japanische Grammatik zu holen. Als ich mit dem Brigadier sprach, sagte er nur, daß Miss Wei an diesem Nachmittag wieder zum Unterricht kommen würde.

Das machte es mir doppelt beklagenswert, daß ich ins Lazarett mußte. Es schien so absurd, daß der Körper einen so plötzlich im Stich ließ, und ich war wütend über meine Eingeweide, wie ich über jemand wütend gewesen wäre, der mich aus Unachtsamkeit verraten hätte.

Das Lazarett lag sechs Meilen entfernt, nicht weit von dem Rennplatz Mahalakshmi – ein Dutzend langgestreckte, niedrige Gebäude in einem abgesteckten Gelände. Ich wurde in den Dysenteriesaal gebracht. Offiziere, die in ihren Pyjamas auf der Veranda saßen, sahen mir mit sanfter Neugierde nach. Ich folgte der Schwester in einen Raum, in dem es ein leeres und zwei bereits belegte Betten gab. Ich kam mir vor wie der Mann, der als letzter in ein Eisenbahnabteil einsteigt.

«Amöbisch oder bazillarisch?» fragte mich einer der beiden Offiziere. Er war vom Heer und hieß Gregory.

«Bazillarisch, hoffe ich.»

«Wenn es amöbisch ist, dann sitzen Sie hier für verdammt lange Zeit.»

«Voriges Mal war es bazillarisch», sagte ich. «Ich bin nie ganz frei davon geworden.»

«Ich bin ein amöbischer Fall. Jetzt bin ich einen Monat hier. Zum fünften Mal in diesem Jahr. Aber nun bin ich soweit, daß sie mich heimschicken.»

«Das ist eine gewisse Entschädigung.»

«Ich will aber gar nicht heim. Ich liebe Indien.»

Ich zog meine Tropenuniform aus und schlüpfte in einen Pyjama.

«Wo ist das Allerheiligste?» fragte ich.

«Durch diese Tür.»

Ich ging ins Bureau, schrieb meinen Namen auf einen Streifen Papier und ließ ihn dort. Ich legte mich hin, und kurz nachher brachte ein Sanitäter ein Tragbrett mit dem Lunch. Es gab Suppe, Hühnerhaschee und Gelee. Ich war sehr hungrig, und von der Lästigkeit des Leidens abgesehen, fühlte ich mich ganz gesund. Ich war sehr ungern Patient und haßte es, dünnes Zeug zu essen. Und Gregory, fand ich, sah wie diese Art Offiziere aus der Armee aus, die vom Rockkragen aufwärts stur und stumpf sind, nicht der Typ, mit dem man sich gern in ein Zimmer sperren ließ. Der andere Offizier schlief. Er wachte zu seinem Lunch auf, nuschelte einen matten Gruß, aß und versank sofort wieder in Schlaf. Das Radio störte ihn nicht. Es war Gregorys Apparat, und er ließ ihn mit voller Stärke laufen. Der Raum zitterte von Jazzlärm.

Erst jetzt wurde es mir ganz bewußt, wie jämmerlich es sein würde, wenn sich herausstellen sollte, daß meine Ruhr amöbisch war. Mit dem Japanischen war es dann vermutlich aus. Schluß mit Bombay. Kein Spaß mehr. Ich würde heimfahren, aber nicht geradenwegs, ein Jahr lang würde ich vielleicht in Lazaretten und Erholungsheimen herumkriechen wie Gregory, bis meine Unheilbarkeit unter indischen Verhältnissen feststand. Trinken schon gar nicht. Amöbisch oder bazillarisch, wahrscheinlich war die Sache durch das Trinken wieder zum Ausbruch gekommen. Schlechter Whisky, schlechter Gin.

Und ich wollte jetzt auch nicht heim. Nach Burma wäre mir amöbische Dysenterie recht gewesen. Malaria, eine Verwundung, alles, was als Paß nach Tewkesbury gelten konnte. Ich sehnte mich damals nur danach, die grünen Wiesen zu sehen, voll Butterblumen, einen Blick zu werfen auf den Turm der Abtei oder die Malvern Hills... und die warmen steinernen Oberschwellen des Hauses... mein Gott, wie ich mich danach gesehnt hatte! Damals war ich aus dem Dschungel entkommen, ich hatte in den kühlen sauberen Laken und in der stummen Hilfsbereitschaft englischer Pflegerinnen den Himmel gefunden. Jetzt war ich in einem viel besseren Lazarett, und alle diese Dinge bedeuteten mir gar nichts. Ich wollte sie nicht. Ich wünschte so zu leben, wie ich bisher gelebt hatte. Plötzlich erschien mir dieses Leben erregend und reizvoll.

Ich war rastlos, während ich im Bett lag. Das Radio war unerträglich, aber ich meinte, ich wäre noch nicht lang genug in dem Zimmer, um mich schon über solche Dinge beklagen zu können. Captain Gregory begann mir von seinem Dienst zu erzählen, ich erinnere mich nicht mehr genau, was es war, aber es war irgendein Stabsdienst von Bedeutung. Vor knapp vier Monaten war er noch Unterleutnant gewesen. Jetzt war er Captain mit Stabsbesoldung und eingebildet wie nur Generalstäbler, die nachträglich eine glückliche Chance, die sie gehabt haben, ihrer eigenen Begabung zuschreiben. Wenn ich ihm zuhörte, begriff ich dieses Gefühl der Soldaten, das ich in Burma beobachtet hatte – ein Gefühl, das von der Kampflinie nach rückwärts ebbte, jeder Mann eher voll Verachtung als neidisch gegen die Leute hinter ihm. Der vorgeschobene Mann in einem Infanteriezug, vielleicht nur um eine Straßenbreite von den ersten Unterständen entfernt, denkt bereits: «Diese verdammten Nichtkombattanten da hinten im Graben! Wo nie eine Kugel hinfliegt!» Und der Zugführer im Graben denkt, die im Brigadehauptquartier säßen in Klubsesseln, und die Brigadeoffiziere denken ebenso von den Babus, diesen Büro-Wallahs, von der Division. Und so geht es weiter bis zurück zum Generalhauptquartier in Neu-Delhi, wo die Herren mit den roten Lampassen in ihrem kühlgefächelten Sekretariat sitzen. Aber auch die Rotgestreiften denken dort im Sommer voll Neid an ihre Kameraden im Gebirge.

Gut, das Generalhauptquartier ist eine Sache, und der kleine Mann vorn ist eine andere. Man muß die Sache nicht aus der Froschperspektive anschauen, man kann einen Mann auch nicht tadeln, wenn er stolz darauf ist, beim Stab zu sein; es war aber nicht notwendig, vor den Leuten, mit denen man zusammensaß, so zu reden, als ob sie nur durch ihre Unfähigkeit und Dummheit außerstande gewesen wären, sichere und einträglichere Positionen zu finden.

Ich wußte, daß ich mit diesem Gregory Streit bekommen würde. Eines Tages, als der Heeresbericht durchgekommen war, sagte er: «Diese kleinen Mißgeburten! Diese schlitzäugigen Affen.»

«Wer?» fragte ich, obwohl ich ganz genau wußte, wen er meinte.

«Die Japs.»

«Vielleicht sind sie nicht alle Mißgeburten», sagte ich.

«Vielleicht doch.»

«Kennen Sie viele Japaner?»

«Überhaupt keine. Möchte auch nicht. Danke schön.»

«Wie können Sie sie denn so allgemein verurteilen?»

«Ich weiß genug von ihnen, um das ganze Pack zu hassen. Hassen Sie sie vielleicht nicht?»

«Früher dachte ich wohl, daß ich es täte, aber wirklich tue ich es nicht. Zumindest nicht alle.»

«Sie würden sie hassen, wenn jemand, an dem Ihr Herz hängt, in ihre Hände gefallen wäre.»

«Kennen Sie so jemand?»

«Ich kannte Leute, deren Söhne in Singapore waren. Und ich kann ihre Gefühle würdigen.»

«Mein Bruder war in Hongkong», sagte ich.

«Und er wurde gefangen?»

«Ja. Ich glaube nicht, daß er einen schönen Tod gehabt hat.»

«Wirklich, ich kann nur sagen, Ihnen fehlt es an Gefühlstiefe.»

«Nicht sehr logisch», sagte ich.

«Perfekt logisch. Wenn Sie nur eine Spur von Gefühl hätten, so wäre es für Sie nur natürlich, ein Volk zu hassen, von dessen Händen Ihr Bruder ‹keinen schönen Tod gehabt hat›.»

«Wenn mein Bruder von einem Wagen überfahren wird, dessen Fahrer besoffen ist, so hasse ich den Fahrer, aber nicht alle Fahrgäste.»

«Großer Gott», sagte der Captain, «Sie sind einer von denen, was? Es gibt gute Deutsche und schlechte Deutsche, gute Japs und schlechte Japs. Ich hoffe nur, daß nach dem Krieg nicht solche Leute wie Sie zu reden haben werden.»

«Und was, meinen Sie, sollte nach dem Krieg mit den Japs geschehen?»

«Austilgen. Ausrotten.»

«Sie meinen das nicht ernst.»

«Gewiß meine ich es ernst. Es wäre gar nicht schwer. Man könnte sie mit Gas fertigmachen. Millionenweise könnte man sie einfach wegwischen. Gar keine Kunst, sie zu vergasen.»

«Ich hoffe meinerseits, Sie werden nach dem Krieg nicht am Ruder sein», meinte ich.

«Wenn ich es bin, werde ich keine Leute um mich dulden, die in ihren Anschauungen verschlampt sind wie Sie. Verdammte Verräterei ist das, ja.»

«Blödsinn, so etwas zu sagen.»

«Nun, wünschen Sie, daß wir den Krieg gegen die Japs gewinnen oder nicht?»

«Wir müssen ihn gewinnen, es bleibt uns gar nichts anderes übrig.»

«Wir werden ihn nicht gewinnen, wenn wir uns einreden, daß sie reizende Leute sind. ‹Es tut mir furchtbar leid, Herr Feind, aber ich muß jetzt leider auf Sie schießen.› Sie müssen einfach fanatisch sein.»

Ich hätte gern gesagt: Es muß einem furchtbar gegen den Strich gehen, so fanatisch zu sein mit einem Bleistift in der Hand und mit der Sehnsucht im Herzen, es wäre ein Bajonett. Aber dieser Hohn war zu billig, und wer war ich schon, daß ich so reden durfte? Ich mit meiner schönen Etappenkommandierung, auf der Schulbank sitzend, mit Fliegerabzeichen am Kragen, die der Vergangenheit angehörten.

«Tut mir leid, aber ich bin nicht fanatisch», sagte ich. «Ich finde, Krieg ist eine verdammt ekelhafte Beschäftigung, so ähnlich wie tolle Hunde abschießen.» Und ich schloß: «Ich hasse den Krieg.»

«Das ist klar», sagte er.

«Am meisten aber hasse ich, was der Krieg den Leuten antut, und das liegt nicht so klar auf der Hand.»

«Na schön», sagte er, «wollen wir ein wenig Musik hören.» Er drehte an dem Knopf des Geräts, und ein Strom von Geräusch flutete in den Raum. Ich lag und versuchte zu denken und mich der Wogen zu erwehren, die an mein Trommelfell brandeten. Als die Schwester mit dem Thermometer die Runde machte, war der Zorn noch in meinem Blut und trieb das Quecksilber auf 38 und meinen Puls auf 96.

«Fühlen Sie sich schlecht?» fragte sie.

«Alles in Ordnung.»

«Sie haben Fieberaugen», sagte sie und machte ihre Eintragung auf die Liste.

«Es ist nicht der Rede wert.»

Und doch kamen die Gedanken an Miss Wei wie Fieber zurück. Um ihretwillen hatte ich die Worte des Captain so bitter empfunden; alle meine Gedanken waren wie verwandelt, seit sie Miss Wei umfingen. Ich hatte gesagt: «Ich hasse sie nicht alle», aber gedacht hatte ich nur, daß Miss Wei schön war und zierliche Hände hatte und dunkle Augen, deren Blick sabishii war. Mir fielen alle Ausdrücke ein, die sie gebraucht hatte, im Lehrsaal, im Basar und als wir in ihrem Zimmer Tee tranken, und alles schien mir hübscher und liebenswerter als irgend etwas, wovon ich bis dahin gehört. Ich sagte mir: Aber das ist zu schnell, du weißt nichts von ihr, nichts! Deine Phantasie spiegelt dir etwas vor, eigens für dich.

Aber meine Phantasie war in Brand, und in ihren Flammen verlohten diese Proteste meiner Vernunft wie sprödes Herbstlaub, die Asche verwehte und ging in Luft auf.

Am nächsten Morgen war meine Temperatur normal, und mein Puls setzte sich auf regelmäßigen 65 fest. Der Doktor kam zur Visite und fällte seinen Spruch:

«Bazillarische Ruhr. Haben Sie keine Angst, in zehn Tagen bringen wir Sie wieder hoch.»

Die Schwester brachte mir vier weiße Tabletten auf einem Löffel. Ich nahm sie in den Mund und würgte sie mit einem Schluck Wasser hinunter. Sie waren geschmacklos wie Kalk.

Ich fühlte mich wohl. So stand ich auf und inspizierte die Bücher in der Lazarettbibliothek: Die Umschläge waren zerfetzt und trist, und der Inhalt der Bücher schien noch trister zu sein. So wanderte ich auf den Balkon hinaus und setzte mich in einem Lehnstuhl in den Schatten; ich beobachtete, wie jenseits der Straße träg und schleppend an einem Bungalow gebaut wurde. Frauen bewegten sich im Schneckentempo, trugen Körbe voll Ziegel und Schieferplatten auf den Köpfen – sie selbst in stolzer Haltung aufgereckt, feierlich in Rot gekleidet. Nach einer Weile fuhr ein Auto vor, der Kontraktor, der Vertragsagent der Arbeiter, ein Sikh mit einem pompösen Bart und weißem Turban, stieg eibäuchig heraus und stolzierte quer über den Platz. Niemand beachtete ihn im geringsten; die Inder arbeiteten in der Morgenhitze weiter mit unsagbar langsamen Bewegungen. Ein Ochsenkarren zog vorüber. Das Tier schien traumhaft des Joches unbewußt, das hakenförmig über seinem Buckel lag, sah einmal nach der einen Straßenseite, dann nach der andern, in lockeren Falten baumelte die Haut schlapp unter ihm. Der Karren dahinter hob und senkte sich knarrend bei jeder Drehung der roh behauenen Räder. Dann sauste ein Taxi mit einem Hupensignal vorbei, durch die Fenster fing ich ein Bild auf, zwei blasse Gesichter, glitzernde Knöpfe einer Uniform. Schon war es wieder vorbei, hinterließ nichts als eine leichte Wolke Staub; und während dieser Staub noch in der Luft hing, tauchten zwei Gestalten daraus auf, ein hochgewachsener, dürrer Mann mit einer schmutzigen Dhoti und bloßen, staubbedeckten Füßen und einige Meter hinter ihm seine Frau, die ihr ganzes Hab und Gut, einen primitiven Haushalt, auf ihrem Kopf trug. Stumm bewegten sie sich an mir vorbei. Wieder flog ein Wagen vorüber, wirbelte den hellbraunen Staub auf, der kaum Zeit gehabt hatte, sich an der Oberfläche der Straße abzusetzen. Und gleich dahinter schritt ohne Hast und hochmütig wie eine alte Herzogin ein Kamel daher, geräuschlos seine weichen Füße setzend.

Ich saß auf meiner Veranda und genoß diese indische Szene mit ihren hastigen europäischen Intermezzi. Die Sonne kam um die Ecke, aber sie konnte mich nicht stören, ich rührte mich nicht. Ich schloß meine Augen, und die Hitze lag schwer auf meinen Lidern. So begann ich zu dösen.

Es war Bahadur, der mich weckte. Ich war sehr froh, daß er gekommen war, um nach mir zu sehen. Er hatte eine Menge Dinge ausfindig gemacht, von denen er dachte, daß ich sie im Krankenhaus benötigen würde. Er stellte seinen Koffer auf den Boden, zog die Stücke einzelweise hervor und erklärte genau, warum er jedes gebracht hatte. Da war eine Nagelschere, denn er hatte gedacht, daß meine Nägel, wenn ich auch im Bett lag, genau so weiterwachsen würden; dann waren da drei Pyjamas, und ich möchte ihm, bitte, das, welches ich am Leibe trug, für den Dhobi geben; dann ein Paket Briefpapier und Umschläge, denn es wäre meine Sohnespflicht, allwöchentlich nach Hause zu schreiben; und da war noch ein kleines Buch, das er in einem Laden gefunden hatte und das ich, bitte, von ihm als Geschenk annehmen sollte, denn ich hatte einmal in seiner Gegenwart den Wunsch ausgesprochen, mehr über die Vögel Indiens zu wissen, und er war beschämt gewesen, daß er ihre Namen nicht wußte, von einem abgesehen, der etwas Weißes an den Flügeln hatte und Shama hieß. Nun aber, mit diesem Buch als Hilfe, könne ich auf der Veranda sitzen und die Vögel, die ich sah, mit den Illustrationen vergleichen.

So, und jetzt stand er über meinen Lehnstuhl gebeugt und blickte sorgenvoll über seinen mutlos herabhängenden Bart zu mir herunter.

«Ich hätte Sie nicht schlechtes Zeug essen lassen sollen, Sahib», sagte er.

«Das war nicht dein Fehler, Bahadur. Das war ein Bazillus.»

Aber Bahadur glaubte nicht an Bazillen. Er schüttelte den Kopf und lächelte geduldig, als ob ich abergläubisch wäre und von bösen Geistern spräche, die in meinem Bauch ihr Unwesen trieben.

«Wenn Bahadur nicht zur Stelle ist, gehen Sie in schlechte Häuser und essen heißes, schlechtes indisches Zeug, das Ihnen nicht bekommt. Sie sind ein Engländer, vielleicht werden Sie eines Tages ein großer Engländer werden, aber es hat keinen Nutzen, wenn Sie versuchen, ein Inder zu werden mit einem indischen Magen.»

«Ich werde versuchen, mich danach zu halten», sagte ich.

«Sie sollten nicht um vier Uhr morgens alte Eier essen in schlechten indischen Garküchen.»

«Wer hat dir das gesagt?»

«Peter Sahib sagt mir alles, was Sie tun.»

«Dann bestell Peter Sahib von mir, er soll nicht noch mehr Geheimnisse von mir preisgeben.»

«Peter Sahib und ich sprechen seit langem viel über Michael Sahib. Da muß ich viele Dinge hören.»

«Und du kündigst mir nicht?»

«Ich bleibe mit Michael Sahib, wenn Michael Sahib Bahadur noch haben will.»

Erst als er auf dem Sprunge war zu gehen, holte er zwei oder drei Briefe aus der Tasche.

«Ich bewahrte diese guten Dinge absichtlich bis zuletzt», sagte er, aber ich hatte ihn in Verdacht, daß er sie mir nur nicht gegeben hatte, damit ich nicht durch das Lesen abgelenkt würde, seine Ermahnungen anzuhören.

Es war ein Airgraph und ein Luftpostbrief von zu Haus und dann noch ein Brief von Peter.

«Cher ami. So, jetzt hab ich's auch in den Gedärmen! Ein hartes Los! Aber es setzt mich wenigstens in die Lage, mich für ein oder zwei Tage auf die faule Haut zu legen, ohne das Gefühl, zu weit hinter Dir herzutrappeln. Schlimmer Wind draußen etc. Hatte zur Essenszeit einen schönen Schreck, als Mervyn mir sagte, ich sähe ganz gelb aus. Schon hatte ich eine Attacke von Gelbsucht vor Augen, die von der Air Force als Vorwand benützt werden würde, mich auf Tokio abzuwerfen, ein Lawrence in natürlicher Verkleidung. Es war aber nur die merkwürdige Beleuchtung, nicht die Galle, und so bin ich diesmal noch einem nipponischen Erschießungspeloton und den andern kleinen Unbequemlichkeiten entkommen, die mich über Nacht in den großen britischen Heros des Weltkrieges Numero zwei verwandelt hätten.

Die Erwähnung Deines tropischen Leidens bewog Itsumi San zu einer halbstündigen Abschweifung und scharfen Auseinandersetzung mit unreinem Wasser, Exkrementen, Methoden der Wegschaffung selbiger in allen Ländern der Welt (dieser Mann ist ein Taschenlexikon, mit einer absolut allgegenwärtigen Neugierde) –

Hygiene – größerer Sauberkeit der Nips verglichen mit den Chinesen. Ich bin jetzt fest davon überzeugt, daß er direkt im Auftrage des Propagandaministers Seiner japanischen Majestät bei uns tätig ist.

Die liebenswürdige Wei ist natürlich fassungslos verzweifelt über Deine Abwesenheit. Ich bin rasend eifersüchtig.

Sayonara

Peter»

Ich las den Brief zweimal, den Schlußsatz noch einige Male öfter. Natürlich war das nicht wahr. Es konnte nicht wahr sein. Aber war es vielleicht doch eine Halbwahrheit? Hatte sie meine Abwesenheit bemerkt und darüber ein Wort verloren? Oder war das alles nur ein Scherz von Peter, ein Aufsitzer, lang geschworene Vergeltung dafür, daß ich einmal das Cellophanpapier von seiner Schachtel parfümierter Seife gelöst, Orangen hineingetan und zugelassen hatte, daß er wütend in den Laden lief, um sich zu beschweren? Natürlich – er erwartete gar nicht, daß ich dies hier ernst nahm. «Fassungslos verzweifelt.»

Und dann ertappte ich mich darüber, wie ich dachte, es wäre doch richtig, an Miss Wei zu schreiben. War es nicht absolut für mich notwendig, es zu tun? Es war natürlich ungestüm und verrückt, und Briefe waren gefährlich, aber ich mußte ihr einfach schreiben, denn ich konnte nicht noch eine Woche im Krankenhaus liegen und gar nichts tun. Ich würde also schreiben, daß ich froh wäre zu hören, ihr ginge es besser, und daß es mir leid tue, den Unterricht zu versäumen, aber vielleicht könne sie, wenn es mir erst besser ginge, kommen, zum Dinner zum Beispiel. Und sie möchte sich doch die kleine Mühe machen, mir zu antworten, und in diesem Sinne wäre ich ihr – ihr was? Ihr aufrichtig Ergebener. Nein, ihr herzlich Ergebener. Daran war weiter nichts Beleidigendes. Und sie würde antworten müssen. Einen Tag würde der Brief brauchen, um ins Mayfair Hotel zu kommen. Sofort antworten würde sie auch nicht. Bewilligen wir ihr zwei Tage – und einen für die Post zurück. Vier Tage im ganzen. Eine Ewigkeit. Und selbst dann, was konnte ich erwarten als ein formelles Schreiben? Aber schon das würde etwas sein.

Ich nahm das Paket Briefpapier, das Bahadur mir gebracht, und zehn Minuten später war der Brief geschrieben, kuvertiert und gesiegelt.

Dann, da er nun geschrieben war und mein Impetus sich verbraucht hatte, war ich unsicher, ob ich ihn absenden sollte. Ich tat ihn auf den Nachttisch, legte mich auf mein Kissen zurück und versuchte, einen Beschluß zu fassen. Das Radio plärrte scheußlich. Man konnte unmöglich denken.

So war ich noch in meinem Dilemma, als die Schwester hereinkam, um das Kissen aufzuschütteln. Sie sah den Brief.

«Soll er zur Post gegeben werden?» fragte sie.

«Oh – ja, bitte.»

Ich war froh, daß es entschieden war. Für einen Moment war etwas Dampf aus dem Sicherheitsventil abgelassen. Keine Angst zu zerspringen. Ich fühlte mich besser, aber sogleich trat meine Mißlaune gegen den Captain namens Gregory wieder hervor. Ich ersuchte ihn, das Radio leiser zu stellen. Vielleicht hätte ich ihn höflicher darum bitten können. Wir begannen uns zu zanken wie Fischweiber, und er sagte schließlich:

«Seit Sie in dieses Zimmer gekommen sind, waren Sie verdammt impertinent und unkameradschaftlich. Was sind Sie nur für ein Mensch?»

«Um Himmels willen, hören wir auf, uns gegenseitig an die Kehle zu springen!» schlug ich vor.

«Natürlich, jetzt möchten Sie es ungeschehen machen.»

«Wir müssen schließlich im selben Zimmer miteinander auskommen.»

«Schön, aber Sie können sich ein bißchen Manieren zulegen.»

«Großer Gott, wenn Sie eine Spur von Manieren hätten, würden Sie nicht dieses nervenzerreißende Getöse...»

Eben kam die Schwester wieder herein, und ich war beschämt, daß sie uns über diesem kindischen Gezänk ertappte.

«Verdammt», sagte ich, «fangen wir nicht noch einmal von vorn an.»

«Sie sind der Fliegeroffizier Quinn, nicht wahr?» sagte die Schwester. «Besuch für Sie.»

Sie öffnete die Tür, und ich dachte im gleichen Augenblick: «Gut, das ist Peter, er wird mich aufheitern, auch kann ich ihn bitten, mir den Brief näher zu erklären, und ich werde von Miss Wei hören.»

Aber es war nicht Peter. Es war Miss Wei selbst, die ins Zimmer trat.

«Ich hoffe, es ist Ihnen nicht unangenehm.»

Den Bruchteil einer Sekunde dachte ich, sie wäre wegen des Briefes gekommen; erst dann erinnerte ich mich, daß ich ihn erst vor einer halben Stunde beendet hatte und daß sie also aus eigenem Antrieb gekommen sein mußte. Ich zitterte vor Aufregung wie ein Schuljunge.

«Ich wußte nicht recht, ob es gut wäre, zu kommen», sagte sie. «Ist es wirklich richtig?»

«Natürlich. Es ist wundervoll.»

Ich sprang aus dem Bett, schlüpfte in mein dressing-gown, und wir gingen zusammen auf die Veranda hinaus. Wir fanden zwei Lehnstühle im Schatten, und einen Moment lang fiel mir gar nichts zu sagen ein.

«Erzählen Sie doch», bat ich zuletzt. «Wie steht's in der Schule?»

«Ich bin so schlecht im Unterrichten. Aber alle sind gut zu mir.»

«Auch Fenwick?»

«Er war nicht wieder unnett. Wir haben eine Menge lustige Spiele ausgeheckt. So komme ich um das Unterrichten herum, wenn wir spielen.»

«Was für Spiele?»

«Einer denkt sich irgendwas, und dann stellen alle Fragen auf japanisch, um herauszubringen, was es war. Es ist immer etwas Komisches. Mr. Lamb dachte an die Großmutter des Brigadiers.»

«Dachten Sie auch an etwas?»

«Ja, sie sagten einfach, jetzt wäre ich an der Reihe.»

«Und was war es?»

«Ich möchte es nicht sagen.»

«Gut, ich werde Peter fragen», sagte ich.

«Es war jemandes kleiner Fingernagel.»

«Wessen?»

«Es war Ihrer. Wir hatten von Ihnen gesprochen, weil Sie krank waren – so habe ich erfahren, wo Sie sind. Aber ich kam in schreckliche Verlegenheit. Ich wußte nicht, ob Fingernägel etwas Tierisches, Pflanzliches oder Mineralisches sind. Ich sagte mineralisch, und so konnte niemand es erraten. Sie waren alle sehr ärgerlich über mich.» Sie zog ihre winzige Nase traurig hoch, ihre großen Augen waren warm und dunkel und lustig feierlich.

Schweigend betrachtete ich sie. Es war das erste Mal, daß wir schwiegen, ohne in Verlegenheit zu geraten, und man kann mit Schweigen so viel sagen.

«Sie hätten diese Blumen nicht schicken sollen», sagte sie.

«Hätte ich nicht sollen?»

«Es war nicht recht von Ihnen, Geld auszugeben.»

«Woher wußten Sie, daß sie von mir waren?»

«Ich ging gleich nachher in den Laden, und man hat mir den Absender beschrieben. Unverkennbar. Aber ich hatte es schon erraten, denn Sie waren so freundlich.»

«Ich habe Ihnen heute einen Brief geschrieben.» Die Schwester, der ich ihn gegeben hatte, stand gerade weiter unten auf der Veranda. Ich rief sie heran und fragte, ob sie den Brief vielleicht noch hätte. Sie zog ihn aus der Tasche ihrer Schwesternschürze und reichte ihn mir.

«Sie brauchen ihn nicht mehr aufzugeben», sagte ich.

«Bitte zeigen Sie ihn mir», bat Miss Wei.

«Das ist nicht mehr nötig. Ich kann Ihnen ja sagen, was darin steht.»

«Bitte.» Sie streckte die Hand aus.

«Wirklich», sagte ich, «es ist nichts darin.»

«Ich möchte es sehen.»

«Nein, es ist ein dummer Brief.»

«Er ist an mich adressiert und hat schon eine Marke. Er gehört Ihnen nicht mehr. Es ist jetzt mein Brief.»

«Doch, er gehört noch mir.»

«Geben Sie ihn mir», sagte sie mit gespielter Hartnäckigkeit. «Ich bin Ihre Lehrerin. Sie müssen tun, was ich Ihnen sage.»

«Schön», sagte ich und reichte ihn ihr. Sie riß den Umschlag ab und las den Brief umständlich, eine lange Zeit brauchte sie dazu, dann faltete sie ihn sorgsam zusammen und steckte ihn in ihre Handtasche.

«Wir sind immer in Verlegenheit, wenn wir anwesend sind, während unsere eigenen Briefe gelesen werden», sagte ich.

«Es war nett von Ihnen zu schreiben. Es ist ein netter Brief.»

«Es ist kein aufrichtiger Brief. Ganz formell und blöd. Nicht im entferntesten das, was ich sagen wollte.»

«Was wollten Sie sagen?»

«Daß ich, wenn Sie nicht antworten würden, traurig und böse sein und mürrisch den ganzen Kursus absitzen würde und daß es noch besser wäre als jede Antwort, wenn Sie hierher kämen und mich im Krankenhaus besuchten. Aber wenn ich das geschrieben hätte, wären Sie ja nicht gekommen.»

«Wohl doch.»

«Ich hätte es nicht verdient. Und dann hätte ich Sie in meinem Brief gefragt, warum Sie manchmal sabishii aussehen.»

«Ich gebe mir doch Mühe, glücklich auszusehen.»

«Das ist nicht der springende Punkt», sagte ich. «Es geht nicht darum, wie Sie auszusehen suchen, sondern wie Sie aussehen.»

«Ich bin aber doch glücklich.»

«Vielleicht ist etwas Wahres daran», sagte ich. «Ein Teil von Ihnen ist glücklich und voll Sonnenschein. Wenn Sie lachen, sind Sie wirklich glücklich. Aber ein anderer Teil von Ihnen ist sabishii.»

«Ich verstehe nicht, woher Sie das wissen.»

«Weil Sie ausdrucksvolle Augen haben.»

«Ich werde in Zukunft Brillen tragen. Dann werde ich eine richtige Schullehrerin sein. Und einen Rohrstock werde ich mir auch besorgen.»

«Sie fühlen es selbst, daß ich recht habe.»

«Wenn ich Brillen habe, werden Sie nicht wissen, was ich fühle.»

«Liegt Ihnen denn etwas daran, ob ich das weiß?»

«Nicht, wenn Sie sich über sabishii keine Gedanken machen.»

«Ich finde es sehr schön und seelenvoll», sagte ich. «Ich werde Sie überhaupt Sabishii nennen. Oder noch besser Sabby, der Kürze halber. Sabby! Das ist ein hübscher Name – vielleicht schöner als Ihr wirklicher.»

«Mein wirklicher Name ist Hanako.»

«Das Blumenkind. Auch ein schöner Name. Aber ich will Sie Sabby nennen.»

«Ich weiß Ihren Rufnamen auch», sagte sie.

«Quinn ist leicht zu merken.»

«Ich weiß aber auch schon Ihren andern Namen, denn Ihre Freunde nennen Sie in der Schule so. Es ist Michael.»

«Wie?»

«Michael. Spreche ich es nicht richtig aus?»

«Doch, ganz richtig.»

«Michael», wiederholte sie.

«Sabby.»

«Ja?»

«Ja?»

Als sie ging, begleitete ich sie in meinem dressing-gown und in meinen Pantoffeln auf die Straße und sah zu, bis sie in ihrem Taxi war. Der Fahrer war mit offenem Mund auf seinem Sitz eingeschlafen, und ich mußte ihn wecken, indem ich ihm ins Ohr schrie. Dann ging ich in mein Zimmer zurück. Der Captain sah mich ohne Vergnügen eintreten.

«Sie können Ihr Radio anstellen», sagte ich. «Es ist mir egal. Und wenn es das Dach wegbläst.»

«Danke höflichst», sagte Gregory mit affektierter Ironie.

«Nicht der Rede wert», sagte ich und begann zu lachen. Und dann merkte ich plötzlich, daß ich gar nicht aufhören konnte zu lachen.

ZWEITES BUCH

1 Ich möchte ein Buch über das Leben im Krankenhaus schreiben. Für manche Leute ist es ein einzigartiges Erlebnis, wenn ihr Geist, nicht mehr an die Routine des Geldverdienens und der häuslichen Gewohnheiten gebunden, seine einmalige Chance hat, die Schwingen zu recken wie ein Vogel, der aus dem Käfig herausgelassen wird. Und oft, wenn die Flügel in der neuen Freiheit schlapp und unbeholfen sind, erfährt einer erst, daß sie gebrochen waren; und er lernt, von welch einem schwierigen, komplizierten Mechanismus er abhängig ist, einem Mechanismus, der unendlich verworrener ist als das Schaltbrett eines Aeroplans, schwerer zu kontrollieren, schwerer zu reparieren. Ich glaube, daß mehr Philosophie im Krankenhaus zustande gekommen ist als in der Studierstube oder in der Dachkammer; daß mehr entscheidende Entschlüsse dort gefaßt worden sind als je im Salon in der Neujahrsnacht.

Und ich würde auch gern einen Roman schreiben über die Leute, die durch ein Krankenzimmer hindurchgingen, worin ich bettlägerig war, und wie jeder von ihnen mir durch Dinge, die er mitbrachte, durch eine Gebärde, ein Wort, einen Blick den Schlüssel zu seiner ganzen Person gab. Wie ein wildes Tier, das über weichen Grund geht, hinterläßt jeder Mensch seine Spur. Er mag auf den Zehenspitzen gehen oder sich drehen und wenden, der tüchtige Jäger wird ihm durch ein Labyrinth folgen bis zu seinem heimlichen Lager.

Ich dachte, es wäre eine ganz hübsche Sache, so in dem Krankenhaus zu Mahalakshmi auf die Jagd zu gehen. Der Captain und der

Leutnant wurden einige Tage vor mir entlassen. Ihre Betten wurden von anderen eingenommen; und da sich herausstellte, daß diese neuen Fälle keine Dysenterie waren, wurden die Betten wieder freigemacht und neu belegt. Ich sah im ganzen sechs Patienten der Reihe nach wechseln; und es war amüsant, aus ihren Gesichtern zu erraten, wie sie den Lazarettdiener, der das Zimmer ausfegte, rufen würden, und aus der Art, wie sie ihn riefen, wie sie wohl auf eine Anekdote reagieren würden. Es war ein Puzzlespiel, die Stücke jeder Persönlichkeit zusammenzusetzen. Zu jedem Bild gehörten tausend Stücke, und manchmal paßten die falschen wunderbar und konnten eine geraume Zeit lang täuschen. Ich fand bald heraus, daß es bei solchem Puzzlespiel gefährlich ist, zu rasch das ganze Bild zusammenzusetzen. Weil da irgendwo ein Schiff ist, muß man nicht meinen, daß die See notwendig in der Nähe ist. Ein Kind kann in der Badewanne spielen. Der Vogel kann ausgestopft oder ein Hutschmuck sein.

Ich beobachtete und begann mir über die Leute Gedanken zu machen. Und dann fiel mir ein: Auch sie machten sich Gedanken über mich, wenn auch vielleicht unbewußt, auch sie zogen Schlüsse daraus, wie ich den Diener anrief, welche Bücher ich las, aus meinem Gesicht, meinem Tonfall, aus den belanglosesten Dingen, die ich zu ihnen sagte. Vielleicht dachten sie, daß ich ein netter Junge wäre oder eine Schlange im Gras, oder daß ich sehr von mir selbst eingenommen wäre oder einen Minderwertigkeitskomplex hätte. Jedenfalls hatten sie ein Bild von mir.

Aber was ist das überhaupt für eine seltsame Sache, auf diese Weise in einem Bild festgehalten zu werden – und wie ganz anders, sich ein Bild von jemand anderem zu machen! Wie kann man von Ihnen sagen, Sie wären dies oder das, Sie wären gut oder schlecht? Sie sind doch dies und das und gut und schlecht, ein netter Junge und eine Schlange im Gras, und überhaupt stecken hundert verschiedene Leute in Ihnen. Hundert Gesichter haben Sie, und wenn der Mittelpunkt, dem all diese Gesichter zugewandt sind, schon Ihnen dunkel und unverständlich ist, wie sollen Fremde Sie verstehen und ein Urteil über Handlungen und Gefühle fällen, die dort entstehen?

Das ist so, weil wir nicht wirklich begreifen, daß wir unaufhörlich vor Gericht stehen.

«Was für ein Narr ist das doch», sagen wir, «dieses kleine alberne Geschöpf da zu heiraten» – als ob der Mann, der es tat, auch nur irgendeine vernünftige Wahl gehabt hätte, wen er heiraten sollte! Wir blicken selten tief genug, aber wir erwarten doch von den andern, daß sie tiefer in uns hineinblicken, daß sie durch unsere Augen die Person sehen, welche wir lieben, diesen unseren köstlichsten Wahn!

Nun, dachte ich, es war wohl möglich, daß Leute, die mich nicht verstanden, dachten: Was ist das doch für ein Narr, daß er sich mit einer japanischen Frau einläßt! Was für ein Idiot! Es war offenkundig, daß nicht jedermann in ihr sehen konnte, was ich in ihr sah – die Poesie in ihrer kleinsten Handbewegung, und in jedem Blick, der unter ihren dunklen Wimpern hervorkam, eine heiße, flutende, tapfere Leidenschaft.

Als ich noch zur Schule ging, hatte ich eine Geschichte über einen Mann und eine Frau geschrieben. Der Englischlehrer, der ein Poet war und voll Verständnis für die menschliche Natur, hatte mit roter Tinte unter den Schluß geschrieben: «Ja, mein Lieber, aber Leute verlieben sich nicht so schnell wie hier, nicht wahr?» Ich glaube, meine Helden hatten einander bei der zweiten Begegnung die Liebe erklärt.

Der Poet mag recht gehabt haben in bezug auf die Liebe; später aber fand ich heraus, daß eine Menge Dinge furchtbar rasch zustande kommen können. Wenn man ein aufflammendes Streichholz an ein anderes hält, so wird das auch sofort in Flammen aufgehen, denn das potentielle Feuer ist schon in ihm bereit. Bei der leisesten Berührung werden sie einander entzünden. Aber die Flamme wird verlöschen.

Ich wußte nicht, warum das Feuer, das da in Bombay aufgeflammt war, nicht wieder verlöschen sollte, wie schon in Millionen Herzen andere Feuer erloschen sind, und in meinem auch. Ich erwartete, daß es erlöschen würde; aber man möchte seine Hände am Nachmittag an der rotglühenden Kohle wärmen, die zu Mitternacht schon kalte graue Asche sein wird.

Als ich das Krankenhaus von Mahalakshmi verließ, war es Nachmittag.

Als ich die Hoteltreppe hinaufstieg, traf ich Miss Jackson, die Eigentümerin.

«Oh, Michael Quinn», rief sie. «Was macht das komische Bäuchlein?»

Sie sprach mit der kindisch verkleinernden Sprechweise der Angloinder. Im übrigen war sie weder jung noch hübsch, mit ihrem rundlichen, fast semitischen Gesicht und ihren kurzen, dicken, beringten Fingern; aber sie hatte eine freundliche spöttische Art, und ich war überzeugt, daß sie einen Mann gehörig in Flammen setzen konnte, wenn sie es darauf abgesehen hatte. Auch war etwas an ihr, was darauf hinzudeuten schien, daß ihr oft und erfolgreich daran gelegen hatte; jetzt aber, schien mir, machte es ihr nicht mehr so viel aus, als sie vielleicht vorgab, doch sie hatte es einfach vergessen, wie man es anstellte, nicht herausfordernd zu sein.

«Danke schön», sagte ich, «es geht schon besser.»

«Ist eine recht romantische Krankheit, nicht?» sagte sie und lachte über ihre Schulter hinweg, während sie um die Ecke zur Treppe einbog.

«Nicht gerade.»

«Aber es war doch sicher nett, Schwestern zur Pflege zu haben. Feine Mädel, die Schwestern, nicht?»

«Ich redete unsere Schwester Pflegerin an», sagte ich, «sie hat es mir nie verziehen.»

«Oh, das ist schlimm. Man sollte nie unnett sein zu Schwestern.»

Ich bekam Tee aufs Zimmer geschickt; ich legte mich hin und las eine Stunde lang. Eine köstliche Ruhe überflutete mich. Ich erinnerte mich, wie ich vor nicht gar zu vielen Wochen auf diesem selben Bett gelegen hatte und diese hohle Stelle in mir gefunden, und ich war froh, daß sie jetzt fort war. Und dabei war es nur natürlich, daß sie weg war.

Um fünf badete und rasierte ich mich. Als ich beim Anziehen war, kam Peter herein, sein dickleibiges Wörterbuch und Übungshefte unter dem Arm.

«Ah, der verlorene Sohn!» rief er. «Freut mich zu sehen, daß du dich bereits anziehst und darauf vorbereitest, mich zum Dinner auszuführen. Wir haben alle längst gesagt, daß du dort Geld genug gespart haben wirst, um uns wochenlang einzuladen.»

«Ich bin Rekonvaleszent. Es ist dein Ehrenpflicht, mich zu verwöhnen und herauszufüttern.»

«Wir sind alle auf dem trockenen. Ich habe von Mervyn gepumpt, Mervyn von Mario, Mario von dem Brigadier. Der Brigadier hat sich als unbezahlbar herausgestellt, er ist wirklich ein Schatz. Wir alle verehren ihn.»

«Was ist noch los?» fragte ich.

«Kein saftiger Bissen Skandal. Warte, das wird dir gefallen! Nimm einen Bleistift und schreibe es dir auf, bevor du es vergißt – falls du ein Buch schreiben und dies benützen willst. Es handelt von Fenwick.»

«Ich glaube nicht, daß ich jemals ein Buch über Fenwick schreiben werde.»

«Na schön, so oder so, also er kam neulich in die Bar, zu Green, voll von seiner lästigen Bonhomie, und sagte: ‹Wir wollen etwas diskutieren. Ich behaupte, daß Rugby ein besseres Spiel ist als Baseball und bessere Eigenschaften in einem Mann entwickelt.› Natürlich hat er niemals eines von beiden im Leben gespielt. Und während er sich über sein Thema ausbreitete, nickten alle diese Schwachköpfe ringsum feierlich, und als er gegangen war, sagte einer zu mir: ‹Dieser Fenwick ist wirklich ein Prachtbursche. Es muß hochinteressant sein, mit ihm zusammenzuarbeiten.› Ich hob das extra für dich auf. Kein Urheberrecht. Und das erinnert mich noch an etwas Neues...»

Ich hoffte, er würde nun von Sabby erzählen, denn sie war es ja ganz allein, von der ich wirklich hören wollte. Er brachte aber die Rede auf Miss Jackson. Einen ganzen Abend hätte er damit verbracht, «Einsicht» in sie zu nehmen, und er hätte dieses Studium über Erwarten interessant gefunden, sie sei eine sehr sympathische Frau mit einem Herzen von Gold. Und wenn Peter das von jemand sagte, so durfte man das ernst nehmen. Ich habe nie wieder jemanden getroffen, der eine solche Spürnase für menschliche Charaktere hatte, für das, was an einer Person der Rede wert war; noch kannte ich jemand, der das Triviale und Bedeutungslose so hart ablehnte, ohne darauf zu achten, ob er jemand beleidigte oder zurückstieß.

«Ihr wirklicher Name ist Rosie», berichtete er. «Und du würdest gut tun, dich an sie zu halten, mein Junge, denn sie kennt eine Menge Mädel. Den ganzen Tag über redet sie von Mädeln, und alle die Mädchen, die sie um sich hat, sind hübsch. Uns hält sie auch für reizende Jungen. Vor dem Krieg lebte sie in Rangoon, mit dem letzten Schiff kam sie aus Burma zurück, alle ihre Mädel an der Leine. Aus purem Patriotismus hat sie das getan; nicht daß sie selbst darüber viele Worte gemacht hätte, aber es ist gewiß so. Sie wollte einfach ihre Schützlinge nicht den japanischen Soldaten auf Gnade und Ungnade überlassen. Und so ist sie jetzt hier und betreibt ein respektables Etablissement. Sie kann nur einfach nicht sehen, wie junge Leute gleich uns tausend Meilen von der Heimat und Familie so dastehen, aller Tröstungen und Erquickungen beraubt, die unser Geschlecht und unsere edle Berufung beanspruchen dürfen. Oh, Rosie ist ein Juwel, und ihre Anekdoten über das Déshabillé der pukka Sahibs sind einfach aufwühlend.»

«Furchtbar interessant», sagte ich. «Und ich nehme an, ihr habt große Fortschritte im Japanischen gemacht?»

«Keine Spur. Ich habe begonnen, ein Buch zu schreiben. Ich gehe jeden Abend in die Schule, setze mich ins Klassenzimmer und schreibe. Es wird das große Buch dieses Krieges werden. Ein Epos. Was ‹Im Westen nichts Neues› für den vorigen Krieg war, und ‹For Whom the Bell Tolls› für den Spanischen Krieg, das wird mein Buch für den Weltkrieg Nummer zwei sein. Unglücklicherweise kann ich mich nicht recht entschließen, ob es ‹Mord im Kriegsamt› oder ‹Mann über Bord› heißen wird. Aber mein Detektiv trägt einen Zwicker und war in Eton; er wird neben Mr. Micawber und dem ‹Scarlet Pimpernel› dastehen als einer der großen Originalcharaktere der Literatur. Er wird mir Tausende von Pfunden einbringen, und ich werde eines von Rosies Mädeln in die besten Restaurants und Bars ausführen können. Hältst du das nicht für eine gute Idee?»

«Einfach wundervoll.»

«Dann werde ich Bürsten haben mit goldenem Griff und Rücken und einen dreißigpferdekräftigen Wagen mit einer eigenen Hupvorrichtung, einer kostspieligen neuen Erfindung, einem Detektor, der auf der Straße ehrliche, aber verarmte Menschen signalisiert, die der Kunst um der Kunst willen dienen. Wann immer dieses Auto auf der Straße an so einem vorbeifährt, wird diese Hupe automatisch hupen. Meine Lippen werden sich zu einem zynischen Lächeln schürzen, und ich werde mich meiner unmäßig parfümierten Mätresse zuwenden. Nun, wie ist das mit dem Dinner?»

«Ich kann nicht mit dir gehen.»

«Aber du kannst mich nicht so beiseite schieben, wegwerfen wie eine alte, ausgelutschte Orange. Ich gehe einfach mit dir.»

«Wenn du willst...»

«Nein, es war nur Spaß. Ich weiß ja alles.»

«Bezweifle ich.»

«Du triffst die köstliche Hanako um sechs Uhr 30 in der Halle des Tadsch.»

«Woher weißt du das?»

«Sie hat es uns in der Schule gesagt.»

«Das glaube ich nicht.»

«Oh, sie ist eine kleine Plaudertasche, sie sagt uns alles.»

«Sie hat doch nicht vor dem ganzen Kurs...?»

«Beinahe. Sie war heute nachmittag so aufgeregt, daß jeder einigermaßen scharfsichtige Mensch begreifen mußte. Es war klar, daß sie ein Rendezvous vor sich hatte. Es ist ein Glück für dich, daß ich der einzige bin, der gerade an einem Detektivroman arbeitet. Wie du siehst, ist mein Blick schon beträchtlich geschärft. Ich kann aus diesem Aschenbecher erkennen, daß du mindestens eine Stunde hier bist.»

«Aber Ort und Zeit?»

«Nur mein Scharfsinn. Du bist fertig zum Ausgehen, das bedeutet, daß du um sechs Uhr 30 im Tadsch sein willst. Natürlich ist es das Tadsch Mahal Hotel, denn niemand in ganz Bombay trifft jemanden anderswo.»

«Du hast mir direkt Angst gemacht.»

«Das war auch die Absicht. Du wirst so schöne Stunden haben, daß es nur gerecht ist, wenn du vorher einen kleinen Schrecken abkriegst. Aber du kannst dich auf mich berufen, ich werde vor aller Welt schwören, daß du mit Rosie ins Kino gegangen bist. Rosie wird es auch beschwören.»

«Du bist ein verläßlicher Freund», sagte ich.

«Oh, nicht der Rede wert. Würde ich für jeden andern auch tun. Ich liebe es, zu sehen, wie junge Herzen in romantischer Ekstase zueinander drängen.»

«Geh und ersäuf deinen Kummer.»

Ich nahm eine Ghari, denn mir war kühl, und ich wollte, daß es so bliebe. Wenn man heiß wird und dann wieder abkühlt, ist es nicht mehr dasselbe, wie wenn man nach der Dusche gleich kühl geblieben wäre. Im Tadsch war es auch kühl. Ich kam zehn Minuten zu früh, so sah ich mir die Bücher am Kiosk an. Eine Menge neue Veröffentlichungen über Japan. «Japan, der tönerne Koloß», «Die gelbe Gefahr», «Bushido und Terrorismus». Einige davon hatten scheußliche Karikaturen auf dem Umschlag, so wie jene auf dem Plakat, das japanische Gesicht mit dem vorgeschobenen Kinn. Eines hieß «Japans doppeltes Gesicht», ein grausames Männergesicht war auf dem Einband der zierlichen Zeichnung einer knienden Frau gegenübergestellt. Die Frau war sehr hübsch. Ich blätterte das Buch an, es enthielt eine Menge Fotos von hübschen lachenden japanischen Mädchen. Diesen Bildern waren immer solche von Japanern im Stahlhelm gegenübergestellt, Bajonettschaukämpfe, japanische Grausamkeiten in China. Die meisten dieser Fotografien sahen furchtbar aus, sie drehten mir den Magen um, ich stellte das Buch zurück und zog ein anderes aus dem Regal. Es hieß «Die drei Bambusstauden». Es sah interessant aus, und ich begann darin zu blättern. Dann sah ich nach dem Titel, um den Autor zu erfahren, und dabei fand ich ein Motto. Es lautete: «Den liebenswürdigen, opferwilligen, leidgeübten Müttern der grausamsten, arrogantesten und verräterischsten Söhne, die über diese Erde wandern – den Frauen Japans, die auch diesmal, wie immer, die reife Ernte ihrer Leiden als Entgelt erhalten werden.» Ich las dieses Motto einige Male, weil ich es mir gern auswendig einprägen wollte. Ich war noch dabei, als ich fühlte, daß jemand neben mir stand.

«Wie geht es?» sagte Sabby japanisch.

«O-kage-same de…»

In Japan ist man immer «durch Ihren ehrenwerten Schatten», durch jemandes Einfluß bei guter Gesundheit. Nach drei Wochen im Krankenhaus waren das die einzigen japanischen Worte, deren ich mich noch erinnerte.

«Wirkrich besser?» fragte sie englisch.

«Wirkrich.»

«Oh, Sie machen sich über mich lustig.»

«Gar nicht. Bitte, Sie müssen immer wirkrich sagen. Es klingt so nett.»

«Sie sollten mir helfen, korrekt zu sprechen. Wirk-lich. Wirklich. Mein Gott, ist das schwer!»

«Nach einem Glas ist es schon leichter.»

Wir stiegen die palastartige Treppe hinan und setzten uns an einen Tisch bei einem offenen Fenster, von dem man auf die Bay hinaussah. Der Kellner beugte sich über uns.

«Was soll ich bringen?»

Sabby schüttelte den Kopf.

«Wollen Sie gar nichts?» fragte ich.

«Nein, danke.»

«Aber irgendwas mögen Sie doch trinken?»

«Nein, gar nichts.»

«Sie hätten es mir sagen sollen, bevor wir hierherkamen.»

«Ich möchte Ihnen so gern zusehen, wenn Sie etwas trinken. Und es sitzt sich nett hier.»

«Ich will etwas ganz Schwaches für Sie aussuchen.»

«Bitte, ich möchte auch nichts Schwaches. Auch das nicht.»

«Etwas zu trinken macht einen glücklich», sagte ich.

«Ich werde auch so glücklich sein. Wenn ich etwas tränke, würde ich vielleicht krank werden und Sie beschämen.»

«Schön», sagte ich und wandte mich dem Kellner zu, um etwas für mich zu bestellen.

«Es ist Ihnen nicht unangenehm, wenn ich eine Zigarette rauche?» fragte Sabby.

«Entschuldigen Sie, ich war sehr unaufmerksam. Sie müssen eine von meinen nehmen.»

«Danke, meine sind offen.»

Auch ich nahm eine Zigarette aus ihrer Tabatiere. Es war ein feines Silberetui mit einem ziselierten Muster und eingravierten Initialen in der Mitte, H. T. Ich wußte, was das H. bedeutete – Hanako das Blumenkind –, aber über das T, ihren wirklichen japanischen Namen, bevor sie sich Wei genannt hatte, wußte ich nichts. Plötzlich wurde mir seltsam bewußt, daß ich von ihrer Vergangenheit keine Ahnung hatte, immer hatte ich nur an eine gegenwärtige Sabby gedacht. Ich sah ihr zu, wie sie das Etui zuklappte und in ihre Handtasche steckte. Dann brannte ich ein Streichholz an und hielt es ihr hin, beobachtete sie, wie sie das Ende der Zigarette in die Flamme hielt.

Ich sah sie sehr scharf und aus der Nähe an, ganz objektiv. Ich wollte sie so sehen, wie ich – daß wußte ich voraus – irgendeinmal gezwungen sein würde, sie zu sehen, später, ob ich nun wollte oder nicht. Es würde einfach nichts helfen dagegen. Ich suchte nach irgendeinem kleinen Fehler, einer kleinen Unvollkommenheit, die mich stören könnte, einer Kniffalte am Mund, einer häßlichen Linie am Kinn, einer nervösen Bewegung, kurz irgend etwas Häßlichem, worüber ich mich später einmal wundern würde, wieso ich so verliebt gewesen war – trotzdem. Es war aber nichts, wovon ich erwartete, daß ich jemals darin einen Fehler finden würde. Wie ihre Hände war auch ihr Gesicht so delikat und exquisit wie eine orientalische Elfenbeinschnitzerei; und doch war es mir unmöglich, diesen Reiz nur ornamental zu empfinden, ich sah die seltsamen Tiefen des Erlebens in ihr, Tiefen, als ob alles Frauenleid und Frauenglück schon hinter ihr läge. Ich sah ihre Augen an, die so eigentümlich schräg und mandelförmig waren, wenn sie lächelte, ich suchte meine Zärtlichkeit beiseite zu schieben und in ihnen diese orientalischen Augen zu erkennen, von denen es hieß, sie wären grausam, schlau oder unergründlich. Aber ich fand nichts davon in ihnen, und so wehrte ich meinen Gefühlen nicht, mich mit einem Strom zu überbranden. Dies waren die ausdrucksvollsten und zärtlichsten und schönsten Augen der Welt, Ost oder West. Ich fühlte mich schuldig, daß ich so berechnend und mißtrauisch gewesen war und daß Sabby es erraten konnte.

«Was haben Sie für einen seltsamen Blick?» fragte sie.

«Seltsam?»

«Vielleicht ist es nicht seltsam, was ich meine. Ich wollte, ich könnte mich besser englisch ausdrücken. Ich meine, Sie sehen mich an wie durch ein Fenster.»

«Getrennt?» fragte ich.

«Ja, das ist es.»

«Es war nur für einen Moment. Ich wollte herausbringen, ob es mir jemals möglich sein würde, Sie nicht zu mögen.»

«Werden Sie es können?»

«Nein.»

«Und werden Sie mich immer mögen?»

«Warum nicht?» fragte ich.

«Das ist keine Antwort. Nein, bitte, sagen Sie gar nichts. Ich wollte, ich hätte nicht eine so dumme Frage gestellt.»

«Sie war nicht dumm.»

«Es gibt gar keinen Grund, warum Sie mich überhaupt mögen sollten. Sehen Sie nur, die vielen schönen Frauen hier ringsum, alle so gescheit, so durchdacht in jeder Bewegung. Ich aber bin schrecklich dumm und kindisch.»

«Das ist Bescheidenheit», sagte ich japanisch, das Wort fiel mir zufällig gerade ein, und es war wirklich Bescheidenheit.

«Nein, es ist die Wahrheit. Ich bin oft schrecklich kindisch. Man hat mir das schon manchmal gesagt.»

«Es ist reizvoll. Wahrscheinlich hat man Ihnen auch das gesagt.»

Ich trank meinen Whisky in kleinen Schlucken, und Sabby rauchte drei oder vier Zigaretten. Dann gingen wir in den Saal zum Dinner. Es gab ein Orchester und Tanz, und der Raum war voll von Uniformen, Saris und Abendkleidern, alles Bewegung und kaleidoskopisches Farbengeflirr. Ich war nicht von meinem Whisky angetrunken, aber ich hätte betrunken sein können von der Art, wie meine Sinne den Wirbel der Menschen rings um uns registrierten, undeutlich, aus dem Brennpunkt hinausgerückt; im Brennpunkt aber und wirklich waren nur Sabby und der Tisch zwischen uns und dieser kleine Winkel voll Stille, herausgestohlen aus dem festlichen Lärm im Saal.

«Dies ist unser erstes gemeinsames Mahl», sagte Sabby.

«Wir hatten Tee in Ihrem Zimmer.»

«Das war unsere zweite Begegnung. Ich meine: private Begegnung.»

«Und dies ist die vierte.»

«Soll ich noch Mr. Quinn sagen?»

«Es macht so wenig aus, wie Sie mich ansprechen. Sie können auch Mr. Quinn sagen, wenn es Ihnen gefällt. Es ist so gleichgültig.»

«Aber ich würde lieber Michael sagen.»

«Dann sagen Sie Michael. Aber was immer Sie sagen, ich habe ein Gefühl, als ob ich Sie seit Jahren und Jahren kennte.»

«Das ist komisch.»

«Ich empfinde es so. Manchmal trifft man Leute Hunderte von Malen und kennt sie doch nicht. Sie könnten ein Firmenschild sein für das, was man mit ihnen zu tun hat. Und manchmal trifft man jemanden ein- oder zweimal und fühlt sich ihm näher als Leuten, mit denen man aufgewachsen ist.»

«Sie sitzen einem wie ein altes Paar Schuhe?»

«Ja, gerade so. Wenn man neue Schuhe anzieht, erwartet man gar nicht, daß man sich in ihnen richtig fühlt. Es ist eher eine Überraschung, wenn man es doch tut.»

«Bin ich also ein alter Schuh?»

«Ja», sagte ich, «Sie sitzen mir wie ein alter Schuh.»

«Sie haben gesagt, daß Sie zum erstenmal eine Japanerin kennenlernen.»

«Egal. Es ist doch, als ob ich Sie schon vorher gekannt hätte. Ich habe Ihre Hände schon früher gesehen. Nur waren es damals vielleicht nicht Hände.»

«Was waren die Hände damals?»

«Vielleicht waren sie Blumen oder Wolken oder Tauben.»

«Sie sprechen wie ein japanischer Dichter.»

Es waren sehr kleine, zarte, flatternde Hände, und als ich dann in der Ghari eine in der meinen hielt, hatte ich Angst, sie zu zerdrükken, so zerbrechlich war sie. Es war, als ob man einen kleinen Vogel in der Faust hielte, zarte Federchen über einem bebenden Körperchen.

In der Ghari war es kühl, das Lederdach war tief herabgezogen, der Kutscher saß weit von uns auf seinem hohen Bock, kümmerte sich nicht um uns und tat geschäftig mit seinem Pferd.

«Mögen Sie Bombay bei Nacht?» fragte Sabby.

«Manchmal.»

«Lieber als am Tag?»

«Es sieht bei Nacht hübscher aus mit den vielen Lichtern.»

«Hübscher als London?»

«Als ich London das letzte Mal sah, war gerade Verdunkelung, man rannte gegen die Straßenlaternen und stolperte über Bordsteine.»

«Ich habe das auch erlebt.»

«Ich kann Sie mir nicht in London vorstellen.»

«Ich hatte London so gern. Sehen Sie, ich war sehr glücklich dort. Man müßte sterben, wenn man glücklich ist, sonst fällt man wieder in die Traurigkeit zurück.»

«Sie sind aber doch jetzt nicht traurig?»

«Nein, jetzt nicht. Jetzt bin ich glücklich.»

«Und Sie werden es immer sein», sagte ich.

«Nein. So will es das Leben nicht. Ich werde schrecklich traurig sein, weil ich jetzt schrecklich glücklich bin.»

«Sie meinen doch nicht, daß Sie jetzt sterben möchten?»

«Nein, bitte nicht – nicht gleich.»

Wir kamen in ihr Hotel. Ich entlohnte den Kutscher, wir gingen hinein. Die Halle war dumpf und schlecht beleuchtet. Der Mann in der Rezeption lächelte uns einen guten Abend zu, der Liftboy führte uns in seinen quietschenden Aufzug. Sabbys Zimmer aber wirkte belebt, der Toilettentisch war lebendig und weiblich mit all seinen hellen Flaschen und Döschen und einer Unmenge anderer Gebrauchsdinge.

«Ich schäme mich so», sagte Sabby, «ich habe alles unaufgeräumt gelassen. Ich bin so zertreut, ein richtiger Windbeutel, ein Awatemono. Verzeihen Sie, bitte.»

Ich ging auf den Balkon hinaus, während sie barfuß in dem Zimmer auf und ab lief. Vom Balkon aus konnte man zu den Sternen hinaufschauen und auf die Straße hinab, es war ziemlich gleichgültig, was man tat, das eine war heiter und hatte die Schönheit der Ewigkeit, das andere war ein kleiner bunter Ausschnitt aus diesem wirren Mosaik, das man Leben nennt, und beide waren auf ihre Weise erregend; auf dem Balkon stand man zwischen beiden. Ich lehnte mich über die Balustrade und blickte auf das Getriebe hinab – jeder der kleinen hellerleuchteten Läden war eine Miniaturszene für sich selbst, vom Dunkel umrahmt. Der scharfe Geruch der Holzkohlenfeuer stieg in meine Nase. Geheimnisvoll verhüllte Gestalten glitten über das Pflaster; andere hockten vor einem Feuer, auf dem irgend etwas briet, und die Flammen gaben ihren Gesichtern eine seltsame Unwirklichkeit. Ein Bettler blickte herauf und sah mich; da er mein weißes Gesicht erkannte, hob er seine fleischlose Hand wie eine Klaue, mit einer Gebärde, als ob er einen Apfel vom Baum pflücken wollte. Ich rührte mich nicht, er hielt seine Hand aufgereckt; eine schwache, zitternde Stimme drang zu mir herauf. So stand er gleich Moses zum Himmel hinaufstarrend, das Antlitz hager und dürr, ein vages Licht der Hoffnung in seinen Augen glühend. Hoffnung auf einen Anna, einen Penny. Ich warf eine Münze hinunter, sie schlug hell auf der Straße auf. Wie ein Affe sprang er auf allen vieren nach dem Geldstück, schob sich durch einen ganzen Wald brauner Beine. Als er es gefunden hatte, prüfte er es neugierig, indem er es zwischen seinen Fingern herumdrehte. Er blickte nicht mehr zu mir herauf. Ging weiter die Straße hinab, schwankend wie ein Betrunkener.

«Michael.»

Ich sah in das Zimmer zurück. In der Balkontüre stand Sabby regungslos. Sie hatte einen bunten, reichgestickten japanischen Kimono an mit einer tiefblauen Schärpe und drapierten Falten unterhalb der Ärmel. Sie hatte ihr Haar gekämmt, es lag sehr dunkel und weich um ihr Antlitz.

«Möchten Sie einen komischen japanischen Schreibpinsel und Tusche sehen?» fragte sie.

Ich sagte nichts. Ich wollte diesen Augenblick in meinem Gedächtnis festhalten, denn ich wußte, daß er einer der schönen Momente meines Lebens war. Er schien so unwirklich wie die Gesichter da unten auf der Straße, auf denen der Widerschein der Flammen tanzte, und doch mußte ich mir sagen: Dies ist zum Greifen wirklich, dies ist wahr, weder Zeit noch Elend können mir diesen Moment jemals wieder wegnehmen.

«Ja?» fragte Sabby so leise, daß es kaum zu hören war.

«Beweg dich nicht», sagte ich; ihre Augenlider flatterten leicht, eine Frage. Aber sie sagte nichts mehr. Es waren vielleicht nur ein paar Sekunden, die wir so standen; dann war sie plötzlich in meinen Armen, ihr Kopf an meiner Brust, ihre Hände, die kleinen Vögelchen, auf meinen Schultern, meine Hände ihren zitternden Körper tragend.

«Sabby, liebe Sabby.»

«O Michael... Michael.»

Ich bückte mich und hob sie auf. Sie war leicht wie Luft, und ihr Gesicht konnte ich nicht sehen, es war in meiner Schulter vergraben. Ich legte sie auf das Bett, sie lag still, die Augen geschlossen, als ob sie schliefe; ich bedeckte ihre Augenlider mit Küssen und fühlte, wie die Wimpern meine Lippen streichelten und wie ihre schmalen zarten Finger durch mein Haar strichen.

«Oh», sagte sie, «Lieber, glaubst du, daß ich schlecht und selbstsüchtig bin? Meinst du, daß du mich jemals hassen wirst, weil ich schlecht gewesen bin? War es häßlich von mir, dich zu lieben? Ich hatte solche Sehnsucht nach dir, so schreckliche Sehnsucht.»

«Nicht soviel wie ich nach dir.»

«Du bist nicht nur gekommen, weil ich nach dir verlangt habe? Du bist so freundlich und sanft, vielleicht warst du nur gut zu mir, weil ich traurig und sabishii war. Kannst du mich lieben, kannst du mich ein klein wenig lieben?»

«Liebe Sabby.»

«Bitte, sag, kannst du mich wirkrich lieben?»

«Wirkrich.»

«Du spottest. Ich mag nicht, daß du mich verspottest.» Sie versuchte ärgerlich auszusehen.

«Natürlich bist du schlecht und selbstsüchtig», sagte ich.

«Tatsächlich?»

«Nein, tatsächlich nicht.»

«Du meinst aber doch –?»

«Nein, Sabby.»

«Doch, du meinst es.»

«Ich werde dich beißen.»

«Das macht mir nichts.»

Ich nahm ihre Nase zwischen meine Zähne. Es war eine so lustige kleine Nase, breit im Ansatz und doch zart. Ich kniff sie leicht. Sie schrie auf, ich ließ los und biß ihr Ohr, das wie eine kleine weiße Muschel war.

«Du Raufbold.»

Ich ließ meine Lippen über ihr Gesicht und ihr Haar gleiten. Es war ein sanfter weiblicher Duft über allem. Ich nahm eine Locke zwischen meine Zähne und riß daran.

«Michael!»

Ich ließ los. Mein Mund wanderte forschend über die Stirn, den kurzen Nasenrücken entlang, quer über ihren Mund, rund um das Kinn. Ich vergrub ihn in ihrem Nacken.

«Warum sagst du nichts, Michael?»

«Ich bin zu glücklich.»

«Oh, Michael», sagte sie und preßte ihren gebrechlich zarten Körper gegen meinen.

«Ich bin noch nie so glücklich gewesen.»

«Du brauchst mich nicht zu trösten», antwortete sie, «ich möchte nur wissen, daß du mich nicht hassest.»

«Ich bin nie so glücklich gewesen», wiederholte ich.

«Ich werde nicht lästig sein, ich verspreche es.»

«Höre», sagte ich, «glaubst du mir nicht? Ich schwöre, daß ich nie so glücklich gewesen bin. Nichts hat mir jemals soviel bedeutet wie dies.»

«Das wäre sehr schön, wenn es wahr wäre.»

«Es ist wahr.»

«Willst du mir denn etwas versprechen?» fragte sie.

«Was?»

«Versprich es mir.»

«Wenn ich weiß, was es ist.»

«Du bist schrecklich. Ich möchte, daß du es versprichst. Du mußt es notwendig voraus versprechen.»

«Gut.»

«Wenn du meiner müde sein wirst, dann wirst du nichts vortäuschen.»

«Was vortäuschen?»

«Irgend etwas, was du nicht wirklich fühlst.»

«Das will ich versprechen», sagte ich. «Auf Ehre. Solange du es auch versprichst.»

«Für mich ist es gar nicht nötig.»

«Und was wird sein, wenn ich dich plage, bis du sterbensmüde bist?»

«Bitte, plage mich, Lieber.»

«So müde wirst du meiner sein.»

«Ich fürchte, ich werde es nicht können.»

«Warum fürchten?»

«Du wirst meiner zuerst müde sein, und ich werde so schrecklich nach dir verlangen, so wie ich jetzt nach dir verlange. Das wird weh tun.»

«Ich werde dir nie weh tun, Liebe», sagte ich. «Niemals. Denk, bitte, nicht, daß ich dir jemals weh tun könnte. Du bist zu schön, als daß man dir weh tun dürfte.»

2 Im Hotel lag ein Brief für mich. Er war von Mr. Headley, dem Missionar. Ich sollte zum Abendbrot kommen.

Ich läutete ihn an, ganz ohne zu bedenken, daß es erst acht Uhr morgens war. Aber es machte nichts aus. Er war schon auf den Beinen und voll von Insulin und wollte keine Entschuldigung anhören. Wenn ich schon eine andere Verabredung hätte, sollte ich eben um Himmels willen den andern mitbringen. Ein Abendbrot ohne Umstände.

«Sie ist meine Lehrerin», erklärte ich, «sie ist Japanerin.»

«Sie ist doch ein Mensch, nicht?» antwortete die Telefonmuschel vibrierend.

«O ja, bestimmt.»

«Na schön, dann ist das geordnet. Acht Uhr. Auf solange.»

Ich ging die Treppe hinauf. Peter lag noch in tiefem Schlaf, eine Tasse voll kalten Tees, den er nicht getrunken hatte, stand auf seinem Nachttisch. Sein Schnurrbart hing trüb herab wie der Bahadurs. Ich rüttelte ihn auf, er rollte sich herüber und begann automatisch die Bartenden zu zwirbeln. Wirklich machte es in seinem Gesicht einen ungeheuren Unterschied, wie die Bartenden standen.

«Nun», sagte er, «wie war es im Kino mit Rosie?»

«Ein schöner Film.»

«Muß wohl», sagte er. «Du siehst aus, als ob du noch ganz davon verzaubert wärst.»

Ich riß die Decke von meinem Bett und schüttelte die Laken auf. Erst dann wurde mir klar, daß meine Mühe unnütz war, denn der erste Morgentee war schon gebracht worden, als ich noch auswärts war. Na schön, wegen Rosie brauchte man sich keine Gedanken zu machen.

«Schläft es sich auf dem Pflaster hart?» fragte Peter. «Darüber habe ich schon oft nachgesonnen.»

«Man gewöhnt sich daran.»

Ich wusch und rasierte mich, und als ich wieder in das Schlafzimmer zurückkam, war Bahadur eingetroffen und hatte frische Wäsche und Kleider bereitgelegt. Er tat, als ob er mich beim Anziehen nicht im Auge hätte, streifte mich aber doch gelegentlich mit einem Seitenblick, um sicherzugehen, daß ich nicht heimlich in dieselben Hosen schlüpfte wie gestern; diese Sache sah er so an, als ob sie ein abgekartetes Spiel wäre, bei dem es für mich darauf ankam, ihn zu täuschen. Ganz konnte er die Beleidigung nie überwinden, daß ich ihm nicht erlaubte, mich anzuziehen; als äußerste Konzession hatte ich eingewilligt, daß er mir die Schuhbänder knüpfte. Wäre ich darauf nicht eingegangen, so hätte er mich wohl doch zugunsten eines Sahibs verlassen, der unzweideutig pukka war.

«Haben Sie heute Besorgungen?» fragte er.

«Ich werde sie selbst erledigen, Bahadur. Ich bin noch für eine Woche dienstfrei.»

«Aber es ist ermüdend, die Läden abzulaufen.»

«Es wird mir guttun.»

«Kann Bahadur helfen?»

«Nicht heute», sagte ich. «Du kannst gehen und dir einen guten Tag machen.»

Ich kam in bester Laune zum Frühstück. Stunden schienen mir vergangen, ich sah nach der Uhr, es war erst dreiviertel neun. Dann neun. Wieder verstrich eine Ewigkeit, dann war es viertel zehn. Es überraschte mich, wie unruhig ich war. Ich ging in die Lesehalle und versuchte eine Zeitung vorzunehmen, aber es stellte sich heraus, daß mein Blick an den Zeilen abglitt und ich nichts aufnahm. Um dreiviertel zehn ging ich aus, schlenderte gemächlich an den Basars entlang, und um halb elf war ich vor dem Armee- und Marine-Kaufhaus. Sabby war schon zur Stelle. Sie sprang gerade aus der Ghari und kam leichtfüßig über das Trottoir; dann erst erinnerte sie sich, daß sie den Kutscher entlohnen mußte, lief zurück und schob ihm ein paar Banknoten in die Hand.

«Du bist zu übereilt», sagte ich, «du benimmst dich auffällig.»

«Warum?» fragte sie. Ihre Augen waren groß, rund und unschuldig.

«Du läßt jeden alles erraten.»

«Tut es dir leid wegen gestern nacht, bedauerst du es?»

«Natürlich nicht.»

«Dann ist es gut, mir macht es nichts aus, wenn alle Welt es weiß. Alle Welt.» Fröhlich ließ sie ihre Hände flattern.

«Du setzt deine Stellung aufs Spiel.»

«Ich werde heute nachmittag mit dem Brigadier sprechen.»

«Schön», sagte ich.

«Wäre es dir unlieb, wenn ich es täte?»

«Es wäre mir unlieb, wenn du entlassen würdest.»

«Dann werde ich nicht mit dem Brigadier sprechen.»

«Es wird nicht viel helfen, du kannst es ihm ruhig sagen, wenn du nicht lieber ein wenig sabishii aussiehst.»

«Gut, ich werde dir zu Gefallen sabishii sein.» Sie nahm eine traurige Miene an und krauste die Falte über der Nasenwurzel; aber ihre Augen sahen gar nicht traurig aus.

«Komm», sagte ich, «was willst du einkaufen?»

«Alles.»

«Du mußt aufhören, leichtsinnig zu sein.»

«Ich bin reichtsinnig.»

«Reichtsinnig?»

«Ach, du bist unnett», sagte sie und schnitt ein Gesichtchen. «Leichtsinnig. Leichtsinnig.»

«Du siehst, es geht, wenn du willst.»

«Du kannst auch Japanisch sprechen, wenn du nur willst. Du mußt es immer sprechen, dann wirst du mehr können als alle andern, und ich werde sehr stolz auf dich sein.»

«Schön, was willst du also kaufen?» fragte ich in einfachem Japanisch.

«Das.»

Wir waren in der Drogenabteilung. Sie zeigte auf eine große Flasche voll grüner Flüssigkeit.

«Sieh doch die schöne Farbe! Was kostet das, bitte?»

«Fünfzehn Rupien», sagte die Verkäuferin.

«Ich will es nehmen.» Sie griff in ihre Handtasche und holte die Banknoten hervor. Es war immerhin mehr als der Wert einer Guinee. «Ist sie nicht schön?» rief sie. «Bitte, was ist es?»

«Fichtenextrakt. Für Bäder. Sehr lind und beruhigend.»

«Du bist verrückt», sagte ich, «kaufst Sachen, von denen du nicht weißt, wozu sie sind.»

«Es ist sicher sehr brauchbar. Und die Farbe ist so hübsch, wie englischer Rasen.»

Ich trug die Flasche für sie, sie war so groß wie ein Topf Essiggurken und ebenso schwer. Wir gingen in die Lebensmittelabteilung hinüber.

«Es ist wie bei Fortnum & Mason», sagte Sabby. «Wäre es dir nicht recht, wenn es wirklich Fortnum & Mason wäre? Ich würde jetzt einen köstlichen Schokoladenauflauf kaufen, wie für Weihnachten, und wir würden ihn zu Hause essen. Wir könnten eine kleine Mahlzeit für uns haben.»

«Was mir da einfällt, ich habe eine Einladung für heute abend.»

«Ja?» sagte sie und gab sich Mühe, nicht enttäuscht auszusehen. «Natürlich mußt du gehen.»

«Es ist für uns beide.»

«Für mich auch? Oh, bitte, wollen wir gehen? Es wäre so lustig!»

«Du weißt ja nicht, von wem sie ist.»

«Das ist ganz egal, wenn wir zusammen hingehen können. Aber ich möchte dir nicht eine Last sein; bitte, sag es, wenn ich dir lästig bin. Dann gehe ich und verschwinde im Erdboden.»

«Ich hab schon zugesagt. Schau, da ist das Café... wollen wir geeisten Kaffee nehmen?»

«O ja, gern.»

Wir saßen eine Weile und schlürften den Kaffee aus Strohhalmen. Von den anderen Tischen warfen die Leute verstohlene Blicke auf Sabby, wenn sie aber meinen Augen begegneten, sahen sie hastig weg, als ob ich sie über etwas Schlimmem ertappt hätte. Ich hätte gern gewußt, ob sie herübersahen, weil Sabby hübsch oder weil sie Japanerin war; aber natürlich dachten sie, sie wäre Chinesin, und ein paarmal konnte ich sogar das Wort Chinesin flüstern hören. Sabby achtete nicht darauf. Es machte ihr nichts aus; und mich entzückte dieses Fehlen von Selbstkontrolle, diese heitere Nonchalance, ich hätte sie in meine Arme reißen und mit Küssen bedecken mögen. Ich selbst kam mir jünger vor, fröhlicher und stolzer als ein junger Bursche, der mit dem ersten Mädel, das er geküßt hat, über den Picadilly marschiert.

Nachdem wir unseren Kaffee getrunken hatten, kaufte ich ein Paar Schuhe, eine Flanellhose und ein Sporthemd. Ich brauchte das alles nicht, und da wir dicht vor dem Monatsschluß standen, hatte ich nur mehr sehr wenig Geld, aber der Leichtsinn hatte mich angesteckt. Sabby kaufte ein seidenes Kopftuch, und ich ließ Blumen zu ihr ins Hotel schicken. Und Sabby kaufte mir ein neues Uhrarmband aus Silber. Ich protestierte; es wäre unnütz, sagte ich, und es passe mir nicht, ich wollte es zurückgeben, aber sie wollte nicht hören. Schließlich sagte ich, es wäre ein reizendes Geschenk, das ich für alle Zeiten als Schatz aufbewahren würde, und das war die Wahrheit.

Wir verließen das Warenhaus. Unbekümmert gingen wir Hand in Hand. Es war wirklich wahr, nie hatte ich mich so glücklich gefühlt. Ich lachte fast die ganze Zeit, und wenn ich nicht lachte, so lächelte ich. Es war wohl töricht, so glücklich zu sein, Sabby hatte recht gehabt, ein solches Glück konnte nicht dauern. Was würde geschehen? Ich sann darüber nach, und als ob Sabby meine Gedanken gelesen hätte, fragte sie plötzlich:

«Michael, was bedeutet Narrenparadies?»

«Warum?»

«Weiter nichts, ich habe den Ausdruck irgendwo gehört.»

Ich versuchte ihn ihr zu erklären.

Ich sagte: «Wenn man in einem Zimmer sitzt, eine Flasche Gin in der Hand und ein hübsches Mädel auf den Knien, und man fühlt sich vergnügt, und die ganze Zeit über ist ein Zeitzünder im Schrank, dann nennt man das ein Narrenparadies.»

«Meinst du, daß ein Zeitzünder in unserem Schrank ist?»

«Ich kann ihn nicht ticken hören», sagte ich. «Kannst du es?»

«Ich weiß nicht, Michael. Vielleicht bin ich taub. Glaubst du nicht, daß man manchmal absichtlich taub ist?»

Wir kamen an der Eastern Empire Bank vorbei.

«Ich muß einen Scheck einlösen», sagte Sabby. «Bitte, komm mit mir. Wenn du neben mir stehst, wird der Kassierer vielleicht nichts merken.»

«Was wird er nicht merken?»

«Ich möchte nicht, daß er mich sieht.»

«Hast du dein Konto überzogen oder ist sonst etwas los?»

«O nein, ich habe genug Geld, eine Menge.»

«Was ist also los?»

«Ich erkläre es dir nachher. Es ist nicht wichtig.»

Wir gelangten in die große Halle, in der Hunderte von bebrillten Babus über ihren Büchern brüteten. Sabby ging an einen Schalter, schrieb ihren Scheck aus, und ein schlaffwangiger Inder strahlte sie durch die Gitterstangen an.

«Möchten Sie Mr. Scaife nicht sehen?»

«Nicht im Augenblick, ich bin in Eile.»

«Er ist gerade in seinem Büro.»

«Danke nein, nicht jetzt.»

Draußen sagte ich: «Erzähl mir von Mr. Scaife.»

«Ich bin gewissermaßen unter seiner Aufsicht.»

«Was heißt das?»

«Siehst du, er ist ein guter Freund meines Vormunds. Ich hab dir noch nicht von meinem Vormund erzählt. Das ist so umständlich, ich weiß gar nicht recht, wo ich beginnen soll.»

«Von vorn», sagte ich. «Erzähl mir, warum du in England warst.»

«Weißt du, mein Vater reiste in Geschäften nach Europa, und da kamen meine Mutter und ich mit. Sie waren böse auf mich, weil ich den Mann nicht heiraten wollte, den sie für mich bestimmt hatten. Zuletzt war mein Vater sehr zornig und meine Mutter sehr traurig. Sie meinten, nach der Reise würde ich mich anders besinnen. Ich aber war hartnäckig und wollte gar nicht zurück. Die Engländer waren alle sehr freundlich zu mir, ich fühlte mich viel glücklicher in England, als ich je in Japan gewesen war. Mein Vater sagte, ich müßte zurückreisen. Du bist ein Wirrkopf, sagte er, du kannst nicht selbst auf dich aufpassen, und ich werde dir keinen Groschen Geld geben. Um ihm zu beweisen, daß es nicht so war, suchte ich mir eine Beschäftigung.»

«Wie hast du das angestellt?»

«Ach, Lieber, willst du das wirklich alles wissen?»

«Ja, bitte.»

«Es war, weil ich zu keck war. Ich wollte nicht unverschämt sein, aber nachher sagte meine Mutter, ich wäre ungezogen gewesen und müsse mich entschuldigen. Siehst du, in Japan ist die Kunst, Blumen zu arrangieren, sehr hochgehalten, die jungen Mädchen werden darin unterwiesen, damit sie ihr Heim schön schmücken und bei den Teezeremonien Anerkennung finden. Man lehrt uns, die Blumen zu verstehen, so gut das möglich ist, und ihre Natur gleichsam mitzuempfinden. Ich hatte von meinem zehnten bis zu meinem neunzehnten Lebensjahr einen sehr geschickten Lehrer darin. In Regent Street ist ein Blumenladen, vor dessen Schaufenster ich einmal stehenblieb, und da fiel mir alles ein, was man mich gelehrt hatte, und mein Herz war traurig. Und ich erinnerte mich eines schönen Gedichts, das ich einmal gehört habe:

Arme närrische Blüte,
Blühst für ihn,
Der dich zerpflückt,
Der dich welken macht.

Ich ging also hinein und sagte: ‹Bitte, lassen Sie mich die Blumen arrangieren.› Der Ladenbesitzer begriff wohl nicht, so nahm ich einfach Blumen aus einer großen Vase, brach die Stengel so, daß es besonders hübsch war, und nahm einige weg, denn es waren viel zu viele zusammengepreßt. Er sagte, es wäre wirklich sehr hübsch, und rief seine Gehilfen herbei, es anzusehen. Nachher erzählte ich es meiner Mutter, sie aber meinte, ich müßte wieder hingehen und müßte sagen, es täte mir leid, denn sonst würde man schlecht von uns sprechen und denken, wir Japaner drängten uns in fremde Angelegenheiten. Als ich aber in den Laden zurückkam, war der Besitzer nicht im geringsten ärgerlich, im Gegenteil, er sagte, er hätte es sich überlegt, und er würde gern ein besonderes Fenster für japanisches Blumenarrangement einrichten. Ob ich bleiben und das für ihn besorgen wollte? Natürlich ging das nicht – erst als mein Vater sagte, ich könne nicht für mich selbst sorgen und mein Leben in Ordnung halten, tat ich es, nur um es ihm zu beweisen. Darum bin ich in England geblieben.»

«Bei deinem Vormund?»

«Ja, denn er ist ein sehr freundlicher Mann, er und seine Frau versprachen meiner Mutter, auf mich aufzupassen.»

«Und wer ist das?» fragte ich.

«Er heißt Wilbraham Durweston.»

«Ist das Lord Durweston?»

«Ja, genau der. Vor dem Krieg war er ein Geschäftsfreund meines Vaters, dadurch kamen wir in sein Haus. Als es aussah, als ob Krieg werden sollte, wollte er mich nach Hause schicken. Das machte mich unglücklich. Schließlich entschied er sich, er wollte mich in seine Obhut nehmen, und als der Krieg ausbrach, bürgte er für mich, und ich bekam die Erlaubnis, in seinem Haus zu leben.»

«Bist du traurig, daß du nicht doch nach Japan gefahren bist?»

«Nein, Lieber. Ich will nicht jemanden heiraten auf Befehl.»

«Aber jetzt ist Krieg, und du bist weit fort von zu Hause. Du bist auf der falschen Seite der Grenze.»

«Nein», sagte Sabby, «ich bin glücklich. Ich bin schrecklich glücklich. Meine Mutter ist auf der falschen Seite der Grenze.»

Nachmittags ging ich in die Schule. Es war nicht notwendig, ich hatte ein Attest in der Tasche, daß ich noch für eine Woche dienstfrei sein sollte. Aber ich wollte Sabbys Stunde nicht auslassen; so war es, ich wollte nicht, daß die andern sie für sich haben sollten, wenn ich nicht dort war. Auch wollte ich im Japanischen nicht allzuweit zurückbleiben. Die andern mußten in diesen drei Wochen beträchtliche Fortschritte gemacht haben. Sie gebrauchten Worte und Redensarten, die mir ganz fremd waren. Und Itsumi San ritt natürlich darauf herum.

«Wir wollen sehen, wieviel Sie vergessen haben», begann er. Und dann fuhr er japanisch fort: «Wie lange waren Sie im Krankenhaus?»

«Drei Wochen.»

«Haben Sie auf Ihrem Krankenlager mit Lust und Liebe die japanische Sprache studiert?»

«Das nicht», sagte ich.

«War Ihre Krankheit zu schwer?»

«Das nicht.»

«Aus welchem Grunde also haben Sie nicht mit Lust und Liebe die japanische Sprache studiert?»

«Weil, wenn jemand anderer im Krankenhaus sehr laut Radio spielt, es nicht möglich ist, irgend etwas mit Lust und Liebe zu studieren.»

Ich sagte es mühsam und fehlerhaft.

«Noch einmal denselben Satz, bitte», beharrte Itsumi San.

«Es war da ein sehr lautes Radio.»

«Was noch?»

«Darum habe ich gar nicht studiert.»

«Wie alt sind Sie?»

«Das ist eine unhöfliche Frage», antwortete ich, denn mir war in der Eile nicht einmal die Zahl geläufig.

«Haben Sie die heutige Zeitung gelesen?»

«Ja.»

«Was war die interessanteste Meldung?»

«Sie betraf Rußland.»

«Was in bezug auf Rußland?»

«Verdammt», sagte ich englisch, «ich hab noch dienstfrei. Bitte, nehmen Sie jemand anderen vor.»

«Also wünschen Sie nicht, Japanisch zu lernen?»

«Ja, ich wünsche es», sagte ich, «mit Lust und Liebe wünsche ich die japanische Sprache zu studieren, doch ist mein Kopf noch nicht gesund.»

«Ich dachte, Ihre Krankheit war eine Krankheit des Bauches?»

«Das ist so.»

«Daher müssen Sie sich jetzt mit größtem Eifer –»

«Mit Lust und Liebe!» schrie der ganze Chor.

«Dies ist eine durchaus ernste und wichtige Angelegenheit», sagte Itsumi San. «Es ist kein Scherz. Es ist Ernst. Es ist ernst und wichtig. Überdies geschieht es zu Ihrem eigenen Vorteil. Mir kann es gleichgültig sein, ob Sie gut sprechen lernen oder nicht. Ich denke an Sie. Ihr Examen wird von Ihrer Sprachfertigkeit abhängen. Ich wünsche Sie alle zu hohen Offizieren befördert zu sehen. Ich bin ein Zivilist. Dessenungeachtet wünsche ich Sie erfolgreich zu sehen. Manchen Leuten in meiner Lage wäre das gleichgültig. Aber ich arbeite nachts mit Lust und Liebe, um die Lektionen für Sie vorzubereiten. Ich würde es vorziehen, auszugehen und mich zu unterhalten. Ich tue das nicht. Ich denke an Ihr Examen. Daher ist es auch Ihre Pflicht, zu studieren.»

«Ich verstehe», sagte ich.

«Dann sind Sie, bitte, aufmerksam. Es ist zu Ihrem eigenen Vorteil. Ich will Ihnen noch eine Frage stellen. Wo sind Sie geboren?»

«Ich bin geboren in einem Ort namens Tewkesbury in England.»

«Sehr gut. Wirklich sehr gut. Wenn Sie es versuchen, werden Sie ihr Ziel erreichen. Und nun wollen wir fortfahren.»

Als Sabby hereinkam, war sie weniger streng. Zuerst beachtete sie mich nicht, dann aber gab sie mir einen kurzen Blick, sah wieder weg und errötete leicht. Nachher aber wurde sie kühn. Sie stellte der Reihe nach Fragen an uns, und als ich an die Reihe kam, wurde ich gefragt: «Sind Sie eine Person, die ein Versprechen einhält?»

«Das hängt von dem Versprechen ab», sagte ich.

Als die Reihe wieder an mich kam, fragte sie: «Halten Sie Versprechungen, die Sie Frauen geben?»

Ich antwortete: «Das hängt von der Frau ab.»

Sie zwinkerte mutwillig. Offenbar schien ihr die kleine persönliche Anspielung mitten im Unterricht sehr spaßhaft. Daß jeder argwöhnen konnte, was dahintersteckte, bedachte sie nicht. Und alle fanden Sabby wirklich komisch, es war leicht festzustellen, daß die Förmlichkeit, mit der man sie im Anfang empfangen hatte, während meiner Abwesenheit einer unbekümmerten Zutraulichkeit gewichen war. Ihre Stunde verstrich schnell. Sie versuchte auch etwas Grammatik zu lehren, indem sie Worte an die Tafel schrieb, aber sie löschte sie immer wieder aus, bevor jemand Zeit gehabt hatte, sie zu lesen. Hatte sie ein Wort ausgelöscht, so hängte sie den Wischlappen an die Seite der Tafel, als ob dort ein Haken wäre, und sobald sie ihn ausließ, fiel er auf den Boden. Brauchte sie dann den Wischlappen wieder, konnte sie ihn zuerst nicht finden; aber immer wieder versuchte sie ihn dahin zu hängen, wo kein Haken war, und war dann überrascht, wenn sie das Tuch auf dem Boden fand. Irgendwie war in dieser kleinen Unaufmerksamkeit eine Naivität, die in mir eine Welle von Zärtlichkeit aufsteigen ließ, und ich flüsterte vor mich hin: «Liebe kleine Sabby, Sabby, mein Kind.»

Aber sie war kein Kind, sie war eine Frau, es war ebensoviel Weibliches wie Kindliches in ihr, eine tiefe, reife Weiblichkeit. Ich wunderte mich, wie sie so weiblich, so warm empfindend, so leidenschaftlich sein und dabei diese mit weiten Augen in die Welt staunende Unschuld behalten konnte. Vielleicht dachten auch die anderen daran, denn einer fragte:

«Wie alt waren Sie zur Zeit des großen Erdbebens?»

«Sieben Jahre.»

Sie begriff natürlich sofort, daß es nur ein Trick war, ihr Alter herauszubringen, aber es machte ihr nichts aus. Wir alle rechneten an den Fingern nach. Sie war also 26. Aber was bedeuteten Jahre? Nicht daß die Zeit verstreicht, macht jemanden alt. Sabby war siebzehn und sieben und siebzig gleichzeitig.

Nach der Stunde sprach Lamb mich an.

«Wissen Sie», sagte er, «Hanako ist prachtvoll. Hätte nicht gedacht, daß ich östlich von Suez an einer Frau Gefallen finden könnte. Ich meine das ernst. Und was halten Sie davon?»

Was ich meinte, war, daß seine Worte grob wären; ich hatte einen unangenehmen Geschmack im Mund und fühlte mich vielleicht zum erstenmal in meinem Leben versucht zu altmodischer Ritterlichkeit: «Wie können Sie es wagen, Herr, so von einer Frau zu sprechen. Wählen Sie ihre Waffen!» Gleichzeitig aber bedachte ich, wie komisch es war, daß ich so fühlte. Vielleicht, meinte ich, war diese indignierte Regung nur eine kleine Heuchelei, und um dieser Heuchelei entgegenzuwirken, sagte ich:

«Sie ist wirklich ein Prachtkerl.»

Wie leicht, dachte ich, konnte man nach seinen Worten mißdeutet werden!

«Ich habe nicht übel Lust, sie zum Dinner einzuladen.»

Die Eifersucht schlug leicht eine Saite in mir an. Ich hatte Lamb wegen seiner lustigen Ruppigkeit nicht ungern gehabt. Sein Schnurrbart war buschig, fast absichtlich struppig, er machte sich nicht besser, als er war. Plötzlich mißfiel er mir.

«Na los», sagte ich.

«Man wird ja sehen, was dabei herauskommt.»

«Viel Glück!»

Er lief hinunter, ich ging ans Fenster und sah ihn unten im Haustor auftauchen, auf der Vortreppe blieb er, seine Bücher unter dem Arm, stehen. Er sah herauf, schnitt ein Gesicht, als ob er sagen wollte: «Das wird ein Heidenspaß», und streckte den Daumen seiner Faust hoch, um zu winken. Ich war beschämt. Vielleicht schämte ich mich auch für ihn, vielleicht auch, weil er mich beschämen durfte. Dann aber fiel mir ein, daß ich glücklich war, und auch Sabby war glücklich, und warum sollte ich so empfindlich sein? War dieses Grimassieren und Daumenwinken nicht haargenau dasselbe, was ich getan hatte – nur ein wenig anders ausgedrückt? War mein Vorgehen nicht eher tückisch und unehrenhaft gewesen? Es gibt verschiedene Arten, jemandem die Taschen zu leeren, man kann sich in der Straßenbahn an ihn herandrängen und das Risiko auf sich nehmen, man kann sich aber auch unter der Decke der Freundschaft an sein Opfer heranarbeiten, kann sein Vertrauen erwecken und dann mißbrauchen, immer im Bewußtsein, daß man nicht als gemeiner Dieb gefaßt werden kann. Natürlich ist die zweite Art die feigere.

«Ich bin in meinem Leben noch nicht so glücklich gewesen.» Dreimal hatte ich das gesagt. Und ich hatte es ernst gemeint, wirklich, ich hatte es geglaubt, niemals war ich so glücklich gewesen. Aber angenommen, Lamb sagte es nun, und auch er meinte es, und meinte es morgen wieder in den Armen von einem von Rosies Mädchen? Es ist so leicht, Dinge zu sagen und sie auch zu meinen, wenn man sie gerade sagt.

Großer Gott, dachte ich, was war nur los mit mir? Woher plötzlich dieses Schuldgefühl? Noch nie hatte ich etwas dergleichen empfunden. War das nur, weil Sabby halb ein Kind war, wegen der rührend unbeholfenen Art, wie sie den Wischlappen naiv aufzuhängen versuchte? Hatte ich mehr zwischen die Zähne genommen, als ich kauen konnte? Hatte ich Angst vor meiner Verantwortung und wollte mich drücken? War es so?

Und da tauchte Sabby unten auf der Vortreppe auf. Ich konnte sie sehen, wie sie vergnügt ihre Handtasche schwenkte. Eilig trippelte sie hinunter und hielt nach einer Ghari Ausschau. Lamb hinterdrein. Ich konnte sehen, daß er etwas zu ihr sagte, aber verstehen konnte ich es natürlich nicht. Sie lächelte fragend. Lamb berührte seinen Schnurrbart und gab sich strahlend wie ein flotter Bursche, der eine fremde Frau anspricht. Er redete. Sabby bekam ein scheues Gesicht. Irgendwie konnte ich aus ihrer Kopfhaltung erkennen, daß sie zu Boden blickte. Jetzt brachte Lamb seine Hand in Aktion. Er spreizte sie und beschrieb mit ihr einen Halbkreis, offenbar zu irgendeinem Angebot. Sabbys Kopf hing noch tiefer. Es bedeutete: «Tut mir furchtbar leid, entschuldigen Sie, bitte.» Nun war Lamb am Ende seines Witzes. Er machte einen letzten verzweifelten Versuch. Er deutete auf das Wörterbuch – natürlich, er wollte sie zum Dinner einladen, um seine japanischen Kenntnisse zu befestigen. Warum nicht? Sabbys Kopf, ihr dunkles Haar waren beredt. «Verstehen Sie doch, bitte.» Lamb zuckte mit den Achseln. Eine Ghari kam gerade vorbei. Sabby machte ihre Serie kurzer Verneigungen. «Tut mir wirklich leid.» Dann wandte sie sich um, stieg in die Ghari, setzte sich mit einer kaum merkbaren ungewöhnlichen Eile, und fort war sie. Lamb sah zu mir herauf. Er zog sein Gesicht in komische Falten und neigte den Daumen nach unten. Gleich darauf aber hatte er sein altes Hol's-der-Teufel-Gesicht.

«Shikata ga arimasen» bedeutete das, die Grundredensart der Japaner: da kann man nichts machen. Da hilft nichts. Oder: «Was sind schon 30 Rupien unter Freunden?» Pfeifend marschierte er ab.

Ich aber, ich sang. Im ersten Moment merkte ich es gar nicht, aber dann fühlte ich, wie die jähe Freude aus mir hervorbrach. Ein

Glück für Sabby! Und gut für mich; denn vielleicht war ich doch nicht ganz dasselbe wie Lamb. (Nur nicht zu selbstsicher sein, warnte ich mich, nur aufpassen!) Ich wollte mich nicht stolz in meinem Sieg spreizen, ihn nicht für mein Verdienst halten; nicht einmal mich darüber freuen, daß Lamb zurückgewiesen worden war. Aber es war gut für Sabby, für die liebe süße Sabby... Nein, ich würde sie nie verraten, ich wollte sie glücklich machen. Aber was würde daraus werden? Was stand uns noch bevor?

«Kommst du?» fragte Peter.

«Ja gern.»

«Du hast mir eine Menge zu erzählen.»

«Nicht daß ich wüßte.»

«Also nicht. Du hast es mich sowieso schon wissen lassen. Du flirtest schamlos in der Klasse.»

«Quatsch», sagte ich.

«Doch tust du es. Und Hanako! Ich habe so etwas noch nie gesehen. Ihr werdet beide noch dafür aufgehängt werden. Das ist Lèse-majesté.»

«Niemand außer dir kann das bemerken.»

«Du solltest vorsichtiger sein. Ihr lieber sagen, daß sie sich zusammennehmen soll. Sie ist ein leichtsinniges kleines Ding und möchte dich am liebsten in aller Öffentlichkeit umarmen. Ihr solltet euer Geschnäbel und Gekose vom Schulzimmer fernhalten. Sei vernünftig! Und bedachtsam!»

«Ich will es versuchen», sagte ich, «aber ich fühle keine große Veranlagung zur Weisheit in mir.»

«Natürlich nicht, du bist verliebt.»

«Oh! Es ist so leicht, so etwas von anderen Leuten zu sagen.»

«Du redest, als ob ich gesagt hätte, du wärst ein Narr.»

«Hast du das nicht?»

«Nein, habe ich nicht.»

«Wollen wir lieber vom Wetter reden», sagte ich. «Es ist sehr heiß.»

«Ja, verdammt heiß. Und im Sommer wird es noch heißer werden.»

Wir nahmen eine Ghari ins Hotel zurück. Wir hatten ausgerechnet, daß wir uns die Ghari nur bei besonderen Gelegenheiten leisten konnten; aber wir hatten eine wundervolle Fähigkeit entwickelt, solche besonderen Gelegenheiten auszumitteln. Es war eine besondere Gelegenheit, wenn wir uns glücklich fühlten, denn Glück ist eine Karte, die natürlich alle materiellen Erwägungen sticht; und es war eine besondere Gelegenheit, wenn wir traurig waren, denn da lohnte schon eine kleine Extraausgabe, um das Leben erträglicher zu machen. Diesmal war es eine Sondergelegenheit wegen Glück, denn ich war unzweifelhaft glücklich, und Peter bewahrte auf befriedigende Weise den Status quo seiner Gleichmütigkeit.

Bahadur wartete geduldig in unserem Zimmer, mit gekreuzten Beinen auf dem Boden sitzend; er beharrte darauf, daß ihm diese Stellung die liebste wäre, und vielleicht war das auch so, aber wenn es ihm lieber gewesen wäre, sich auf meinen Stuhl zu setzen oder in mein Bett zu legen, so hätte er doch die Einladung dazu abgelehnt. Er kannte «seinen Platz», und alle seine Instinkte trieben ihn mit einer Art Schwerkraft immer wieder auf diesen Platz zurück, wie ein Pendel nach seiner Ruhestellung sucht. Und peinlich berührt, wie vielleicht das Pendel der Kraft widerstrebt, die es zum Schwingen bringt, widersetzte er sich jedem Versuch, ihn zu höheren Ansprüchen zu bewegen. Der Druck brauchte nur nachzulassen, und schon schwang er wieder aus bis zu «seinem Platz».

Dafür lag mein Abendanzug auf dem Stuhl bereit, arrangiert wie im Schaufenster eines Schneiders – ein sauberes Taschentuch, sorgfältig gefaltet mit geometrischer Präzision in der Mitte des Sitzes, und zu beiden Seiten je eine Socke, auf solche Weise aufgerollt, daß es am bequemsten war, den Fuß hineinzuschieben. Und im Badezimmer stand meine ganze Ausrüstung zum Gebrauch bereit wie ein Regiment zur Parade, in der Reihenfolge, wie Bahadur sie mich hatte gebrauchen sehen – erst die Zahnbürste und eine Tube Zahncreme, dann der Rasierpinsel, die Seife, ein Antiseptikum für den Fall, daß ich mich schnitt, dann der Waschhandschuh, ein schneeweißes Handtuch und eine Puderdose. Ich wagte nicht mir vorzustellen, mit welchem Grauen Bahadur in das Chaos hineingeblickt hätte, das meine Wohnung darstellte, bevor ich ihn zum Diener hatte; erst in England würde ich wieder vergnüglich zur Unordnung zurückkehren. Hier in Indien aber war ein Bahadur sein Gewicht in Gold wert. Ich jedoch ließ ihn lange warten, bis er auch nur das Gewicht seines kleinen Fingers in Gold verdiente; sein Lohn betrug 50 Rupien im Monat, das waren noch keine zwei Rupien im

Tag, nicht einmal zwei Fahrten in einer Ghari. Und diese 50 Rupien bekam er erst im nachhinein, und doch gierte er nicht nach ihnen, sondern nahm sie mit einer Dankbarkeit entgegen, als ob ich ihm den Geldschrank eines Maharadscha öffnete. Verehrungsvoll machte er seinen Salam, nicht nur für sich selbst, sondern gleich auch für seine Frau und seine Tochter, für deren Dach und Bekleidung und täglichen Reis ich durch ihn sorgte. Er war keineswegs der Ansicht, daß er in Armut lebe. Sein Dasein war respektabel, durchaus nicht ohne Komfort und glücklich.

Ich sagte zu ihm: «Bahadur, würdest du es nicht gern haben, wenn jemand dir die Socken und das Jackett und deinen Turban bereitlegte?»

Das machte ihm einen Mordsspaß. Er kicherte, als ob ich ihm eine komische Geschichte über Eskimos erzählt hätte, der Gegenstand war ihm jedenfalls nicht ferner als so etwas. Die Idee war einfach neu. Ich hätte ebensogut sagen können: «Bahadur, wärst du gern ein Elefant?»

«Ich tue das alles sehr gern für den Herrn», antwortete er, leicht besorgt, ich könnte ihn in Verdacht haben, daß er unzufrieden wäre. Und dann fügte er als Folgerung, wie um mir zu zeigen, daß es doch noch Dinge gäbe, die er mißbilligte, hinzu: «Aber ich glaube, es wäre an der Zeit, daß der Sahib neue Schuhe kaufte.»

Als ich meine Kleider gewechselt hatte, war es erst halb sieben. Ich hätte gewünscht, es wäre halb acht gewesen, denn ich hatte Sabby versprochen, sie um dreiviertel acht abzuholen, und ich war ungeduldig, wie ich die Zeit totschlagen sollte. Schließlich hielt ich es gar nicht mehr aus, ging zum Telefon hinunter und rief sie an.

«Hast du noch immer Lust, heute abend mitzukommen?»

«Möchtest du es nicht?»

«Ich dachte, daß du es vielleicht vorziehen würdest, das Dinner mit Lamb San zu haben.»

«Ach, lieber Michael», sagte sie unglücklich, «war es sehr häßlich von mir, ihn abzulehnen? War es das, Lieber?»

«Du hättest ja ein andermal mit ihm gehen können.»

«Ich möchte auch ein andermal mit dir sein. Du weißt, ich bin selbstsüchtig. Ich bin ein hartherziges Weibsstück.»

«Sag das noch einmal. Ich mag dich das so gern sagen hören.»

«Weibsstück», sagte sie. «Es ist nur recht, wenn ich es sage, denn wenn du beginnen wirst, es zu sagen, werde ich in den Fluß springen. Vielleicht sagt es Mr. Lamb schon.»

«Im Gegenteil, er war enttäuscht, daß du kein Weibsstück bist.»

«Wie meinst du das?»

«Laß nur, ich erkläre dir das ein andermal. Warum hast du übrigens nicht angenommen?»

«Lieber, er hat einen so scheußlichen Schnurrbart. Er ist wirklich gar nicht hübsch.»

«Wenn ich einen solchen Schnurrbart hätte, würdest du dann noch mit mir ausgehen wollen?»

«Ja, Lieber.»

«Dann bin ich also Lamb nicht ähnlich. Ich meine, abgesehen von dem Schnurrbart?»

«Das ist eine dumme Frage.»

«Meinst du wirklich, ich bin ihm unähnlich?»

«Du bist in nichts, in gar nichts ihm ähnlich.»

«Du bist voreingenommen», sagte ich. «Aber das ist gut so. Ich wollte mich nur vergewissern, daß du parteiisch bist. Ich habe nur die Angel ausgeworfen.»

«Was heißt ‹die Angel ausgeworfen›?»

«Ich erkläre dir das ein anderes Mal. Oder nein, ich würde am liebsten gleich kommen und es dir erklären.»

«O ja, bitte. Komm gleich!»

«Gut. Werde ich tun.»

Ich nahm eine Ghari; es war unbestreitbar eine besondere Gelegenheit, und ich sagte zu dem Kutscher «juldé», so daß er das Pferd antrieb und wir davonsausten, die kühle Luft im Gesicht. Als wir ankamen, gab ich ihm den doppelten Fuhrlohn, und dabei bedachte ich, daß dies wohl wahr sei, was man so oft in den Büchern liest – daß nämlich in glücklichen Stunden die glücklichsten Leute die Kutscher sind. Sabby war noch im Kimono, eben im Begriff sich umzukleiden.

«Bitte, sieh weg», sagte sie und zog den Kimono eng zusammen. Auf dem kleinen Teppich konnte ich ihre Füße sehen, und Füße sind gemeinhin nichts besonders Schönes, aber die ihren waren lieb; kleine Elfenbeinfüßchen, zart wie ihre Hände. Ich ging auf den Balkon hinaus und konnte sie drin auf und ab laufen hören. Ich liebte auch dieses Geräusch. Würde ich jemals beim Tappen englischer

Füße ein solches Vergnügen haben? Mervyn hatte einmal im Yacht Club etwas gesagt, was mir jetzt in Erinnerung kam, darüber, daß man nach einer Betelnuß keinen Geschmack mehr an Tabak findet. Aber ich wollte mich jetzt damit nicht abgeben, ich schob den Gedanken wieder fort und sagte:

«Warum darf ich dir nicht zusehen, wenn du dich anziehst?»

«Das ist so ein Brauch aus Gewohnheit.»

«Mir kommt es vor, als ob man von jemandem zu einem Dinner mit Champagner eingeladen würde, sich dann eine Zweieinhalb-Penny-Marke ausliehe und darauf bestünde, die Kupfermünzen zu erlegen.»

«So etwas sollst du nicht sagen.»

«Es ist aber wahr. Wir haben doch Champagner gehabt.»

«Sag mir, was das meint, Angel auswerfen?»

«Man wirft seine Angel aus: Man läßt einen gut mit Köder versehenen Haken baumeln. Zum Beispiel: ‹Meinst du, daß die und die hübscher ist als ich?›; schon kommt ein Lachs vorbeigeschwommen: ‹Meine Liebe, mit dir verglichen, sieht dieser Lachs aus wie ein Fahrradsattel.› Dann bekommt man sein Dessert in Form eines alten Schuhs: ‹Normalerweise kann man da gar keinen Vergleich ziehen, sie sieht nur heute nicht besonders gut aus.›»

«Oh, ich werde gleich meine Angelhaken auswerfen», sagte Sabby. «Bitte, sieh mich um und um an. Findest du, daß ich hübscher bin als ein alter Fahrradsattel?»

Ich ging rund um sie. Sie stand und hielt ihr Handtuch bis zum Kinn hinan. Ihre bloßen Arme kamen an den Seiten hervor, ihre Knie unten.

«Nun?» fragte sie nachdenklich.

«Du siehst ganz anders aus als irgend etwas, was ich jemals schon gesehen habe.»

«Lachs oder alter Schuh?»

Ich trat nahe zu ihr. Sie rührte sich nicht, hielt aber das Handtuch am Kinn fest. Ich küßte sie leicht, ihre Lippen waren kühl; sie mußte eben erst aus der Dusche herausgekommen sein. Ich fühlte, wie ihr Körper durch das Handtuch den meinen berührte. Ich hätte sie umarmen wollen, aber gerade in dieser sachten Berührung war eine Köstlichkeit, die ich noch nie zuvor empfunden hatte. Für einen dieser Momente, die zeitlos sind, hernach aber lebhafter in unserer

Erinnerung stehen als ganze bedeutungslose Wochen, sahen wir einander an. Und dann, da Gefühle sich auf solcher Höhe nicht halten können... vielleicht nur für Sekunden vorhalten, stellte sie sich auf ihre Zehenspitzen, streifte meine Lippen mit den ihren und lief in das Badezimmer zurück, das Handtuch hinter sich herschwenkend. Eine Sekunde später erschien ihr Kopf wieder in der Tür.

«Bitte, Michael», sagte sie traurig, «hast du gesagt Lachs oder alter Schuh?»

«Lachs. Zartestes Rosa.»

Sie verschwand wieder, im Badezimmer aber hörte ich sie singen: «Sabby ist ein Lachs, ein Lachs, ein Lachs...»

Um dreiviertel acht machten wir uns auf den Weg zu Headley. Seine Wohnung war gleich hinter dem Büro, in dem ich ihn schon einmal besucht habe. Der Inderjunge aus der ausgestoßenen Kaste öffnete uns, und einen Moment später erschien Mr. Headley, etwas derangiert, noch in Pantoffeln, uns beide Hände entgegenstrekkend.

«Hallo! Hallo! Hättet euch nicht anzuziehen brauchen. Es gibt nur das Gewöhnliche. Kein formelles Dinner. Na, ist ja egal.» Jetzt sah er Sabbys Kleid an, während er ihre Hand noch in der seinen hielt. «Charmant. Ganz charmant.» Sein dünnes Haar war zerrauft. Er trug ein offenes Khakihemd und Khakishorts. Er deutete darauf und sagte: «Sie nehmen es doch nicht übel, wie? Diesen Monat ist das rechte Bein dran. So erspare ich mir das Ausziehen. Stülpe nur das Hosenbein hoch. Wie, sagte sie, war der Name?»

«Miss Wei», sagte ich.

«Wirklich?» Er streckte sein Gesicht vor und betrachtete Sabby aus der Nähe, als ob er kurzsichtig wäre. Seine Augen waren zusammengezogen und spöttisch. «Unsinn», sagte er, «zählen Sie Ihre Finger! Zählen Sie doch bis fünf!»

Sabby sah erschrocken aus; es war ihr nicht ganz klar, ob dieser merkwürdige Mensch komisch oder wild war. Zögernd hob sie ihre Hand.

«So ist es recht. Zählen Sie. Eins, zwei, drei, vier, fünf.»

«Eins, zwei, drei, vier, fünf», sagte Sabby unsicher.

Vergnügt platzte Mr. Headley heraus: «Na, da hat man's! Haben Sie es gesehen? Haben Sie beobachtet, wie sie es gemacht hat? Begann mit offener Hand und knickte die einzelnen Finger ein. Haben

Sie jemals eine Chinesin so was machen gesehen? Niemals! Chinesen zählen so wie wir Engländer. Beginnen mit der geschlossenen Faust. Japanerin!» triumphierte er.

Sabbys Ausdruck war beschämt. Einen Moment schien sie zu befürchten, daß sie aus dem Haus gewiesen würde. Sie begann eine Entschuldigung wegen des gefälschten Namens zu stammeln, aber Mr. Headley hob, Schweigen gebietend, die Hand.

«Kein Wort darüber. Bin vollkommen begeistert von Japan. War selbst dort und habe eine Menge Freunde drüben. Brauchen Ihren Namen nicht zu verheimlichen. Freue mich, daß Sie hier sind. Ist doch kein Völkerkrieg, das! Krieg der Ideen. Sie haben eben unsere Ideen. Fein so. Funktioniert nicht immer tadellos, aber doch irgendwie, was?»

«Ich habe Ihnen doch gesagt, ich würde Ihnen eine Japanerin mitbringen», sagte ich.

«Kann schon sein. Dachte, Sie hätten was von Schullehrerin gesagt.»

«Ich unterrichte in der Schule», erklärte Sabby.

«So ein Unsinn! Sie und Schullehrerin! In *die* Schule möchte ich auch gehen.»

Während des Essens sprach Mr. Headley über Japan. Manchmal schoß er seine Fragen auf Sabby ab.

«Was halten Sie von der Politik?»

«Ich habe davon gar keine Meinung», sagte sie. «Wahrscheinlich scheint Ihnen das dumm. Ich glaube, ich begreife Politik gar nicht.»

«Wie sollten Sie auch?! Verstehe sie ja selber nicht. Aber Sie haben doch Gefühl?»

«Ich meine, wenn jeder Mensch zu seinem Nebenmenschen nett sein könnte... wenn man nicht so selbstsüchtig wäre...»

«Das ist der Punkt. Ob man lesen und schreiben kann, das ist weit weniger wichtig, als dies zu wissen. Sind die Leute schlecht, so ist die Welt schlecht. Taugen die Leute was, so lösen sich alle Probleme von selbst. Denken Sie an Indien! Ich habe keine Idee, wie das politisch gelöst werden soll. Sie auch nicht. Verteufelt verzwickte Angelegenheit. Der springende Punkt ist die Haltung. Meine Haltung. Ihre Haltung. Eine Woche, nachdem ich hierher kam, kaufte ich mir ein Fahrrad. Trappelte damit los auf der Straße und überfuhr beinahe einen Inder; weiß selber nicht, ob es seine Schuld war oder meine; wahrscheinlich waren wir beide schuld. Wissen Sie, was ich beinahe gesagt habe?»

Wir schüttelten die Köpfe.

«Sie würden es nicht erraten. Ich bin doch Missionar. Sonderbare Art von Missionar, werden Sie denken, aber ich bin es eben. Und ich war verdammt nah daran zu sagen: ‹Marsch aus dem Weg, du schwarzer Schuft!› Die Worte waren schon auf meinen Lippen. Weiß selber nicht, wo ich sie aufgelesen habe, irgendwo muß ich sie aufgeschnappt haben. ‹Du schwarzer Schuft!› Beinahe hätte ich es gesagt. Nun, es war ein Glück, daß ich es nicht getan habe. Wenn Sie so etwas einmal sagen, so sind Sie verloren. Sie finden heraus, daß es das Leichteste auf der Welt ist, so zu reden. Der andere haut nämlich nicht zurück. Dadurch fühlen Sie sich ein bißchen größer, und er ist um ein Stückchen mehr ein Schuft. Und das ganze Problem ist plötzlich gelöst – es war seine Schuld. Wäre ihm nur recht geschehen, wenn Sie ihn krumm und lahm gefahren hätten. Wenn Sie erst etwas in der Art sagen, so beginnt sich in Ihnen eine gewisse Haltung zu formen. Es sind nur Worte, Sie machen sich keine Idee davon, was Worte Ihnen antun können. Seien Sie nie zu wortgewandt! Vielleicht gelingt es Ihnen, andere Leute hereinzulegen – sich selbst betrügen Sie ganz gewiß. Diese junge Frau hat die Sache richtig erfaßt. Ich kann es in ihren Augen sehen. Wundervolle Augen. Sagen alles. Versuchen Sie gar nicht erst, die Dinge in Worte zu bringen. Seien Sie Sie selbst.»

«Das ist nicht immer leicht», meinte ich. «Man kann sich über sich selbst ebensogut falsche Ideen bilden wie über andere Leute.»

«Natürlich. Sie sind noch jung. Leben Sie nur recht drauflos. Sie werden schon beizeiten über sich Klarheit gewinnen. Ein paar Überraschungen müssen Sie einstecken. Und Enttäuschungen. Wunderbar, was alles im Leben drinsteckt. Einmal wollte ich darüber ein Buch schreiben – über das Leben. Worte, Worte. Wozu ist das gut? Leben, das ist Duft und Schmerz und Hoffnungen und Enttäuschungen, und daß Sie die Uhr aufziehen und sich Insulin in Ihre Schenkel pumpen. Machen Sie sich keine Gedanken. Nur vorwärtsleben!»

Später, als wir ins Hotel zurückgingen unter dem tiefen blauen Dach des Nachthimmels, sagte Sabby:

«Ich mag diesen Mr. Headley, er ist so barsch, und dann merkt man doch, daß es eigentlich nicht Barschheit ist. Schade, daß sie tot ist.»

«Wer?»

«Oh, hat er das nicht erwähnt? Ich denke, es muß seine Frau gewesen sein oder sonst eine Frau, die er wirklich sehr geliebt hat.»

«Ich hörte ihn nichts dergleichen erwähnen.»

«Er hat nichts gesagt, aber man kann es doch erraten. Sie muß ihm alles bedeutet haben. Aber sag, bitte, was meint er, wenn er sagt, man müsse leben? Ich kann mir nicht vorstellen, was man anderes tun kann als leben, solange man nicht tot ist.»

«Du kannst tot sein und lebendig zu gleicher Zeit; das ist geradezu eine Redewendung bei uns Europäern. Du kannst tot sein für alles, was rings um dich ist, tot für Schönheit, tot sogar für Häßlichkeit. Du kannst tot sein für alle die kleinen Feinheiten des Lebens, so wie du durch Kokain betäubt sein kannst, wenn du im Stuhl des Zahnarztes sitzt.»

«Vielleicht wäre es manchmal gut, in diesem Sinn tot zu sein. Tot für Leiden.»

«Die Wirkung ist immer doppelt. Du kannst nicht tot sein für Leiden, ohne zugleich tot zu sein für das Glück.»

«Lieber...»

«Aber warum denkst du immer an Leiden? Was wirst du zu leiden haben, Liebe?»

Sie antwortete nicht darauf. Sie schob sich enger in meinen Arm, anschmiegsamer, fast so, als ob eine Kobra auf unserem Weg gelegen hätte.

«Das ist das Kindliche in dir», fuhr ich fort. «Du bist nie ganz die Furcht losgeworden, daß in irgendeinem Winkel deines Kinderzimmers ein furchtbares, übernatürliches Wesen lauert.»

«Ja, das ist wohl so. Ich sollte kein Kind mehr sein. Ich sollte erwachsen sein.»

Schweigend gingen wir weiter. Die Luft war warm, weiche Nachtluft. Das tiefe Blau des Himmels war flimmernd überstäubt mit Sternen.

Und plötzlich begann ich zu staunen: War es vielleicht Sabby, die erwachsen war, und ich war das Kind? Das Kind, das den Großen und Gewichtigen, den Beschützer spielt... bis irgend etwas Beängstigendes geschieht, und dann läuft es davon und plärrt?

3 Etwa eine Woche später begegnete ich Mr. Headley in der Hafenstraße.

«Ich wollte Sie neulich über Yogis ausfragen», sagte ich, «ich möchte gern etwas darüber wissen. Ich möchte eine Ahnung von dem geistigen Indien haben.»

Er lachte. Er hatte nur wenige Zähne, aber er sah sehr vergnügt aus, wenn er lachte.

«Wenn Sie in den Himmel kommen», sagte er, «so werden Sie St. Peter am Westenknopf packen und sagen: ‹Einen Moment, St. Peter, sagen Sie mir etwas über die Engel.› Als ob man eine solche Sache mit ein paar kurzen Redensarten abtun könnte.»

«Aber man muß doch über diese Dinge etwas wissen. Wenn wir heimkommen, wird alle Welt mich danach ausfragen. Ich möchte gern einen Yogi sehen. Wenigstens einen.»

«Ich denke, das ließe sich arrangieren.»

«Ich weiß, daß Sie alle diese Dinge in Ihren Fingerspitzen haben.»

«Nein, ich habe mein Lebtag keinen Yogi gesehen. Aber ich kann Sie mit einem Kenner in Verbindung bringen. Gehen Sie zu Scaife. Ein Mann von der Eastern Empire Bank. Sachkundig. Sagen Sie, daß Sie von mir kommen.»

Ich erinnerte mich, daß es Scaife war, der Sabbys Interessen in Indien überwachte, und als ich zu Sabby kam, bat ich sie, mich ihm vorzustellen. Ich erklärte ihr die Sache mit den Yogis.

«Ach Lieber», sagte sie, «ich möchte dich nicht zu ihm bringen. Bitte, wir wollen nicht zu ihm gehen.»

«Bin ich nicht vorstellbar?»

«Es ist nicht deswegen.»

«Du brauchst ihm ja nicht alles über uns zu sagen. Du brauchst bloß zu sagen, daß ich ein Student bin. Ein außergewöhnlicher Student, der hinter die Geheimnisse des Ostens kommen möchte.»

«Bitte, ich möchte nicht gehen.»

«Aber warum nicht?»

«Ich mag ihn nicht», sagte sie traurig und beschämt, als ob sie eine Sünde zu beichten habe. «Er ist sehr lästig. Ich möchte ihm nicht begegnen.»

«Das ist etwas anderes, dann lassen wir es.»

«Du siehst, ich bin wirklich selbstsüchtig. Du Armer, du möchtest etwas wissen über Yogis, und ich versuche nicht einmal, dir zu helfen.»

«Aber es macht dir nichts aus, wenn ich allein zu ihm gehe?»

«Natürlich nicht. Es ist so dumm von mir. Bitte, geh, es wird dir Vergnügen machen, Lieber, und bring alles heraus über die Yogis.»

Ich ging am nächsten Tag hin. Ich schickte eine Karte zu Mr. Scaife hinein und schrieb darauf, daß ich ihn in einer persönlichen Sache sprechen wollte. Ich mußte zehn Minuten warten, dann kam ein Major aus dem Büro heraus, und der Tschaprassi winkte mich hinein. Scaife saß hinter einem massiven, polierten Schreibtisch. Alles in diesem Raum war poliert, und es war ein hohes, luftiges Zimmer mit zwei Ventilatoren, die an der Decke schwirrten. Eine Sekretärin saß an einer geräuschlosen Schreibmaschine.

Ich erinnerte mich an Scaifes Gesicht, denn ich hatte ihn damals an jenem Abend im Yacht Club mit Sabby gesehen. Ich entsann mich, daß er eigentlich nicht wie ein Bankmanager aussah; aber im Osten ist es im allgemeinen weniger leicht, aus dem Äußeren auf den Beruf zu schließen, denn das gesellschaftliche Leben hat einen größeren formenden Einfluß als die Akten oder Chemikalien oder die Bergwerksmaschinen, oder was sonst eines Mannes Berufsinteresse sein mag. Er trug Hornbrillen, die die Wirkung seiner breiten Stirn milderten, aber gerade weil sie so groß waren, schien sein Mund schmal und fein. Er hätte ein Intellektueller sein können; und wirklich, irgend etwas von der Art war er wohl, ein Student, der am Beginn seines Lebens auf die falsche Straße geraten war, als seine Eltern ihn fälschlich an den Schalter einer englischen Bank setzten. Und als er dann erwachte und herausfand, daß er nun fünf Jahre lang Bücher geführt und Konten kalkuliert hatte, da hatte sein Mut nur zu einem Kompromiß ausgereicht; sein halbes Leben zog er jetzt aus dem Geist des Ostens, die andere Hälfte gehörte der Arbeit, die er haßte. Nichtsdestoweniger glaube ich, daß er ein tüchtiger Bankmann war. Er verachtete sein Geschäft, und gerade darum, voll Verachtung, meisterte er es. Er machte sich nichts aus abgeleckter Glattheit, aber sein Raum war wie ein Operationszimmer. Irgendwie kam mir Scaife vor wie ein Mann, der Fußball nicht leiden kann, aber, ins Spiel gezogen, mit einer Energie und Wildheit spielt, die den passioniertesten Fußballern über ist.

Ich sagte ihm, daß ich von Mr. Headley käme. Und daß ich Interesse hätte, etwas über Yogis und Fakire und Maharischis zu erfahren – ein bloß zufälliges Interesse, aber ich wäre ihm dankbar, wenn er mir behilflich wäre.

Er sagte, es wäre ihm angenehm, mir zu dienen. Dann lehnte er sich in seinen Stuhl zurück, öffnete den Mund und blickte zur Decke auf. Die Fingerspitzen seiner Hände waren aneinandergelegt. Ich dachte bereits, das wäre eine Yogahaltung für die Meditation; aber es war wohl nur so, daß es ihm angenehm war, einen Moment lang die Geschäfte der Empire Bank zu vergessen und an etwas anderes zu denken. Ja, sagte er, den Blick wieder auf mich gerichtet, er würde etwas für mich arrangieren. Er würde Mr. Munshi mit mir bekannt machen, und Mr. Munshi würde bereitwillig unser Führer sein. Wie es mit einem Supper wäre? Ein frühes Supper – sagen wir um sieben. Konnte ich es so einrichten? Gut.

Ich ging ins Mayfair, um es Sabby zu berichten. Es war das erste Mal, seit ich aus dem Krankenhaus zurück war, daß ich nicht mit ihr zusammen speiste, und jetzt, nachdem ich Scaifes Einladung angenommen hatte, widerstrebte es mir, hinzugehen. Wenn ich mir einen Abend mit Sabby vorstellte, so stand er als ein glückvoller Augenblick vor mir, rascher entschwunden als gekommen; dieser Abend aber schien sich vor mir wie eine Wüste zu dehnen, ohne Rasen, so daß ich mich fragte, wie ich heil durch sie hindurchkommen würde. Und trotzdem war ich froh, daß ich angenommen hatte. Ich sagte mir, daß ich dieses Zusammensein mit Sabby nicht zur Gewohnheit werden lassen durfte, ich mußte einmal ohne die Droge bleiben, nur um mir zu beweisen, daß ich es noch aushielt.

Aber sagen mochte ich ihr das nicht. Ich wußte voraus, was sie antworten und was für Augen sie haben würde.

«Das freut mich so für dich», sagte sie strahlend. «Du wirst alles sehen, was du möchtest, rudelweise Yogis.» Auch ihre Augen waren strahlend, aber ganz die richtige Helligkeit war es nicht. Ich wünschte auch nicht, daß sie es wäre. Wenn sie gar nicht traurig gewesen wäre, daß ich einen Abend ohne sie blieb, wäre es mir unangenehmer gewesen als so, da es sie doch ein wenig traurig machte. Und jetzt sagte sie rasch, damit ich keinen Vorwurf heraushöre: «Lieber, was bedeutet Yogi?»

«Ich werde es dir heute nacht sagen, oder du kommst mit und überzeugst dich selbst.»

«Aber Scaife...»

«Ich weiß nicht, warum du ihn gar so verabscheust.»

Sie zuckte die Achseln.

«Ach», sagte sie, «ich verstehe ihn nicht. Er ist komisch. Vielleicht ist das so, weil er Yogis mag. Bitte, fang du nicht auch an, Yogis so gern zu mögen, daß du dann wie Mr. Scaife wirst.»

«Fürchtest du, das könnte geschehen?»

«Vielleicht ist es so», sagte sie und schnüffelte in ihrer kummervoll komischen Art, die mir ein solches Gefühl meiner Größe, meiner beschützenden Gewalt und meiner Liebe verschaffte und den Abend noch schöner erscheinen ließ. Aber ich küßte sie und ging, und obwohl das Weglaufen eine leere Stelle in mir entstehen ließ, verschaffte es mir doch die Vorstellung, ich wäre willensstark und vernünftig. Und ich hätte den Entschluß, ihr ganz zu entsagen, noch in meiner Gewalt.

Mr. Scaifes Haus war ein hübscher Bau mit einem Portikus auf Malabar Hill – der Landzunge, die die Bay auf der einen Seite umgreift und der exklusivste Teil von Bombay ist. Als meine Ghari vorfuhr, sah ich Mr. Scaife am Fenster, und auch er mußte mich gesehen haben; aber er kam nicht heraus; ein Diener erschien, und ich blieb auf der Freitreppe stehen, während ich angemeldet wurde. Nach einer Minute erschien Mr. Scaife.

«Ach», sagte er, «da sind Sie ja.» Er führte mich in den Salon. Mr. Munshi – Mr. Quinn.»

Ich schüttelte eine weiche, gutlaunige Hand.

«Sehr erfreut», sagte Mr. Munshi. Sein rundes, fettes Gesicht war angefüllt mit gutgefüttertem Lächeln. «Ein Vergnügen, Sie kennenzulernen.»

Wir setzten uns. Mr. Scaife winkte, ein Diener brachte Whisky und begann Gläser zu füllen. Dies ging ganz lautlos vor sich. Wir äußerten unsere Wünsche stumm. Mr. Munshi nahm nur Limonade, er hob einen kurzen dicken Finger, um die Menge anzudeuten. Er saß in der Ecke seines Lehnstuhls, ich konnte unter der Dhoti seine braunen Beine sehen, seine Füße, die in Sandalen steckten, waren stark auswärts gekehrt. Er sah aus, als ob er sehr gewöhnt wäre, sich in einem Salon auf Malabar Hill fehl am Platz zu fühlen. Mr. Scaife hielt gleichmütig eine Zigarre zwischen seinen Zähnen. Die Gläser seiner Hornbrille waren dick, seine Augen verschwammen dahinter wie etwas, das man durch das Glas eines Aquariums ansieht. Im Büro waren mir seine Augen nicht aufgefallen; vielleicht hatte er dort seine Geschäftsaugen, die Bilanzen studierten, gehabt. Jetzt waren es neugierige, abgelöste Augen, Außerdienstaugen, bereit in den Büchern zu lesen, die er auf einem Regal in Griffweite hatte – eine hübsche Sammlung von Büchern, deren Pergament- und Lederrücken Erstausgaben und erlesene Themen erraten ließen.

Der Diener zog sich still in einen schattigen Teil des Raumes zurück und verweilte dort.

Mr. Scaife war blicklos.

«Ich trinke Gesundheit für den Gast», sagte Mr. Munshi.

«Ach!» Als Mr. Scaife «ach!» sagte, öffnete er den Mund wie ein Fisch und blickte zur Decke. Dann senkten sich seine Augen auf mich herab. «Mr. Munshi hat sich freundlich bereit erklärt, uns heute abend etwas Interessantes zu zeigen.»

Der Inder lächelte in abwehrender Selbstbescheidung. Er senkte den Kopf und betrachtete seine Hände.

«Ich hoffe, Sie werden es interessant finden. Es ist mein Wunsch.»

«Sehr liebenswürdig von Ihnen», bemerkte ich.

«Bitte, sprechen Sie weiter nicht davon. Es ist so selten, daß Besucher dieses Landes an dem geistigen Indien interessiert sind, aber ich habe bei weitem nicht die Kenntnisse Mr. Scaifes. Er hat ein gründliches Wissen von diesen Dingen. Er hat viel Zeit darauf verwendet, sie zu studieren.»

«Leider», sagte Mr. Scaife, «nur halbe Studien, Studien in meiner freien Zeit. Eine gefährliche Sache, so etwas. Sehr gefährlich. Und nun wollen wir, wenn es Ihnen recht ist, zu Tisch gehen. Besser, wir gehen beizeiten los. Was meinen Sie, Munshi?»

Wir nahmen eine Droschke. Es war ein hochstelliges Fahrzeug mit einem zerlumpten Verdeck und ohne Seitenleder; wir saßen alle drei im Fond. Mr. Scaife an meiner Seite war dünn und knochig. Auf der anderen Seite konnte ich fühlen, wie das üppige Fleisch Mr. Munshis wohlig in den Bewegungen des Wagens schaukelte. Seine Hände hatte er im Schoß gefaltet. Das Lächeln in seinem Gesicht wurde für einen Moment breiter, wenn wir über ein Loch in der

Straße holperten oder plötzlich auswichen, um einen Fußgänger zu vermeiden; dann nahm es wieder seine normalen Dimensionen an.

«Wo bringen Sie uns hin, Munshi?»

«Ich denke, wir könnten Lala Vikrana einen Besuch machen.»

«Ah! Wir könnten bei Grant Road einbiegen und ihm vor Gott den Teufel zeigen.»

«Sehr gut, ausgezeichnet.»

Die Straßen wurden enger und gedrängter. Wir schoben uns vorwärts wie der Wagen des Dschagannaht, unsere Hupe blies pausenlos. Vor uns teilte sich der mahlende Strom und schloß sich im Augenblick wieder, wenn wir vorbei waren. Augen, die der Scheinwerfer in den Lichtkegel fing, starrten aus braunen Gesichtern.

«Hier, Munshi?»

«Sehr wohl.»

Wir schoben uns hinaus, halb unbewußt folgte ich den beiden durch die Seitenstraßen. Hier gab es nur Inder. Sie starrten Mr. Scaife und mich, die beiden einzigen weißhäutigen Leute ringsum, so an, daß ich froh war, von Mr. Munshi begleitet zu werden; so fühlte man sich etwas weniger fremd, etwas weniger als Eindringling. Trotzdem hatte ich die deutliche Empfindung, daß wir eine Grenze überschritten hatten, daß man uns jeden Augenblick bedeuten konnte, wir möchten uns fortscheren, oder daß die Menge sich auf uns stürzen und uns in Stücke reißen konnte. Doch schienen die Leute durchaus fügsam. Die Bettler ließen sofort ihre Hände wieder sinken, wenn man Unmut zeigte. Nur die Kinder zerrten an meinen Hosen. Ich sagte: «Dschou! Dschou!», aber sie umdrängten mich weiter mit ihrem Geschnatter, sie griffen nach meiner Hand. Ich zog sie hastig zurück, wischte sie an meinem Rock ab. Nachher, dachte ich heimlich, würde ich guttun, mich in einer Desinfektionslösung zu waschen. Es hieß zwar, daß man auf diese Weise nicht leicht Krankheiten abbekäme, aber sicher war sicher; und es war etwas Abstoßendes in der unmittelbaren Berührung dieser verelendeten Kinder.

«Dschou!» sagte ich.

«Bakschisch! Bakschisch!»

Wenn ich sie mit ein paar Annas hätte loswerden können, hätte ich sie ihnen gern gegeben. Aber es würde nicht viel nützen.

«Dschallo, dschallo», sagte Mr. Munshi. Sie sahen zu ihm auf, um sich zu überzeugen, ob er es auch wirklich meinte; zuerst schien es nicht recht in ihre Köpfe hineinzugehen. Er fügte etwas in Hindustani hinzu, und sie blieben sofort zurück, alle ihre Lebhaftigkeit war verschwunden, seit die Hoffnung auf einen Penny erloschen war. Ein Penny hätte für sie eine Mahlzeit bedeutet.

«Etwas wie das hier werden Sie nicht in vielen Städten der Welt zu sehen bekommen», sagte Mr. Scaife und deutete auf die Häuser, die die Straße umrahmten.

Die Kramläden hatten jetzt Baulichkeiten Platz gemacht, in denen Fenster und Türen käfigartig vergittert waren; zwischen den Gitterstäben konnten wir Ausblicke auf grellbemalte Lippen und gepuderte Wangen gewinnen, auf schweren Messingschmuck, der von Ohren und Nasen herabhing, während in den oberen Fenstern und auf den Balkonen Silhouetten von Haar und Schultern einladend im gedämpften orangefarbenen Licht auftauchten. Irgendwo spielte in monoton gleichmäßiger Lautstärke eine Musik, von Stimmengewirr übertönt. Alles das machte eher einen lustigen Eindruck. In der Nachtbeleuchtung hatten diese alten Mauern ohne Bewurf eine gewisse Schönheit.

Dann kamen wieder Läden, Cafés, plötzliche Explosionen von Licht. Gleich darauf wieder dunkle Häuserfronten mit Betten, die man auf die Straße hinausgerückt hatte, und Leuten, die bereits schliefen.

«Es ist nicht mehr weit», sagte Mr. Scaife. «Sie bezweifeln nicht, Munshi, daß wir um diese Nachtzeit angenommen werden?»

«Gerade um diese Zeit empfängt Vikrana viele seiner Schüler», sagte Munshi. «Mr. Quinn wird jetzt etwas ganz anderes zu sehen bekommen, als wir eben noch vor Augen hatten. Nicht oft kann man an einem Abend so krasse Gegensätze überschauen. Wir wollen hoffen, daß das weltliche Treiben unseren Freund dem Geistigen zugeneigt gemacht hat.»

Wir waren auf einen kleinen offenen Platz hinausgekommen, auf dem sich dürres Gras mühselig aus ausgedörrter brauner Erde hervorquälte. Herrenlose Hunde streunten umher, hier und dort lagen Gestalten ausgestreckt wie Leichname, die eine Schlacht vergessen hat. Wir begannen diesen Platz zu überschreiten. Ein kleines Gebäude, von einem Zaun mit einem versperrten Gatter umgeben, kam in Sicht. Hier hielt Mr. Munshi.

Er rüttelte das Gatter leicht, und die Kette rasselte.

Aus dem Hintergrund tauchte ein alter Mann auf, der pygmäenhaft klein war. Leise glitt er heran, schob zwei Gitterstangen aus dem Zaun und spähte heraus. Seine Augen waren alt und fern wie die eines Wahnsinnigen oder wie die eines Blinden, und ich konnte mir nicht vorstellen, daß er das Angeschaute wahrnahm. Als er aber Mr. Munshi sprechen hörte, schob er einen Schlüssel in das Vorhängeschloß, und das Gatter ging kreischend auf. Wir schritten hindurch und gelangten auf eine Art Veranda. Durch die Fugen einer Tür konnte ich Licht wahrnehmen. Doch war außer dem Klirren der Kette hinter uns, als der alte Mann das Vorhängeschloß wieder absperrte, kein Laut zu hören.

Mr. Munshi blickte nicht um sich. Er hob den Fallriegel einer Tür und drückte sie auf; helles Licht fiel auf sein breites, schimmerndes Gesicht; nur sein Lächeln war jetzt anders, als es zuvor gewesen war. Es war nicht das breite Lächeln von Malabar Hill, als er sein Limonadenglas im Schoß gehalten hatte, und auch nicht das Grant-Road-Lächeln geduldigen Verzeihens; es war ein leichtes, friedvolles, heiliges Lächeln, ein Kerzenschimmern nach dem Leuchtfeuer im Dunkeln. Es war ein Lächeln, das der vor uns liegenden Szene angepaßt war.

Etwa ein halb Dutzend Leute saßen im Halbkreis auf dem Boden, alle leicht in Baumwolltücher oder Musselin gehüllt. Im Brennpunkt saß eine andere Gestalt mit gekreuzten Beinen auf einem erhöhten Kissen, nackt bis auf ein Lendentuch. Aus seinem jäh aufgerichteten Rumpf erhob sich der Nacken wie eine Säule, vierschrötig das Haupt tragend, dessen weißer Bart hochgereckt war. Es war das Gesicht eines Patriarchen mit einer breiten sokratischen Stirn, an eine Marmorbüste erinnernd; auch die Augen waren wie Marmor, die Pupillen unter reglosen Lidern aufwärts verdreht.

Mr. Munshi winkte uns herein. Er schloß die Tür hinter uns, der Fallriegel klackte scharf in das Schweigen. Seine Hand deutete auf einen Platz am Boden. Er selbst ließ sich plötzlich, ohne seine Füße zu bewegen, an der Stelle, an der er stand, nieder, als ob die Knochen, die sein Fleisch getragen hatten, jäh dahingeschmolzen wären. Mr. Scaife hockte mit kaum größerer Mühe neben ihm nieder. Die Knochen seiner Knie preßten sich durch seine dünnen Hosenbeine, das Gesicht war hoch erhoben. Ich folgte unbeholfen, nahm mein Gewicht in die Hände und ließ mich auf die rauhe Kokosmatte nieder, die auf dem Boden lag. Ich versuchte, meine Füße unter mir unterzubringen, aber meine Gelenke waren steif, und die gezerrten Bänder taten weh. So ließ ich sie locker, legte die Arme um meine Knie, um mir einen Halt zu geben, und verschränkte die Hände ineinander. Mein Rücken war schräg geneigt. Als ich ihn zu strekken suchte, hatte ich Schmerzen im Rückgrat, und so ließ ich es. Mein Kopf hing in einer Art von physischer Demut herab.

Ich starrte den Meister an. Er war der einzige, dessen Augen geöffnet waren; die Schüler schienen in ihre eigene Kontemplation versunken. Sie hatten uns, als wir eintraten, nicht einmal mit einem Blick gestreift, obwohl ihre Pupillen nicht, wie die des Meisters, aus der Sicht gedreht waren. Ihre Augenlider zitterten, man sah, daß sie atmeten. Zuerst dachte ich nicht, daß auch der Meister atmete. Dann beobachtete ich aufmerksam einen hellen Punkt an seiner Brust, einen Schimmer, den die Öllampe auf seine Haut warf. Ich beobachtete diesen Punkt lange und sah, daß er sich ganz leicht hob und senkte, vielleicht einmal in einer Minute. Es war schwer, die Zeit abzuschätzen. Nach einer Weile versuchte ich zu erraten, wie lang wir wohl so saßen. Es konnten zehn Minuten sein, zwanzig, ein paar Stunden. Ich hatte ein zwingendes Gefühl, daß dieser Raum zeitlos wäre. Ich sah nach den weißen gewölbten Augenballen hin und fragte mich, ob sie es wären, die mich in eine Art Trance versetzten. Ein seltsames Gefühl überkam mich, ich schloß meine Augen und versuchte, klar zu denken. Es war nicht ganz sicher, ob ich träumte oder nicht, und ich drückte meinen Fuß scharf gegen mich, so daß der Schuhabsatz meine Hüfte preßte. Ich fühlte seine Härte: also schlief ich nicht. Trotzdem war an dem ganzen Vorgang etwas Traumartiges. Oder es war, als ob ich getrunken hätte, dieselbe Dumpfheit. Ich öffnete die Augenlider. Niemand hatte sich gerührt. In dem Lampenlicht wirkten die beiden weißen Augenballen wie Zwillingsmonde. Der Körper war noch immer starr und statuenhaft. Es war fühlbar, daß irgend etwas aus ihm hinausgetreten war. Wenn man einen Leichnam ansieht, so wird man gewahr, daß da irgend etwas fortgegangen ist, und dieser Körper war wie ein Leichnam. In dem Raum herrschte noch immer Totenstille und Zeitlosigkeit. Wenn man tot ist, gibt es keine Zeit mehr.

Und doch konnte ich fühlen, daß dies keine gewöhnliche Art von

Tod war. Ich empfand etwas anderes, etwas Positives, das in mich einströmte. Als es bis zu meinen Schultern hinaufdrang, fühlte ich mich wohler. Und dann schien es aus meinen Schultern wie ein besänftigendes Öl herabzusickern, und es machte, gleich dem Öl in einer Maschine, meinen Körper widerstandsloser. Ich begann eine sonderbare Ruhe zu empfinden. Es ging mich nichts mehr an, wie lange wir nun schon in diesem Raum saßen, ich fragte mich höchstens, wie lang diese angenehme Empfindung fortdauern würde.

Es war nur für kurze Zeit. Als ob ich aus einem tiefen Schlaf aufwachte, klärte sich ein Teil meines Geistes und nahm wieder auf seine Umwelt Bezug. Ich sah die Gestalt auf dem erhöhten Kissen, es war weiter nichts als ein alter Inder in Trance, und mir wurde bewußt, wie unbequem meine ungewohnte Haltung mir war. Ich beobachtete Mr. Munshis verklärtes Lächeln und dachte an seine schwabbernde Fleischmasse in der Droschke, ich erinnerte mich an Mr. Scaife in seinem Büro in der Eastern Empire Bank, mit der Sekretärin vor der geräuschlosen Schreibmaschine, und schließlich dachte ich an mich und wie belustigt Peter und Mervyn und Mario sein würden, wenn sie mich so kreuzbeinig sitzen sähen mit meinen zermarterten Gelenken. Es war lächerlich, sich einzubilden, daß ich in einem Augenblick tiefer Ruhe von dem Geist des Fakirs berührt worden wäre oder an der Schwelle einer andern Welt gestanden hätte. In dieser seltsamen Atmosphäre hatte meine Phantasie mir etwas vorgegaukelt. Fürs nächste genügte, daß mir meine Gelenke weh taten. Wenn sich nicht bald jemand rühren würde, blieb mir nichts übrig, als mich in aller Stille davonzumachen. Ich konnte Mr. Scaife ein Wort zuflüstern und draußen warten, zwischen den Kötern und den verstreuten Leibern der Obdachlosen herumstreifen. Das da draußen war jedenfalls das Leben, dies hier aber war der Tod, auch wenn die Leute hier es für das Leben hielten, das wahre Leben, das Leben mit einem großen L geschrieben. Schön, mögt ihr dieses Leben haben, wenn ihr auf ein Dinner im Tadsch Mahal Hotel, auf ein Geplauder mit Peter, auf nette Begegnungen mit neuen Leuten und auf eine Nacht mit Sabby verzichten wollt. Dieses Leben mit dem kleinen l geschrieben, dafür ließ sich auch allerhand vorbringen...

Dann gab es eine plötzliche Bewegung, sie alle schienen sich gleichzeitig zu entspannen, als ob sie einem gemeinsamen Impuls folgten. Meister Vikranas Augenballen begannen sich zu drehen. Dunkle Pupillen wurden sichtbar, zuckten rasch hin und her und fixierten sich dann nach vorn. Seine Augenlider zitterten, sein Atem fügte sich in den normalen Rhythmus. Er bewegte seine Hände. Es war, als ob er eine Zeitlang auf Eis gelegen hätte und jetzt zu tauen begänne.

Mr. Munshi suchte meinen Blick und lächelte. Mr. Scaife blickte nach der Decke und tat den Mund auf. Ich erwartete, daß er ein Ah! produzieren würde, aber er verschluckte seinen Seufzer. Die Schüler sahen nach ihrem Meister, und der Meister überschaute die Versammlung. Ich war überrascht, wie menschlich er plötzlich aussah, wie verblüffend wohlwollend sein Gesicht war, nachdem es mir eben noch als die unpersönliche Maske seiner Trance erschienen war.

Er gab ein Zeichen, und einer der Schüler schob sich näher an das Kissen heran, so daß er jetzt dichter unter ihm saß. Dann nahm der Meister eine Tafel auf, die mit dem Hindualphabet beschrieben war. Sein Finger bewegte sich blitzschnell zwischen den Buchstaben, er buchstabierte eine Botschaft. Jetzt fiel mir ein, daß erwähnt worden war, er habe sich durch ein Gelübde zum Schweigen verpflichtet. Der Schüler war gleichsam sein Mund. Der Schüler sprach und sah mich dabei an, und so begriff ich, daß er mich anredete, obwohl ich keines seiner Worte verstand.

Mr. Munshi begann zu übersetzen.

«Der Meister sagt, es sei eine ganz unerwartete Freude, einen neuen Gast hier zu sehen.»

Ich neigte den Kopf in Erwiderung der Höflichkeit.

«Der Meister fragt jetzt, ob Sie als ein Tourist kommen, der Sehenswürdigkeiten besichtigt, oder ob Sie auf der Suche nach der ‹Großen Wahrheit› sind.»

«Ein wenig von beidem», sagte ich, um mir selbst treu zu bleiben, und ich überließ es Mr. Munshi, einen hindustanischen Ausdruck dafür zu finden. Seine Übersetzung war in der Tat weniger lakonisch; offenbar fügte er seine eigene Diagnose meiner Absichten hinzu. Seine Stimme klang freundlich, und Lala Vikrana nickte verständnisvoll mit seinem weißen Bart. Eine kurze Weile sann er nach. Er strich seinen Bart, sah mich durchdringend an, nickte wieder, und alle die Schüler starrten den Meister an und erwarteten seinen Urteilsspruch. Er sah so weise und sokratisch und unfehlbar aus, daß ich selbst begierig auf seine Worte wartete, obwohl mir nicht ganz klar war, worauf ich wartete, außer einer Entscheidung, ich wäre verdammt oder gerettet; und vielleicht hätte ich ihm geglaubt, und seine Worte hätten die Skala meines Lebens wirklich ein wenig nach dieser oder jener Richtung hin geneigt.

Zuletzt begannen des Meisters Finger wieder auf den Buchstaben zu tanzen. Die Augen des Schülers zuckten hinter ihnen her, und das Urteil wurde gefällt. Mr. Munshi reichte es mir sozusagen aus dritter Hand.

«Der Meister hat geäußert, er wäre während seiner Trance eine kurze Zeit mit Ihnen in Kontakt gewesen, und auch Sie hätten Kontakt mit ihm gehabt. Es ist seine Ansicht, daß Sie nicht genug entschlossen sind, in den geistigen Kreis einzutreten. Er sagt, daß Sie sich selbst in Ihren Zweifeln bestärken, und daß er nichts tun kann, solange Ihr ganzes Herz nicht auf der Suche nach der letzten Wahrheit ist, welche zugleich ist das letzte, äußerste Glück. Er sagt, daß er, wenn Sie eine Frage zu stellen haben, sie gern beantworten würde.»

«Ist der Meister der Ansicht, daß es auch möglich ist, in einer niedrigeren Sphäre das Glück zu finden?»

Die Frage ging zurück, und diesmal kam die Antwort ganz unmittelbar.

«Der Meister sagt, daß in der Tat dort großes Glück gefunden werden kann; und er verwundert sich, warum Sie diese Frage stellen, da Sie die Antwort ja doch schon wissen. Er wünscht, es möchte klar ausgesprochen werden: Wenn Sie nicht bereit sind, zuerst die leibliche Yoga zu studieren und dann, nachdem diese körperlichen Behinderungen von Ihrem Pfad fortgeräumt sind, die geistige Yoga, dann würde er nicht wünschen, daß Sie sich von den christlichen Prinzipien lösen, welche er höchlich bewundert.»

Wieder eine Pause, während Vikranas Finger eine neue Bemerkung zusammensetzten.

«Der Meister sagt nun, es sei ihm lieb, daß Sie von ihm keine Tricks verlangt haben, wie es früher einmal eine britische Person getan, die zu Besuch kam; denn wenn es auch in seiner Macht steht, solche ‹Tricks› zu vollbringen, wie etwa seine Gedanken über viele viele Meilen hinausschweifen zu lassen, so ist dies doch nur eine Frucht seiner Einsicht in höhere Dinge, ähnlich wie die Aussendung drahtloser Wellen eine Frucht ist der großen Kenntnisse Ihrer Gelehrten. Er hält sich selbst nicht für drahtlos. Er sagt, Ihre Gelehrten wären bedeutende und sehr geschickte Männer, aber ihr Weg zum Himmel sei ein langer, schwieriger Weg, und an diesem Weg wären viele schöne Täuschungen aufgebaut. Und nun bedauert er es, nicht genug höflich zu sein, aber er muß sich für den Rest seiner Zeit seinen Schülern widmen. Gibt es noch eine letzte Frage, die Sie an ihn zu stellen hätten?»

«Nein», sagte ich. «Nichts. Höchstens, der Meister gäbe mir zum Abschied einen Wahrspruch mit, den ich immer als Erinnerung an diesen Besuch im Herzen behalten könnte.»

Vikrana war offensichtlich bestrebt, diesem Wunsch zu genügen. Er strich seinen Bart nachdenklich und starrte mich mit seinem eisern stetigen Blick an. Ich sah zurück in seine Augen, und als ich den Wunsch fühlte, meinen Blick abzuwenden, war der seine wie eine Herausforderung, wie ein Zwang. Ich hielt ihn minutenlang aus, soviel mir schien, indem ich die Versuchung bekämpfte, den Blick abzuwenden; und dann wußte ich plötzlich, daß es mich keine Kraft mehr koste, seinen Blick auszuhalten, daß sein Blick den meinen in sich zwang und daß ich ihn mit keiner Anstrengung meines Willens von ihm lösen konnte. Es war mir ganz klar, daß er eine gewisse Macht über mich besaß; zugleich aber war ich mir seiner guten Gesinnung bewußt und daß ich mich dieser seiner Macht widerstandslos überantworten durfte.

Dann begann es plötzlich vor meinen Augen zu flimmern, ein Nebel schien zwischen uns zu brauen. Und durch diesen Nebel hindurch brachen sich wie stählerne Schäfte seine Blicke zu meinem Gehirn Bahn. Das nächste, was mir bewußt wurde, war, daß diese Pfeile nicht mehr in mir staken, und durch den Nebel, der sich zerteilte, konnte ich die Stimme des Schülers hören und dann die Mr. Munshis.

«Der Meister sagt, Sie besäßen große Kraft. Diese Kraft kann Glück geben, aber sie ist nur mit äußerster Bewußtheit zu gebrauchen. Sie werden gleichzeitig viel Glück und viel Traurigkeit auf sich selbst ziehen. Die Traurigkeit wird schrecklich sein, aber aus Ihrer Mitte heraus werden Sie begreifen, daß es gut war, sie gelebt zu haben.»

Dann kamen wir drei auf die Füße, wir fügten zum Zeichen unseres Respekts die Fingerspitzen aneinander und gingen zur Tür. Die Luft draußen war kühler, wir atmeten tief auf. Der alte pygmäische Mann, der den Meister gegen mutwillige Übergriffe von Eindringlingen schützte, steckte wieder den Schlüssel in das Vorhängeschloß.

«Nun», sagte Mr. Scaife, «was halten Sie von ihm?»

«Es war sehr interessant», sagte ich. «Aber alles in allem genommen gilt, was er in bezug auf mich sagte, für jedermann, nicht? Haben wir nicht alle die Kraft, Glück zu geben?»

Wir fuhren in einer Droschke zurück und hielten vor dem Toledo, um Mr. Munshi abzusetzen. Jetzt leuchtete sein Gesicht wieder durch das Fenster, nicht mehr ein Kerzenschimmer, sondern ein Signallicht im Dunkeln. Ich dankte ihm für seine Freundlichkeit. Er war ein Brahmine, ein Pandit, ein Mann, der viel zu tun hatte, und er hatte einen ganzen Abend meiner Belehrung gewidmet.

«Bitte, sprechen Sie nicht davon», sagte er, «das ist eine Kleinigkeit. Erwähnen Sie es, bitte, nicht mehr.»

«Kommen Sie mit nach Hause und trinken wir noch ein Glas», sagte Mr. Scaife, nachdem die weiße Dhoti in einem Torweg verschwunden war.

«Sehr freundlich von Ihnen», antwortete ich, «aber ich glaube, ich sollte heute abend lieber nicht.»

«Warum?»

Es klang wie ein Verweis, jedenfalls war es eine Frage, die beantwortet werden mußte. Warum nicht?

«Es ist ziemlich spät.»

«Erst fünf vor elf.»

«Nun gut, in diesem Fall können wir vielleicht noch ein rasches Glas trinken.»

Ich hatte gewußt, daß es erst fünf vor elf war, aber auch so vermochte ich seinem Drängen keinen Widerstand entgegenzusetzen. Es war eine seltsame Art von Drängen, losgelöst und leidenschaftlich zugleich, als ob ich eine Frau wäre, aus der er sich nichts machte und die zu besitzen ihn doch ein Instinkt drängte. Mir kam der Gedanke, daß er vielleicht aus irgendeinem Grunde Angst hatte, allein gelassen zu werden.

Der Diener wartete noch im Haus. Mr. Scaife entließ ihn, wir gingen in den Salon, nahmen uns Whisky und begannen über den Yogi zu plaudern. Er saß mir in einem Lehnstuhl gegenüber und sprach auf eine merkwürdig hochmütige, ferne, unnahbare Weise, nur gelegentlich warf er mir einen Blick zu, als ob er sich überzeugen müsse, daß ich noch da war, wie ein Schauspieler, der einen Moment aus seiner Rolle heraustritt, um zu prüfen, ob jemand im Zuschauerraum ist. Er sprach mit sehr selbstbewußter Intelligenz; natürlich hätte er studieren müssen, aber er war nicht an der Universität gewesen, und das hatte er nie ganz verwunden. Ich begann einzusehen, daß diese seine merkwürdige Intelligenz sich im Kreise um ihn selbst bewegte. Irgendwie war er eine kultivierte Abart von Fenwick; aber während Fenwick grob und mit unverhohlener Prahlerei auf seinen Gegenstand losging («In dieser Sache gibt es nichts, worüber ich nicht Bescheid wüßte – ich habe die besten Bücher über diesen Gegenstand durchstudiert»), wob Scaife ein gutgesponnenes Netz rund um die Dinge und ließ einen von da aus das Zentrum erraten. Und doch war es deutlich zu fühlen, daß er kämpfte, um seine Kenntnisse freizumachen, daß er seinen eigenen Fehlschlag deutlich erkannte und ihn zu verbergen suchte.

Aber er besaß Kenntnisse, und Fenwick hatte keine; er zog sein Wissen aus seltenen alten Büchern und ungewöhnlichen Quellen; gewiß verachtete er das Um und Auf von Fenwicks Informationen, populäre Lexika und das «ABC der Philosophie». In bezug auf die Yoga war er gewiß der Kenner, für den Mr. Headley ihn erklärt hatte.

Ich hätte gern herausbringen mögen, wieviel er von diesen Kenntnissen in die Praxis umsetzte, und ich fragte danach. Er blieb vage; offenbar war es ihm unlieb, aus dem Umkreis seiner Kenntnisse in das Zentrum gedrängt zu werden, und so rasch wie möglich entzog er sich der Frage. Trotzdem war es klar, daß er versuchte, seine Kenntnisse anzuwenden. Einmal setzte er sich auf einen Teppich und demonstrierte die Position des Yogi, fast auf dem einen Fuß sitzend, den andern an die gegenseitige Hüfte herangezogen. Sehr gut konnte er es nicht, und ein Mensch aus dem Westen kann es wohl ohne langjährige Übung nicht erlernen. Wenn er aber so weit war mit der Yoga des Leibes, wie weit konnte er in die des Geistes eingedrungen sein, wenn doch Egoismus und Begehrlichkeit die ersten Fesseln sind, die gesprengt werden müssen?

Es gab Whisky, er trank stark, und obwohl ich zu gehen wünschte, blieb ich aus irgendeinem Grunde doch und fuhr fort, mit ihm zu trinken. Der Whisky schien ihn dem Zentrum seines Kreises näherzubringen, er wurde nahbarer, menschlicher. Sein Sprechen gewann persönliche Farbe. Während er das vorher nicht gestanden hatte, erklärte er jetzt ganz offen, daß er die Bank verabscheute. Und dann brachte er die Rede auf Sabby. Es war so, als ob er sich dieses Zwanges nicht länger erwehren konnte.

«So, Sie lernen also Japanisch? Was halten Sie von Hanako?»

Ich tat, als ob ich nicht verstünde.

«Miss Wei.»

«Ach natürlich! Sie ist eine gute Lehrerin», sagte ich. «Ihr Japanisch ist vielleicht etwas zu förmlich, wenn wir zu Soldaten sprechen lernen sollen, aber...»

«Was denken die andern von ihr?»

«Ihr Unterricht ist sehr beliebt.»

Er stand auf, zündete sich eine Zigarette an und begann in dem Raum auf und ab zu gehen.

«Kennen Sie sie gut?» fragte ich. Ich wünschte nicht, über sie zu sprechen, am wenigsten mit Mr. Scaife, aber gleichzeitig war ich doch neugierig und brachte es nicht zuwege, das Thema zu wechseln.

«Gewiß. Ich kenne sie sehr gut.»

«Wenn ich nicht irre, bekam ihr das Klima zuerst nicht...»

Er zeigte kein Interesse für ihre Gesundheit.

«Sie ist ein schönes Mädchen», sagte er und schoß einen Blick auf mich in meinen Zuschauerraum ab. Ich begriff sogleich: So ist das, er hat mich hierhergeschleppt, weil er argwöhnt, daß zwischen Sabby und mir etwas los ist. Und jetzt wird er gleich sagen: ‹Das muß ein Ende haben.›

«Finden Sie nicht?» fragte er mit dieser herausfordernden Art, die kein Ausweichen zuließ.

«Ja, ich finde es. Sie ist reizend.»

«Sie wissen, daß ich sie gewissermaßen betreue.»

«Es gibt schlimmere Aufgaben als diese.»

«Ihr Vormund, Lord Durweston, lebte lange in Indien. Guter Freund von mir. Hat mich gebeten, sie im Auge zu behalten.»

«Ach ja.»

«Sie ist ein sonderbares Mädchen.»

«Sie ist Japanerin.»

«Ja ja. Sie haben einen merkwürdigen Zauber, die japanischen Frauen. Ich habe mehrere gekannt.»

Er stand noch. Jetzt beugte er sich zu dem Teetisch herab, um sein Glas zu nehmen, und als er sich wieder aufrichtete, bemerkte ich, daß er nicht ganz standfest war. Auch er hatte mich offenbar wieder vergessen. Er wollte nicht herausbringen, was ich von Sabby dachte, er wollte sagen, was er von ihr dachte.

«Ja», sagte er, «Hanako ist reizend. Man könnte sich keine bessere Gefährtin wünschen.»

Ich stand auf.

«Ich muß jetzt gehen», sagte ich, «es ist nach Mitternacht.»

«Nicht doch, alter Freund. Bleiben Sie, wir wollen ein wenig plaudern. Ich mag gern mit jemand reden, der Hanako kennt.»

«Ich muß leider gehen.»

«Noch so früh! Nehmen Sie noch einen Whisky. Wissen Sie was, wir könnten sie anrufen. Ich möchte gern mit ihr reden. Ich werde ihr sagen, daß einer von ihren Schülern hier ist. Wir werden sie anläuten.»

«Es ist zu spät.»

«Daraus macht sie sich nichts. Es ist meine Aufgabe, sie im Auge zu behalten.»

«Ich würde sie jetzt nicht anrufen, wenn ich an Ihrer Stelle wäre», sagte ich.

«Doch, das geht in Ordnung. Sie können ja auch mit ihr reden. Japanisch.»

«Nein», sagte ich, «ich muß gehen.»

«Passen Sie auf, ich rufe sie an.»

«Warum warten Sie nicht bis morgen? Sie können sie doch zum Frühstück anläuten.»

«Besser gleich.»

«Nun», sagte ich mit einem Versuch, ihn von seiner Idee abzubringen. «Ich danke Ihnen sehr für diesen hübschen Abend. Es war sehr aufschlußreich.»

«Noch einen auf den Weg! Vorwärts, alter Junge, wo ist Ihr Glas?»

«Ich gehe wirklich.»

«Und was wird mit Hanako?»

«Nicht heute nacht. Ich werde sie morgen beim Unterricht sehen.»

Ich ging zur Tür. Er goß Whisky in sein Glas und kam hinter mir drein. Ich dachte, jetzt hätte er die Idee aufgegeben, anzurufen.

«Vorwärts», sagte er, «es ist nicht zu spät! Kommen Sie wieder. Lassen Sie sich wieder sehen. Wann immer Sie wollen. Einfach kommen.»

«Ich danke Ihnen, es war sehr nett von Ihnen.»

Er klopfte mir auf die Schulter. Er sah jetzt wirklich menschlicher aus als je, wenn er nüchtern war.

«Adieu, alter Junge. Und nicht vergessen: wiederkommen!»

Ich trennte mich in der Vorhalle von ihm. Ich mußte eine halbe Meile weit laufen, bevor ich einen Ghari-Stand fand. Der Kutscher hockte schlafend unter dem Schutzdach, ich rüttelte ihn auf und verlangte, er solle mich schnell ins Mayfair fahren. Teilnahmslos glotzte er mich an und sagte: «Fünf Rupien», weil er keine Lust hatte, mich irgendwohin zu fahren. «Schön, fünf Rupien», sagte ich, er kroch mit jämmerlichem Grunzen hervor und kletterte auf den Kutschbock. Bevor er losfuhr, produzierte er ein langes Räuspergeräusch in seiner Kehle und spie auf den Boden. Dann versetzte er dem Pferd einen kurzen Peitschenschlag, und es trabte mit klappernden Hufen los, als ob es froh wäre, irgendeine Beschäftigung zu finden.

Es war etwas nach ein Uhr, als wir das Hotel erreichten. Ich gab dem Kutscher genau seine fünf Rupien, und obwohl er wußte, daß das ein gutes Geschäft war, glotzte er das Geld mürrisch an und sagte nichts. Ich ging hastig durch die Halle und vermied es, zum Tisch des Nachtportiers hinüberzublicken, in der Hoffnung, er würde mich nicht sehen. Ich rannte die Treppe hinauf und klopfte leicht an Sabbys Tür. Da keine Antwort kam, trat ich ein. Das Lämpchen auf dem Nachttisch brannte, aber das weiße Moskitonetz war rund um das Bett drapiert, so daß ich Sabby nicht sehen konnte. Ich trat sacht heran, zog das Netz hoch und schob meine Hand hinein.

Sofort hellwach, setzte Sabby sich auf. Sie war sehr hübsch in ihrer Nachttoilette; das Licht, das von der Nachttischlampe durch das Netz fiel, spiegelte sich in ihren sanften braunen Augen. Doch diese Augen waren groß und rund und nicht mitteilsam. Sie ließen mich nicht erraten, ob Sabby ärgerlich war, daß ich so spät kam, oder glücklich, daß ich doch noch kam.

«Sabby, Liebe», sagte ich, «ist es sehr arg von mir?»

«Ich dachte, du hättest Sabby vergessen.»

«Doch nicht wirklich?»

«Doch wirkrich.»

Ich schlüpfte aus meinen Schuhen, kletterte unter das Netz und küßte sie. Es war drinnen wie unter einem kleinen Zelt. Die üblichen Moskitonetze sind nur lästig, in der heißen Jahreszeit erstickt man darunter. Jetzt war es aber nicht allzu heiß, das Bett wurde dadurch intimer, rückte die Hoteleinrichtung, die muffig viktorianisch war, fern.

«Wie war der Yogi?»

«Sehr unterhaltsam.»

«Wirst du jetzt auch ein Yogi?»

«Noch nicht.» Für den Augenblick war gar nicht daran zu denken, kein geistiger Reiz konnte mir schöner erscheinen, als bei Sabby zu liegen, ihre kleine Hand in der meinen zu halten und ihren zarten Duft zu atmen.

Ich bemerkte, daß sie einen Notizblock und einen Bleistift neben sich liegen hatte.

«Was schreibst du da?»

«Ich bereite die Lektion für morgen vor.»

«Unsinn. Das ist nicht das Heft, das du für die Lektionen benützt.»

«Nun, dann ist es eben etwas anderes.»

«Ein Tagebuch. Alle Japaner führen Tagebuch.»

«Ja. Es ist nett, und man kann sich glücklicher Dinge erinnern.»

«Bitte, laß mich die glücklichen Dinge sehen, die du geschrieben hast.»

Hastig schob sie das Heft unter das Kissen.

«Nein, das gehört mir allein. Das ist geheim.»

«Es ist dir nicht erlaubt, Dinge zu haben, die vor mir geheim sind.»

«Sie sind nur vor dir geheim.»

«Du mußt es mich sehen lassen.»

«Angelhaken auswerfen?»

«Wieso?»

«Das ist die Redensart, die du mich gelehrt hast. Du fischst nach dem Lachs. Du glaubst, du wirst hier nette Komplimente für dich finden.»

«Genau das. Ich möchte mich vergewissern, daß du wirklich in mich verliebt bist.»

«Ich sage es dir, und das genügt für deine Sicherheit. Ich liebe dich immer, aus tiefstem Herzen, und das genügt, denn es ist alles, was ich tun kann. Und jetzt sollst du mir, bitte, von Mr. Scaife erzählen. Findest du ihn nett?»

«Eher seltsam.»

«Hast du mit ihm über Sabby gesprochen?»

«Nur nebenhin.»

«Bitte, was hat er gesagt?»

«Er findet dich schön.»

«Nein, das hat er nicht gesagt. Bitte, ich will wissen, was er wirklich gesagt hat.»

«Daß er den Auftrag hat, dich im Auge zu behalten.»

«Bitte, und was noch?»

«Nichts von Bedeutung.»

«Doch, aber du sagst es mir nicht. Bitte, sag es mir, vielleicht laß ich dich dann ein wenig in das Tagebuch schauen.»

«Auf Ehre, es war weiter nichts.»

«Du bist häßlich.»

«Was hätte er denn sagen sollen?»

«Nichts, aber ich habe Angst, daß er doch etwas gesagt hat.»

«Wie kannst du davor Angst haben?»

Darauf antwortete sie nicht, aber ihre Augen waren ein wenig traurig, und sie rümpfte leicht die Nase und wandte sich ab, so daß ich ihr Gesicht nicht mehr sehen konnte.

«Nun?» fragte ich.

«O Lieber, bist du ganz sicher, daß er nichts weiter gesagt hat?»

«Wirklich nicht.»

«Schön. Es ist egal.»

«Nein, es ist jetzt nicht mehr egal. Wenn du mir das nicht erklärst, werde ich weiß Gott was denken.»

«Wenn ich es dir erkläre, wirst du mich nicht mehr lieben wollen.»

«Wenn es etwas Häßliches ist, würde ich es vielleicht nicht mehr sollen – aber ich werde mir nicht dagegen zu helfen wissen. Und ich glaube gar nicht, daß es etwas so Häßliches ist.»

«O doch. Ich habe dich immer gewarnt. Ich bin garstig.»

«Glaube ich nicht.»

«Doch, es ist wahr. Ich bin garstig, und du wirst mich nicht mehr lieben wollen.»

Eine Weile lang lagen wir still. Ich wollte es nicht wissen, und gleichzeitig wußte ich doch, daß ich elend sein würde, wenn sie es mir nicht sagte.

«Du wirst es mir sagen müssen.»

«Ich wollte es dir immer sagen», erklärte sie kummervoll. «Und jetzt will ich es nicht mehr, denn unser schönes Glück wird zerbrechen. Bitte, kann ich es nicht aufschieben?»

Ich wollte sagen, daß es nicht aufschiebbar sei, aber in diesem Augenblick hörten wir Schritte im Korridor, wir verstummten und lauschten. Ich fühlte, daß diese Schritte sich Sabbys Tür näherten; trotzdem zuckte mein Herz hoch, als wir das Klopfen hörten. Mein erster Gedanke war: Jetzt geschieht etwas Schreckliches, dies ist das Ende. Unser Glück ist vorbei. Das Schicksal hat über uns bestimmt. Dieses Klopfen ist der Anfang vom Ende. Es kommt prompt wie ein Bühnenauftritt, der den Dialog erklärt. Es ist ein Erdrutsch, wir sind mitten drin, wir können nicht vorwärts, nicht zurück, wir können die Zeit nicht aufhalten. Wir können dieses Klopfen nicht ungeschehen machen.

«Was soll ich tun?» stammelte Sabby verstört.

«Frag, wer es ist.»

Sie rief ganz leise, dann mit stärkerer Stimme. Die Antwort kam in mühsamem Englisch. Es war der Nachtportier.

«Sie werden am Telefon verlangt.»

«Das kann nicht für mich sein», sagte Sabby.

«Es ist ein Anruf für Miss Wei. Ein Herr namens Scaife. Er sagt, es ist dringend.»

Sabby war verwirrt. Nie hatte sie so unglücklich, so ratlos ausgesehen. Sie schüttelte den Kopf und flüsterte: «Ich gehe nicht.»

«Besser doch.»

Es war der Erdrutsch, und man kann einen Erdrutsch nicht aufhalten, wenn er erst in Bewegung ist.

«Nein.»

«Besser du gehst und hörst, was er will.»

Sie zögerte. Dann kletterte sie aus dem Bett unter dem Moskitonetz hervor, fand ihren Kimono und die Pantöffelchen und lief aus dem Zimmer.

Ich lag und überlegte, ob ich es über mich bringen würde, einfach aufzustehen und in mein Hotel zu gehen. Dies war das Ende. Wenn ich blieb, würde es peinliche Erklärungen geben, Verwirrung, ich mußte in irgendeiner Szene eine Rolle spielen, mich böse stellen oder resigniert oder verständnisvoll. Und dann würde ich irgendeine verlegene Abschiedsformel hervorbringen müssen. Und ich wünschte keine Szene, ich war auch nicht wirklich ärgerlich. Ich fühlte mich nur furchtbar verletzt, zerschlagen, denn ich war noch vor ein paar Minuten im Himmel gewesen, glücklich bis zur Unvernunft, und jetzt war ich auf die Erde gefallen. Ich begriff nicht genau, was geschehen war, erst später würde ich mir das zurechtdenken, aber das Gefühl von etwas Verhängnisvollem war überwältigend, und mein Herz sagte mir unwidersprechlich, daß alles zu Ende war.

Am einfachsten war es schließlich, wenn ich jetzt ging. Aber ich wußte, daß ich nicht den Mut hatte, so fortzulaufen, statt dessen schlüpfte ich aus dem Hemd, kroch unter die Decke und stellte mich halbschlafend. Laß heute nacht alles auf sich beruhen, dachte ich. Tu, als ob es egal wäre. Schlaf und warte ab, was morgen geschieht.

Nach zwei Minuten kam Sabby wieder. Als sie im Bett war, sagte sie:

«Er war schrecklich betrunken.»

«Ach ja.»

Sie schmiegte sich an mich und küßte mich versuchsweise.

«Lieber», sagte sie klagend, «liebst du Sabby nicht mehr?»

«Warum nicht?» sagte ich schlaftrunken. «Aber vielleicht bin ich auch ein bißchen betrunken.»

«Bitte, einmal küssen...»

Ich wandte mich ihr zu und tat es. Es war nichts Rechtes, küssen läßt sich fast ebenso schwer vortäuschen wie Glück.

«Danke», sagte sie und sah gar nicht glücklich aus.

«Gute Nacht.»

«Gute Nacht.»

Es dauerte lange, bis ich wirklich einschlief. Ich hatte tatsächlich eine Menge Whisky getrunken, die wirren Szenen des Abends kreisten in meinem Gehirn. Sie taten es noch, als ich einschlief. Ich kann mich an meinen Traum nicht mehr recht erinnern, aber irgendwie kamen Lala Vikranas Augen darin vor, Mr. Munshis Lächeln, seine Dhoti, Mr. Scaife, der kreuzbeinig auf dem Teppich saß... und auch Sabby...

4 Ich freute mich nicht auf Sabbys Unterricht am nächsten Tag. Und dann war es eine schlimmere Probe für mich, als ich befürchtet hatte. Sicher war es die einzige von allen Lektionen Sabbys, in der ich das Ende herbeisehnte.

Sie sah kreuzunglücklich aus, als sie kam. Und als dann jemand einen Scherz anbrachte, versuchte sie zu lachen, aber dieses Lachen glich mehr einem Seufzen als ihrer früheren fröhlichen, zwitschernden Lachweise. Mir gab sie überhaupt keinen Blick, und wenn sie eine Frage an mich richtete, blieben ihre Augen auf das Buch in ihrer Hand gerichtet. Sie sprach sehr ruhig, fast feierlich, ich antwortete mit einer Grabesstimme, und wir waren aufs peinlichste bedacht, die Höflichkeit zu wahren.

Als ich nachher das Unterrichtszimmer verließ, begegnete ich ihr auf der Treppe. Sie sagte nicht, daß sie auf mich warte, sondern auf eine Ghari. Eine Ghari kam vorbei, und sie sagte:

«Da ist eine.»

«Ja», sagte ich.

«Soll ich dich irgendwo absetzen?»

«Nicht nötig. Ich muß etwas im Cricket Club abholen, und das ist nur ein paar Schritte von hier.»

«Ach ja», sagte sie sanft. Sie hatte das Gesicht abgewandt, daß ich es nicht sehen konnte.

«Peter gibt eine Gesellschaft. Heute nacht. Ich habe versprochen zu kommen.»

«O ja.»

Einen Moment schwiegen wir, jemand kam die Treppe herabgelaufen, aber sie sah nicht nach ihm hin. Einen Augenblick später sagte sie: «Viel Vergnügen.» Und ohne mich noch einmal anzusehen, stieg sie in den wartenden Wagen und fuhr davon.

Ich ging nicht in den Cricket Club, denn es gab nichts, was ich dort hätte holen sollen. Ich hatte das Ganze als eine Entschuldigung ausgeheckt, aus einer perversen Regung heraus, denn ich wünschte die ganze Zeit, mit Sabby zu gehen, und hatte Angst vor dem Abend ohne sie. Ich verstand mein eigenes Gefühl nicht ganz, die Ereignisse der letzten Nacht waren wirr, ich kam selber nicht recht durch und konnte ihren Sinn nicht klären. Aber sie hatten gleich einem Stein, der durch ein Fenster fliegt und außer Sicht rollt, aber eine sichtbare Spur von Scherben hinterläßt, ihre Wirkung ausgeübt. Ich ging nicht, den Stein suchen, weil ich einfach nicht die Kraft dazu aufbrachte.

Nicht erfunden war die Behauptung, daß Peter eine Gesellschaft gab. Es hatte sie seit langer Zeit vorbereitet, Lamb und sein Mädel sollten kommen, Mervyn, Mario und Marios schöne Freundin. Und natürlich mußte Rosie dabeisein. Die ganze Sache ging irgendwie zu Ehren von Rosie, die sich als eine Salonlöwin, als Königin aller Vermieterinnen erwiesen hatte. Zu ihren Gunsten, und damit die Sache bizarr wurde, hatte Peter dareingewilligt, auf das Tadsch zu verzichten. Wir wollten in einem indischen Restaurant dinieren, und das würde schon schrecklich abenteuerlich werden. Damit die Sache aber noch bizarrer würde, hatte man Lambs Mädel eingeladen; Lambs Mädel war eine von den Wackeren, die Rosie in Rangoon den Japanern vor der Nase weggeführt hatte.

Marios Freundin dagegen war das liebreizende Mädchen, das er auf dem Rennplatz kennengelernt hatte, sehr blond und nordisch und schlank wie eine Palme. Man konnte sie sich gut in Jodhpurs vorstellen, wie sie vor der efeubewachsenen Fassade eines englischen Herrenhauses ein Pferd bestieg; oder bei einem Jagdball, noch ein wenig winddurchweht, aber köstlich parfümiert und gekleidet, mit einem gewissen unabhängigen Betragen, aber ohne darum etwas von ihrer Weiblichkeit herzugeben. Zusammen mit dem unerhört hübschen Mario sah sie wie eine Illustration aus dem *«Tatler»* aus. Niemand konnte sich der Einsicht versagen, daß sie als Paar unübertrefflich aussahen.

Ihr Name war Dorcas. Rosies Schützling dagegen hieß Sandra, denn Sandra ist ein spanischer Name, und sie sah ziemlich spanisch aus und fand es manchmal, unter anderem, am vorteilhaftesten, sich für eine Spanierin auszugeben. In Wirklichkeit war sie Eurasierin, auf der vollen Höhe ihrer eurasischen Schönheit, was bedeutete, daß sie höchstens achtzehn oder neunzehn Jahre alt war. Ihr Haar und ihre Augen waren schwarz, wozu die tiefroten Lippen einen lebhaften und aufreizenden Kontrast bildeten, ihre Nasenflügel waren weit und suchend wie die Nüstern eines Fohlens.

Der halbe Spaß bestand darin, zu beobachten, wie sie und Dorcas aufeinander reagieren würden, und um Mißverständnisse auszuschließen, war Dorcas über Sandras Vergangenheit aufgeklärt worden. Sie erhob keinen Einwand, im Gegenteil, gleich Peter hatte sie Sinn für das Bizarre. Mario berichtete, sie hätte nur gesagt: «Aber um Gottes willen!» Sie wußte, daß es eben nur als Zufall gelten konnte, wenn man von englischen Eltern geboren war, mit einem Silberlöffel im Mund.

Die beiden waren in bester Laune. Zwischen ihnen galt ein gewisser wechselseitiger gutlauniger Respekt.

«Ich habe einen neuen Rock», sagte Sandra. «Finden Sie ihn nicht hübsch?»

«Es ist der hübscheste Rock, den ich in ganz Indien gesehen habe. Ich würde gern wissen, wo Sie so gute Sachen auftreiben.»

«Ich will Sie gern hinbringen, wenn Sie es möchten.»

«Oh, würden Sie das wirklich?»

Und später sagte Sandra:

«Möchte zu gern wissen, was Sie für eine sind. Kann es mir gar nicht recht vorstellen. Was haben Ihre Leute für ein Geschäft?»

«Mein Vater ist in der Armee.»

«Oh, ich glaube, der meine war es auch. Bestimmt weiß ich es nicht.»

«Es ist schrecklich, einen Vater in der Armee zu haben. Leute, denen das nicht passiert ist, können das gar nicht richtig beurteilen, nicht wahr? Man ist irgendwie anders.»

«Aber Sie haben es doch gut, gelt?» fragte Sandra.

«Das hängt davon ab, was Sie unter ‹gut haben› verstehen.»

«Na ja, Sie kommen herum.»

«Tun Sie das nicht?»

«Na ja, halt anders.»

«Ich denke oft», sagte Dorcas, «daß es keine große Rolle spielt, wie man herumkommt. Es gibt immer gute und schlechte Strekken, auf jeder Straße, und sie gleichen sich so ziemlich aus.»

«Ich beklag mich ja nicht. Das Leben ist ganz erträglich, wenn man kapiert hat, worauf es ankommt. Man muß eben nehmen, was es einem bietet.»

«Sandra ist ein gutes Mädel», sagte Rosie. «Bist ein sehr gutes Mädel, nicht wahr?»

«Oh, ich bin schon in Ordnung», sagte Sandra.

«Und Mr. Lamb kann froh sein, daß Sandra ihn gern mag. Sonst machst du dir nie viel aus einem, nicht wahr, Liebling?»

«Wer sagt denn, daß ich mir aus Johnnie etwas mache?»

«Du bist total verrückt nach ihm, das sieht doch jeder.»

«Ich bin nie nach irgendwem verrückt, nicht ein bißchen, dazu bin ich zu sehr an die Leute gewöhnt. Johnnie hat ein Portemonnaie, das ist der springende Punkt.»

«Hör nicht auf so was, Johnnie! Bis über die Ohren ist sie verliebt in dich. Und sie weiß, daß du vollkommen stier bist.»

«Ich bin wirklich stier», versicherte Lamb.

«Man kann nicht immer gleich Gold haben», sagte Sandra. Sie hob ihr Handgelenk, an dem ein Armband hing. «Solange es glitzert, ist alles recht. Wer fragt danach? Messing, irgendein alter Schund, ist ja egal.»

«Nicht, solange du ein hübsches Gesicht hast», beharrte Rosie.

«Hol's der Teufel, das geht bald genug flöten. Möchten Sie mir nicht sagen, wie Sie das mit Ihrem Gesicht machen?» wandte sie sich an Dorcas. «Frauen wie Sie sehen tatsächlich mit 50 genauso aus.»

«Das könnte ein sehr doppelsinniges Kompliment sein.»

«Na, ich mein's schon richtig. Sie werden mit 50 wie 25 aussehen, über den Tisch wenigstens. Ich würde Johnnie nie samt seinen ganzen Messingarmbändern hergeben, wenn das bei mir auch so wäre.»

«Das ist es ja gerade, was du tun müßtest, meine Liebe.»

«Aber Dorcas muß ihren Mario nicht aufgeben, und ein Armband hat sie auch. Und wetten, sie wird nicht mit 50 aussehen wie eine Schindmähre. Ich werde dann ein schrecklich abgetriebener Gaul sein, wenn ich nicht schon längst tot bin. Aber ich werde wohl schon tot sein.»

«Es ist nicht das Armband», sagte Rosie, «es ist die Seele. Dorcas hat eine feine Seele.»

«Hab ich vielleicht keine?»

«Du hast eine ganz nette jetzt, richtig eine liebe Seele, aber worauf es ankommt, ist, daß man auch noch eine hat, wenn man 50 ist.»

«Hast du noch eine?»

«Ich bin auch noch nicht 50.»

«Rosie hat eine Prachtseele», sagte Peter, «sie hat die Seele eines Engels und kommt bestimmt in den Himmel.»

«Da halt ich weniger davon», sagte Rosie. «Da stehen zuviel Posten auf der Debetseite. Ich werd verbrannt, und das einzige, worum ich bete, ist, daß es rasch vorübergeht. Und ich glaube halt, das werd ich schon bekommen. Gott wird seine Zeit nicht damit vertrödeln, an mir Rache zu nehmen, er wird froh sein, wenn er mich los ist.»

«Ich habe keine Angst vor dem Höllenfeuer», sagte Peter. «Dieser Curry brennt meine Gedärme wie das Höllenfeuer, und ich esse doch weiter davon. Schmeckt so köstlich, daß er mir gar nicht zu heiß sein kann. Bitte, gebt mir noch einen!»

Nach dem Dinner gingen wir ins Hotel zurück. Wir wanderten durch die Straße und sprachen laut, als ob wir schon etwas intus gehabt hätten. Auch ich sprach lauter als sonst, um Sabbys Ausdruck, als sie auf der Treppe vor der Schule stand, zu vergessen. (Ich sagte mir selbst: Sabbys Ausdruck vergessen – und dann erinnerte ich mich, daß ich ihr Gesicht gar nicht gesehen hatte, ich mußte seinen Ausdruck aus ihrem Tonfall erraten haben und aus der Art, wie sie den Kopf von mir abwandte.) Im Hotel nahmen wir zwei oder drei Flaschen Whisky und eine Flasche Gin, und damit zogen wir in Rosies Salon. Sandra saß auf Lambs Knien, und Mario und Dorcas saßen nebeneinander auf dem Sofa, herzlich bemüht zu verheimlichen, daß sie einander furchtbar liebten. Mervyn schmiß sich in einen Lehnstuhl. Sein Gesicht war von schweren Falten durchfurcht, seine Augen waren blau umringt, und trotz der Drinks, die er schon bekommen hatte, bewahrte er mürrisches Schweigen. Von Tag zu Tag wurde er neurotischer, aber wir wußten nicht ganz genau, wieviel davon echt und wieviel vorgetäuscht war. Vor einem Monat hatte er gesagt: «Ihr werdet sehen, in sechs Monaten bin ich nicht mehr in Indien – alles geht seinen richtigen Weg.» Als ich ihn aber jetzt spöttisch fragte: «Na, wie geht's der werten Neurose, Mervyn?», wandte er sich mir mißmutig zu und sagte: «Das ist eine ziemlich taktlose Frage, nicht?» Er war noch immer fest überzeugt, daß er den nächsten Sommer in Sloane Square verbringen würde.

«Ich muß mich jetzt wirklich um ein Mädel umschauen», sagte Peter zu mir, als die Gesellschaft weit genug gediehen war, daß ein kleines Gespräch zu zweien möglich wurde. «Ihr habt euch alle so gut eingedeckt.»

«Was für ein furchtbarer Ausdruck», sagte ich. «Eingedeckt. Als ob man sich ein Fahrrad besorgt hätte oder ein möbliertes Zimmer.»

«Na, was ist da schon groß anders? Man muß ein Dach über dem Kopf haben, zu essen und eine Frau, dann ist alles beisammen. Ohne all das kann man's nicht schaffen und noch behaupten, es wäre ein Leben.»

«Du hast noch nie geliebt.»

«Vermutlich nicht. Was hat das damit zu tun?»

«Du würdest dann nicht von ‹eingedeckt› sprechen.»

«Das sind wahrhaft väterliche Weisheiten. Hast du schon geliebt?»

«Das weiß ich nicht.»

«Ich dachte, Leute wissen so was.»

«Nun ja, ich habe geliebt.»

«Wen?»

«Eine Frau in England.»

«Klingt nicht so, als ob es die große Liebe gewesen wäre.»

«Das ist sie eben jetzt, ‹irgendeine Frau in England›. Ich glaube, sie ist dicklich geworden, hat ein Kind zustande gebracht, und sie muß das ganze Geschirrwaschen und Silberputzen selber besorgen, weil sie sich keine Aushilfe leisten kann.»

«Und du hast sie sehr geliebt?»

«In gewissem Sinne liebe ich sie immer noch, aber nur, weil ich an sie denke, wie sie damals war, als sie noch jung war. Die dickliche Frau mit dem Nachwuchs und dem schmutzigen, fettigen Küchengeschirr ist eben jemand anderes – sie ist mir ganz fremd, fremder als jemand, den man zum erstenmal auf der Straße trifft; denn wenn das geschieht, so etwas in dieser Art, dann reißt ein Abgrund auf, über den es keine Brücke mehr gibt. Ich möchte auch keine solche Brücke bauen, nicht im entferntesten. Das Merkwürdige daran ist nur, daß jemand so in der Erinnerung weiterlebt, wie er damals war.»

«Na, und in wen bist du noch verliebt gewesen?» fragte Peter.

«In eine schlampige fade kleine Stenotypistin.»

«Glaub ich dir nicht.»

«Ist die pure Wahrheit. Ich kaufte eigens einen Sportwagen, um mit ihr aufs Land hinausfahren zu können, und ich verabscheue Sportwagen.»

«Du hast dich eben auch nur eingedeckt. Da hast du's, es ist ganz genau dieselbe Sache, das siehst du doch selbst. Hast dich eingedeckt wie jeder andere, aber du findest es blamabel, dir ein Mädel zuzulegen, ohne die ordinäre körperliche Angelegenheit mit einer netten Liebesdekoration zu kaschieren. Du bildest dir ein, kein Romantiker zu sein, und schmeißt mit Freud und Havelock Ellis nur so herum wie jeder halbfertige Student aus dieser Zeit zwischen den beiden Kriegen, und das ist zum Kotzen, denn wenn du aufrichtig wärst, würdest du Ouida lesen. Du bist ein Romantiker, und es wäre besser, du würdest es offen zugeben. Sonst hast du kein Recht, mir über den Mund zu fahren, wenn ich von ‹eindecken› spreche. Unter uns gesagt, du hast dich aufs beste eingedeckt, und wahrscheinlich hast du das gekonnt vermöge deiner bewährten Einnebelungskünste.»

«Ich bin nicht so gut eingedeckt, wie du meinst. In dichtem Nebel geht man so leicht verloren.»

«Ich rede nicht gern in Rätseln. Fest steht, daß ich nicht eingedeckt bin, und mich würgt die Eifersucht, denn Dorcas ist ohne jeden Zweifel das liebenswürdigste Mädel in ganz Indien, und Mario wird sie heiraten, oder er ist ein totaler Idiot, wenn er es nicht tut. Und auch Sandra ist ein hübsches Mädel, Lamb kann froh sein, daß er sie hat.»

«Du wirfst mir vor, daß ich wichtig tue», sagte ich, «wenn aber einer ein Wichtigtuer ist, so bist du es. Du starrst geradezu von Prinzipien.»

«Ich habe überhaupt keine. Denk an das Buch, das ich schreibe. Hätte ich irgendwelche Prinzipien, so würde ich nicht ein Buch schreiben über einen Leichnam und über die unaussprechlich langweiligen Bemühungen, herauszubringen, wer ihm ein Loch in den Kopf geschossen hat. Ich schreibe das nur, weil ich nichts Gescheites schreiben kann, weil ich mir keine Frau besorgt habe und weil ich hoffe, daß ich zu guter Letzt tausend Pfund bekommen werde, ausschließlich der Filmrechte.»

«Ich glaube, wir sind beide ein wenig betrunken», sagte ich.

«Ja, so ist es wohl, es ist uns zu Kopf gestiegen. Ich war ziemlich grob, nicht?»

«Du hast nur gesagt, ich müßte Ouida lesen.»

«Oh, dann bin ich noch nicht so betrunken. Aber versteh mich recht, ich bin nur grob, weil wir so innige Freunde sind, und unsere Freunde sind doch die einzigen Leute, zu denen man grob sein kann, ohne sich nachher übel zu fühlen.»

«Freut mich sehr, daß du so empfindest.»

«Weiß Gott, ich möchte noch ein bißchen grob sein. Würde es dir etwas ausmachen?»

«Nur vorwärts, bitte!»

«Ich bin nämlich neugierig. Ich wollte dich das eigentlich fragen, wenn ich nüchtern bin, aber dann hab ich wieder den Mut nicht. Weißt du, Whisky ist ein wunderbarer Stoff. Er macht einen so persönlich. Aber es wäre mir unlieb, wenn du dich kränken würdest.»

«Ich werde nicht.»

«Es ist wegen der reizenden Hanako. Bitte, möchtest du mir nicht sagen, ob du ihr erster Liebhaber warst?»

«Glaube nein», sagte ich.

«Großen Dank. War das grob von mir?»

«Nein. Nicht sonderlich.»

Plötzlich sprach Rosie dazwischen.

«Ich finde, es war grob.»

Sie lächelte uns freundlich zu. Dicker Zigarettenqualm stand im Zimmer, das Radio lief leise. Lamb und Sandra knutschten in ihrem Lehnstuhl, Mario und Dorcas tuschelten und lächelten und waren glücklich.

«Natürlich war es auch grob von mir, euch zuzuhören», fuhr Rosie fort. «Ich hab euer ganzes Gespräch mit angehört, denn die jungen Leute sind miteinander beschäftigt, und Mervyn trinkt zuviel Whisky und würde mir nichts Nettes sagen. So habe ich euch zugehört, wie ihr über ‹eindecken› spracht. Es hat mir solchen Spaß gemacht.»

«Na also», sagte ich zu Peter, «da wären wir. Warum deckst du dich nicht mit Rosie ein? Alles in bester Ordnung mit Rosie.»

«Ich würde nicht einmal den Versuch wagen», sagte Peter.

«Oh, bin ich so ein Drache?»

«Nein, du bist kein Drache, aber du bist so schrecklich aufregend. Ein bißchen zu aufregend. Ich habe direkt Angst vor dir. Ich meine, ich bleibe lieber bei dir Mieter.»

«Siehst du, er denkt, ich bin zu alt, um sich mit mir einzudecken. Es ist ein Jammer und eine Schande. Wenn er noch ein wenig mehr trinkt, wird er vielleicht meine Falten nicht mehr sehen.»

Wir konnten nicht mehr viel trinken, denn unser Vorrat war aufgebraucht. Wirklich betrunken waren wir nicht. Ich ging ganz stramm hinaus, und als ich zurückkam, waren Sandra und Lamb verschwunden. Dorcas verabschiedete sich gerade. Ich weiß nicht, ob sie entweder weniger getrunken hatte als wir oder sehr viel aushielt, jedenfalls hatte sie sich vollkommen in der Hand. Mario begleitete sie, um eine Ghari zu besorgen und sie heimzubringen. Mervyn murmelte irgendein Dankeschön und Gutenacht und verschwand; er verbrachte ja seine Nächte immer damit, sich auf den Straßen herumzutreiben. Peter und ich blieben. Wir rauchten eine Zigarette und glotzten auf die leeren Gläser und Flaschen und die Aschenbecher, die voll zerdrückter Zigarettenstummel waren; wir redeten planloses Zeug, und ich überlegte, ob Peter darauf wartete, daß ich ginge, denn Rosies Falten waren wirklich nicht mehr zu merken, und sie war kaum über 35 und lag mit einer wunderbaren weiblichen Geschmeidigkeit auf die Couch hingestreckt, mit dem passiven Selbstvertrauen einer Tigerin, die ihre Kraft kennt und auf eine sichere Beute lauert.

Und dann stand Peter plötzlich auf.

«Ich gehe zu Bett», sagte er. «Kommst du?»

Ich zögerte. Ich wußte nicht recht, was ich tun würde; dann hörte ich mich sagen: «Ich bleibe noch ein wenig.»

«Gute Nacht», sagte Peter. «Es war ein grandioser Abend. Gute Nacht.» Und er ging.

«Nun?» sagte Rosie. Sie lächelte schläfrig.

«Nun?» Ich rührte mich nicht von meinem Stuhl. Ich rauchte

meine Zigarette zu Ende und drückte den Stummel aus; all die Zeit über sprachen wir kein Wort, denn es war nichts zu sagen, was die schweigsame Spannung nicht selbst gesagt hätte.

Jetzt hob Rosie ihr Bein um den Bruchteil eines Zolls, ich stand wie auf Kommando auf und setzte mich neben sie, während sich ihr Körper um mich bog. Ich legte meine Fingerspitzen auf das hellbraune Fleisch ihres Armes, und die Wirkung dieser Berührung lief durch meinen Körper wie ein Strom. Ich begann sie zu küssen, sie war ganz unterwürfig, ganz passiv, und die ganze Zeit über wich das Lächeln nicht aus ihrem Gesicht. Aber sie antwortete nicht. Ich küßte sie dringender, wollte aus ihr Küsse und Leidenschaft herausziehen, um sie mit den meinen zu vermischen. Aber ihre Lippen lächelten nur, ihr Körper verwehrte sein latentes Feuer.

Ich begriff nicht. Ohne Nachheizung, ja sogar beleidigt, sank meine plötzliche Leidenschaft in sich zusammen. Ich lag still. Auch sie war einen Augenblick lang ruhig, wie um zu erproben, daß mein Energieausbruch verpufft war. Dann schob sie mich mit vollendeter Freundlichkeit beiseite, so daß ich mich wieder aufsetzte.

«Was ist los?» fragte ich.

«Was ist mit Ihnen los?»

«Sie haben mich herausgefordert.»

Sie begann zu lachen.

«Na sicher», sagte sie.

«Also?»

«Ich mache mir nichts daraus, daß mir der Hals abgeschnitten wird.»

«Was meinen Sie damit?»

«Mein Lieber, ich meine, daß Sie schon eine hübsche Freundin haben. Ich weiß alles über Ihre Hanako. Peter hat es mir gesagt. Er redet sonst mit keinem, aber mir hat er es gesagt.»

Ich stand auf und fand eine Zigarette. Ich hatte den ganzen Abend über geraucht, jetzt war eine pelzige Trockenheit in meinem Mund. Rosie streckte die Hand nach einer Zigarette aus, so gab ich ihr die meine, die schon angeraucht war, und nahm mir eine andere. Ich hatte das Gefühl, zum Narren gehalten worden zu sein, eine ärgerliche Beschämung.

«Weiter», sagte ich.

«Lieber Michael, wie kann ich denn mit Ihnen reden, wenn Sie auf und ab rennen wie ein grantiger Schulmeister. Bitte, kommen Sie und setzen Sie sich wieder.»

Widerstrebend ließ ich mich auf dem Sofa nieder. Sie nahm eine meiner Hände auf und behielt sie in der ihren.

«Bitte, lassen Sie mich Ihnen sagen, daß ich jetzt nicht oft zu einer Freude komme. Es hätte mir sehr gut getan, wenn Sie mich liebgehabt hätten. Wäre es Peter gewesen, so würde ich es auch getan haben, denn er ist ein netter Bursche, und ihm würde es jetzt gut bekommen. Für Sie aber ist es nicht so gut, und so schlimm entbehre ich den Spaß nicht, daß ich Sie darum unglücklich mache.»

«Warum haben Sie mich dann so weit gebracht?»

«Das war eine Prestigesache, offen gestanden. Das tut mir wohl, zu wissen, daß ich einen hübschen Burschen noch dazu bringen kann, daß er für eine Minute den Kopf verliert. Aber Sie sind auch ein dummer Junge. Ihre Hanako ist ein süßes und gutes Mädel. Peter sagt es auch. Sehr süß und sehr schön.»

«Wenn Sie nichts dagegen haben», sagte ich, «will ich jetzt lieber zu Bett gehen.»

«Bald laß ich Sie gehen.»

«Ich gehe lieber gleich», sagte ich. «Ich mag nicht über Hanako sprechen.»

«Wenn Sie nicht darüber sprechen wollen, so ist es, weil Sie Angst haben.»

«Sie wissen gar nichts davon. Auch Peter weiß nichts.»

«Ich glaube, ich weiß es doch. Sie haben Angst.»

«Angst wovor?»

«Den Dingen ins Gesicht zu schauen.»

«Es gibt viele Dinge, die nicht wert sind, daß man ihnen ins Gesicht schaut.»

«O ja, das sagt sich immer leicht. Es ist bequem, durch das Leben zu gehen und zu sagen, nichts wäre wert, daß man ihm ins Gesicht schaut. Aber ein gutes Leben ist das nicht.»

Ich entzog ihr meine Hand und stand auf. Meine Zigarette war noch nicht fertig geraucht, aber das Ende war naß vom Schweiß meiner Finger. Ich drückte sie ab und nahm eine andere.

«Wissen Sie», sagte Rosie, «Sie könnten vielleicht jemanden sehr glücklich machen.»

«Was reden Sie da?»

«Ich meine: wenn Sie nur ein bißchen weniger selbstsüchtig wären...»

«Großer Gott», sagte ich, «warum erzählt mir das jeder? Dasselbe, was der Yogi gesagt hat. Ich bin doch keine Wohlfahrtseinrichtung.»

«Aber Sie haben ein wohlmeinendes Herz. Nur erinnern Sie sich nicht immer daran. Es ist schlecht für Sie selbst, wenn Sie es vergessen.»

«Es war also nicht wohlmeinend von mir, daß ich Sie lieben wollte?»

«Doch, mein Lieber, aber es war nicht wohlmeinend gegen Sie selbst. Es hätte Sie sehr unglücklich gemacht.»

«Vor einer Woche vielleicht. Die Umstände ändern sich.»

«Aber nicht die Leute. Die Leute ändern sich nicht. Zumindest nicht so rasch.»

«Ach, hören wir doch davon auf», sagte ich gereizt.

«Es wäre besser, Sie würden mir zunächst sagen, was los ist.»

Ich sog an meiner Zigarette und begann im Zimmer auf und ab zu laufen. Gern hätte ich dieses Gespräch abgebrochen und wäre gegangen, aber das wäre ein Eingeständnis meiner Schwäche gewesen.

«Es ist etwas zwischen mir und Hanako vorgefallen.»

«Was war es?»

«Weiß nicht.»

«Es steht Ihnen nicht, dumm zu sein.»

«Nun», sagte ich, «Sie wissen doch, wie Atmosphären sich ändern.»

«Bitte, reden Sie nicht von Atmosphären. Das ist nicht anständig. Was war los?»

«Ich war eifersüchtig. Ich bin nicht gern eifersüchtig. Ich will meine Zeit nicht damit vergeuden.»

«Daher sind Sie weggelaufen.»

«Ja.»

«Sie sind weggelaufen, weil Sie einen häßlichen kleinen Schmerz hatten.»

«Bevor er schlimmer wurde», sagte ich.

«Und vielleicht bevor Sie sich ihn ernsthaft angesehen hatten?»

«Ja.»

«Dann kann also alles ein Irrtum gewesen sein?»

«Möglich.»

«Jetzt werden wir gleich auf interessante Dinge kommen. Es kann also ein Irrtum gewesen sein, und Sie versuchen nicht, Klarheit zu schaffen. Und all diese Zeit über tun Sie vielleicht jemandem sehr weh. Finden Sie das nicht höchst komisch?»

«Ja, und was soll das?»

«Es liefert uns zunächst den Grund, warum Sie plötzlich eine alte eurasische Bordellwirtin küssen wollten.»

«Hören Sie doch auf», sagte ich.

«Ja, es ist wahr. Sie haben Angst vor der Liebe zu einem Mädchen, das süß und freundlich ist, und nehmen die erste Gelegenheit wahr, davonzurennen. Sie tun natürlich, als ob Sie nicht vor sich selbst davonliefen. Sie machen ein Gerede von Atmosphären und Umständen, die sich ändern, und dann stürzen Sie sich auf jemanden, an dem Ihnen nicht wirklich etwas liegt, damit Sie sich hernach Vorwürfe machen können. Das geht nämlich leichter, denn Sie wollen nicht wirklich der süßen Hanako die Schuld zuschieben.»

«Sehr wohl», sagte ich. «Sie mögen recht haben. Ich habe Angst, sie zu lieben. Aber ist das nicht doch gut? Sie ist Japanerin, ich bin Engländer, und es ist Krieg. Hab ich nicht recht, mich zu fürchten?»

«Wissen Sie, das ist Ihre Sache.»

«Sie haben das Problem bloßgelegt. Können Sie es nicht lösen?»

«Meinen Sie, wenn ich jetzt das oder jenes sage, das ist dann eine Lösung? Gehen Sie jetzt, marsch ins Bett, sonst fang ich noch einmal an, mit Ihnen Liebe zu spielen, und nachher müssen Sie dies Haus verlassen, denn morgen bemerken Sie ja doch, daß ich alt und abgetakelt bin. Für Sie würde es eine Verlegenheit bedeuten – Sie sind so geartet. Gehen Sie jetzt rasch ins Bett und vergessen Sie alles. Und wenn Sie zu sich selbst aufrichtig sind, werden Sie bald wissen, ob Sie recht haben, sich zu fürchten.»

Ich verließ Rosie, aber ich ging nicht zu Bett. Ich ging hinunter und begann planlos durch die Straßen zu streifen; und irgendwo in anderen Straßen streunte Mervyn herum, weil er Indien haßte und nachdachte, wie er von hier entkommen konnte. Ich ging nicht aus, um nachzudenken, ich wußte, daß ich mich im Bett des Nachdenkens nicht erwehren konnte, und meine Gedanken waren hoffnungslos durcheinandergewirrt. Wenn ich ging, brauchte ich nicht zu denken. Nach der Luft in Rosies Zimmer schien die Nacht frisch. Ich sah die Lichter an, die undeutlichen, phantastischen Fassaden der Häuser, die Lumpenbündel auf dem Pflaster, die schlafende Menschenwesen waren. Ich ging die Hafenstraße hinunter, an der Schule vorbei. Die Lichter von Malabar Hill hingen über der Bay wie ein Sternenkranz, ihr Gegenbild spiegelte sich wie ein Juwelenband im Meer. Was für eine Schönheit war in dieser großen Stadt – und welch ein Unflat! Hier der ventilatorengekühlte Luxus verschwenderisch ausgestatteter Wohnpaläste und irgendwo dahinter die von Gewürm und Ungeziefer wimmelnden Hütten des Elends; hier Bücher und Schreibmaschinen und Gin und Klubsessel, dort rauchende Feuerstellen und pissende Kinder. Das Tadsch Mahal Hotel und die schmutzigen, stinkenden Straßen der Elendsquartiere... und überall Männer und Frauen, die ihre Art fortpflanzten, zum Teil roh, zum Teil mit überfeinerter Kompliziertheit. Und nicht nur in Bombay. Überall auf Erden, Könige und Müllkutscher, Gesetzemacher und Schafhirten, alle gleich Marionetten an den Drähten der Natur. Und was für ein endloses Gelächter der Natur, wenn sie die Buchdeckel aufklappte, in die Theater hineinspähte, in Parks und Herrenhäuser und Hütten und Paläste, mit welch furchtbarem Ernst und mit welcher bunten Vielfältigkeit ihr großes einfaches Thema abgewandelt wurde. Und die Wörter, Millionen von Wörtern, spannen ringsum...

Schluß mit dem Gegrübel, sagte ich mir; du mußt immer denken. Hör auf damit und gebrauch deine Augen. Du wirst herausfinden, was gut für dich ist, ohne dein Gehirn zu zermahlen. Geh in die gute Nachtluft hinein. Sieh nach den Sternen, wenn's beliebt, schau in die weite Unendlichkeit hinaus und tu das, bis du weißt, daß dies größer ist als du, größer als das Tadsch und der Torweg nach Indien, größer als Indien selbst und die Welt. Größer als alle deine festgelaufenen Vorstellungen und Vorurteile, größer als das Leben. Geh weiter, immer weiter.

Ich weiß nicht, wie lange ich so marschiert bin. Aber als ich zuletzt, ganz ohne zu denken, zu Sabby kam, war ich unsagbar müde.

Ich glaubte, ich hätte sie nie so sehr geliebt. Wir schmiegten uns aneinander, bis unsere Körper ineinander verschmolzen, mein Herz schlug in dem ihren, und als sie schluchzte, schluchzte ich mit ihr.

Wir weinten und entschlummerten; und als es dämmerte, waren wir hellwach, zündeten uns Zigaretten an und sprachen und wußten, daß wir einander sehr liebten.

Ich erzählte ihr von Rosie, und sie küßte mich sanft; und dann erzählte sie von sich.

«Ich wollte gleich im Anfang davon sprechen. Es war schlecht, daß ich es nicht tat, aber ich hatte Angst, du würdest mich nicht lieben. Bitte, du mußt mir jetzt versprechen, daß du nicht aufhören wirst, mich zu lieben, denn ich glaube, ich könnte es jetzt nicht ertragen.»

«Ich verspreche es», sagte ich. «Aber du mußt mir nichts erzählen, wenn du es nicht willst. Es bedeutet mir nichts mehr – es würde keinen Unterschied machen.»

«Vielleicht macht es einen Unterschied, und ich schäme mich so.»

Natürlich machte, was sie mir erzählte, gar keinen Unterschied, höchstens, daß ich sie noch mehr liebte. Und wenn um sonst nichts, hätte ich sie für die Art anbeten mögen, wie sie diese Geschichte erzählte, mit einer komischen erzwungenen Helligkeit und mit Tränen in den Augen.

«Siehst du, ich war noch in der Schule, als entschieden wurde, daß ich einen japanischen Freund meines Vaters heiraten sollte. Ich fand ihn scheußlich und konnte es nicht einmal ertragen, mit ihm in einem Zimmer zu sein. Er war solch ein eigensinniger kleiner Esel! Und ich glich meiner Mutter so gar nicht. Sie war immer freundlich und geduldig, und was hatte sie nicht alles durchleiden müssen! Es war nicht sie, die mich verheiraten wollte, denn sie liebte mich wohl sehr. Es war mein Vater, der ein günstiges geschäftliches Arrangement zustande bringen wollte. Und als ich zum drittenmal ablehnte, wurde er sehr hart und sagte, ich brächte Schande über die Familie durch mein selbstsüchtiges Benehmen, und schon meiner Mutter wegen müßte ich tun, wie mir geheißen. Meine Mutter weinte wohl, aber auch sie sagte mir, ich müsse heiraten. Oft dachte ich damals, sie weinte, weil ich schlecht war und nicht heiraten wollte. Erst später wurde mir klar, daß sie weinte, weil auch sie meine Heirat nicht wollte, und nur aus pflichtmäßiger Unterwürfigkeit redete sie meinem Vater das Wort.»

«Und du heiratetest nicht?»

«Nein, Lieber, ich heiratete nicht. Vielleicht hätte ich es um meiner Mutter willen doch getan, wenn diese häßliche Sache nicht passiert wäre. Ich liebte meine Mutter sehr. Ich hatte niemals jemanden geliebt außer ihr, und als mein Vater sagte, daß ich um ihres Glückes willen heiraten müßte, versprach ich ihm, ich würde mein Bestes tun und mich besinnen. Manchmal gingen wir mit dem Mann, den ich heiraten sollte, ins Theater, und manchmal kam er zu uns ins Haus. Immer war irgend jemand mit uns, bis einmal mein Vater uns absichtlich nachts in den Garten gehen ließ.

Ach, Lieber, wenn das mit dir geschehen wäre! Japanische Gärten sind bei Nacht unbeschreiblich schön mit ihren lustigen kleinen Brücken über felsenumrandeten Teichen, und der Mond ist über ihnen runder und schöner als sonstwo. Ich glaube, in einem japanischen Garten würdest du mich zweimal mehr lieben als in einem indischen Hotel. Ich möchte nicht gern, daß du jemals mit irgendeiner in einem japanischen Garten wärst, denn ich denke, ich dürfte mich nicht mehr darauf verlassen, daß du dann noch an Sabby denkst.»

«Und hat der japanische Garten dir die Heirat wünschenswert gemacht?»

«Nein, denn siehst du, ich konnte den Garten gar nicht bemerken, ich wußte nur, daß ich lieber bei meiner Mutter gewesen wäre und daß ich diesen japanischen Mann verabscheute. Zugleich aber war mir klar, daß dies eine shikata-ga-nai-Sache wäre – da war einfach nichts dagegen zu tun. Ich ließ mich von ihm in das Gartenhaus zwischen den Bäumen führen, und er begann zärtlich zu werden. Lieber, muß ich weitererzählen?»

«Nein, du mußt nicht.»

«Weißt du, alles in allem ist es doch besser, ich erzähle es dir. Ich liebe dich so sehr, daß ich dir alles sagen möchte. Siehst du, ich war nur achtzehn Jahre alt, und niemand hatte mir gesagt, wie das würde, wenn Leute miteinander zärtlich tun. Ich dachte, da Vater uns zusammen in den Garten geschickt hatte, wäre es wohl das, was er von mir verlangte. Es war so scheußlich, daß ich aufschrie. Da preßte mir der Mann, den ich heiraten sollte, die Hand auf den Mund, und dann erinnere ich mich an nichts, bis ich in meinem Bette lag und meine Mutter weinend neben mir saß. Sie war so gräßlich unglücklich! Sie dachte wohl, es wäre alles ihre Schuld, und mich machte es doppelt elend, sie so zu sehen, denn sie war die freundlichste und süßeste Frau der Welt. Das Ganze war ein solcher Schrecken, daß Vater uns für eine Weile in die Berge schickte. Ich glaube, er hat mir nie ganz vergeben, denn ich habe mich so schlecht benommen und habe seinem Geschäft geschadet; aber er hat nicht mehr versucht, mir von der Heirat zu sprechen. Später nahm er uns nach England mit, und das übrige habe ich dir ja genau erzählt. Es tut mir leid, daß ich nicht gleich alles gesagt habe, aber jetzt wirst du ja verstehen, warum ich nicht nach Japan zurück wollte. In England waren alle Leute gut zu mir, und Lord Durweston war der freundlichste Mann, dem ich begegnet bin. Bis ich dich traf, Lieber – nur meine ich, du wirst mich jetzt nicht mehr lieben wollen.»

Der leidvolle Ausdruck in ihren Augen und das komisch-zärtliche Lächeln, das sich nicht von ihren Lippen löste, rührte mich so, daß ich keine Worte fand – ich versuchte sie mit Zärtlichkeiten zu beruhigen, ich nahm ihre Nase zwischen meine Zähne und wiederholte all diese traulichen Gebärden, die uns und nur uns gehörten.

Später fragte ich sie nach Mr. Scaife, und warum sie vor ihm Angst hätte. Sie bestätigte mir, was ich längst erraten hatte, daß auch er ihr nachgestellt habe in einem wilden Anfall von höchst yogi-unwürdiger Leidenschaftlichkeit. Sie hatte ihm Widerstand leisten können; hernach hatte er sie mit Briefen und Telefonanrufen, die seine seltsam unausgeglichene Geistesverfassung enthüllten, gequält. Irgendwie tat er mir leid. Ich fühlte keine Überlegenheit, daß ich gewonnen hatte, wo er fehlschlug, sondern eine tiefe Demut, denn ich wußte, daß ich keine Eigenschaften besaß, die Sabbys Liebe verdienten.

«Das ist alles, Lieber», sagte sie. «Es gibt jetzt nichts mehr, was du nicht von mir wüßtest.»

«Nichts über die Vergangenheit», sagte ich. «Was aber ist mit der Zukunft? Willst du nach Japan zurückgehen, wenn der Krieg vorüber ist?»

«Lieber, ich weiß es nicht. Bitte, laß uns nicht an die Dinge denken, die nach dem Krieg kommen.»

«Einmal werden wir daran denken müssen.»

«Du kannst darüber nachdenken, was du nach dem Krieg tun wirst.»

«Ich muß auch an dich denken.»

«Nein, bitte, mach dir keine Sorgen um mich, ich will es nicht. Ich will nur, daß du mich jetzt liebst, solange wir zusammen sind, und dann magst du gehen und lieben, wen du willst. Du kannst zu Rosie gehen und sie lieben, und ich werde dir nicht böse sein. Nur jetzt, bitte, liebe sie nicht, nur solange du mich liebst...»

«Ich werde dich immer lieben und mir um dich Sorgen machen.»

«Nein, glaub das nicht, bitte. Du wirst mich nie heiraten müssen. Du wirst mich bald hassen, wenn du glaubst, daß ich mich an dich klammere. Du sollst mir nur ein wenig Glück geben, dann werde ich dich gehen lassen. Bitte, vergiß das nie, Lieber. Was auch geschehen mag, du wirst mich nie heiraten müssen.»

«Gut», sagte ich, «ich will versuchen, es mir zu merken.»

5 Von Mitte Juni an hatten wir unseren einunddreißigtägigen Urlaub. Der Monsun konnte jeden Augenblick über Bombay hereinbrechen, aber wir kamen noch beizeiten hinaus. Wir hatten ein luftgekühltes Abteil im Grenz-Postexpreß bekommen; und obwohl ich immer, vor jedem Urlaubsbeginn, eine kindische Erregung nicht loswerden konnte, habe ich doch nie einen Zug mit einem so wundervollen Glücksgefühl und Aufatmen bestiegen.

Seit Wochen hatten wir wie Kinder die Minuten gezählt, hatten die Tage mit 24 multipliziert und das Ergebnis wieder mit 60, und so bekamen wir exakt heraus, wie lange wir zu warten hatten, in der einzigen Zeiteinheit, die zu denken und zu ertragen uns möglich war. Die Tage krochen uns viel zu langsam dahin. Ein Monat mit Sabby im Himalaya schien mir immer noch etwas zu Ungeheuerliches und Herrliches, als daß es zustande kommen könnte; aber es war das einzige, was ich mir von der Zukunft versprach, und dahinter kam dann keine Zukunft mehr. Seit ich das Abteil hatte reservieren lassen, nahm ich die Quittung immer wieder aus der Tasche und las von neuem jedes einzelne belanglose Wort, das darauf gedruckt stand, denn dieses Papier war der einzige greifbare Beweis, daß unser Wunsch mehr war als ein Traum. Und die Minuten strömten davon. Wir lagen nebeneinander, strichen fünf, zehn, zwanzig von der totalen Summe. Es war eine gute Übung im japanischen Zählen, und ich gewöhnte mich jetzt daran, mit Sabby ihre Sprache zu sprechen.

Und dann stand ich wartend auf dem Bahnhof. Ich war sehr früh dran. Ich hatte eine ganze Batterie Thermosflaschen voll kalter Drinks und Tee mitgebracht und mehr Früchte, als wir jemals in einer Woche aufessen konnten. Ich hatte auch Blumen besorgt, die ich in einer Vase im Abteil arrangierte; eine Kamera, eine Büchse Flit und eine Unmenge Bücher, von denen ich wußte, daß ich sie nie lesen würde. Und auch Bahadur war da. Eine Woche vorher hatte ich ihm gesagt, daß ich eine Liebesgeschichte hätte, und er hatte geantwortet: «Michael Sahib liebt, seit Miss Wei in der Schule ist.» Das war gescheit von ihm, denn ich hatte nie vor ihm darüber gesprochen. Vielleicht aber war es auch nicht gescheit, und er und Peter und Mervyn und Rosie waren bei weitem nicht die einzigen, die wußten. Aber was ging das mich an? Für den nächsten Monat waren wir allein und weit von allen fort, und Bahadur nahm uns nichts übel, er kam gern mit uns. «Es sind Ihre Flitterwochen», sagte er, und er wollte kein anderes Wort dafür haben, obwohl er wußte, daß wir nicht verheiratet waren. «Weil es Ihre Flitterwochen sind, muß ich notwendig mitkommen. Wenn Sie allein sind, werden Sie schlechtes Wasser trinken, und die Flitterwochen werden vor der Zeit ein Ende haben.»

Bevor Sabby im Wagen war, konnte ich die Angst nicht loswerden, daß irgend etwas schiefgehen könnte. Zwanzig Minuten vorher hatte ich noch angerufen, als sie gerade auf dem Sprung war, das Hotel zu verlassen. Aber auch dann glaubte ich noch, es könne irgend etwas passieren, ein Unfall, ein Beinbruch, eine Störung durch Scaife in letzter Minute. Das Schicksal war eifersüchtig, es würde uns unser Glück nicht gönnen.

Aber Sabby kam. Sie war pünktlich auf die Minute. Sie meisterte ihre Aufregung, alles, was sie sagte, war «hallo», ganz leise, und ich sagte auch «hallo». Dann stiegen wir in den Wagen, und auch sie hatte Thermosflaschen mitgebracht und Früchte und Schachteln mit luxuriösem Konfekt und ein besonderes Präsent für mich, eine Pfeife, denn ich hatte oft gesagt, daß ich lieber Pfeife rauchen wollte statt Zigaretten. Es war rührend. Noch rührender aber, wegen der Aufmerksamkeit, war der Rauchtabak und ein Paket weißer Draht-

Shikata ga arimasen . . .

... die Grundredensart der Japaner: Da kann man nichts machen – höfliches Lächeln – da hilft nichts.

Aber nicht alles ist eine shikata-ga-nai-Sache, nicht alles ist unumstößlich.

Manches Ungeschick läßt sich abwenden oder mildern, wenn man rechtzeitig vorgesorgt hat.

Pfeifenreiniger und ein kleines Besteck zum Auskratzen und Stopfen der Pfeife. Zu dem Besteck gehörte auch ein Zigarrenknipser, und da Sabby kein unkomplettes Geschenk machen konnte, hatte sie auch eine Zigarre mitgebracht. Während ich all diese Dinge der Reihe nach entdeckte, begann der Zug zu fahren; das war also der Augenblick den wir so ersehnt hatten, und jetzt gab es keine Minute mehr zu zählen. Ich empfand keine Enttäuschung. Ich sah Sabby an, und dann sah ich aus dem Fenster, die Vorstädte von Bombay glitten vorbei, und ich versuchte, den Moment ganz auszuschlürfen, denn ich wußte, daß er sich in meinem Leben nie wiederholen würde.

In dieser Nacht gingen wir früh zu Bett. Wir lagen in der engen Schlafkoje und konnten es kaum erkennen, wenn der Zug auf einer Station hielt, denn der Wagen war fast geräuschdicht. Es ist ein großes Vergnügen, in einem Zug komfortabel schlafen zu gehen und zu denken, daß man Hunderte von Meilen entfernt aufwachen wird; und der erste Blick am Morgen aus dem Fenster ist so aufregend. Man hat mir gesagt, dies sei kindische Aufgeregtheit, und einmal komme die Zeit – sie kommt ja auf ähnliche Weise in so vielen Dingen –, wo man es nicht mehr eilig hat, nach dem Aufwachen hinauszuschauen; aber ohne diese kindischen Dinge wäre das Leben wohl matt und dumpf. Jedenfalls ist geteilte Freude doppelte Freude, und damals habe ich dieses besondere Vergnügen zum erstenmal geteilt. So war es eine neue Erfahrung, die man nun gemeinsam machte. Als ich am Morgen aufstand, fühlte ich mich wunderbar und verzehrte mit ungewöhnlichem Genuß das Frühstück das Bahadur brachte. Sabby lag noch im Bett und trank Tee, und ich lernte zwei japanische Ausdrücke für Lang-im-Bett-Liegen, damit ich sie aufziehen konnte.

Im Laufe des Morgens hielten wir an einer Station, in der ein gedeckter Laufsteg an die Plattform herangeschoben wurde. Der Zug fuhr so sacht ein, daß ein Spezialwagen gerade vor dem Laufsteg hielt, und dann warteten wir lange. Als wir wieder abfuhren, sah ich den Namen der Station, es war Dhanapore. Der Laufsteg mußte also für den Nawab gewesen sein, mit dem ich zur Schule gegangen war, und so sandte ich Bahadur aus, nachzufragen, ob er im Zuge war. Er hatte noch nie den Auftrag gehabt, einen Nawab auszuforschen, und in seinem Bewußtsein mußte dies zu meinen zahllosen Entgleisungen als pukka Sahib hinzutreten. Er kam mit der Meldung zurück, der Nawab wäre wirklich im Zuge, und so sandte ich ihn mit einer Visitenkarte und ein paar Zeilen zurück, aber er war beinahe zu aufgeregt, um diese Mission ausführen zu können. Erst an der nächsten Station kam ein Brief zurück, auf feinstem geschöpftem Papier und von eleganter Hand, worin ich gebeten wurde, dem Nawab die Ehre zu erweisen und in seinem Wagen zu lunchen. Ich aber war nicht willens, Sabby an diesem wichtigen Tag zu verlassen, und so antwortete ich, ich hätte meine Frau bei mir. Eine weitere Einladung lautete auf uns beide.

Ich war nicht ganz sicher, ob ich ihn Hoheit oder Exzellenz oder «alter Dhanapore» anreden sollte, wie wir ihn in der Schule genannt hatten, bevor er seinem Vater auf dem Thron nachgefolgt war. Als es aber soweit war, spielte das alles keine Rolle, und meine Übungsverneigungen in unserem Abteil waren vergeudet, denn er schüttelte uns europäisch die Hand. Er sagte: «Schrecklich nett! Hast du jemals wieder von Miss McCance gehört, und wie es ihr geht?» Miss McCance war die schottische Wirtschafterin unserer Schule, die immer über sein Wohlergehen gewacht hatte, wobei sie mühsam ihren qualvollen Respekt vor seinem Rang hinter einer grimmigen Disziplinmaske verbarg.

Seine eigene Frau war auch anwesend, und sie hatte uns die Ehre erwiesen – vielleicht war es aber auch das Gegenteil –, ihren Purdahschleier abzulegen. Sie war eine schöne Frau, höchstens neunzehn Jahre alt, mit einer glatten Flut schwarzen Haares, die von ihrer Stirn bis tief auf den Rücken herabströmte. Sie hatte einen zierlichen Körper und kleine Hände und war delikat gewachsen wie Sabby. Sie saßen Seite an Seite, waren genau gleich groß, und wenn sei nicht zwei verschiedenen Nationalitäten angehört hätten, mochte man sie für Zwillinge halten. Ich sah sofort, daß eine unmittelbare Sympathie zwischen ihnen aufsprang. Sie sahen einander offen an und lächelten, und kaum hatten wir Männer begonnen, von alten Schulzeiten zu sprechen und zurückliegende Ereignisse und Namen aufzufrischen, als sie schon ins Plaudern kamen, als wären sie alte Freundinnen. Ich erinnerte mich der Zeiten, da Vater gelegentlich einen Freund aus dem Golf Club oder einen Geschäftsfreund einlud und ihn bat, auch seine Frau zum Dinner zu bringen; und während die Männer dann bei ihren Zigarren saßen, hatte meine Mutter eine rasche Freundschaft mit der Frau zuwege zu bringen, indem sie Dinge von allgemeinem weiblichem Interesse erörterte. Ich lag dann wohl schon im Bett oder hing über dem Treppengeländer, um etwas von der Unterhaltung abzubekommen. Jetzt aber, eine Generation später, hatte ich eine Erwachsenenrolle in einer ähnlichen Szene zu spielen, auf der anderen Seite der Erde, mit einem indischen Potentaten und seiner Frau, die nicht in Tewkesbury mit einem großen Weidenkorb einkaufen ging, sondern die Welt nur durch die Maschen eines feingewebten Schleiers sah – und mit einem japanischen Mädchen, das ich liebte.

Ein Diener brachte Whisky heran. Er holte ihn aus einem Koffer, der sich als ein Cocktail-Cabinet entpuppte, glitzernd ausgestattet wie eine Luxusbar. Lunch wurde aus einem anderen Koffer hervorgezaubert, der womöglich noch opulenter eingerichtet war. Ich hatte von Maharadscha-Picknicks schon gehört, und so war es nun mit all den Schaugerichten, den in Palastküchen schmuck präparierten Speisen, das reinste Schaufenster eines Lyons-Eckrestaurants. Irgend etwas trieb mich zu sagen: «Ihr wart doch gar nicht vorbereitet auf uns, es wird knapp für euch langen», aber solche Höflichkeiten waren bei Nawabs nicht am Platz, wenn offenkundig genug Essen für ein ganzes indisches Dorf bereitstand.

Solange wir von den alten Zeiten sprachen, waren wir wieder Schulbuben in grauen Flanellhosen und offenen Sommerhemden. Dann aber waren diese Erinnerungen erschöpft, und wir waren plötzlich wieder wir selbst – er ein sehr englandfreundlicher Nawab und ich ein Offizier aus Bombay auf Urlaub. Er rückte mit aller freundlichen Höflichkeit in die Ferne. Ich hörte ihm fasziniert zu. Er sprach über landwirtschaftliche Probleme und Regierungsfragen, über Kriegsangelegenheiten und schließlich über das Volk in seinem Staat. Er redete davon mit der wohlwollenden Sicherheit eines Mannes, der sich dessen durchaus bewußt ist, daß es in seiner Macht steht, Leute köpfen zu lassen. Ich sah nach den ziselierten Silbergefäßen in dem Cocktailkoffer und fragte mich, ob ich das gern besitzen würde; dann aber dachte ich, daß es mir nicht viel ausmachte, solange ich Sabby besaß, und wenn der Nawab uns auffordern würde, in seinem Palast zu wohnen, so würde ich doch lieber mit Sabby allein in die kühlen fernen Berge ziehen. Er lud uns aber gar nicht ein, bei ihm zu bleiben. Er reichte mir seine graue

Hand und sagte, ich würde doch wohl einmal so freundlich sein, bei ihm vorbeizukommen; und seine hübsche Frau schüttelte warm Sabbys Hand, ihre Augen waren ganz ruhig und herrlich, und Sabbys schwarze Wimpern flatterten vor Glück. Wir gingen in unseren Wagen zurück und tranken Tee aus dem Service der Schlafwagengesellschaft, und da wir beide dasselbe dachten, sagte Sabby:

«Lieber, möchtest du lieber das Cocktail-Cabinet haben als Sabby?»

Ich sagte ja, obwohl sie wußte, daß ich nein meinte, und als sie ihr Gesicht traurig verzog, wußte ich auch wieder, daß sie noch nie so wenig traurig ausgesehen hatte. Und ich fragte sie:

«Möchtest du lieber mit einem indischen Fürsten in die Ferien fahren, der dir Brillanten schenken würde, so groß wie Amseleier – oder mit einem armen englischen Offizier, der dir nicht einmal einen netten Ring schenken kann, damit du ihn an deinen Finger steckst?»

«Ich mag keine Brillanten», sagte Sabby. «Könnte der indische Fürst nicht etwas anderes geben?»

«Aber gewiß. Er könnte dir zum Reiten einen Elefanten mit einer pompösen Schabracke schenken.»

«Ich weiß nicht, was Schabracke ist, aber ich möchte den Elefanten haben.»

«Vielleicht finde ich einen alten zu herabgesetztem Preis.»

«Bitte, Lieber, das wäre so schön!»

«Glaub mir, das ist wahr, ich kann dir nicht einmal einen Ring mit einem anständigen Stein schenken. Ich habe fast gar kein Geld.»

«Hättest du gern viel Geld?»

«Ja, ich hätte gern Anteile an Goldminen, an chemischen Industrien und Woolworth-Aktien. Das würde die Lektüre der Morgenblätter viel spannender machen.»

«Du würdest dich dann auch nur für die langen Kolonnen mit Zahlen interessieren und nicht um mich kümmern. Ich bin froh, daß du fast gar kein Geld hast.»

«Und würdest du nicht wenigstens einen Ring wollen? Ich könnte darauf sparen, und dann würden die Leute glauben, daß wir wirklich verheiratet sind.»

«Es ist mir egal, was die Leute glauben.»

«Sicher?»

«Ganz sicher, Lieber. Mit einer Ausnahme, und die bist du.»

«Du weißt ja, was ich denke.»

«Ich rede mir ein, daß ich es weiß, denn ich brauche das zu meinem Glück. Ich hoffe, ich habe recht, und daß du nicht nur freundlich zu mir sein willst.»

«Darüber brauchst du dir keine Sorgen zu machen», sagte ich.

Abends erreichten wir Delhi, und als wir ausstiegen, stand das Thermometer fast auf 30 Grad. In Bombay war es bei Nacht nie so heiß gewesen, und nach dem luftgekühlten Abteil war die Glut überwältigend. Wir stiegen in einen Zug um, der keine Spezialabteile hatte, nur kleine Ventilatoren, die einem bloß die heiße Luft ins Gesicht bliesen. Wir nahmen uns getrennte Kojen, weil es kühler war, und dachten an den Himalaya, 300 Meilen vor uns. Ich glaube nicht, daß wir viel schliefen, aber wir tranken eine Unmenge Wasser, mit dem wir unsere Thermosflaschen aufgefüllt hatten. Bahadur hatte dazu seine Erlaubnis gegeben, denn Delhi war einer der wenigen Orte, wo man sich auf das Wasser verlassen konnte. Am nächsten Morgen mußten wir noch einmal umsteigen, und zur Lunchzeit waren wir am Gebirgsrand. Ich hatte seit meinem Erholungsurlaub in Simla keine Berge mehr gesehen, und nach der platten Flachheit um Bombay und den Ebenen des Dschimna und des Ganges war der Ausblick überwältigend. Wir konnten einfach nicht auf den Autobus warten, der uns die letzten 50 Meilen weiterbringen sollte. Wir scheren uns nicht um Ringe mit kostbaren Steinen oder um Woolworth-Aktien, dachten wir, wir wollen einen Wagen haben. Es war ein alter Karren mit einem lebensmüden Chauffeur, der die Kurven nahm wie alle eingeborenen Chauffeure, sonderlich an abschüssigen Hängen und «Haarnadeln». Ich war ängstlich, weil wir am Anfang unseres Urlaubs standen, und darum rief ich den Fahrer an, aber er lächelte nur, nickte und fuhr ein wenig schneller. Sabby schien es nicht im geringsten zu beunruhigen. Sie legte den Kopf auf das Rückkissen, und ein Lächeln glitt sanft über ihr Gesicht. Ihre Augen waren groß und hell, wenn sie zu den fernen Gipfeln hinüberblickte, die an jeder Wegbiegung auftauchten und verschwanden. Es wurde fühlbar kühler, als wir geräuschvoll auf den höheren Gang übergingen. Diese neue Sonne, die die Berge bestrahlte, konnte nicht dieselbe sein, die das ausgedörrte Land da unten ausbrannte. Hier schien sie wohlwollend herab, zeugend, nicht zerstörend, gab dem Auge Freude, statt es zu blenden. Wir zogen das Wagendach zurück, die Luft war gut. Wenn man Luft geatmet hat, die wie Brackwasser schmeckt, so weiß man, daß man von der Luft in den Bergen sagen kann, daß sie perlend ist wie Sekt. Nur war diese Luft nicht teuer und in Flaschen abgezogen. Es war Champagner, ausgeschüttet über uns in Strömen. Es machte uns ein wenig trunken.

Und es machte uns bereit für unseren Tee, als wir in Dschali Tal eintrafen.

Mr. Headley hatte uns Dschali Tal empfohlen. Ich hatte ihm gesagt, was für eine Art von Ort ich wünschte, etwas Ruhiges, Abgelegenes; und obwohl ich den Grund nicht erörterte, mochte er ihn doch erraten haben, denn er sah mich gescheit und verständnisvoll an und hatte ein Lächeln in den Augen, das sein Mund nicht wiederholte. Er sagte: «Dschali Tal ist sehr nett, wirklich hübsch. Nicht wie die üblichen Luftkurorte im Himalaya – kein Tanzpalast, Sie verstehen.»

Wenn er gesagt hätte, es wäre so schön wie Schangri La, wären wir auch nicht enttäuscht gewesen. Da er aber nur gesagt hatte, es wäre sehr hübsch, während es in Wirklichkeit ein Platz von unausdenkbarer Schönheit war, so waren wir sprachlos vor Entzücken, wie ein Kind, das sein Weihnachtspaket auspackt und eine wundervolle Puppe vor sich sieht, wie es sich nie eine zu besitzen erträumt hat.

Da war ein Bergsee, er hätte in der Schweiz liegen können, aber statt der einen Kette schneeglitzernder Gipfel türmte sich hinter jeder Reihe eine nächste in endloser Folge, jede noch höher und in einer anderen Schattierung, bis irgendwo in der Ferne, wo unsere Welt längst aufgehört hatte, die letzte unglaubhaft und unwirklich im Himmel hing. Ich habe immer, wenn ich Berge sah, den Wunsch gehegt, sie zu erklimmen – aber nicht diese. Diese waren nicht wirklich, und wenn man wach ist, kann man nicht Gipfel ersteigen, die zu einem Traum gehören. Sie waren wie Luftspiegelungen, aus Atmosphäre und Sonnenstrahlen gewoben, und man wagte nicht die Augen von ihnen abzuwenden, aus einer unbestimmten Scheu, sie könnten verschwinden. Sie waren etwas, was man nicht anschauen und dazu schamlos an kleine Dinge denken konnte, so wenig wie man im Dunkeln einer Kathedrale schmutziges Zeug reden kann.

Es waren knapp ein Dutzend Häuser, die an dem See lagen, und eine Meile abseits ein Eingeborenendorf. Unser Hotel lag 100 Fuß über dem Ufer, und von den Fenstern unserer zwei Zimmer aus genoß man den ganzen phantastischen Ausblick. Schon hier, im ersten Drittel des Weges zu den Schneegipfeln, fühlte man sich weit über die Welt der zänkischen Menschheit erhoben, als ob eine Fahrkarte und ein paar Gallonen Benzin einen in jenen Zustand versetzt hätten, den Lala Vikrana durch Atemübungen und Keuschheit erreichte. Bahadur brachte uns den Tee in unser Wohnzimmer, wir saßen am Fenster und sahen zu, wie die Farben im fortschreitenden Nachmittag wechselten, grün und lavendel und purpur in Dutzenden von Schattierungen, die weiße Krone darüber leuchtend wie Perlmutter. Und als wir am nächsten Morgen, zu spät, um die Dämmerung zu sehen, wieder hinausblickten, schien die ganze Landschaft in ihrem nächtlichen Bad gewaschen, und junge Sonnenstrahlen tanzten auf dem See; die Berge waren neu gewandet wie junge Riesen, und hoch über ihnen strahlte die Gloriole aus glitzerndem Schnee. Und der Bezauberung über diese Verwandlung war kein Ende.

Im Hotel waren noch etwa ein Dutzend anderer Gäste, alles Engländer außer einem hochgewachsenen, kultivierten Inder, der Sir Ram Nath hieß. Ohne die Dunkelheit seiner Haut und wohl noch mehr seiner Augen hätte man ihn für einen Engländer halten mögen. Er hatte in Oxford und an der Sorbonne studiert, sprach von Devonshire und Südfrankreich beinahe mit Heimweh. Jemand hatte mir einmal gesagt: «Mißtrauen Sie jedem Inder, der einen Titel trägt. Er ist ein Kollaborateur.» Aber ich mochte Sir Ram auf den ersten Blick. Mir gefiel seine liebenswürdige Toleranz selbst gegen das Schlechte, so wie man oft Menschen wegen einer Eigenschaft liebt, die man selber entbehrt. Und ich mochte ihn wegen seiner Aufrichtigkeit und der Gescheitheit seiner gutfundierten Überzeugungen. Manchmal sandte ich abends Sabby voraus zu Bett und nahm bei ihm einen Schlummerpunsch und eine seiner Zigarren. Er eröffnete sich mir nicht sogleich; allmählich aber wurde mir bewußt, wie er mich, ohne die gleichen Ausdrücke zu gebrauchen, in denen ich bisher gedacht hatte, jene Philosophie der Güte lehrte, auf die ich erst einen vagen Ausblick gehabt hatte – eben die gleiche Philosophie, die auch Sabby mich lehrte, sie, ohne irgendwelche Worte zu gebrauchen. Von ihm habe ich gelernt, Güte, die Liebe war, von jener anderen, die nur Weichlichkeit ist, zu unterscheiden.

Unter den anderen Hotelgästen war eine Mutter mit zwei jungen Töchtern, die zur Sommerfrische aus Kalkutta heraufgekommen waren. Sie hatte auch einen Sohn, der in Winchester zur Schule ging, und irgendwie erinnerte sie mich an manche Mütter, die ich in meinen Schultagen beobachtet hatte, wenn sie zu den kurzen Ferien zu Besuch kamen und mit einem männlichen Interesse dem Crikket-Match zusahen. Ich wußte jetzt, daß dieses Interesse nicht wirklich männlich war, sondern ein sehr weibliches Mitempfinden für die Interessen ihrer Söhne.

Diese Frau nun war hochgewachsen, trug einen sportlichen Tweedrock und kräftige Schuhe. Offenbar liebte sie ihren Sohn mehr als ihre Töchter, vermutlich weil er weiter fort war; und gerade darum, als Ausgleich, gewährte sie den Mädchen alles, was sie wünschten. Sie zeigte Sabby und mir viel Freundlichkeit, aber mit einer gewissen Zurückhaltung, als ob sie sich scheute, sich uns aufzudrängen. Vielleicht, so glaube ich, nahm sie Anteil an mir, weil ich Engländer war und, mit ihr verglichen, jung – zwei Eigenschaften, die ich mit ihrem Sohn teilte. Und möglicherweise malte sie es sich aus, wie es wohl wäre, wenn ihr Sohn mit einer Japanerin verheiratet wäre, und so wurde sie doppelt empfindsam für alle Schwierigkeiten und gab sich Mühe, sie zu überbrücken. Sicher ahnte sie auch im entferntesten nicht, daß wir nicht wirklich verheiratet waren. Wir sprachen jetzt meist miteinander japanisch, und das mochte sie auf den Gedanken gebracht haben, ich hätte in Japan gelebt und wohl dort geheiratet. Und über die wirkliche Ursache meiner Sprachkenntnisse konnte ich nicht sprechen.

Wir behaupteten jetzt gar nicht mehr, Sabby wäre eine Chinesin. Mr. Headley hatte uns vorausgesagt, daß es nicht nötig sein würde. Jedermann war freundlich zu ihr. Manchmal dachte ich, daß die Leute zuviel Wesens von ihr machten und daß ich darum weniger von ihr hätte; aber ich war wenigstens menschlich genug, in ihrem Erfolg eine Glorie zu finden, die auch mich überstrahlte. Selbst die gehobene Atmosphäre hatte mich nicht von meinem irdischen Egoismus befreit.

Dann warfen wir uns aufs Reiten. Es gab gute Ponies, wendig und kräftig und sichergehend, Pferde, wie man sie in diesem wilden Land nicht zu finden gehofft hätte. Die beiden Mädchen, zehn und zwölf Jahre alt, gingen mit ihnen gewandt und furchtlos um. Sie waren, seit sie laufen konnten, jedes Jahr hier oben gewesen, man hatte ihnen alle Freiheit gelassen, und so verstanden sie sich auf die Tiere wie auf die Eingeborenen und die Bäume und Täler und Berggipfel, nichts schüchterte sie ein oder verwirrte sie. Sie hätten sich irgendwo verlaufen und in die Nacht hineingeraten können, und sie hätten für sich gesorgt mit der Ortskundigkeit eines Waldbewohners und dem Mangel an Aberglauben, der ihr westlerisches Erbgut war.

Nun lehrten sie uns reiten. Genau gesprochen, sie ließen mich mit dieser oder jener gelegentlichen Anregung selber auf die Schliche kommen, umkreisten aber auf ihren Ponies Sabby und hielten ihr mit ernsthaften und frühreifen Mienen Vorträge, wobei sie technische Ausdrücke gebrauchten, die Sabby nie verstand. Kam Sabby aus der Fassung, so waren sie nachsichtig wie ihre Schullehrerinnen, wählten zur Erklärung einfachere Worte, halfen einander aus, als ob sie erfahren wären und alt wie die Berge ringsum und als ob sie zu einem Kind sprächen. Sabby nickte, und sie war wirklich wie ein Kind, weit mehr als eine von den beiden Kleinen.

«Diesmal Zügel nicht so hart», sagte Sabby. Wenn sie aus der Fassung kam, so glitt ihr Englisch immer aus.

«Diesmal den Zügel nicht so hart *anziehen*», sagten die Mädchen im Chor und sahen mich mißbilligend an, denn Sabby hatte ihnen gestanden, daß ich mir nicht die Mühe machte, ihr Englisch auszubessern, und sie wandten sich nun höchst ernsthaft dieser Aufgabe zu.

«O ihr Guten», sagte Sabby, «ich werde das nie lernen. Das Pony ist sehr ärgerlich auf mich, weil ich dumm bin.»

«Es liebt Sie», sagte eines von den Mädchen.

«Tatsächlich?»

«Natürlich. Es findet Sie süß, ganz wie wir.»

Ich konnte von meinem Standpunkt aus nicht genau sehen, daß ihr Gesicht sich färbte, aber ich wußte, daß Sabby errötete. Es rührte sie, daß Kinder ihr das sagten. «Aber Sie müssen das Pony nicht erraten lassen, daß Sie es nicht streng in der Hand haben, sonst wird es ungebärdig. Sie müssen so tun, als ob sie eine Menge von Pferden verstünden.»

«Aber wie soll ich so tun?»

«Sie müssen mit ihm in der Pferdesprache sprechen.»

Sabby versuchte einen Schnalzlaut und sagte dann: «Na los, du nettes Pony!» Ich wollte herausplatzen, denn es war allerliebst, wie sie das sagte, und sie hielt das Pony wahrhaftig nicht für nett, seit sie auf ihm saß. Aber Margaret, die Ältere von beiden, warf mir einen raschen Blick zu, der mich zur Ruhe wies, und Jennifer gab, ohne mit der Wimper zu zucken, ihr Einverständnis. Natürlich war ihre Psychologie die richtige, nach einer halben Stunde trabte Sabby vergnügt herum, sagte «Nettes Pony! Nettes Pony!» und begann sogar wirklich es zu mögen. Dann erklärten die Mädchen, deren Gedanken immer zusammenklangen, es wäre jetzt an der Zeit aufzuhören.

«Bitte», sagte Sabby, «kann ich nicht noch ein bißchen reiten?»

«Nein», sagte Margaret, «Sie haben für heute genug gehabt.»

«Könnte ich nicht nachmittag ein wenig Pony haben?»

«*Das* Pony. Nein, nicht vor morgen.»

«Das Pony wird mich vollkommen vergessen.»

«O nein, es wird Sie sofort wiedererkennen. Sie haben sich für das erste Mal sehr gut gehalten.»

«Wirkrich?»

«Wirklich», sagten wir alle drei.

Als wir uns mehr an die Ponies gewöhnt hatten, regten die Mädchen allerlei Expeditionen in die Berge an, selbst solche von einer Dauer bis zu einer Woche. Sie dachten, unsere Gegenwart würde Mrs. Mather zugänglicher machen, und ich glaube, sie hätte aus Rücksicht für Sabby und mich eingewilligt. Aber sie fürchtete, die Kinder könnten uns lästig fallen. Sie waren jetzt so vernarrt in Sabby, daß sie sie nur mehr «Sabby darling» nannten, sie einfach an den Händen nahmen und überallhin schleppten, um ihr ihre jüngsten Entdeckungen zu zeigen – verfallene Eingeborenenhütten, Vogelnester, die Quelle eines Baches. Ich war bloß Mr. Quinn und als Sabbys Gatte geduldet. Oft genug nahmen sie mich beiseite und gaben mir Anweisungen, wie ich sie zu behandeln hätte, und dann paßten sie streng auf, daß ich ihre Instruktionen auch befolgte. Einmal fanden sie eine wunderschöne gelbe Blume, deren Namen wir nicht herausbringen konnten; die steckten sie Sabby ins Haar. Sie waren außer sich vor Begeisterung über das Ergebnis, und ich mußte zugeben, daß die Blume Sabbys Schönheit hob; nur hätte sie ihren Kimono anhaben müssen, um das Bild zu vervollständigen.

Sie mußte diese Blume tragen, bis die Blütenblätter abfielen, und obwohl wir alle Hänge wie Goldsucher abstreiften, fanden wir keine solche mehr. Ich erhielt Anweisung, ich hätte, wenn wir wieder in Bombay wären, dafür zu sorgen, daß regelmäßig möglichst ähnliche Blumen geliefert würden, so daß Sabby diese unentbehrliche Mehrung ihrer Reize nicht mehr zu missen brauchte.

Es war das Äußerste, was Mrs. Mather vermochte, daß sie Margaret und Jennifer zu Hause festhielt, wenn wir einmal einen Tag für uns allein haben wollten. Dann zogen wir los, beladen mit Schuldgefühl wegen unserer Eigensucht, und sahen die beiden auf der Veranda stehen und uns nachblicken wie zwei Hündchen, die nicht auf den Ausgang mitgenommen werden. Wir versahen uns mit Sandwiches und einer Thermosflasche, aber weit gingen wir nicht. Wir fanden einen bequemen Lagerplatz unter einem Deodarbaum, von wo aus man Dschali Tal und die gestaffelten Linien der Berge bis zu den gargantuanischen Riesen am Ende der Welt überschauen konnte. Wir sprachen nicht sehr viel, denn wenn man seiner Gefühle sicher ist und die Umgebung ihre eigene Beredsamkeit hat, ist nicht allzuviel zu sagen. Und ich begann zu begreifen, warum ein Yogi wie Lala Vikrana manchmal ein Schweigegelübde ablegte; denn Worte, so schön sie auch sein mögen, versagen vor der vollkommenen Erkenntnis; und Worte haben ihre Macht und können einen auf ihr Niveau herabziehen, so wie sie einen dazu erheben, wenn sie tiefer und bedeutender sind als unsere Erfahrung.

Ist man aber nur ein gewöhnlicher Mensch, so kann man nicht allzulang ohne Rede auskommen. Und an schönen Orten, erst recht aber, wenn man verliebt ist, kann man die allereinfachsten Dinge aussprechen, ohne sich lächerlich zu machen. So sagten wir einander Geringfügigkeiten, ohne viel damit zu meinen, fragten die alten Fragen und sannen ein wenig auf neue Antworten; schließlich kamen wir ins Hotel zurück und meinten, es hätte in unserem ganzen Leben keinen so vollkommen schönen Tag gegeben. Und wir dachten das auch noch von der Nacht, als wir noch einmal fortgingen, nachdem die Kinder zu Bett gegangen waren, und als der Mond wie eine lebendige weiße Scheibe am Himmel stand und der ganze See schimmerte. Da waren wir einander näher als am Tage, und selbst als wir im Bett lagen, goß der Mond noch sein Licht halb über den Raum. Wir plauderten, bis der Mond gegangen war und bis es finster wurde.

Sabby malte ein wenig. Ich erinnerte mich jetzt zum erstenmal, daß sie mir vor langem im Tadsch erzählt hatte, sie «versuche ein wenig zu malen», und so verriet ich es den Kindern, weil ich vorauswußte, daß sie Sabby nicht erlauben würden, ihr Licht unter den Scheffel zu stellen. Sie brachten ihren eigenen Malkasten mit Wasserfarben herbei, und ihr Freund, der Zimmermann im Eingeborenendorf, mußte eigens für Sabby eine Staffelei anfertigen. Jetzt konnte Sabby nicht mehr ablehnen. Zuerst zeichnete sie große japanische Buchstaben mit dem Schreibpinsel für die Mädchen. Sie tat das wunderschön mit einem flinken, ganz leichten Strich, und dann erklärte sie, daß sie die Namen der Mädchen geschrieben hatte. Die hatten große Augen vor Verwunderung. Und als ich ihnen erklärte, in Japan gelte solches Schreiben für eine Kunstübung, sagten sie etwas ungeduldig, jedermann könne wohl sehen, daß es hübsch wäre, aber sie verstanden nicht, was es bedeutete. Hernach malte Sabby kleine Landschaften. Niemand konnte einen Augenblick lang verkennen, daß es das Werk japanischer Hände war; und doch hatten wir alle die gleichen Berge in der Ferne gesehen, aus dem Dunst und Nebel hervortretend, geheimnisvolle Berge, die selber eine Woge von Dunst zu sein schienen – im Vordergrund, wieder in unserer Welt, ein Deodarbaum wie ein Wachtposten, der freche Eindringlinge zurückweist. Da wir alle darauf bestanden, malte sie auch Porträts. Zuerst Jennifer, dann Margaret, schließlich Mrs. Mather und mich; und obwohl sie es hartnäckig abstritt und gewiß nicht beabsichtigt hatte, sahen wir alle wie Japaner aus. Zum Teil lag das wohl an ihrer Malart, die eben japanisch war; aber sie hatte überdies uns allen, wenn auch unbewußt, Physiognomien des Fernen Ostens gegeben. Wenn wir sie deswegen aufzogen, wollte sie die Bilder zerreißen. Die Mädchen aber waren davon entzückt, nahmen die Bilder an sich und verbargen sie.

So glitt der Monat davon. Die Tage entrollten und waren vorbei, nichts konnte sie aufhalten: und obwohl dies alles so schnell geschah, schien doch gleichzeitig die Schule und Rosie und das Mayfair Hotel unendlich fern, als ob wir mindestens durch ein Jahr davon getrennt wären.

Ich konnte mir nicht vorstellen, wie ich mich wieder in das Schulleben finden würde, und ich mochte auch nicht in Rosies Hotel zurück. Sabby mußte wohl dasselbe gedacht haben, denn sie sagte:

«Lieber, ich mag das Hotel nicht mehr. Ich würde ganz unglücklich dort sein nach diesen schönen Bergen. Könnten wir nicht für eine kurze Zeit zusammen ein Haus haben?»

«Wir müßten es geheimhalten.»

«Wir könnten es geheimhalten», sagte Sabby.

«Es ist nicht leicht, in Bombay ein Haus zu finden.»

«Wir haben immer in allem Glück gehabt. Glaubst du, daß jetzt die schlimme Strähne beginnt?»

«Weiß nicht», sagte ich, «aber ich habe beinahe Angst. Bombay in der Regenzeit. Die Schulbank. Fenwick.»

«Lieber, Sabby ist ja noch da. Liebst du Sabby noch?»

«Ja.»

«So wie früher?»

«Ja, und auch anders.»

«Würdest du gern die alte Zeit noch einmal beginnen?»

«Ja», sagte ich. «Manchmal denke ich, daß ich das alles noch einmal erleben möchte von dem Augenblick an, da die neue Lehrerin zum erstenmal ins Schulzimmer kam.»

«Was dachtest du von mir? Fandest du, ich wäre eine abscheuliche Frau?»

«Ich dachte, du wärst eine sehr schöne Frau. Ich glaube, etwas in mir, ein Teil von mir, muß damals schon gewußt haben, daß uns ein Monat im Himalaya bestimmt war.»

«Das erfindest du nur. Zuerst mochtest du mich gar nicht.»

«Das ist nicht wahr», sagte ich. «Ich wußte alles irgendwie voraus. Ich muß etwas geahnt haben, als ich dein Schiff in den Hafen einfahren sah. Ich hatte ein Vorgefühl.»

«Was für ein Gefühl?»

«Ich weiß es selber nicht recht. Das ist es, darum möchte ich das Ganze noch einmal erleben, um dies herauszubringen. Es muß sehr aufregend gewesen sein, nur habe ich mir die ganze Zeit über selbst gesagt, daß ich nicht närrisch sein dürfe.»

«Warst du närrisch?»

«Du willst schon wieder Angelhaken auswerfen, Liebe.»

«Ja, das ist es. Ich fische gern. Bitte, sag mir, was du dachtest, als ich das erste Mal in das Schulzimmer kam.»

«Ich dachte darüber nach, wie es wohl sein würde, wenn man dich küßte. Ich hatte noch nie zuvor eine Japanerin gesehen.»

«Dachtest du, daß du versuchen würdest, die japanische Frau zu küssen?»

«Ja, das dachte ich.»

«Warum hast du sie denn nicht geküßt, als du mit ihr in der Ghari warst, damals... der Kutscher hatte rote Zähne...?»

«Weil sie mich gescholten oder gar geschlagen hätte, und dann wäre alles aus gewesen. Ich bin immer sehr ärgerlich, wenn man mich schlägt, und dann versuche ich es nicht wieder.»

«Vielleicht würde sie nichts von der Art getan haben, denn wie du siehst, war sie gar keine achtbare Frau. Sie würde getan haben, was sie wollte, nicht was sie sollte.»

«Da hätte ja irgendeiner von ihren Schülern daherkommen können.»

«O nein, sie wußte, daß es ein ganz besonderer Schüler war.»

«Wußtest du nicht», sagte ich. «Ich aber hab die Wahrheit gesagt. Ich wollte dich wirklich gleich küssen, als ich dich sah. Und dann fand ich, du sähest sabishii aus, und wollte dich beschützen.»

«Lieber, ich sage auch die Wahrheit.»

«Du wußtest damals auf der Straße gar nicht, wer ich war.»

«Doch wußte ich das. Ich wußte, daß du Mr. Quinn warst, und als Mr. Fenwick unfreundlich war, gabst du mir einen so netten Blick.»

«Du warst viel zu verlegen, um das zu bemerken.»

«Nein, wenn man verlegen ist, bemerkt man eben gerade das, die netten Blicke. Deiner war der netteste von allen.»

«Du hast Mario nicht gesehen.»

«Er sah hübsch aus. Er ist um ein gut Teil hübscher als du, Lieber, aber dein Blick war der freundlichste, und darum verliebte ich mich in dich.»

«So stellst du dir das jetzt nachträglich vor.»

«Aber ich habe doch das Tagebuch. In meinem Tagebuch steht alles geschrieben. Ich werde dir ein kleines Stück zeigen.»

«Willst du mich die Stelle sehen lassen, die du geschrieben hast, als ich von Mr. Scaife zurückkam?»

«Ja, die kannst du auch sehen.»

«Sag mir, was du geschrieben hast.»

«Ich habe geschrieben, daß Sabby sehr unglücklich war, weil Michael nicht zu ihr zurückkam, und daß sie Selbstmord begangen hätte, wenn sie den Mut dazu gehabt hätte. Weil sie aber den Mut dazu nicht hatte, konnte sie nur so daliegen und weinen. Ich habe so laut geweint, daß man es hören mußte. Und dann mußte ich aufhören, in mein Tagebuch zu schreiben, denn du kamst herein, und ich wußte gar nicht, was ich tun sollte.»

«Und ich hatte Angst, du hättest gar nichts über mich hineingeschrieben, sondern nur über Mr. Scaife», sagte ich.

«Nein, über Mr. Scaife habe ich nichts hineingeschrieben, oder höchstens nur, daß ich Angst hatte, er könnte etwas herausbringen, und er würde versuchen, unser Glück zu stören. Glaubst du nicht, daß er das auch jetzt noch tun würde?»

«Nein», sagte ich. «Jetzt würden wir ihn das nicht mehr tun lassen.»

«Dann ist alles gut. Wir lassen niemanden unser Glück stören, nicht wahr? Alles muß gutgehen. Wir werden ein hübsches Haus in Bombay haben und uns nicht um den Regen kümmern. Und sonst gibt es überhaupt nichts, worüber wir uns Sorgen machen könnten.»

«Da ist nur noch eine Sache», sagte ich. «Nur ist das keine Sorge. Es ist genau das Gegenteil.»

«Und was ist das?»

«Wir haben nun unsere Flitterwochen gehabt», sagte ich. «Willst du mich jetzt heiraten?»

Ein langes Schweigen folgte. Ich sah nicht zu Sabby hinüber, ich wollte ihre Antwort nur hören. Und dann bemerkte ich, daß sie leise vor sich hinweinte.

«Ich hab dir doch gesagt, Lieber, daß du mich nie wirst heiraten müssen. Bitte, sprich nicht mehr davon. Ich möchte, daß du mir das versprichst. Willst du es mir, bitte, versprechen?»

Ein paar Tage, bevor wir Dschali Tal verließen, gerieten Margaret und Jennifer wegen Sabby in Streit. Die Ankunft ihres Vaters, eines sonnengebräunten Geschäftsmannes aus Kalkutta, hatte sie nicht aus ihrer innigen Anhänglichkeit an Sabby lösen können. Bisher hatte ihre kindliche Eifersucht sich einhellig gegen mich gerichtet; jetzt aber wandten sie sich gegeneinander. Margaret hatte im Basar ein kleines geschnitztes Kästchen, Handarbeit der Eingeborenen, gekauft und hatte es Sabby geschenkt, ohne Jennifer davon zu sagen. Die Jüngere hatte das krummgenommen. Sie ärgerte sich über sich selbst, daß ihr nicht eine ähnliche Idee zuerst gekommen war. Sie ging in den Basar und kaufte ein größeres und teureres Geschenk. Nun war es an Margaret, sich aufzuregen; einen Tag lang sprachen sie überhaupt nicht miteinander und brachten auch für Sabby nur Höflichkeit auf. Beide schämten sich, wollten sich nichts vergeben und Sabby nicht sehen lassen, wie sie sich versöhnten. Dann gab es plötzlich Tränen, sie redeten wieder und waren einig wie je zuvor. Sie waren zur Einsicht gekommen, daß keine von ihnen einen höheren Anspruch auf Sabby hatte und daß ihre Zuneigung hochherzig der meinen untergeordnet werden mußte. So legten sie ihre letzten Annas zusammen und kauften ein Geschenk für mich. Ganz bescheiden baten sie um die Erlaubnis, mich Onkel Michael nennen und mir in Zukunft Briefe schreiben zu dürfen. Am letzten Tage waren wir vier in wundervoller Herzenseinheit.

Sabby hatte Tränen in den Augen, als wir adieu sagen mußten. Sie küßte die beiden Kinder, Mrs. Mather küßte Sabby, und Mr. Mather schüttelte uns beiden vage die Hände, da ihm nie ganz klargeworden war, wer wir wären. Wir stiegen in den Wagen, Bahadur vorn zum Chauffeur, Sabby und ich in den Fond. Die Mädchen hatten den Wagen mit Streifen von Buntpapier geschmückt, so daß er aussah, als ob er zu einer Karnevalsausfahrt startete. Wir winkten, riefen Lebewohl, warfen Kußhände und versprachen zu schreiben. Dann gab es ein krächzendes Geräusch, als der Motor ansprang, und wir fuhren mit einem Ruck los. Alle winkten wir. Dann hörten wir ein Klappern hinter uns, wir wollten den Fahrer aufhalten, aber die Kinder riefen aufgeregt: «Fahren! Fahren!», so daß wir nicht anhielten. Sabby und ich, wir beugten uns aus dem Fond, und so sahen wir, daß wir an einer langen Schnur eine Konservenbüchse und einen alten Schuh nachschleppten, die lustig auf der Straße hüpften.

6 Als wir nach Delhi kamen, erwartete uns das unvermeidliche Mißverständnis mit den belegten Abteilen, und wir blieben zwei Tage liegen.

Nach Dschali Tal, in 3000 Meter Höhe, war das Leben hier wie ein Hocken in einem Bratofen. Bei Tag stieg die Temperatur auf 50 Grad, nachts ging sie kaum unter 30. Die Innenwände unseres Zimmers glichen Heizkörpern, die mit voller Kraft Hitze ausströmten, und sogar der Wind, der zum Fenster hereinwehte, war wie ein versengender Hauch. Auf dem Grundstück des Hotels, in dem wir wohnten, gab es ein Schwimmbassin, und wir verbrachten die meiste Zeit darin und daneben. Endlich aber ein luftgekühltes Bahnabteil zu bekommen bedeutete ein unerhörtes Aufatmen.

In Bombay war der Monsun noch in voller Kraft. Manche Straßen glichen Flüssen, in den Häusern war alles naß und schimmelig; und obwohl es kühler war als in Delhi, machte die Nässe das Leben zur Qual.

Wir kamen überein, daß wir nicht gemeinsam zur Schule gehen wollten. Ich ging am nächsten Morgen hin, Sabby aber nahm noch einen freien Tag, damit niemand daraus Schlüsse ziehen könne, daß wir gemeinsam zu spät zurückgekommen waren.

Die erste Unterrichtsstunde, die ich hatte, gab Itsumi San. Er hatte die andern am ersten Tage des neuen Kursus geprüft, und nun wandte er sich sofort mir zu, um den Stand meiner Fortschritte zu kontrollieren. Er fragte mich, wo ich die Ferien verbracht hatte, was ich getan, warum endlich ich zu spät gekommen wäre, und da ich alles endlos mit Sabby durchgesprochen hatte, antwortete ich ihm ohne Schwierigkeit. Ich gebrauchte dabei eine Menge Worte, die ich nicht im Unterricht gelernt, sondern die Sabby mir beigebracht hatte; ich konnte das nicht verhindern, da ich im Einzelfall nicht wußte, wem dieses und wem jenes Wort gehörte. Itsumi San war überrascht, ließ sich aber nichts anmerken. Schließlich brachte er selbst ein paar seltene Worte herbei.

«Haben Sie Gletscher gesehen?»

«Ja», sagte ich, «in der Ferne.»

Er war nicht ganz überzeugt, daß ich das Wort richtig verstanden hatte. «Woraus waren sie?»

«Aus Eis natürlich», sagte ich. Ich hatte oft mit Sabby über Gletscher gesprochen.

«Haben Sie Bergbesteigungen unternommen?» fragte er. Er gebrauchte dafür den richtigen Spezialausdruck.

«Nein, aber ich habe gebadet, ich bin geritten und habe herrliche Mahlzeiten gehabt.»

«Was aßen Sie?»

«Alles mögliche. Manchmal war Knoblauch darin.» Ich erinnerte mich des Wortes für Knoblauch.

Er starrte lange in seine Liste, dann sagte er mit einer gewissen Genugtuung: «Sie haben mit Lust und Liebe gearbeitet während Ihrer Ferien.»

«Ich habe sehr hart gearbeitet», antwortete ich.

«Sie sind der Beste in dem Kursus.»

Erst spät, da ich die andern sprechen hörte und mich erinnerte, daß ich schlechter gewesen war als die meisten von ihnen, wurde mir bewußt, wieviel ich dadurch gelernt hatte, daß ich Sabby zuhörte und mit ihr sprach. So wie ich mich leicht jedes Satzes erinnerte, den Sabby auf englisch zu mir sagte, waren mir auch ihre japanischen Aussprüche unvergeßlich. Ich konnte mich all ihrer kleinen zärtlichen Wendungen erinnern und der besonderen Note, die sie ihren Äußerungen gab. Natürlich begann ich ihr nachzusprechen, und in dem Monat, den wir zusammen waren, war meine Redeweise flüssiger und idiomreicher geworden. Und während all der Zeit, da ich Fortschritte machte, hatten die andern sogar etliches vergessen, da sie die Sprache nicht gebrauchten und nicht aus Büchern arbeiteten. Nur Fenwick hatte sich hart dahintergeklemmt. Er war in Bombay geblieben, und ich hörte, daß er täglich auf ein paar Stunden regelmäßig zur Schule gegangen war, weil die Atmosphäre des Schulzimmers ihn zum Studium disziplinierte. Er hatte alle möglichen seltenen Formen von Verben erlernt, eine Unmenge Stoff aus der Grammatik, aber es klang gar nicht japanisch, wenn er sprach. Itsumi San sagte:

«Das ist sehr richtiges Japanisch. Sie haben eifrig studiert, aber wenn Sie so sprechen, werden die Leute Sie auslachen.»

Itsumi San mochte es gar nicht, wenn man über ihn lachte, und Fenwick auch nicht.

«Wollen Sie damit sagen, daß das Grammatikbuch falsch ist?»

«Was es enthält, ist nicht die wirklich gesprochene Sprache.»

«Es behauptet aber, gesprochene Sprache wiederzugeben», beharrte Fenwick.

«Es tut es nicht. Haben Sie mich je so sprechen gehört?»

«Sie sind nicht der einzige Mensch, der Japanisch spricht.»

«Wie meinen Sie das?» fragte Itsumi San.

«Ich meine, daß es doch möglich ist, daß Leute so sprechen, auch wenn Sie es nicht tun.»

Es belustigte alle, einen Streit zwischen Fenwick und Itsumi San aufflackern zu sehen. Wir lehnten uns zurück und warteten ab. Itsumi San blickte lange auf seinen Tisch, in Erwägungen versunken. Er hatte sein Gesicht verloren, und nun wußte er noch nicht, was er unternehmen sollte. Fenwick lehnte sich zurück, schaukelte seinen Stuhl auf den hinteren Beinen und bemühte sich, die Miene eines Mannes zu zeigen, der durchaus Herr der Situation ist.

«Sie brauchen an meinem Unterricht nicht teilzunehmen, wenn Sie es nicht wünschen», sagte Itsumi San zuletzt.

«Darum handelt es sich nicht.»

«Wünschen Sie also in meiner Klasse zu verbleiben?»

«Warum nicht?»

«Wenn Sie nicht der Meinung sind, daß ich Japanisch lehren kann, würde ich es vorziehen, daß Sie gleich gehen.»

«Das sieht einem Japaner gleich», sagte Fenwick. «Sie verdrehen die ganze Angelegenheit.»

Itsumi Sans gelbe Haut wurde plötzlich grau. Seine Augen schienen enger, aber ihr Ausdruck änderte sich nicht.

«Sie sind Offizier», sagte er, «und ich bin daher außerstande, so zu Ihnen zu sprechen, wie ich möchte.» Er stand auf, faltete methodisch seine Liste zusammen und schraubte die Kappe auf seine Füllfeder. Es war höchstens die Hälfte von der Stunde vorbei. Wir alle warteten schweigend. Er wischte die Tafel ab, hängte den Wischlappen auf und stellte seinen Stuhl zurecht. Dann nahm er seine Bücher unter den Arm und schritt hinaus, ohne einen von uns anzusehen, als ob die Beleidigung von uns allen ausgegangen war.

«Das ist das Pech mit diesen Burschen», sagte Fenwick, offensichtlich bemüht, uns auf seine Seite zu ziehen. «Sie können keine Kritik vertragen.»

Ich ging mit Peter zum Lunch. Nach den Ferien gab es eine

Menge zu erzählen, und wir meinten, das Tadsch wäre der rechte Platz dazu. Es war ein Glück, daß ich Peter hatte, denn mit jemandem mußte ich von meiner wunderschönen Zeit mit Sabby sprechen, und auf seine Diskretion konnte ich mich verlassen. In bezug auf das allerdings, was er von anderen Leuten wußte, war er nicht diskret, und so kramte er alle die Geschichten hervor, die sich in einem Monat angesammelt hatten. Die beste betraf Mervyn. Er selbst sagte, die Geschichte sei eine Flasche Rheinwein wert, und es hing wohl teilweise mit dem Rheinwein zusammen, daß es eine sehr komische Geschichte war.

Offenbar hatte Mervyn seinen Urlaub zu einem Versuch verwendet, endgültig aus Indien hinauszukommen. Am ersten Tag schon ging er zu einem Arzt und jammerte und weinte und sagte, er könne nicht mehr weiter.

«Na, na, na», sagte der Arzt, «Sie lassen sich von den Schwierigkeiten kleinkriegen. Sie sind ein Offizier, Sie müssen sich zusammenreißen.»

Mervyn sagte, er habe sich seit Monaten zusammengerissen, aber jetzt sei er am Ende. Erledigt. Jetzt könnten sie mit ihm tun, was sie wollten. Totschießen konnten sie ihn, wenn es ihnen recht war. Aber das beste wäre es seiner Meinung nach, wenn sie ihn auf ein Schiff setzten.

Ja, natürlich, sagte der Arzt, das wäre offenbar der springende Punkt. Und es wäre da nur zuerst eine kleine Formalität zu erledigen, der müsse er sich wohl unterziehen. Ein paar Tage im Lazarett... unter Beobachtung. Die Sache würde sofort geregelt.

Sie kamen am nächsten Tag, um ihn abzuholen. Es waren zwei Krankenwärter. Sie besorgten eine Ghari für ihn, wußten im voraus über alle Züge Bescheid und hatten schon die Fahrkarte. Auf dem Bahnhof kaufte er sich ein Buch der Pinguin-Serie und bat auch die Wärter, für Lesestoff zu sorgen. Sie trieben irgendwo ein paar schäbige Heftchen ohne Einband auf, dann kauften sie noch einen Vorrat Orangen, und so fuhren sie ab nach Ahmalabad. Die Fahrt dauerte nur zwei Stunden, sie kamen in das Krankenhaus, und irgendwie stand es in den Instruktionen der Wärter, daß Mervyn nach der Abteilung H 9 gebracht werden sollte. Durch endlose Korridore führten sie ihn zu einem Einzelzimmer. Es war nur mit einem Bett eingerichtet, sonst war nichts darin, aber da er nun bald auf dem

Schiff und kurz nachher in Sloane Square sein würde, kümmerte er sich nicht viel um das Meublement. Zwei weitere Wärter kamen und packten seine Koffer aus. Aufmerksam sahen sie alles durch. Sie nahmen die beiden Hefte, die die ersten Wärter gewählt hatten, und dann schleppten sie alles davon. Nach einer Weile brauchte Mervyn ein Taschentuch. Er ging zur Tür und fand, daß sie abgeschlossen war. Er klopfte eine Zeitlang, dann stieß er mit dem Fuß gegen die Tür, bis jemand kam, ein kleines Guckloch in der Tür öffnete und mit der sanftesten Stimme der Welt sagte, es wäre alles in bester Ordnung, keinerlei Anlaß zu Besorgnissen, beileibe nicht. Mervyn sagte, er wolle sein Taschentuch. Draußen gab es eine geflüsterte Beratung, dann kam der Bescheid, er müsse noch ein klein wenig warten, aber es würde sich wohl so einrichten lassen, daß er sein Taschentuch bekäme.

Einige Zeit später wurde das Essen gebracht. Es war nur ein Holzlöffel dabei, er bearbeitete wieder die Tür mit Fußtritten und verlangte nach Messer und Gabel. Sie sagten, es tue ihnen furchtbar leid, aber es gäbe hier keine Messer und Gabeln, und er möchte sich doch freundlicherweise das eine einzige Mal mit einem Holzlöffel behelfen. Als die Klappe geschlossen war, lauschte er an der Tür und hörte jemanden sagten: «Warum sagt eigentlich keiner dem armen Teufel, daß er in H 9 ist?»

Nach dem Essen brauchte er nicht lange zu warten, dann wurde er wieder durch die Korridore geführt und in ein Zimmer gebracht, in dem drei Ärzte saßen, Zigaretten im Mund hatten und mit angestrengter Nonchalance taten, als ob sie sich etwas Spannendes erzählten. Und furchtbar vertrauenerweckend gaben sie sich. Sie boten Mervyn eine Zigarette an. Auf dem Tisch lagen die beiden Hefte, die er für die Wächter gekauft hatte und die in seinem Koffer geblieben waren. Eines hatte den Titel «Geschichten von Züchtigungen» und das andere «Erotische Kuriosa». Einer der Ärzte blätterte darin und sagte: «Entschuldigen Sie, daß man Ihnen diese Dinge weggenommen hat. Lustige Geschichten, was?» Mervyn antwortete, seine Wärter müßten wohl wissen, ob sie gut wären oder nicht, und ob man ihm nicht, bitte, Messer und Gabel und sein Taschentuch geben wolle, und ob man nicht mit diesem verdammten Unsinn Schluß machen könne, seine Tür zu versperren, und ob man ihn nicht nach England heimschicken wolle, pronto. Der

Doktor sagte: «Guter Spaß, was? Holzlöffel? Alles Irrtum, bilden Sie sich nur ein, mein Lieber. Also was war eigentlich...? Legen Sie sich auf die Couch, ganz bequem, und denken Sie mal zurück, weit, weit zurück... weit... weit... nein, die andern beiden da hören uns nicht zu, die warten nur auf jemand. Schön so. Jetzt erzählen Sie: Sind Sie einmal als kleiner Bub von einem Dienstmädchen mißhandelt worden? Denken Sie genau nach! So, Sie hatten nur einen Diener...?»

Natürlich hatte Peter das alles ausgeschmückt. Irgendwie war es Mervyn gelungen, ein Telegramm durchzuschmuggeln, Peter war postwendend hinuntergefahren, denn er hatte geglaubt, an ein Sterbebett zu eilen. Es hatte wie ein Todesröcheln geklungen, das Telegramm. Dann hatte man ihn nach einem vorherigen Verhör durch die versperrte Tür geschleust, und Mervyn war ihm in die Arme geflogen: «Um Gottes willen, Mann, du mußt mich hier herausbringen! Du mußt! Hier machen sie mich verrückt!» Peter gelangte zu den Ärzten, sie rauchten alle Zigaretten, besahen sich ihn von allen Seiten, ‹wie Cecil Beaton, wenn er eine Fotoaufnahme macht›, und nur weil ihm Gott sei Dank kein Heft «Erotische Kuriosa» aus der Tasche heraussah, gelangte er wieder auf die Bahnstation, ohne daß auch hinter ihm ein Schloß zuschnappte. Mervyn saß aber einstweilen noch eingemauert...

«Aber diese Geschichte ist noch gar nichts, verglichen mit meinen eigenen Neuigkeiten», sagte Peter. «Ich hab mein Buch fertig.»

«Was hast du ihm für einen Titel gegeben?»

«Es bekommt einen Titel, der richtig zieht. Es soll ‹Des einen Eule› heißen, denn wenn es mir weltweiten Ruhm eingebracht und die Fleischtöpfe Ägyptens erschlossen hat, will ich eine ebenso sensationelle Fortsetzung herausbringen: ‹Des andern Nachtigall›.»

«Wieder eine smarte Detektivgeschichte?» fragte ich.

«Genau das.»

Als wir abends in Rosies Hotel kamen, gab er mir das Manuskript zu lesen. Es war ein Durchschlag, das Original war auf Airgraphplatten geschrieben und Blatt um Blatt der Post übergeben worden, wie es aus der Maschine kam. Zusammen waren es 373 Seiten geworden, jede zu drei Annas, und so hatte das Ganze an die fünf Pfund gekostet. Die letzte Airgraphplatte hatte nur das Wort «Ende» enthalten und weiter nichts.

«Eine ganz zündende Idee», erklärte er. «Sicher haben die Verleger noch nie ein Buch auf Airgraphplatten gesehen, und sie werden es akzeptieren, weil das allein schon eine gute Reklamegeschichte abgibt. Das wird helfen, meinen Detektiv populär zu machen.»

«Es liest sich gar nicht wie eine Detektivgeschichte», sagte ich. Es hieß auch nicht «Des einen Eule», sondern: «Gegenwind».

«Ach, du liest schon», sagte er.

Nach der ersten Seite dachte ich, es wäre schade, daß dies nur ein Detektivroman war, denn er war sauber und gelöst geschrieben, in einem Stil, der einer besseren Sache würdig war als der üblichen Schreiberei um einen Leichnam. Bald aber entdeckte ich, daß es sich überhaupt nicht zu einer Detektivgeschichte entpuppte. Er hatte mich monatelang hinters Licht geführt.

Es war eine einfache Geschichte von einem englischen Jungen, der bei einer französischen Familie in den Pyrenäen lebt. Dann kam der Krieg und der Zusammenbruch Frankreichs. Nach mancherlei inneren Konflikten entschloß sich der Junge, nach England heimzukehren, indem er über die Berge floh. Das Buch endete an der Stelle, da er den höchsten Punkt seiner Paßwanderung erreichte und auf Spanien hinabblickte. Peter war so aus Frankreich geflüchtet und war dann in Spanien eingelocht worden; er war aber charaktervoll genug gewesen, sein liebenswürdiges Buch nicht mit diesen letzten peinlichen Erinnerungen zu belasten. Fast unmerklich setzte sich in diesen Blättern eine feine Denkweise durch, fast als ob der Autor sie nicht beabsichtigt hätte, eine Art tiefer Patriotismus, der nichts mit blecherner Begeisterung und Großschnäuzigkeit zu tun hatte. Es war seltsam, daß ich in all der Zeit, da ich Peter kannte und mit ihm befreundet war, diese Seite nie recht bemerkt hatte.

Ich war noch mit dem Buch beschäftigt, als Fenwick hereinkam. Peter war gegangen, ich war allein im Zimmer. Ich lag auf dem Bett und beachtete Fenwick nicht sonderlich, weil das Buch mich gefangenhielt. Aber ein Seitenblick genügte, um zu merken, daß er etwas im Sinn führte. Er tat jovial, um sich zu maskieren. Ob ich irgendwo etwas mit ihm trinken wolle.

«Ich möchte lieber hierbleiben und lesen, wenn Sie es mir nicht übelnehmen.»

«Ich möchte Sie gern für eine halbe Stunde mithaben.»

«Nicht heute abend.»

Er kam weiter ins Zimmer, besah sich das Bücherregal und die Dinge auf dem Kaminmantel, um Zeit zu gewinnen.

«Wollen Sie wirklich nicht kommen?»

«Wirklich nicht.»

«Oh, was Sie da für ein hübsches geschnitztes Kästchen haben! Ich hab ein ähnliches, das ich extra aus Kaschmir kommen ließ. Ich sagte immer, daß Kaschmirarbeit unvergleichlich ist.»

«Ja.»

Jetzt kam er um das Bett herum. Sein Lachen war gekünstelt. Er stand mit dem Rücken gegen mich und betrachtete ein Bild.

«Wenn Sie mir etwas zu sagen haben, so sagen Sie es gleich.»

«Warum sollte ich?»

«Sie sehen aus, als ob Sie mit so etwas schwanger gingen.»

«Ja, ich wollte wirklich etwas mit Ihnen erörtern. Ich dachte, wir sollten es besser über einem Brandy tun, da könnten wir die freundschaftliche Basis halten.»

«Ich bin gewöhnt, den Leuten Whisky ins Gesicht zu schütten. Indischer Whisky brennt wie Säure.»

«Oh, ich weiß, Sie werden es nicht übelnehmen. Sie sind ganz vernünftig. Übrigens sollte es ganz unformell bleiben.»

«Nun?»

Er setzte sich auf das Bettende, beide Hände in den Hosentaschen. Offenbar hatte er die Szene so vorbedacht, daß er gegen einen Bartisch lehnen und ein Whiskyglas zwischen den Fingern halten würde, aber er ließ sich auch nicht aus dem Konzept bringen, weil das Requisit jetzt fehlte.

«Ich hab sagen hören», begann er, «der beste Weg, eine Sprache zu erlernen, wäre ein Lexikon im Bett.»

«Was meinen Sie damit?»

«Das muß ich Ihnen doch wohl nicht erklären?»

«Doch.»

«Nun, ich meine, man lernt am meisten von einer Frau.»

«Warum besorgen Sie sich dann keine?»

«Natürlich, hätte ich zweifellos tun können. Ich bin in Liebessachen ein Glückspilz, müssen Sie wissen. Hab gewiß soviel angenehme Momente erlebt wie irgendeiner.»

Ich sah ihn scharf an.

«Was wollten Sie eigentlich sagen, als Sie hereinkamen?» fragte ich.

«Haben Sie nicht in einem gewissen Punkt ein schlechtes Gewissen?» begann er mit einer halbaggressiven Miene.

«In welchem Punkt meinen Sie?»

«Wenn Sie das nicht wissen...»

«Was soll dieser Quatsch mit dem Bettlexikon?»

Ich wußte, daß ich die ganze Sache davor bewahren konnte, zu einer unangenehmen Situation zu führen, wenn ich mich selbst in der Hand behielt. Solange Fenwick tat, als ob er alles auf der freundschaftlichen Basis erledigte, war sein Angriffsgeist dadurch gebremst. Gerieten wir aber offen in Streit, so konnte nichts ihn zurückhalten. Er stand auf, wir starrten einander an, und es wurde eine kleine ordinäre Szene. Ich wußte im voraus, daß ich der Ordinärere sein würde, weil ich der Ärgerlichere war, und ich war zu ärgerlich, um diskret zu bleiben.

«Sie wissen ganz genau, was ich meine», sagte er.

«Reden Sie weiter, wenn Sie den Mut haben.»

«Ich bin doch nicht blind und blöd. Ich wußte schon lange vor den Ferien, daß Sie etwas mit dieser japanischen Lehrerin haben.»

«Japanische Lehrerin? Wovon, zum Teufel, reden Sie?»

Er ging methodisch vor.

«Ich weiß auch, daß Sie mit ihr zusammen gereist sind.»

«Woher wissen Sie das?»

«Das gehört nicht zur Sache.»

«Das gehört sehr wohl zur Sache, wenn Sie uns ausspionieren.»

«Sie vergessen, daß ich der Rangälteste in der Schule bin.»

«Alles, was Miss Wei oder mich betrifft, hat damit gar nichts zu tun.»

«Ihr Benehmen geht mich sehr wohl etwas an.»

«Sie haben ja selbst zugegeben, daß Sie ‹angenehmen Momenten› nicht ausweichen.»

«Ich hab nichts dagegen, daß Sie sich amüsieren –»

«Furchtbar freundlich von Ihnen.»

«Sie wissen, daß ich nicht einmal Lamb in die Quere gekommen bin. Aber es ist eine Sache, etwas mit einer Eurasierin zu haben, und eine andere –»

«Nun?»

«Eine andere, sich von einer Japanerin zu weiß Gott was verführen zu lassen.»

Ich schlug sofort zu. Meine Faust traf ihn hart ins Gesicht, aber der Schmerz betäubte ihn nicht. Er hob nicht einmal die Hand, um die angeschlagene Stelle zu reiben. Einen Moment lang starrte er mich an, die Augen waren hart und böse in seinem schlappen Gesicht. Dann machte er kehrt und ging hinaus.

Ich konnte mich nicht dazu bringen, versöhnlicher von ihm zu denken, weil er keine Affäre daraus machte. Er hätte mir ernsthafte Schwierigkeiten bereiten können, denn keine besonderen Umstände vermögen einen solchen Temperamentsausbruch zu beschönigen; aber ihn lockte wohl die Pose der Großzügigkeit, und er mochte annehmen, daß ich die Sache so ansah. Am nächsten Morgen sagte er zu mir großspurig:

«Was die Sache von gestern abend betrifft, Quinn, so bin ich gewillt, sie zu vergessen.»

«So», sagte ich.

«Andererseits, soweit es keine persönliche Angelegenheit ist, kann ich die Frage, die ich gestellt habe, mit reinem Gewissen nicht übergehen.»

«Haben Sie eine Frage gestellt?»

«Ich gebe die Sache weiter, dann bin ich außer Obligo. Was mich betrifft, so braucht das im übrigen unsere Freundschaft nicht zu stören.»

«Was mich betrifft», sagte ich, «wird sich, was nun auch kommen mag, in diesem Punkt nichts ändern.»

Er verlor keine Zeit, die Sache weiterzuleiten. Er übergab sie dem Brigadier, und wahrscheinlich erwartete er davon, daß Sabby entlassen, womöglich auch ich bestraft würde. Ich wartete sorgenvoll und mit Gewissensbissen, denn meine Ungebärdigkeit konnte Sabby ihre Stellung und uns beide unser Glück kosten. Das Haus, das wir planten, immer noch ein Traum, würde nie Wirklichkeit werden. Ich begann zu überlegen, ob ich es nicht doch über mich bringen würde, zu Fenwick zu gehen und ihn zu bereden, daß er nichts unternahm. War es nicht ein Wahnsinn, alles zu verpfuschen, weil man zu stolz und zu wütend war, um fünf Minuten lang zu heucheln?

Aber es war zu spät. Ich wurde zu dem Brigadier befohlen. Er kam während Sabbys Unterricht herein, lächelte Sabby und dann mir zu und sagte leise zu mir: «Kann ich dann einen Moment mit Ihnen sprechen?»

Ich versuchte vor Fenwick, der unbeteiligt dreinsah, als ob die Sache ihn nichts mehr anginge, gute Figur zu machen, und ging hinaus.

«Setzen Sie sich, bitte», begann der Brigadier. «Zigarette? Wie geht es mit dem Japanischen?»

«Ich komme jetzt gerade richtig hinein.»

«Freut mich. Sie finden es interessant?»

«Sehr interessant.»

«Darauf kommt es an. Das ist das wichtigste. Meinen Sie nicht auch? Wichtiger als natürliche Begabung. Ich habe früher nicht geglaubt, daß Schildkröten Hasen beißen, aber es ist doch wahr. Ich kannte in Cambridge einen jungen Burschen...» Er erzählte mir eine lange Geschichte, und ich bekam noch eine Zigarette. Dann fragte er nach dem Urlaub, und ich erzählte ihm von Dschali Tal. Ich sagte, ich wäre mit einer Freundin dort gewesen, aber er brachte die Rede nicht weiter darauf, sondern auf Ponies und Berge. Wir sprachen über den Himalaya, dann kamen wir auf das Thema Burma, und er sagte, es wäre wohl ungezogen, aber vielleicht würde es mir nichts ausmachen, ihm die Narben von meinen Dschungelfurunkeln zu zeigen, er interessiere sich sehr dafür. Ich rollte meinen Strumpf hinunter, er betastete sacht die fleckige Narbe, wo das Fleisch eingesunken war, als ob sich Säure hineingefressen hätte. Ich hörte die andern aus dem Schulzimmer kommen. Ich rollte auch den anderen Strumpf hinunter und zeigte ihm noch eine andere Narbe; es war gar nicht peinlich, ich zeigte sie wie eine Trophäe.

«Schön», sagte der Brigadier, «ich fürchte, ich habe Sie lange aufgehalten, aber ich habe so wenig Gelegenheit, mit meinen Studenten in Fühlung zu kommen. Nebenbei», fuhr er fort, «ich will keinen Namen nennen, da hat mir jemand etwas über Sie und Miss Wei hinterbracht. Gerede. Sehr schmeichelhaft für Sie – reizende Frau, Miss Wei, nicht? Ich wollte, ich wäre nicht zu alt, daß solche Sachen über mich geredet würden. Machen Sie sich nichts daraus. Gerede verstummt wieder.»

Ich wollte sagen, «ich liebe Miss Wei», um ihm wenigstens zu zeigen, daß ich keine Geheimnisse vor ihm haben wollte, aber seine Augen sagten, «ich weiß alles, reden Sie nicht», und es waren so gescheite, graue, belustigte Augen. Ich dachte: Sie sind ein feiner Mensch, und wenn ich vor Ihnen stehe, fühle ich, daß Sie gut gesinnt sind; so wie man bei Fenwick gleich fühlt, daß alles Kleinlichkeit und Gemeinheit ist.

«Ich hoffe, es ist für Miss Wei nicht peinlich», war alles, was ich sagte.

«Sie ist nicht der Mensch, um wegen so etwas schlaflose Nächte zu haben.»

Beim Mittagessen sprach ich nicht mit Fenwick, aber als er um das Salz bat, reichte ich es ihm hinüber, und er sagte: «Danke.»

Später reichte ich ihm noch das Brot, und er sagte: «Danke vielmals.»

Es war Sabby, die das Haus ausfindig machte. Sie führte die Verhandlungen mit dem Eigentümer, der nach Karatschi übersiedelte, und mietete das Haus möbliert für sechs Monate.

Bevor es fertig zum Einzug war, durfte ich es nicht sehen. Sabby hatte vormittags nicht immer in der Schule zu tun, so wendete sie ihre Freizeit darauf, die notwendigen Sachen zusammenzukaufen. Aber sie sagte mir nicht, was sie kaufte.

«Du wirst es bald genug sehen», sagte sie.

«Ich möchte aber auch etwas kaufen.»

«Nein, du bist ein Student und mußt fleißig sein. Ich mach das Haus fertig, dann kannst du kommen.»

Ich lieh ihr Bahadur. Er ging mit ihr einkaufen und begleitete sie in das Haus, aber er war ihr zu ergeben, um ihre Geheimnisse zu verraten. Ich fragte ihn, ob es ein hübsches Haus wäre.

«Es ist nicht groß», sagte er.

«Glaubst du, daß es mir gefallen wird?»

«Ich glaube, daß dem Sahib alle Häuser gefallen, in denen Miss Wei wohnt.»

Ich sagte Rosie, daß ich nun ihr Hotel verlassen würde. Sie antwortete: «Sehen Sie, es war ganz egal, was ich tat, das Ergebnis ist doch dasselbe. Hätte ich mich damals mit Ihnen eingelassen, so wären Sie ausgezogen. Und da ich es nicht dazu kommen ließ, gehen

Sie trotzdem. Sie werden mir schon einen Abschiedskuß geben müssen.»

«Tatsächlich möchte ich gar nicht ganz ausziehen», sagte ich. «Ich möchte mein Bett hier behalten und auch einiges von meinen Sachen hierlassen. Auch möchte ich das Haus weiter als Adresse benützen.»

«Brauchen Sie Rosie nicht näher zu erklären.»

«Natürlich zahle ich die Miete.»

«Da ist keine Miete zu zahlen.»

«Nehmen Sie es als Angeld, zur Erinnerung, daß Sie den Leuten sagen, ich wohne hier.»

«Daran erinnere ich mich auch so. Ich bin nicht umsonst die Rangoon-Rosie.»

«Sie haben ein gutes Herz.»

«Weil Sie so nette Sachen wie das sagen, nehme ich auch kein Angeld.»

«Das ist etwas anderes. Geschäft ist Geschäft.»

«Mein Geschäft ist immer eine Herzenssache.»

«Dann bitte ich mir die Erlaubnis aus, gelegentlich zu kommen und Sie zum Abendessen einzuladen.»

«Gut», sagte sie, «das ist mir recht. Sie können mich abholen, wann immer Sie wollen.»

Zweimal verschob Sabby unseren Einzug in das Haus. Sie beharrte darauf, daß wir auf keinen Fall einziehen dürften, wenn es regnete, und ich hänselte sie, das wäre nur ein Grund, wenn das Haus ein Loch im Dach hätte. Am dritten Tag bestand ich darauf, nicht länger warten zu können, und nachher ergab sich, daß schönes Wetter war, die Sonne schien von einem klaren Himmel herab, und alles dampfte. Der Abend war der schönste, den wir seit langem gehabt hatten.

Um halb acht nahm ich eine Ghari und holte Sabby im Mayfair ab. Sie zahlte zum letztenmal ihre Rechnung. Das Gepäck war mit Bahadur vorausgegangen, und so trug sie nur ihren Handkoffer.

«Was für eine Adresse soll ich dem Kutscher sagen?» fragte ich.

«Bitte, sag nach Malabar Hill. Ich zeige ihm dann den Weg.»

Die Kutsche klapperte auf der nassen Straße dahin. Wir kamen am Cricket Club vorbei, an der Schule, fuhren die Hafenstraße hinunter, und ich konnte die Türme des Schweigens auf Malabar Hill sehen. Ein paar Geier kreisten darüber, aber es sah nicht aus, als ob die Begräbnisstätte der Parsen einen guten Tag hätte.

«Ich habe Angst, du wirst enttäuscht sein», sagte Sabby. «Darum wollte ich einen schönen Tag wählen. Bitte, du wirst nicht behaupten, daß es dir gefällt, wenn du es nicht hübsch findest; wir treiben schon noch ein anderes Haus auf.»

«Nach all der Mühe, die du damit gehabt hast?»

«Ich möchte, daß du darin glücklich bist. Bitte, Lieber!»

«Darüber brauchst du dir keine Sorgen zu machen.»

«Ich muß mir Sorgen machen, ob Michael glücklich ist. Siehst du, ich bin so selbstsüchtig, ich will soviel von dir, und wenn du traurig bist, weiß ich nicht, was ich tun soll.»

«Wenn du findest, daß ich trübsinnig aussehe, kannst du mich undankbar schelten.»

«O nein, so will ich es nicht. Auf Dankbarkeit habe ich es nicht abgesehen, du schuldest mir nichts. Ich will nur, daß du mich ein wenig liebst.»

«Ich liebe dich», sagte ich. «Aber das werde ich dir heute abend in deinem neuen Haus erzählen.»

«In unserem neuen Haus», versetzte Sabby. «Bitte, vergiß nicht, daß es für uns beide ist.»

Wir fuhren zuerst in der Richtung auf Malabar Hill, dann bogen wir zu einem anderen baumbeschatteten Hügel ab. Halbenwegs machten wir wieder eine Wendung, und jetzt lag eine Reihe schöner Häuser vor uns. Sabby beugte sich vor und dirigierte den Kutscher.

«Schau», sagte sie, «da ist es.»

Wir bogen in einen Torweg ein, das Pferd zog uns über eine kurze Schleife. Jetzt lag ein hübscher Bungalow mit einem Balkon auf Pfeilern und einem blaublühenden Schlinggewächs vor uns. Auf das Geräusch unserer Ankunft hin kam Bahadur heraus, uns zu begrüßen. Im ersten Augenblick erkannte ich ihn kaum, denn er trug eine neue weiße Livree und einen strahlend weißen Turban und hatte seinen Schnurrbart gestutzt und gekämmt, um der Gelegenheit würdig zu sein. Er verneigte sich stolz und sagte: «Willkommen, Sahib»; ich trat in das Wohnzimmer, dann in das Eßzimmer und in das Schlafzimmer, die alle im gleichen Stockwerk lagen. Sabbys Hände waren überall zu spüren, besonders an den

Blumenvasen; ich konnte mir vorstellen, wie lange sie gebraucht hatte, die Blumen zu wählen und zu arrangieren.

Ich wußte gar nicht, daß sie herausgebracht hatte, welche Sorte von Whisky meine Lieblingsmarke war. Im Wohnzimmer aber stand eine Flasche meiner bevorzugten Sorte, und ich wußte nicht, wie sie die aufgetrieben hatte, denn ich hatte wochenlang danach erfolglos gesucht. Sie goß mir ein Glas ein, ein Glas von der Größe eines doppelten burra peg. Ich sagte:

«Du mußt auch ein wenig davon trinken, das ist eine besondere Gelegenheit, und es ist gut, ein bißchen betrunken zu sein.»

«Aber es macht krank, und heute abend muß ich gesund sein. Trink du, bitte, und wenn ich dich dann küsse, ich koste Whisky.»

«Dein Englisch, Liebling», mahnte ich.

«Was war falsch?»

«Nichts. Es war reizend. Ich möchte gar nicht, daß du jemals besser Englisch sprichst.»

«Du ziehst mich auf.»

«Nein, es ist bezaubernd.»

«Doch, du ziehst mich auf, und ich werde dich durchhauen, denn ich bin deine Lehrerin.»

Als Bahadur hereinkam und ansagte, das Dinner wäre serviert, gingen wir in das Eßzimmer, aber der Tisch war nicht gedeckt.

«Es geht hier durch», sagte Sabby.

Das Zimmer hatte französische Fenster. Wir traten hinaus und kamen auf eine Terrasse, auf der eine Stehlampe einen Lichtkegel über einen Tisch warf, der mit schönem Silber, Gläsern und noch mehr Blumen gedeckt war. Die Luft war hier nach der Wärme im Hause wunderbar kühl, der Himmel über uns tiefblau, die Sterne wurden gerade erst sichtbar. Ich trat an die Balustrade.

Ich hatte nicht erwartet, etwas anderes zu sehen als Dunkelheit oder die Silhouette eines anderen Hauses. Statt dessen lag ganz Bombay zu unseren Füßen, ein schimmerndes Meer von Licht, und das Meer selbst tiefschwarz, sein Saum mit goldenen Reflexen bestickt. Ich habe es gern, bei Tag auf die Dächer von Städten herabzublicken, aber dies war schöner und märchenhafter als alles, was ich je gesehen hatte, weit schöner, als ich es erwartet hätte. Weil Sabby vorauswußte, wie sehr es mich entzücken würde, hatte sie kein Wort darüber verlauten lassen, und ich hatte in der Ghari nicht darauf geachtet, wie hoch wir hinauffuhren und wie nahe wir dem Gipfel des Hügels waren. Ich hatte mir nie vorgestellt, daß Bombay so aussehen konnte und daß das ganze Leben dieser Stadt vor einem ausgebreitet liegen konnte wie ein mit Flitter besetzter Teppich. Hier das Tadsch, dort die Luxuswohnhäuser mit ihren Radios und Dienern, dort die Elendsquartiere und die Bordelle – und da wir 200 Fuß über all dem lagen, war es in eine Myriade blinkender Lichter aufgelöst, daß man nichts unterscheiden konnte. So stand ich da und fühlte mich wie ein Gott, so wie Gott wohl auf das Leben herabblickt, auf Millionen kleiner Seelen wie Lichter, aber weit, viel zu weit entfernt, um die mißgestalteten, mit Ungeziefer bedeckten Leiber der Bettler zu sehen. Wie schön muß es sein, dies aus der Entfernung als seine Schöpfung zu empfinden!

Unter der Lampe auf der Terrasse war es herrlich, denn jetzt, nachdem ich auf die Stadt hinabgesehen hatte, hatte ich ein Gefühl, als ob wir hier auf einer Wolke thronten, einer kleinen goldenen Wolke, einem Lichtfleck in der Dunkelheit, mit nur einem Tisch, mit Sabby und mir und den Stühlen und ein paar Steinfliesen, die das Licht säumte... und gelegentlich mit Bahadur, der wie ein Dschinn manchmal aus dem Schatten auftauchte. Von dem Whisky, den ich getrunken hatte, kam mir ein Gefühl des Schwebens; aber auch Sabby, die den Whisky nur von meinen Lippen gekostet hatte, fühlte sich schwebend, und dann waren wir so allein, daß es ringsum keine Welt mehr gab, und ich rauchte eine Zigarre, die Sabby eigens für heute gekauft hatte, und erst um Mitternacht verließen wir unsere goldene Wolke und gingen ins Haus zurück.

Im Bett lasen wir noch ein wenig. Zuerst las ich vor, dann Sabby, aber sie las immer über die Punkte und Kommas hinweg und machte mitten in den Sätzen Pausen, und so verstand ich fast nichts und hörte nur auf ihre Stimme. Manchmal korrigierte ich ihre Aussprache. Sie kam zu dem Wort Corollarium, und ich sprach es ihr einige Male vor. Sie sagte Cororarium und Collorarium und schließlich Cororallium, aber richtig konnte sie es nur aussprechen, wenn sie die Silben trennte. Wir drehten die Lichter aus, sie sagte immer noch Cororarium, und jetzt brachte sie gar kein L mehr zusammen. Ihre Nase hatte sie in meiner Wange vergraben.

Ich fühlte eine Feuchtigkeit auf meiner Wange und legte meinen

Finger daran. Es war nicht Schweiß. So streifte ich mit meinem Finger Sabbys Wange, sie war ganz naß.

«Lieber, ich pfeif auf das Cororarium.»

«Was also?»

«Es ist ein so merkwürdiges Geräusch», sagte sie.

Ich lauschte und konnte in der Ferne den regelmäßigen Schlag einer indischen Trommel hören. Irgendwo mußte ein Eingeborenenfest sein, aber das Singen und Kreischen kam nur sehr gedämpft aus der Ferne herüber.

«Sie haben auch ihre Freude», sagte ich.

«Ja, ich weiß; ich bin so dumm, Lieber. Glaubst du, daß ich jemals lernen werde, Cororarium richtig zu sagen?»

7

Ein Telegramm kam von Lord Durweston. Es traf etwa eine Woche nach unserem Einzug in das Haus ein. «Treffe demnächst ein. Freue mich auf Sie.»

«Das wird schön», sagte Sabby, «er ist so lieb, und er wird dich gern mögen.»

«Ich werde für einige Zeit wieder zu Rosie ziehen müssen.»

«Ich will nicht, daß du zu Rosie ziehst. Vielleicht wirst du wieder versuchen, etwas mit ihr anzufangen.»

«Wollen sehen», sagte ich.

Eines Abends kam Mr. Scaife zum Dinner. Es war unvermeidlich, ihn in das neue Haus einzuladen, und wir taten so, als ob auch ich nur ein Gast für den Abend wäre. Alles, was mir gehörte, taten wir in Schränke und Schubfächer, und ich dankte sehr für den Whisky und lobte die Sorte, als ob ich sie hier noch nie gesehen hätte. Sabby und ich wichen einander mit den Blicken aus. Wir stellten einander höfliche Fragen, Sabby gab manchmal doppelsinnige Antworten und wollte mich trotz all unserer guten Vorsätze zum Lächeln bringen. Ich konnte ihr Zwinkern sehen, als spielten wir nur, und als ob es ganz gleich wäre, wenn Scaife herausbrachte, daß wir für ihn spielten. Er saß etwas weiter weg, das Licht spiegelte sich in seinen Gläsern. Immer sah er zur Decke hinauf, sprach zu ihr, nur indirekt zu mir, und Sabby schien er kaum zu bemerken.

«Haben Sie Glück gegeben, wie Vikrana es meinte?»

«Ich weiß nicht.»

«Oh!»

Alles schien glänzend zu gehen. Nach dem Dinner saßen wir lange und rauchten, bis ich ungeduldig wurde, weil ich Sabby wieder allein haben wollte.

«Ich glaube, ich muß gehen», sagte ich.

«Schon?» fragte Sabby.

«Es wird spät.»

Ich sah nach meiner Uhr, aber Scaife blickte nicht nach der seinen und machte keine Miene zu gehen, so daß ich ein neues Thema aufnahm und darüber das Gehen vergaß. Einige Zeit später wiederholte ich das Manöver und sagte, ich hätte morgen einen harten Tag, und Sabby erwähnte mit Betonung, auch sie habe zu arbeiten. Scaife aber bat ruhig um noch ein Glas Whisky. Er blickte in das Glas, schwenkte es leicht und fuhr fort, Philosophie zu reden, während Sabby und ich düster schwiegen. Als er schließlich aufbrach, schien er ganz in seinen Gedanken aufgegangen und verabschiedete sich so teilnahmslos von Sabby, als wäre sie ein Dienstbote. Wir gingen zusammen zur Straße hinunter. Die Straßen hier oben lagen still. Sie waren noch naß vom letzten Regen, das gelbe Licht der Laternen spiegelte sich in ihnen. Das erfrischte Laub der Bäume, die den Weg säumten, glitzerte; außer unseren Schritten auf der Straße und Scaifes Stimme war nichts zu hören.

Er sprach über Mystik.

Wir kamen zu der Ecke, wo der Basar begann, hier war helles Licht in den Läden und schien auf die Straße heraus.

«Hier muß ich abbiegen», sagte ich. «Gehen Sie nach Malabar Hill?»

«Ja», sagte er vage.

Ich wollte mich verabschieden, aber er hielt mich fest, nicht direkt, sondern indem er sein Gespräch weiterführte, das sich gar nicht auf mich bezog. Es war, als ob er sich meiner Gegenwart nur bewußt wäre wie jemand, der zu einem spricht, um einen dritten fernzuhalten.

Als wir schließlich auseinandergingen, trottete ich die Straße hinunter durch den Basar und verbrachte eine Viertelstunde damit, in die Cafés und Läden, die noch offen waren, hineinzuschauen. Alle möglichen Eßsachen waren auf dem Pflaster zum Verkauf ausgestellt, sonderbare, gewundene, an Schlinggewächse erinnernde orangefarbene Dinge und ein Dutzend verschiedene Süßigkeiten, die auf Zinntellern aufgeschichtet lagen. Es waren viel Leute auf der Straße, aber niemand nahm von mir Notiz, niemand bettelte. Ich trug eine andere Kleidung als sie alle, ich konnte nicht ihre Sprache sprechen, und ich hatte ein Gefühl, als ob ich unsichtbar zwischen ihnen umherwanderte. Ich bog in eine Seitenstraße ein und näherte mich einer dichtgedrängten Menge, die sich mitten auf der Straße angesammelt hatte und über deren Köpfen ich zuweilen tanzende Gestalten auftauchen sah. Von hier kam der Gesang und der monotone, nie abreißende Rhythmus der Trommel – dasselbe Geräusch, das wir jede Nacht hörten, wenn wir im Bett lagen. Ich wandte mich ab, ging durch den Basar zurück und auf den Hügel hinauf bis zu unserem Hause, heim in die andere kleine Welt, die Sabbys und meine war.

Im Torweg stand eine Gestalt. Ich wußte sofort, daß es Scaife war. Zuerst sagte es mir irgendein Instinkt, dann erkannte ich seine hohe Figur und die gewohnte Haltung. Er stand regungslos, wartend.

Ich war im Licht der Lampe die Straße heraufgekommen, es war also nutzlos, kehrtzumachen. Er stand so, daß er mich sehen mußte, und so ging ich langsam weiter, mit hörbaren Schritten auf dem schweigenden Asphalt. Er rührte sich nicht. Das Licht fiel grell auf mich, dann schritt ich durch einen Schatten und wieder ins Licht. Ich versuchte, geordnet zu überlegen, was nun geschehen würde. Verwirrt war ich nicht. Es war, als ob ich dies erwartet hätte. Was auch geschehen mochte, ich würde nicht aus der Fassung kommen und keine Angst haben.

Der Torweg lag nur gedämpft im Licht. Scaifes Figur war von einem schwachen gelben Lichtschein silhouettiert, sein Gesicht bildete ein dunkles Oval. Seine Hände hingen herab, gelbberingt. Seine Haltung war nicht aggressiv, eher die einer schwerblütigen Geduld. Auch trat er mir nicht in den Weg.

Ich schritt bis zu ihm hin, blieb stehen, und jetzt wandte er sich mir halb zu, so daß ich in sein Gesicht sehen konnte. Eines seiner Brillengläser fing das Licht auf, das andere blieb im Schatten, so daß er aussah, als ob er ein Monokel trüge. Das sichtbare Auge war ausdruckslos.

«Warum warten Sie hier?» fragte ich.

Er begann zu lächeln. Es war ein leises, ironisches Lächeln, geradezu auf mich gerichtet, nicht auf den Himmel oder die Sterne. Da er nicht antwortete, wiederholte ich:

«Warum?»

«Ich wollte wissen, ob es wahr ist.»

«Es ist wahr.»

«Ich war ein Narr, daß ich es dazu kommen ließ», sagte er.

Wir starrten uns weiter an, ich hatte keine Idee, was er dachte oder im Sinn führte.

«An Ihrer Stelle würde ich nach Malabar Hill gehen», sagte ich.

«Würden Sie?»

«Sie haben ein schönes Haus.»

Er antwortete nicht. Er blieb einfach stehen, halb mir zugewendet, das eine Brillenglas funkelnd, mit diesem halbwahnsinnigen, bitteren Lächeln auf den Lippen; er begann mir leid zu tun, denn er war mindestens fünfzehn Jahre älter als ich, und sein Leben lief auf einer falschen Bahn.

«Gute Nacht», sagte ich.

Ich wartete, ob er etwas antworten würde, aber da er stumm blieb, wandte ich mich nach dem Haus und tauchte in die Dunkelheit des Vorraums unter.

Drinnen war im Wohnzimmer kein Licht mehr, aber in der Spalte unter Sabbys Tür sah ich Licht. Mit schläfrigen Augen saß sie im Bett und wartete auf mich. Als ich sie küßte, war sie sanft und zart, eine süße Aura von Parfum hing über ihr. So geschmeidig und delikat und schön war sie wie eine Blume, daß ich sie nur leicht zu berühren wagte. Ich nahm ihre kleine zierliche Nase zwischen meine Zähne und schüttelte sie ganz leicht, sie rümpfte sie, dann versuchte ich das gleiche, aber ich konnte meine Nase nie rümpfen, ohne auch mein Gesicht zu verziehen.

Als ich im Bett lag und das Licht abgedreht war, hörte ich noch das monotone Geräusch der Trommel und den Gesang, der wie die Schreie Wilder im Dschungel klang.

Lord Durwestons Telegramm war verspätet eingetroffen, so daß er schon eine Woche nachher in Bombay landete. Er hatte sich bereits im Tadsch installiert, als er Sabby anrief. Sie ging zum Lunch zu ihm. Nachher berichtete sie:

«Er möchte dich kennenlernen. Er ist wirklich sehr lieb, und er möchte, daß wir beide morgen mit ihm zu Abend essen.»

«Wieviel hast du ihm von uns gesagt?»

«Nichts, als daß du nett bist. Aber ich bin jetzt ganz unfähig, irgend etwas vorzutäuschen, und ich mache mir auch nichts daraus, wenn er alles erfährt.»

«Dann hoffe ich nur, daß er dich zwingen wird, mich zu heiraten, und so wirst du eine ehrbare Frau.»

«Ist Sabby keine ehrbare Frau?»

«Nicht, solange du mich nicht heiratest.»

«Ach, Lieber, was soll ich nur tun?»

«Das ist furchtbar einfach. Du brauchst nur ein einziges Wort zu sagen.»

«Ein einziges Wort würde dich vielleicht sehr unglücklich machen.»

«Es würde mich verrückt machen vor Freude, und es würde uns all dieser unnützen Vortäuschungen überheben.»

«Nein, Lieber, es würde dich unglücklich machen, und deine Eltern in... ach, wenn ich mir doch den Ort merken könnte, wo ihr wohnt.»

«Tewkesbury.»

«Ja, in Tewkesbury, und sie würden so ärgerlich sein, daß du ein verrücktes Japanermädchen mit einem komischen kleinen Gesicht geheiratet hast.»

«Sie würden dein komisches kleines Gesicht gern haben.»

«Nie würden sie mir verzeihen, daß ich Japanerin bin.»

«Ist das der Grund, warum du mich nicht heiraten willst?»

«Ja, es ist ein Grund.»

«Es gibt also noch andere?»

«Keine besonderen. Es ist, wie ich es dir sage. Ich bin töricht und bockbeinig, und ich möchte, daß du mich noch einige Zeit liebst.»

«Du machst die Dinge nicht leichter.»

«Das ist das erste Mal, daß du so etwas zu mir sagst.»

«Ich meinte es nicht böse», sagte ich. «Es war eher ein Erpressungsversuch. Lieben werde ich dich so und so.»

Am nächsten Abend schon sah ich Lord Durweston. Zuerst war ich nicht ganz gewiß, daß er es war, obwohl ich ihn nach Sabbys Beschreibung zu erkennen glaubte, und er sah ganz so aus, wie ich ihn mir vorgestellt hatte, groß, mit grauem Haar, einem schmalen aristokratischen Gesicht und einer aristokratischen Selbstsicherheit. Und er war mit Scaife zusammen.

Ich kam in die Bar des Tadsch, und da saßen sie an einem der kleinen Tische. Scaife redete, Lord Durweston nickte gewichtig, und ich begriff sofort, daß sie von mir sprachen. Als ich vorbeikam, nickte ich Scaife zu. Er gab kein Gegenzeichen, aber durch seine dicken Brillengläser richtete er seine Augen auf mich und sah mir nach. Da er sich in der Rede unterbrach, blickte Lord Durweston unabsichtlich über seine Schulter, ich aber ging an das andere Ende des Raumes und setzte mich an einen Tisch, der nicht in ihrer Sicht lag. Ich überlegte, warum es so eingerichtet war, daß man nicht sein eigenes Leben leben konnte, ohne daß andere dazwischenkamen, die Scaifes und die Fenwicks, aber sehr bekümmerte es mich nicht. Jetzt konnten sie mir Sabby nicht mehr wegnehmen, uns nicht mehr trennen, denn ich kannte sie lange genug und liebte sie lange genug, daß sie ein Teil von mir geworden war. Sie gehörte in mein Leben, sie war von ihm aufgesogen und hatte es zugleich verändert, sie hatte dazu beigetragen, daß dieses Ding ich war, seine Gestalt bekam, und was immer auch in Zukunft geschah, diese Gestalt konnte nicht mehr geändert werden. Ich hatte sie tief genug in meinen Besitz gebracht, um zu wissen, daß ich mit diesem Besitz etwas gewonnen hatte, was ich nie wieder verlieren konnte.

Aber ich sollte Sabby ja auch nicht verlieren. Vielleicht war es in Durwestons Macht, sie mir zu entwinden, aber, Scaife mochte was immer gesagt haben, er versuchte es nicht. Als wir uns am nächsten Abend zum Dinner trafen, präsidierte er mit freundlicher Würde. Es war leicht zu sehen, wie sehr er Sabby mochte. Er war nicht zu alt, um sie auch als Frau zu lieben, aber in seiner Art war nichts, was sich von väterlicher Zuneigung unterschied. Gleichzeitig hänselte er sie wie ein Kind und behandelte sie wie eine Frau; und obwohl sie sich gern leichtsinnig, unbesonnen und unernst gab, empfand ich sofort, daß er hinter dieser Maske das Zeitlose ihrer weiblichen Weisheit und Güte gewahrte. Ich mochte ihn sofort, und er behandelte mich mit Höflichkeit, indem er mein Selbstgefühl mit langgeübter Geschicklichkeit hob. Er besaß den ganzen Charme eines echten Diplomaten, seine Intelligenz war ebenso ungekünstelt wie seine Menschlichkeit.

Nach dem Kaffee gingen wir zusammen in die Garderobe. Hier an diesem Zufluchtsort, entwickelt sich oft eine neue Vertraulichkeit zwischen Männern, wenn sie sich für einen Augenblick von den Frauen trennen; er wandte sich zu mir und sagte, als ob es die natürlichste Sache von der Welt wäre:

«Sie sind also verliebt in sie?»

«Ja.»

«Gut, Sie werden sie glücklich machen.»

«Glauben Sie das?»

«Keine Frage, Sie wissen es übrigens selbst, natürlich. Ich möchte gern, daß Sie morgen mit mir dinieren.»

Als ich es Sabby später erzählte, war sie sehr froh, daß wir so leicht zueinander gefunden hatten. Aber sie zog ihre Schnüffelnase und stellte sich eifersüchtig.

«Jetzt werdet ihr Männer euch herumtreiben und euch amüsieren und Sabby allein lassen», sagte sie.

«Wir werden die ganze Zeit nur von dir sprechen.»

«Und du wirst nichts Häßliches sagen?»

«Wir sind beide Bewunderer von dir. Es ist eine Extrasitzung, nur um dein Lob zu sprechen.»

Wir sagten eine Menge nette Dinge über sie. Wir plauderten von ihr, während wir lange Schlucke nahmen und von dem Balkon auf den Hafen hinabsahen, wo Sabby und ich unser erstes Rendezvous gehabt hatten; und wir dinierten fast an demselben Tisch. Das schickte sich so, denn dies war die erste eigentliche Anerkennung, die wir für unsere Liebe erreichten, und ich war froh darüber. Ich fühlte eine warme Dankbarkeit für Lord Durweston. Es ist manchmal lustig, zu zweit gegen die ganze Welt zu stehen, die Herausforderung hat etwas Erbauendes, aber nach einiger Zeit verblaßt dieses Vergnügen, und es tut gut, zu wissen, daß man Freunde hat.

Erst als wir beim Likör waren, kamen wir auf die Zukunft zu sprechen.

«Ich habe darauf gewartet, Ihnen zu sagen, daß ich Hanako heiraten möchte.»

«Ja, ich dachte, daß Sie das sagen würden.»

«Billigen Sie es nicht?»

Er hatte eine Zigarre und drehte sie einige Zeit zwischen den Fingern, während ich gespannt auf seine Antwort wartete.

«Das ist wirklich nicht eine Sache meiner Einwilligung. Sie möchte Sie nicht heiraten, weil sie für Ihr Glück fürchtet. Sie sollten nicht vergessen, daß sie vielleicht recht hat.»

«Ich würde dieses Risiko auf mich nehmen», sagte ich.

«Das ist galant.»

«Nein, es ist nicht galant, es ist mein Wunsch.»

«Wenn ich an Ihrer Stelle wäre», sagte er, «würde ich warten. Das ist das Beste, was Sie tun können. Warten Sie und sehen Sie zu, was geschieht. Es können da alle möglichen Faktoren eintreten, die Sie jetzt noch nicht klar voraussehen.»

«Ich hatte gehofft, Sie würden mein Verbündeter sein.»

«Ich bin Ihr Verbündeter. Ich möchte, daß Sie das nicht vergessen. Ich bin Ihr Verbündeter, und ich zähle darauf, daß Sie der meine sind. Ich möchte mit Ihnen rechnen können.»

«Worin?»

«Sie wissen, daß ich gewissermaßen Hanakos Vormund bin? Oft frage ich mich, ob ich recht tat, als ich ihr erlaubte, nach Indien zu fahren. Dabei war es eigentlich gar keine Frage meiner Erlaubnis. Sie setzte es sich in den Kopf zu fahren, und sie ist ein sehr eigenwilliges Ding. Ich sagte ja, weil sie mich nichts anderes hätte sagen lassen. Für sie bedeutete es, selbständig rund um die Welt zu gehen und sich auf eigene Füße zu stellen, und sie war schlimmer auf sich selbst angewiesen als sonstwer, denn sie lebte als Japanerin unter Leuten, die Japan haßten. Ich war es, der sie bewog, einen chinesischen Namen anzunehmen. Sie sagte mir, daß sie es für nicht fair gegen die Chinesen hielt, und man solle nicht vortäuschen, irgend etwas zu sein, was man nicht war; aber ich stellte diese Bedingung für meine Reiseerlaubnis. Jetzt verfügt sie nicht mehr allein über sich, und da meine Arbeit es mir nicht erlaubt, lange hierzubleiben, bin ich Ihnen dankbar, wenn Sie für sie sorgen. In ein paar Tagen muß ich nach Delhi. Dann werde ich nach England zurückfliegen. Ich werde nicht in der Lage sein, noch einmal herunterzukommen. Für mich ist es eine große Entlastung, zu wissen, daß sie im kommenden Jahr Sie haben wird.»

«Und Mr. Scaife?» fragte ich.

«Mr. Scaife ist in vieler Beziehung ein ausgezeichneter Mann. Er ist gescheit und tüchtig, und er ist wirklich mein Freund. Aber seine Denkweise ist durch eine Reihe merkwürdiger Umstände in bestimmte Bahnen gelenkt, sie ist sonderbar. Ich möchte mich nicht mehr darauf verlassen, daß er Hanako betreut.»

«In zwei Monaten wird meine Spezialausbildung beendigt sein», sagte ich. «Ich weiß noch nicht, wohin man mich dann schickt.»

«Das sind Dinge, die nicht in unserer Macht stehen. Ich möchte nur, daß Sie Ihr Bestes tun, auf sie zu achten.»

«Das ist nicht schwer», sagte ich.

«Das wissen Sie nicht im voraus. Es können harte Zeiten für Sie kommen.»

«Ich liebe sie.»

«Ja», sagte er, «das macht natürlich einen Unterschied. Sie lieben sie sehr, und darum verlasse ich mich auf Sie.»

8

Gegen Ende Oktober verlangte der Brigadier von den Instruktoren, daß sie individuelle Berichte über die einzelnen Studenten verfaßten.

Sabby sagte: «Bitte, hilf mir, Lieber. Ich bringe diese Berichte nicht zuwege.»

Wir saßen nach dem Abendessen auf der Terrasse unter der Stehlampe. Der Regen hatte aufgehört, dies war die schönste Jahreszeit in Bombay, die Abende waren köstlich. Man konnte im Freien sitzen, es war nicht zu feucht oder zu heiß, Bahadur brachte uns Kaffee und für mich ein Glas Madeira, und von dem Gedanken abgesehen, daß wir dies Haus nun nicht mehr viele Wochen haben würden, waren wir vollkommen glücklich.

Ich zog das Bündel ihrer Bleistiftnotizen heran. Auf komischen kleinen Zettelchen hatte sie ihre Bemerkungen gekritzelt, in Ausdrücken, die ich jederzeit als die Sabbys erkennen konnte. Über mich hatte sie geschrieben:

«Dieser Student ist der Beste. Er ist schrecklich klug und spricht sehr gut japanisch. Sein Akzent ist ein bißchen komisch, aber das macht nichts, ich kann alles verstehen, was er sagt. Er kann alles auf japanisch sagen.»

«Das kannst du unmöglich abgeben», sagte ich.

«O doch, ich kann. Und ich werde noch darunter schreiben: er ist furchtbar nett, und ich mag ihn gern hie und da ins Ohr beißen.»

«Das brauchst du gar nicht hinzuschreiben. Jedermann sieht aus dem, was du geschrieben hast, daß du mich gern ins Ohr beißt.»

«Macht auch nichts.»

«Mir doch. Du wirst diesen Bericht nicht abgeben, denn er ist nicht wahr. Ich kann nur eine ganz geringe und beschränkte Zahl Dinge auf japanisch sagen, und die meisten davon eignen sich sehr gut für diese Terrasse, werden mir aber bei Kriegsgefangenen gar nichts helfen.»

«Das ist mir gleichgültig, du bist der Beste.»

«Ich sollte es sein – ich habe zehnmal mehr japanisch gesprochen als alle andern. Aber du wirst das nicht hineinschreiben.»

Ich sah die anderen Berichte durch, die meisten lauteten auf «sehr gut» und «gut», einer auf «befriedigend». Fenwicks Zensur war die schlechteste von allen.

«Dieser Mann ist nicht halb so gut, wie er glaubt. Er liebt es, schwierige lange Worte zu gebrauchen, aber er wendet sie niemals richtig an. Er kann nicht so viel, wie er sollte, und wenn er so weitermacht, glaube ich nicht, daß er jemals nett sprechen wird.»

«Alle diese Berichte sind durchsichtig», sagte ich.

«Wie Fenster?»

«Ja, man kann durch sie hindurchsehen und weiß, was du von den Leuten denkst.»

«Lieber, ich habe mir solche Mühe gegeben, nette Berichte zu schreiben.»

«Ich weiß, daß du das getan hast, aber du bist manchmal solch ein Kind.»

«Und du bist schrecklich unnett.»

«Ich glaube, es war das Netteste, was ich über dich sagen konnte.»

«Möchtest du gar nicht, daß Sabby erwachsen ist?»

«Wenn einer richtig erwachsen ist, so ist das eine feine Sache. Die meisten Leute aber werden nicht auf die richtige Weise erwachsen, und darum ist meist das Netteste an ihnen ihr unerwachsener Teil.»

«Ich habe in dem Bericht nur dasselbe gesagt wie du. Auch du hast gesagt, daß Fenwick nicht halb so gut ist, wie er glaubt.»

«Wenn du älter wirst», sagte ich, «wirst du herausfinden, daß man manches modifizieren muß, wenn man es zu Papier bringt.»

«Dann, bitte, schreibe doch du.»

Ich verfaßte neue Berichte, ich sagte, Fenwick wäre «einer der Besten», was stimmte, und ich «scheine mich gut in die gesprochene Sprache hineinzuleben». Es machte nicht viel aus, denn solange wir zusammen als Kursus einen brauchbaren Standard hielten, hing niemand sonderlich davon ab, daß er der Beste war. Auf jeden Fall gab es auch noch die Examina, ganz ohne Förmlichkeiten, die der Brigadier selbst mit zwei Offizieren abhielt, die eigens von Delhi herunterkamen. Diese Prüfungen fanden einige Tage später statt. Wir gingen einzeln von Raum zu Raum, hatten der Reihe nach mit jedem ein kurzes Gespräch, und sie gaben uns nach fünf Gesichtspunkten Noten – Flüssigkeit der Rede, Präzision des Ausdrucks, Wortschatz, Aussprache, Verständnis. Die Ergebnisse wurden auf einem Notizblock angeklammert, die Ziffern addiert. Ein Offizier der Armee bekam die höchste Zahl. Er mußte sein Licht bisher unter den Scheffel gestellt haben, denn niemand hatte bemerkt, daß er sonderlich hervorstach. Aber er war Waliser, sein heimatlicher Akzent hatte ihm sehr geholfen, so daß er dadurch schon 90 Prozent für sich hatte. Man hatte mir einmal, als ich einen japanisch sprechenden Mann aus Wales nachäffte, gesagt, mein Tonfall sei plötzlich viel besser, aber gemeinhin sprach ich japanisch, so wie ich mein französisches Gestammel hervorbrachte, in typisch angelsächsischen Tönen. So bekam ich für Aussprache nur 32 Prozent und wurde auf einen schlechten zweiten Platz zurückgeworfen. Aber mir war es egal, wo ich placiert wurde, wenn ich nur besser als Fenwick blieb, und das war ich glücklicherweise. Er bekam Nummer fünf. Überall ging er herum und sagte:

«Ich habe mich über die Nummer, die ich bekommen habe, nicht zu beklagen – es war mir eine große Überraschung, daß ich so günstig beurteilt worden bin. Aber ich finde die ganze Prüfungsmethode völlig ungerecht. Zum Beispiel hat man mir nur 50 Prozent für meinen Wortschatz gegeben, und ich kann ohne Prahlerei sagen, daß ich an Wortreichtum keinem nachstehe.»

Nachher trat seine Bitterkeit noch deutlicher zutage, und er sagte zu mir:

«Wahrscheinlich klopfen Sie sich jetzt selbst auf die Schulter, daß Sie es so geschickt angefangen haben.»

«Ich verstehe Sie nicht», sagte ich.

«Na, Sie haben sich eine gute Zensur und eine Menge... dazu

verschafft.» Er gebrauchte ein Wort, das unter Männern recht üblich ist, und wahrscheinlich erwartete er gar nicht, daß es auf mich so wirken würde; aber es traf mich wie eine Kugel in die Nieren, ich hatte nicht einmal den Impuls, ihn zu schlagen, mir setzte nur der Atem aus, und ich starrte ihn ratlos an. Mein Gesichtsausdruck machte ihn unsicher. Er merkte, daß er obszön gewesen war, geriet in Verlegenheit und wollte sich mit einem Lachen heraushelfen: «Sie sehen aus, als ob Sie am liebsten in Tränen ausbrechen möchten.» Und so war es auch, aber ich wandte mich nur um und ging voll Ekel weg.

Nach dem Examen, als der Kurs nur noch vierzehn Tage dauern sollte, hatten wir eine große Feier. Alle kamen, sogar Mervyn, der die bewaffnete Macht zu bedingungsloser Übergabe gezwungen hatte und jetzt in Bombay auf sein Schiff nach England wartete. Er sah aus wie ein Gefangener, der eben entlassen worden ist, und so empfand er sich ja wohl auch.

Sabby kam auch, denn alle Instruktoren waren eingeladen, den Brigadier nicht zu vergessen. Ein Offizier des Heeres bezeigte ihr große Aufmerksamkeit.

Er war ziemlich fett, recht hübsch und sehr im Zuge. Später, im Laufe des Abends, fragte ich ihn einmal, wie er mit ihr auskomme, und er sagte:

«Weiß Gott, ich verstehe nicht, warum ich nicht früher daran gedacht habe. Sie macht mir schrecklich viel Spaß.» Auf jeden Fall, dachte ich, gab es also noch Leute, die keinen Argwohn gegen mich und Sabby hatten. So sah ich die Sache belustigt und ohne alle Eifersucht an. Ich ließ ihn beim Dinner neben ihr sitzen und sah zu, wie er sie bereden wollte, Wein zu trinken. Aber sie nahm nur Limonade und trank auch nichts anderes zu den Trinksprüchen.

Da war zuerst der Toast auf den König, dann stand Fenwick auf und ließ den Brigadier leben. Darauf tranken wir nun alle gern, aber man sah wohl, daß Fenwick unsere enthusiastische Bereitwilligkeit auf sich bezog, weil er die Rede gehalten hatte. Dann hielt der Brigadier einen kleinen Speech über die Instruktoren, indem er jeden einzelnen mit Namen ansprach; als er zu Sabby kam, sagte er, er könne mit Worten ihren Mut, allein nach Indien zu kommen und hier Männern Unterricht zu erteilen, gar nicht genug rühmen, und falls sie jemals ihre Lage schwierig gefunden habe, weil sie Japanerin sei, so wünsche er, daß sie dies nie vergesse: daß wir es immer als ein großes Privileg empfunden hätten, jemanden unter uns zu haben, welcher die feineren Eigenschaften einer Nation repräsentierte, mit der wir unglücklicherweise zu kämpfen hatten. Durch Sabby, sagte er, hätten wir erst gelernt, daß diese Sprache zu einer Kultur und einer menschlichen Gesellschaft gehöre, die wir nur zu bewundern hätten; und wenn einmal die schlimmen Dinge säuberlich aus dem Weg geräumt wären, würden wir dadurch besonders qualifiziert sein, in der Wiederherstellung der guten Beziehungen eine Rolle zu spielen.

Sabby errötete tief und beugte sich herab, daß wir ihr Gesicht nicht sehen konnten, aber ich empfand deutlich, daß sie dies nicht aus Bescheidenheit tat, eher aus Beschämung für ihr Land. Alle riefen, sie sollte eine Rede halten, aber sie schüttelte nur den Kopf, ohne aufzublicken; lange nachher saß sie noch so, blickte in ihren Schoß hinab, und ich glaube, sie wartete, daß ihre Tränen trocknen möchten.

Hernach wurde die Sache lustiger. Peter stand auf und verkündete Marios und Dorcas' Verlobung, und Mario tat, als ob er darüber ärgerlich wäre, weil er die Sache nicht verlautbart wissen wolle. Die beiden saßen nebeneinander, das über alle Maßen schöne Paar aus dem Magazin der guten Gesellschaft, und sie sahen drein, als ob sie darauf warten dürften, daß die Welt zu ihren Füßen läge. Dorcas' blondes Haar war von der Stirn in einer mächtigen Welle sorglos zurückgestrichen, ihr Gesicht war wundervoll weiß und englisch selbstsicher, und ich konnte in diesem Augenblick voraussehen, wie sie den Rest ihres Lebens in Restaurants, im Theater und in Landhäusern verbringen würden, mit Pferden und Hunden und wunderbaren Bouteillen. Wir alle schrien «hoch!» und tranken ihnen zu. Dann stand jemand auf und sagte: «Noch eine Verlobung: Lamb und Sandra.»

Es gab einen peinlichen Moment des Schweigens, denn diese Sache kam unerwartet, und die meisten von uns wußten, daß Sandra Rosies Freundin war: Plötzlich aber erinnerten wir uns, daß sie ein gutherziges und lustiges Ding war, und darum gab es einen doppelten Lärm und Beifallsgetrommel auf den Tisch, und Lamb, der offenbar die Ankündigung angeregt hatte, stand auf und hielt eine

Rede; seine Hornbrille strahlte. Von Sandra sprach er, als ob sie eine vestalische Jungfrau sei und als ob wir der gleichen Ansicht wären; wir tranken ihm vergnügt zu und lachten unbändig.

Schließlich stand ich auf und verkündete, daß Peters Buch zur Veröffentlichung angenommen sei. Zwei Tage zuvor war die telegrafische Nachricht eingetroffen. Die 373 Airgraphs hatten ihr Ziel heil erreicht und hatten unmittelbar Eindruck gemacht. Das war auch eine Sache, des Feierns würdig.

Nun saßen wir an den Tischen, auf denen noch alles vom Dinner herumstand, und plauderten stundenlang. An Getränken war kein Mangel, denn wir hatten alle Geld subskribiert, und der Brigadier hatte 200 Rupien gegeben. Die meisten unserer kleineren Animositäten gingen in einer Wolke allgemeiner Brüderlichkeit auf, aber ich vermied es absichtlich, Fenwick nahe zu kommen; ich war meiner nicht sicher, daß ich nicht einen Händedruck mit ihm wechseln und ihm alles verzeihen würde. Ich wußte im voraus, daß ich es am nächsten Tag bedauern würde, und es war albern, jemandem zu verzeihen, weil man zuviel Wein getrunken hatte und sich glücklich fühlte.

Ich hatte Mervyn an meiner Seite. Er war lustiger, als ich ihn je gesehen hatte, und betrunkener als alle andern.

«Ihr seid alle Wickelkinder», sagte er. «Kaschkinder seid ihr. Wenn ihr wieder im Dschungel seid, denkt an mich in Chelsea.»

«Vielleicht wollen wir gar nicht alle nach Chelsea!»

«Jeder will nach Chelsea.»

«Ich nicht», sagte ich.

«Du bist ein Lügner oder ein Narr. Auf jeden Fall bist du ein Kaschkind.»

«Warum?»

«Ach, quatsch doch nicht. Wundervoller Ort, Chelsea. In zwei Monaten bin ich dort. Ich werde Dinner haben bei Leopard, Absinth trinken und dann nach Hause gehen und eine höllische Nacht haben.»

«Du kriegst jetzt keinen Absinth in London.»

«Auch egal. Auf jeden Fall werde ich höllische Nächte haben. Wo wirst du in zwei Monaten sein?»

«Irgendwo hinter der Kampflinie in Burma, vermutlich.»

«Ich hoffe, daß das so kommt. Geschieht dir ganz recht, weil du ein Kaschkind bist und nicht nach Chelsea willst.»

«Ich habe nie in Chelsea gelebt.»

«Ach so, es gibt also einen andern Ort, wo du hin möchtest? Vielleicht nach Bayswater? Das ist nicht halb so hübsch wie Chelsea, aber es ist in Ordnung, wenn du dahin willst.»

«Ich will überhaupt nicht nach Hause, nirgendshin. Früher wollte ich, aber jetzt habe ich mich hier eingelebt.»

«Das ist nur saurer Schwindel, diese Gewöhnung. Faulheit ist das. Wenn du nicht zu faul wärst, etwas mit deinen Nerven zustande zu bringen, könntest du jetzt mit mir fahren. Es ist die leichteste Sache von der Welt.»

«Und du weißt, daß du dabei selber beinahe bestens im Irrenhaus gelandet wärst.»

«Hab ich riskiert. Etwas riskieren muß man. Ich hab mich herausgedreht, und du könntest es auch tun, wenn du kein Kaschkind wärst. Einmal bist du durch den Dschungel hindurch, jetzt schikken sie dich wieder hin. Diesmal wird er dich erledigen.»

«Unsinn, Dolmetscher, die Gefangene ausfragen, fallen nicht.»

«Im Dschungel packt es jeden. Entweder du kriegst die Malaria, oder du fängst eine Kugel, oder diese dreckigen Furunkel fressen dich auf.»

«Ich werde mir immer vorstellen, daß du gerade vor dem ‹Leopard› ein Taxi anrufst und intellektuelle Gespräche mit irgendeinem Ateliermädel führst. Dann werde ich wenigstens wissen, daß es sich lohnt, den Krieg zu gewinnen.»

«Mach dich nicht patzig, du kleiner Heros.»

«Ich kann dir gratulieren, es ist keine Spur Heroismus dabei.»

«Doch, du bist nicht besser als die andern, dir haben sie auch eingeredet, daß du ein kleiner Heros werden mußt. Ich sage dir, die Heroen sind alle nur Kaschkinder. Ich habe getan, was ich konnte, drei Jahre habe ich mich hier herumtreiben lassen, aber jetzt fahre ich nach Hause. Großer Gott, ich werd mich schadlos halten für diese drei Jahre!»

«Das ist wahr», sagte ich, «du hast genug abgekriegt. Fahr heim, trink deinen Absinth und schick mir zuweilen eine Postkarte und laß mich wissen, wie es dir geht.»

«Ich werde dir eine Postkarte schicken, wenn ich es nicht vergesse. Wenn du noch nicht tot bist, schicke ich dir gern eine.»

Um elf gingen Sabby und ich, Die meisten saßen noch und tranken und plauderten, aber der Brigadier war gegangen und auch Mario und Dorcas. Fenwick war vollkommen betrunken. Er trank selten Alkohol und vertrug ihn schlecht. Jetzt sang er und babbelte sinnloses Zeug. Ich hätte ihn gern gefilmt und ihm am Morgen das Bild vorgeführt. Als ich an ihm vorbeiging, sagte er: «Paß auf, alter Hahn!», mit einer betrunkenen Kühnheit, denn er hatte nicht vergessen, wie er mich beleidigt hatte. Ich sagte nichts, und so rief er mir zur Unterhaltung der Umsitzenden nach: «Hu, sitzt ja mächtig auf'm hohen Roß, hast was von hochnäsig zu reden...» Ich hörte nichts mehr, die Tür fiel zu, und ich war mit Sabby allein, nach Stunden, die uns als Trennung erschienen waren; und es war gleichgültig, ob man uns gemeinsam weggehen sah oder nicht.

Wir setzten uns in der Ghari zurück und umarmten einander, so froh waren wir, daß die Gesellschaft vorbei war; nur von irgendwo aus der Tiefe wallte eine Traurigkeit hoch, und wir mußten uns lustig und flott stellen, um sie nicht überfluten zu lassen.

«Michael ist betrunken vom vielen, vielen Schnaps», sagte Sabby.

«Sabby ist betrunken von vielen, vielen Leuten.»

«Ja, Lieber, wir sind beide betrunken, aber du bist der Betrunkenere, und wenn wir nach Hause kommen, werde ich dir die Schuhbänder auflösen und die Schuhe ausziehen müssen. Dann wirst du sehen, daß es wahr ist: Japanische Frauen tun das für ihre betrunkenen Männer.»

«Hab ich das jemals bestritten?»

«Erinnerst du dich, das war das erste Wort, das du je zu mir gesprochen hast. Du fragtest mich, ob es wahr wäre.»

«Ja. Es war in der ersten Stunde.»

«Und ich mußte hinter der Liste lachen, und alle fanden mich schrecklich.»

«Liebe, denk nicht an die Vergangenheit.»

«Möchtest du lieber an die Zukunft denken?»

«Nein. Denk nur daran, daß dies eine schöne Nacht ist, daß wir sehr glücklich sind und in unser Haus heimfahren.»

«Ja, natürlich sind wir beide sehr glücklich. Horch auf das Hufeklappern des Pferdes.»

«Wer lehrte dich das Wort klappern?»

«Niemand, ich spreche es nur nach.»

«Mir?»

«Ja, ich spreche dir immer nach.»

«Fein. Ich mag das gern. Es macht mich eingebildet.»

«Du bist nicht ein bißchen eingebildet.»

«Doch, ich bin selbstgefällig. Und ich bin eitel auf dich, besonders wenn du Lieber zu mir sagst.»

Ich hatte den Kutscher der Ghari nicht angeschaut. Wahrscheinlich hatte er das Pferd gepeitscht, denn wir fuhren in scharfem Tempo; plötzlich stürzte es im Geschirr zu Boden, und wir wurden gegen den Kutschbock geschleudert. Sabby schrie leicht auf, wir sprangen heraus und sahen den großen braunen Körper des Pferdes sich aufbäumen. Es lag auf der Seite, durch die Deichselstangen festgehalten, seine Beine waren ausgestreckt, und es röchelte wie im Todeskampf, Sabby lief zu ihm vor, tätschelte seine Nüstern und stieß schwache Klagelaute aus. Dann versuchte sie ihm zuzusprechen: «Es ist alles in Ordnung, Pferd. Der Kutscher zieht den Wagen fort – bitte, nicht sterben, Pferd.» Sie war wie ein liebenswürdiges Kind, es rührte mich, und all die Traurigkeit in mir stieg überwältigend hoch. Der Kutscher quälte sich atemlos mit den Deichselstangen ab, ich half ihm, und als wir das Pferd aus dem Geschirr heraus hatten, zogen wir die Ghari zurück, das Pferd hörte auf zu röcheln und lag still. Sabby machte das schnalzende Geräusch, das sie am Himalaya gelernt hatte, und streckte hoffnungsvoll die Finger aus. Nach ein paar Sekunden kam das Pferd plötzlich mit einem Ruck auf die Füße, tat ein paar Schritte vorwärts und blieb dann stehen, geradeaus schauend, als ob nichts geschehen wäre.

«Das arme Pferd ist nur ausgerutscht», sagte Sabby.

«Gott sei Dank!»

«Ich dachte, es müsse sterben, als es so furchtbar schnaubte.»

Wir stiegen wieder in den Wagen und warteten, bis das Pferd angeschirrt war. Es dauerte einige Zeit, denn es ließ sich nur unwillig rückwärts zwischen die Deichselstangen führen. Dann aber trottete es gutwillig los, und der Kutscher hielt seine Peitsche, ohne sie zu gebrauchen.

«Jetzt bist du sabishii», sagte ich.

«Ja, Lieber.»

«Könntest du nicht immer glücklich sein?»

«Ach, Lieber, das tut nichts. Solange du mich liebst, mache ich mir nichts aus ein wenig sabishii.»

Wir hielten uns eng umschlungen. Ich war nicht wirklich betrunken. Es war eine herrliche Nacht; beinahe schon Neumond. Als wir den Hügel hinauffuhren, durch die Allee, sahen wir kleine Szenen, die Ausblicke auf Paris hätten sein können, wären die braunen Gesichter nicht gewesen und die Dhotis. Es war eine angenehme Fahrt, und der Luftzug kühlte unsere Gesichter. Irgendwo zu unserer Linken waren die Türme des Schweigens, wo die Geier auf den Vormauern hockten, mit fetten schwarzen Leibern und fahlen Schädeln, ihre Mahlzeiten von Menschenfleisch verdauend. Ich fragte Sabby, ob sie ein Geier sein wolle.

«Ich bin schon ein Geier, fresse den Parsi Michael.»

«Schmecke ich wenigstens gut?»

«Ja, so gut, daß ich nicht einmal Senf dazu brauche.»

Als wir heimkamen, mixte uns Bahadur zwei kühle Drinks, und wir zogen damit auf die Terrasse hinaus. Es war immer wieder erregend, auf Bombay hinabzusehen. Die Lichter glichen tausend kleinen Juwelen, funkelnd in der sanftblauen Dunkelheit, und jene in der Ferne zitterten wie Sterne. Wir saßen schweigend eine lange Zeit, sogen an Strohhalmen, dann gingen wir hinein und nahmen ein kaltes Bad. Sabby goß ihren Fichtennadelextrakt hinein, so daß das Wasser grün funkelte, und es duftete wirklich wie ein Wald. Als ich aus der Wanne gestiegen war, ließ sie warmes Wasser einlaufen, bis ich kaum meine Hand hineinhalten konnte, denn sie liebte ihre Bäder brühheiß, kam dann gerötet wie ein Hummer heraus und lief umher, in ein ungeheures Badetuch gehüllt. Wenn ich ihr nachlief, floh sie durch alle Zimmer, ihre zierlichen Füße patschten auf dem Boden. Ich fing sie ein, sie war noch warm und errötet von dem Bad.

Wir lasen nicht im Bett, aber wir löschten das Licht nicht aus; irgendwie hatten wir Angst davor, diesen Abend zu Ende zu bringen, wollten einander sehen und uns alle Einzelheiten einprägen. Wir flüsterten, als ob uns jemand hätte hören können, wenn wir lauter sprachen.

«Lieber, ich will nicht wieder zur Schule gehen und unterrichten, wenn du fort bist.»

«Was möchtest du tun?»

«Ich habe dir noch nicht von dem Brief erzählt, den ich heute morgen bekam. Er war von den Radioleuten in Delhi.»

«Und was wollen sie von dir?»

«Sie sagen, sie wollen mir eine Beschäftigung geben. Japanisch über den Rundfunk sprechen.»

«Propaganda?»

«Nur Nachrichten.»

«Macht es dir nichts aus, englische Nachrichten nach Japan zu senden?»

«Nicht, wenn sie wahr sind, Lieber; ich möchte, daß eure Partei den Krieg gewinnt.»

«Unsere Partei», sagte ich. «Sie ist die deine auch.»

«Meinst du, es wäre gut, Nachrichten zu sprechen?»

«Es ist in Ordnung, wenn du es lieber willst als unterrichten.»

«Ich könnte es nicht ertragen, in den Unterrichtssaal zu gehen und dort lauter fremden Gesichtern zu begegnen, wenn du fort bist.»

«Ich werde auch nicht in Delhi sein.»

«Nein, aber in Bombay war ich immer mit dir zusammen, darum würde es hier schlimmer sein.»

«Du wirst dieses hübsche Haus aufgeben müssen.»

«Ich muß es auf jeden Fall aufgeben, wenn du gehst, denn es wäre zu traurig.»

«Liebe, ich werde wiederkommen und dich besuchen», sagte ich.

«Aber die meiste Zeit würde ich ohne dich sein. Würdest du denn nicht nach Delhi kommen und mich besuchen?»

«Natürlich würde ich.»

«Bestimmt?»

«Liebe, wie kommst du darauf, daß ich es nicht wollte?»

«Ich weiß nicht, ob du Sabby weiterlieben kannst, wenn du alle möglichen neuen Dinge erlebst und unter interessanten Leuten bist. Du wirst dich ein bißchen an den schwarzen Geier erinnern, der dich aufzuessen versucht hat, und du wirst froh sein, wenn du ihn los bist.»

«Glaubst du das wirklich?»

«Weiß nicht. Bitte, Lieber, wie lang kannst du mich noch lieben? Meinst du, ein halbes Jahr ist zu lang?»

«Ist das alles, was du verlangst?»

«Ich wäre sehr froh, wenn es das sein könnte, denn es wäre mehr, als ich verdiene. Könntest du versprechen, mich ein halbes Jahr zu lieben?»

«Laß mich überlegen», sagte ich. «Das geht bis zum nächsten Juni. Ja, ich glaube, das ließe sich arrangieren.»

«Bitte, sag, daß du es versprichst.»

«Ich verspreche es», sagte ich.

«Danke dir, Lieber, du bist so gut und freundlich zu mir. Aber, bitte, vergiß nicht, du mußt es nicht halten, auch wenn du es versprochen hast.»

«Wenn ich verspräche, es nicht zu tun, so würde ich es doch tun, denn ich kann mich dagegen gar nicht wehren.»

«Ist das bestimmt so?»

«Bestimmt.»

«Dann bin ich froh, Lieber. Dann bin ich schrecklich, schrecklich froh.»

Sie lag vollkommen still, schloß ihre Augen, und ihre Wimpern waren lang und schwarz auf der seidigen, weißrosa Haut. Das satte Licht der Nachttischlampe fiel sanft auf ihr Gesicht und holte die zarten, rotbraunen Tinten aus ihrem schwarzen Haar heraus. Ich führte meine Lippen leicht über ihr Gesicht und küßte ihre kleine Plattnase. Ich dachte, sie schliefe. Es fiel mir ein, daß wir in dieser Nacht keine Trommeln gehört hatten, und ich war froh, denn es war ein unheimlicher, ominöser Klang. Plötzlich aber, gerade als ich es dachte, begannen sie. Es war kein anderer Klang in der Nacht, nur dieser starke, primitive, zäh unabänderliche Rhythmus, der in dem Raum widerhallte, als käme er direkt von der Straße herauf. Ein leichter Schauder überlief mich. Ich begriff jetzt, warum Sabby gesagt hatte, daß sie Angst bekam, wenn sie dieses Trommeln hörte. Es war wild, voll von Todesdrohung, unerbittlich. In furchtbarer Monotonie ging es weiter, nur gelegentlich sich zu einem triumphierenden Fanfarenton steigernd, dann wieder abfallend zu hohlem Getön.

Ich lauschte und starrte zur Decke. Erst als ich mich umwandte, um das Licht abzudrehen, sah ich, daß Sabby nicht schlief. Sie weinte ganz still und ohne das Gesicht zu verziehen vor sich hin, die dicken Tränen liefen einzeln aus ihren dunklen Augen herab und hinterließen Spuren auf ihrem Gesicht. Sie hatte ihren Kopf nicht bewegt, und so war ein kleiner nasser Flecken auf dem Kissen, wo die Tränen versickerten.

DRITTES BUCH

1 Wir verließen Bombay zwei oder drei Tage nach Abschluß des Kurses mit Fahrkarten nach Cawnpore in den Taschen und ohne eine blasse Vorstellung davon, was das Leben für uns bereithielt. Es war Dezember, und als wir nach Norden kamen, machte sich die Kälte fühlbar. Nach einer Nacht im Zuge entledigten wir uns unserer Tropenkleidung und zogen unsere blauen Uniformen an. Seit dem Urlaub im Dschali Tal war es das erste Mal, daß ich sie anlegte.

In Cawnpore kamen wir am Morgen an. Wir gingen ins Bahnhofsrestaurant auf einen Kaffee, während Fenwick irgendwo um einen Autobus anrief. Nach einiger Zeit kam der Wagen, wir luden unser Gepäck auf, kletterten hinein und wurden quer durch die Basars der Stadt ins offene Land hinausgefahren. Es dauerte eine geraume halbe Stunde, bis wir zu den dunklen Wällen eines Forts kamen, das sich in düsterer Großartigkeit aus der dürren Felsenlandschaft erhob. Es war eine alte Befestigung aus der Mogulenzeit, die einst eine ganze Stadt umfaßt hatte, aber nur die massiven Außenwälle und der grandiose Torweg, der von den Kuppeln mit Minaretten überwölbt war, hatte die Jahrhunderte überdauert.

Staub und Kiesel zischten unter den Rädern unseres Transportwagens auf, nachdem wir diese Einfahrt passiert hatten. Gleich darauf hielten wir vor einem stacheldrahtumzäunten Gelände, vor dem Posten aufgestellt waren; ich warf einen Blick hinein und gewahrte eine kleine Gestalt in Khaki, die von einem Posten eskortiert wurde. Es war ein japanischer Gefangener – der erste Japaner, dem ich außer Sabby und den Instruktoren begegnet war.

In einem der Bungalows, die auf dem Gelände standen, wurden wir von einem gutmütigen älteren Major in Empfang genommen. «Na, da seid ihr ja», begrüßte er uns. «Dies hier ist ein Kriegsgefangenenlager, wir werden euch eine kurze Weile hierbehalten und euch ein bißchen was beibringen, und dann werdet ihr hinausgeschickt.» Wir stellten allerlei Fragen, wurden dann in die Messe gebracht, um unseren Lunch zu bekommen, und richteten uns hernach selbst in den Bungalows ein. Sie lagen innerhalb der Umwallung, ein paar hundert Meter von dem Lagergebäude entfernt, und wir waren selber fast Gefangene, von den gleichen Wällen umgeben.

Ich teilte einen Bungalow mit Peter. Da ich Bahadur bei Sabby gelassen hatte, nahm ich einen neuen Diener in Dienst, obwohl wir darüber im klaren waren, daß er uns nicht begleiten würde, wenn wir hinausgeschickt wurden. Der neue Mann war ein Pathan, der sowohl Feuer wie auch Humor in seinen Augen hatte.

Nachmittags unternahm ich einen Rundgang durch die Zellen. Das waren hübsche, luftige Räume, in einem der Festungswälle eingebaut und mit indischen Scharpoybetten ausgestattet. Davor lagen Übungsplätze, die mit Strohmatten bedeckt waren.

In der ersten Zelle, die ich betrat, sprang der Japaner von seinem Bett auf und nahm stramme Haltung an; seine Arme hingen aus seinen Schultern herab wie die eines Affen. Ich sagte japanisch «guten Morgen», er beantwortete den Gruß und sog dabei nach japanischer Art den Atem ein.

«Wie heißen Sie?» fragte ich.

«Mein Name ist Yamanaka.»

«Ihr Rang?»

«Gemeiner erster Klasse.»

«Setzen Sie sich.»

Er verneigte sich, sog wieder schnaubend seinen Atem ein und setzte sich auf das Bett. Seine Beine waren so kurz, daß die Füße nicht den Boden erreichten.

«Wo sind Sie gefangengenommen worden?»

«In Arakan.»

«Wie ist das passiert?»

«Ich kam von meiner Einheit ab und schlief im Dschungel. Als ich erwachte, sah ich mich von Ihren Leuten umstellt. Ich versuchte eine Handgranate an meinem Magen zur Explosion zu bringen, aber ich wurde überwältigt.»

«Warum haben Sie das tun wollen?»

«Für einen Japaner ist es eine Schande, gefangengenommen zu werden.»

«Bedauern Sie, daß Ihnen dieser Selbstmord nicht gelungen ist?»

«Saaa...», sagte er. «Ich weiß jetzt selbst nicht, was ich denken soll. Ich erwartete, daß ich gefoltert würde, und ich bin dankbar für die freundliche Behandlung.»

«Und nach dem Krieg?»

«Saaa...»

«Sie wollen doch heim nach Japan?»

«Wenn ich zurückkehre, werde ich hingerichtet. Gefangene können nie zurückkommen.»

«Aber Ihre Familie?»

«Die werden schon meine Asche in einer Urne bekommen haben. Die Asche wird immer nach Japan zurückgeschickt. Meine Familie wird mich für tot halten.»

Er lachte, als ob das eine komische Seite hätte, die ich wohl bemerken müßte und die auch ihm einleuchtete.

«Träumen Sie nicht zuweilen von zu Hause? Haben Sie nicht Sehnsucht nach der Heimkehr?»

«Ich sehe manchmal im Traum solche Dinge. Aber da kann man nichts machen.»

Ich ging zu dem nächsten. Er hatte ein Buch und eine Zigarette in Händen. Als ich eintrat, sprang er von seinem Bett auf und verneigte sich. Ich stellte die gleichen Fragen, er antwortete das gleiche, und so wiederholte es sich in allen Zellen. Manche von ihnen empfanden die Unterbrechung offenbar angenehm. Sie sprachen sehr hastig, und es war oft schwer, mit ihnen zu einem Ende zu kommen. Wenn sie ihre Mitteilungen mit Atemeinziehungen und kleinen, überflüssigen Phrasen unterbrachen, verstand ich sie nur schwer. Ich hatte es nicht auf ein wirkliches Verhör abgesehen, wollte nur herausbringen, wie sie aussahen und redeten und einen ersten Einblick in ihre Mentalität gewinnen.

Ich sah sie an und überlegte mir, ob es wohl einer von ihnen gewesen war, der meinen Bruder in Hongkong mit dem Bajonett aufspießte. Es war schwer, sich das vorzustellen. In ihren Zellen oder wenn sie von einem Posten in das Verhörzimmer geführt wurden, waren sie leidgeprüfte, vereinsamte, zur Philosophie geneigte kleine Burschen. Natürlich stritten sie jede Kenntnis von Grausamkeiten ab. Vielleicht hatten sie ehrlich alle versucht, bei der Gefangennahme Selbstmord zu begehen, aber jetzt taten sie jedenfalls nichts, wodurch sie sich von uns schlechte Behandlung zuziehen konnten. Japanische Grausamkeiten, so versicherten sie feierlich, gab es nur in der Propaganda der Alliierten. Britische Kriegsgefangene in Japan wurden ausgezeichnet behandelt. Hatte nicht der Kaiser selbst entschieden, die japanischen Soldaten hätten, sobald ein Feind die Waffen niedergelegt habe, ihren Edelmut durch Güte zu bekunden?

Es wurde erzählt, daß der japanische Gefangene drei Stadien der seelischen Entwicklung durchlaufe. In den ersten 24 Stunden war er von dem Kampf und dem unerwarteten Schicksal, das über ihn hereingebrochen war, wie betäubt. Dafür hatten sie ein eigenes Wort, muschu, mitten im Traum. Dann begann er sich aufzurichten und sich in der Welt umzuschauen, es ging ihm auf, daß er noch am Leben war und daß einige Aussicht bestand, darin zu verbleiben. Es waren weder Peitschenstriemen an seinem Körper noch Brandspuren an seinen Fingernägeln, wohl aber gab es eine Schüssel Reis und einen Arzt, der seine Wunden verband. Das rührte den Gefangenen, denn niemand ist sentimentaler als ein Japaner. Er schrieb sofort ein oder zwei einunddreißigsilbige Gedichtchen auf die Krankenschwester, in denen erklärt wurde, er habe erwartet, daß seine Arme und Beine ausgerissen würden, die einzige Tortur aber, die er ausstehe, gehe von ihren Augen aus – freundliche Augen, die ihn an sein Mädchen in Fukuok erinnerten, welches er so unmännlich um seine Ehre gebracht habe. Dann aber war in Dankbarkeit und Gefühl genug getan, und damit trat er in das dritte Stadium ein. Er begann die Leute, in deren Gefangenschaft er war, zu verachten, weil sie weichlich waren und ihn beschenkten. Er wurde, wenn nicht sofort, so doch nach einiger Zeit widerspenstig und arrogant.

Natürlich gab es unter ihnen verschiedene Typen. Die Offiziere waren am schwierigsten zu behandeln, weil sie ein schärferes Verantwortungsgefühl hatten: Am handlichsten waren die Bauern, die Inakamonos, die mehr von der Erde wußten als von Krieg und

Politik. Dann gab es kleine Kaufleute, Fuhrleute, Angestellte. Zu einem dieser letzten Gattung, der nervös und eulenhaft hinter dikken Brillengläsern hervorsah, sprach ich längere Zeit. Wir hatten ihm diese Brille gegeben, weil er seine eigene bei der Gefangennahme zerbrochen hatte. Ich sprach länger und ausführlicher mit ihm, weil ich ihn besser verstand als die andern, und ich hatte den Eindruck, daß er traurig war, verloren , ein armseliges Opfer eines Krieges, den irgendein anderer führte und begreifen mochte. Ich hatte es nicht schwer, mich vor Grausamkeiten gegen diese Leute zurückzuhalten, die einst für mich die Verkörperung des verbrecherischen Feindes waren, mußte eher meine Sympathie in Grenzen halten. Ich mußte mir die schrecklichen Bilder vor Augen halten, die ich gesehen, die Geschichten, die ich gehört hatte, ich mußte mir die Ermordung meines Bruders in der Seele wachrufen und diesen Leuten etwas von der Schuld auflasten. Es wäre unfair gewesen, anders zu empfinden. Die britischen Posten wußten, daß es unfair war; sie hatten den Krieg in Burma durchgemacht, sie waren näher an die Japaner herangekommen als ich, und sie wußten, was jene an ihrer Stelle getan hätten. Sie beschönigten die Sache nicht. Aber unsere Wachen behielten ihre Schuhe und ihre Bajonette dort, wo sie hingehörten, und wir lehrten sie den Grundsatz: Zwei schwarze Taten machen einander nicht weiß.

Das Lager war voll von interessanten Dingen. Es war eine eigene kleine Welt, umschlossen von Stacheldraht und den braunen Wällen der Festung. Wir sprachen viel über den Krieg in Burma, wir wußten Bescheid über die Ortsnamen und die Verteilung unserer Truppen, aber all das war eben eine andere Welt. Selten kamen wir aus der Festung hinaus. Abends schlenderte ich oft mit Peter umher, und wir saßen plaudernd in einem der Pavillons oben auf dem gewaltigen Toreingang. Wir blickten hinab auf die endlosen Ebenen des Ganges, sahen die braunen, eng zusammengerückten Dörfer, die indischen Bauern und ihre Rinder, und sie gehörten wieder zu einer anderen Welt, einer Welt, von der ich nie etwas erfahren würde. Wir sprachen von unserem Dienst und von den Japs, und wir erzählten uns eine Menge über Sabby und von dem Leben, das in Bombay hinter uns lag. Tadsch und Rosie und Gin und Zitronen im Cricket Club, und wie das Leben stets weiterging, immer weiter, und wie es nutzlos war, das Rad zum Stehen bringen oder gar zurückdrehen zu wollen. «Cuncta fluunt» sagte Peter, alles ist im Fluß. Aber gerade dies war eine der Wahrheiten, denen man sich im Leben am allerschwersten unterwerfen konnte. Wenn man sich nicht selbst wie Lala Vikrana aus dieser Welt herausstellte, gab es wohl keinen Weg, diesen erbarmungslosen Ablauf der Zeit aufzuhalten oder ein Glück länger auszudehnen als bis zu seinem vorbestimmten Ende.

«Und was meinst du, steht uns bevor?» fragte Peter.

«Der Dschungel. Weiter nichts.»

«Meinst du, daß wir umkommen?»

«Warum sollten wir? Wir werden beim Korps sein. Schlimmstenfalls bei der Division. Vom wirklichen Krieg bleiben wir verschont.»

«Irgend etwas wird geschehen. Ich kann mir nicht vorstellen, daß ich jemals heimkomme.»

«Du wirst heimkommen», sagte ich. «Eines Tages wirst du plötzlich an einem Schreibtisch in Holborn sitzen, und dies alles wird nur ein Traum sein, etwas, um darüber bis zum Ende deines Lebens reden zu können.»

«Auch schreiben... Du vergißt, daß ich ein großer Romanautor bin.»

«Ja, das hätte ich beinahe vergessen. Um so klarer, daß du nicht fallen kannst. Ein paar Bomben werden natürlich unter deinem Jeep explodieren, aber trotz einer Chance von tausend gegen eins wirst du mit einer bloßen Schramme davonkommen.»

«Und du? Was geschieht mit dir?»

«Ich weiß nicht. Ich kann mir auch nicht vorstellen, daß ich heimkomme.»

«Was wird mit deinem Diener und dem silbernen Teeservice und dem Nachmittagstee auf dem Rasen?»

«Das liegt zwei Drehungen des Rades zurück.»

«Und zugleich die nächste vor dir.»

«Das glaube ich nicht recht», sagte ich. «Obwohl ich manchmal meine, daß ich gern Tee auf dem Rasen trinken würde, den Krähen zuschauen und in einen englischen Himmel blicken.»

«‹Falls ich sterben sollte, so denk nur dies von mir...› Mein Gott, du hast eben zuviel Rupert Brooke gelesen. Sabby hätte dich von all diesen Grantchestergefühlen heilen sollen.»

«Sie hat mich von vielem geheilt, aber davon nicht.»

«Und wie meinst du, würde sie in Grantchester wirken?»

«Sie würde gut zu dem silbernen Teeservice passen. Und zu den Eichen auch.»

«Und dazu, in Tewkesbury, auf den Markt zu gehen, zusammen mit den anderen Dorfleuten?»

«Tewkesbury ist nicht gar so dörflerisch. Auf jeden Fall ist Sabby schon in England gewesen. Kannst du sie dir nicht zwischen den Blütenbäumen von Gloucestershire vorstellen?»

«Und wie steht es mit den kleine Sabby-Michaels?»

«Kinder würden wir keine haben. Zumindest keine eigenen. Vielleicht würden wir ein kleines Mädchen adoptieren.»

«Das habt ihr euch schon alles ausgedacht, nicht wahr?»

«Ich», sagte ich. «Sabby nicht.»

«Was wirst du also tun?»

«Ich habe keine Ahnung. Ich denke nicht mehr darüber nach. Ich denke nur mehr an das nächste Wochenende, wenn ich Sabby wiedersehe, daran, daß ich in den Dschungel muß, und höchstens noch an die kleinen Japs, die da drinnen in ihren Käfigen Reis essen. Und worüber denkst du nach?»

«Über die Kamele, da drüben», sagte Peter. «Sie können so wundervoll lang ohne Wasser herumgehen. Aber ist es nicht ebenso erstaunlich, wie lange Menschen ohne gewisse Dinge auskommen, und sie werden doch nicht verrückt dabei?»

Dreimal während Januar und Februar sah ich Sabby. Eine Woche nach unserer Abreise nach Bombay war sie nach Delhi gefahren, um ihre neue Arbeit beim Rundfunk zu beginnen, und Delhi war nur 300 Meilen von Cawnpore entfernt. Man brauchte im Zug zehn Stunden. Ich fuhr Freitag abends, wenn ich Wochenendurlaub haben konnte, hin und Sonntag nacht zurück. Es gab Liegeplätze in dem Abteil, so daß die Nachtfahrten keine Quälerei waren. Aber ich hätte natürlich lieber zwei Nächte mit Sabby gehabt als zwei Nächte im Zug. So blieben mir immer noch zwei Tage und eine Nacht mit ihr, und wir waren glücklich, daß wir uns überhaupt treffen konnten.

Sie wohnte in einem Hotel im Regierungsviertel von Alt-Delhi, hinter dem Basar. Es war ein gutes Hotel, weit besser als das alte

Mayfair in Bombay, aber voll von alten Witwen, die nur auf das erste Zeichen – den leisesten Schweißausbruch – warteten, um in die Luftkurorte im Gebirge zu entschwinden. Dann gab es da auch eine Menge von Stabsoffizieren, die sich hier angesammelt hatten, weil es in ihrem Gehirn irgendeine Ladehemmung gab, und die nun zwischen ihrem Hotel und dem Generalstabsgebäude hin und her flitzten.

Sabby arbeitete in Neu-Delhi. Ein oder zwei Wochen lang hatte man mit ihr Sprechprüfungen angestellt und sie Texte übersetzen lassen, und jetzt war sie bei der Nachrichtensendung in japanischer Sprache im Dienst. Als ich das zweite Mal zum Wochenende dort war, hörte ich ihr am Samstag nachmittag vor dem Radiogerät im Hotel zu. Ich hatte ein außerordentlich befremdendes Gefühl, als ich diese Stimme, die mir so oft süße Dinge ins Ohr geflüstert hatte, unpersönlich aus dem Lautsprecher herausklingen hörte. Irgendwie atmete ich auf, als sie eine halbe Stunde später ganz unverändert ins Zimmer zurückkam, und wir küßten einander mit einem Gefühl, als ob wir Jahre getrennt gewesen wären. Ich dachte darüber nach, ob wohl irgendein japanischer Hörer sich die Person vorzustellen versuchte, die hinter dieser Stimme stand, und ich sagte zu Sabby:

«Hast du keine Angst, was mit dir geschehen wird, wenn sie nach dem Krieg herausbringen, wer du warst?»

«Das ist mir egal.»

Es war ihr egal. Sie war ganz gleichmütig in dieser Beziehung, und wenn sie in die Sendestation ging, sah es nicht anders aus, als ob sie wegginge, um Besorgungen zu erledigen; sie sprach selten von ihrer Arbeit.

Als ich eine Bemerkung darüber machte, sagte sie: «Ja, siehst du, das ist so, weil ich ein selbstsüchtiges Frauenzimmer bin. Ich müßte mir natürlich vor Augen halten, daß ich Kriegsarbeit verrichte, ich müßte eine ernste Miene dazu machen, aber ich kann nur daran denken, daß ich noch von dir geliebt werden möchte, Lieber. Mein einziger Wunsch ist, daß du nicht wieder fortfährst.»

«In ein paar Wochen bin ich wieder da.»

«Lieber, wenn du kommst, verstreicht der ganze Urlaub in einer Minute, und wenn du fort bist, kriecht die Zeit dahin wie Jahrhunderte.»

«Ich werde dir Briefe schreiben.»

«Das ist lange nicht dasselbe, wie dich hierhaben.»

«Du hast mich ja jetzt», sagte ich.

Wir gingen nicht viel aus während dieser Wochenendurlaube. Außer Kino und Tanz gab es in Neu- und Alt-Delhi so gut wie nichts, und wir wollten allein sein. Nette Plätze, wohin man zu einem Picknick hätte gehen können, gab es nicht, die Ebene rundum war auf Meilen steiniges, wenig einladendes Land, und die Ufer des Dschimna waren öde Schlammdünen. So saßen wir im Garten des Hotels, und an den Abenden hatte ich Gin und Sabby Limonade, und wir gingen bald zu Bett. Sabby steckte das weiße Moskitonetz auf, nicht etwa weil es in Delhi im Februar Moskitos gegeben hätte, aber weil sie wünschte, alles sollte so wie in Bombay sein. Ich hielt ihr einen kleinen Vortrag darüber, daß man nicht versuchen solle, die fließenden Dinge festzuhalten, das Vergehende zu verewigen, aber sie plädierte für das Moskitonetz, wir schliefen darunter und waren glücklich. Und am nächsten Abend begleitete sie mich zum Bahnhof, obwohl ich schwor, daß ich Bahnhofsabschiede verabscheute; sie stieg selbst in den Wagen und machte mein Bett auf dem Liegeplatz zurecht.

Ich sagte ihr, daß ich bis Mai wohl nicht wegkommen würde, und so wurde es auch allgemein erwartet. Es hieß, ich sollte an die Stelle eines Offiziers kommen, der zum Sommerurlaub zurückgeschickt würde, und dann würde ich gerade inmitten des Monsuns in den Dschungel kommen, wenn sowieso Kampfruhe war. So hatte es bisher geheißen.

Dann aber kam plötzlich eine Anforderung für Imphal. Das war Anfang März, und vor September war an ein Zurückkommen nicht zu denken. Ich wurde ausgewählt und erhielt Anweisung, meine Sachen zu packen.

«Ich wollte, sie hätten mich genommen», sagte Fenwick. «Es ist überall lustiger als hier.»

«Sie können ja gehen», sagte ich begierig.

«Ich täte es gern. Es ist ein Jammer, daß sie mich nicht genommen haben.»

«Sie werden Sie an meiner Stelle annehmen.»

«Der Befehl lautet auf Sie.»

«Ja, aber wenn Sie gern möchten ...»

«Es hat keinen Sinn, einen Wechsel durchsetzen zu wollen.»

«Wenn Sie so sehr darauf aus sind, kann ich es für Sie einrichten.»

«Ich mag es nicht, wenn gebeten wird, Befehle abzuändern.»

«Um Himmels willen», sagte ich, «lassen Sie doch Ihren pompösen Quatsch! Wenn Sie hinaus wollen, werden wir das richten. Wenn Sie nicht wollen, gehe ich. Obwohl ich nicht behaupte, daß ich nicht lieber hierbleibe.»

«Sie werden schon gehen müssen, wenn Sie den Befehl bekommen haben.»

«Dann erzählen Sie uns wenigstens nicht, daß Sie wünschten, es hätte Sie getroffen.»

«Ich habe nicht die Scheu vor Aufregungen, die Sie zu haben scheinen.»

«Aufregungen! Was wird es da groß geben? Viel Regen, in Baschas wohnen und wahrscheinlich für den ganzen Rest der Saison kaum einen Jap, um ihn auszufragen. Den Spaß haben Sie hier.»

«Ich werde keine Abänderung des Befehls erbitten.

«Das wußte ich im voraus, daß Sie es nicht tun werden», sagte ich. «Ich würde es auch nicht tun, wenn ich an Ihrer Stelle wäre.»

Alles sah so aus, als ob ich Sabby vor sechs Monaten nicht mehr sehen würde. Es blieb mir auch keine Zeit, noch einmal nach Delhi zu fahren, denn ich mußte am nächsten Abend abreisen. Die einzige Hoffnung war, daß wir einander in Agra treffen würden, halbenwegs in der Mitte. Aber es blieb nicht einmal die Zeit, ein Telegramm zu schicken und die Antwort abzuwarten.

Ich versuchte zu telefonieren. Es war hoffnungslos. Ich verlor eine halbe Stunde und erreichte gar nichts. Ich war außer mir, konnte keinen Beschluß fassen und fragte Peter um Rat.

«Telegrafiere ihr und fahre nach Agra auf gut Glück.»

«Aber sie hat eine Sendung.»

«Sie wird kommen, wenn sie kann. Es lohnt die Mühe.»

Ich ließ Peter und meinen Diener mein Gepäck vorbereiten, soweit ich es nach Imphal mitnehmen wollte, so daß ich es nur abholen mußte, wenn ich wiederkam; dann nahm ich einen Wagen nach Cawnpore und kam gerade noch zum Zuge zurecht. Es war ein Uhr mittags. Peter hatte das Telegramm abgesandt, Sabby würde es um drei Uhr haben, wenn die indische Post nicht schläfriger war als gewöhnlich. Ihr Zug würde um vier Uhr gehen. Natürlich würde sie nicht einfach ihre Sendung schwänzen, daß wußte ich, aber vielleicht konnte sie irgendeine Vertretung bekommen. Wenn sie nur irgend jemanden erreichte, der sie vertreten konnte – darum mußte ich jetzt beten.

Ich betete den ganzen Nachmittag. Ich erreichte Agra um sieben und nahm eine Tonga in das Cecil Hotel. Es war ein anständiges Zimmer frei, und das nahm ich für ein gutes Vorzeichen, denn man hatte mir gesagt, daß in Agra unmöglich Zimmer aufzutreiben wären. Zugleich aber fürchtete ich, daß dies ein voreiliges Glück wäre und daß ich die ganze Nacht dem Hohn dieses großen Zimmers ausgeliefert sein und allein schlafen würde in Elend und Verzweiflung. Ich ging in den Portico hinaus, um einen Drink zu nehmen und auf den Halb-neun-Uhr-Zug aus Delhi zu warten. Am Rezeptionstisch traf ich die Hotelleiterin.

«Sie haben Glück», sagte sie. «Heute nacht ist der Mond schöner als je.»

«Der Mond?»

«Sie sind nicht gekommen, um das Tadsch zu sehen?»

«Das Tadsch Mahal?»

«Sie wissen doch, daß es in Agra ist?»

«Ja, natürlich... ich habe gar nicht daran gedacht. Natürlich werde ich hingehen und es anschauen.»

Ich hatte nie wirklich den Wunsch empfunden, es zu sehen. Ich wäre dazu nicht einmal eigens aus dem Zug gestiegen. Mir ist all diese Besichtigung von Weltwundern verhaßt, weil es schwer ist, sie von der Vulgarität ihres Rufes zu lösen, und weil es lustiger ist, seinen eigenen kleinen Wundern nachzugehen, die die große Welt übersehen hat. Jetzt aber wollte ich doch das Tadsch sehen, weil es zufällig an dem Ort lag, wo ich vielleicht Sabby treffen würde, und weil es sich mit seinem Mond dazu als Hintergrund anbot.

Um viertel neun war das Tageslicht erloschen, und der Mond kroch über die Dächer. Es war Vollmond, er war zuerst noch ein wenig gelblich, wurde aber, je höher er stieg, heller. Ich nahm eine Tonga zum Bahnhof und begann kettenrauchend auf und ab zu gehen. Indische Hausierer versuchten mir scheußliche Modelle des Tadsch und Fächer aus Pfauenfedern zu verkaufen. Ich sagte «dschallo dschallo», und da sie nicht weggingen, sagte ich ungeduldig «tschau!» und wandte mich ab. Ich starrte auf die Gleise.

Der Zug hatte nur fünf Minuten Verspätung. Die Kulis mit ihren roten Turbanen schwärmten zu den Türen, als er einfuhr, und die Passagiere der dritten Klasse strömten aus den Wagen. Dann begannen auch die andern herauszukommen. Keine Spur von Sabby. Ich drängte mich durch die Menge, nirgends war Sabby. Mir wurde ganz elend zumute.

Und dann gewahrte ich sie plötzlich an einer Wagentür stehend und mir zuwinkend, und die Freude überflutete mich. Im nächsten Augenblick waren wir mit ihrem Gepäck in der Tonga und trotteten ins Cecil zurück. Jetzt war es mir vollkommen klar, daß dies Bestimmung des Schicksals gewesen war und daß es gar nicht anders hatte kommen können.

«Hast du es leicht arrangieren können?»

«Natürlich, Lieber. Ich habe nur mit jemendem die Tage ausgewechselt. Sie sind alle sehr nett zu mir.»

«Fein. Und wir werden das Tadsch im Mondschein sehen.»

«Bitte, was ist Tadsch?»

«Ich bin so froh, daß du es nicht weißt. Denke, es ist nichts weiter als ein Grab.»

«Ist das gut, sich ein Grab anzuschauen?»

«Vielleicht. Wir können es ja probieren.»

Wir nahmen das Dinner im Cecil, dann hatten wir einen geruhsamen Kaffee im Portico; die Tonga ließen wir warten. Als wir wieder einstiegen, stand der Mond hoch und strahlend in seiner Weiße, und die Luft war frisch und doch warm. Wir rückten in dem engen unbequemen Fahrzeug dicht aneinander und schaukelten auf der holprigen Straße eine Viertelstunde dahin, bis wir an den großartigen Eingang kamen. Wir kletterten heraus, und der Tongamann zeigte uns die Nummer seines Wagens, damit wir ihn nachher wieder herausfänden. Er sprach die Nummer mühsam, das einzige Englisch, das er konnte: «Sieben-zwei-neun.»

Hoch oben auf dem Eingangstor brannte eine Lampe aus geflochtenem Schmiedeeisen, deren Schimmer auf den Steinboden herabsickerte. Wir schritten hindurch. Und dann, eingerahmt von dem schwarzen Ebenholz des Himmels, stand das Marmorantlitz des Tadsch vor uns, kühl und fahl im Mondschein.

Sabby unterdrückte einen leichten Aufschrei und griff nach meinem Arm; ich fühlte, wie sie zitterte. Sie bebte unter dem Eindruck dieser Schönheit, der Herrlichkeit dieser Minarette und ihres Widerscheins in dem Teich; Reihen von Zypressen standen düster wie Centurionen gegen das blanke Weiß. Irgendwie, dachte ich, war dies das Schönste, was ich je gesehen hatte, denn Mond und Marmor können nur schön sein, so wie Mond und Schnee, und hier kam dazu die unglaubliche Stille und Reinheit.

«Bitte, ist es wahr, daß ich hier mit dir bin? Oder träume ich, daß ich im Himmel bin?» fragte Sabby.

«Es ist nur ein Traum.»

«Bitte, rüttle mich wach.»

«Schlaf noch ein wenig ...»

Wir umschritten langsam den Teich und erreichten die Stufen, die zu der Terrasse hinaufführten. Ein Tschaprassy zog Segeltuchpantoffel über unsere Schuhe, und wir gingen weiter. Die ganze Oberfläche der Terrasse war Marmor, glatt wie der Spiegel des Teiches; sie ging rund um das Grabmal. Wir stiegen eines der Minarette hinauf, überschritten zwei gefährlich in der Luft hängende Balkone und erreichten den obersten Pavillon. Es waren allerhand Leute hier, eine ganze Menge, zwei junge Inder darunter, die betrunken und rüpelhaft waren; Sabby schmiegte sich enger an mich, denn wenn jemand uns nur gestreift hätte, so konnte man leicht über die niedrige Balustrade stürzen. Wir standen nur eine kurze Weile, um die im Mondschein fahle Landschaft zu überschauen, dann stiegen wir hinab, schlüpften aus den Überschuhen und gingen wieder rund um den Teich. Von hier, aus der Ferne, vom andern Ufer, war das Mal am schönsten, und so legten wir uns ins Gras und sahen es an und meinten, es wäre wirklich ein Traum, ein Zauberspuk.

«Lieber, ich würde gern jetzt sterben», sagte Sabby.

«Das ist erst der Anfang unseres Glücks.»

«Nein, es ist das Ende, und es macht mir nichts aus, daß ich sterben soll, Lieber, denn ich bin so glücklich mit dir gewesen.»

«So etwas mußt du nie sagen.»

«Es ist wahr, also kann man es auch sagen.»

«Unser Leben beginnt erst.»

«Nein, es ist das Ende, und du gehst in den Krieg.»

«Ich werde ja nicht kämpfen», sagte ich.

«Das ist dasselbe, du gehst fort.»

«Du hast doch nicht Angst, daß ich falle?»

«Nein, es war nicht das, was ich meinte; du wirst nicht fallen.»

«Gut also», sagte ich, «ich werde in sechs Monaten zurück sein, und dann haben wir wieder einen Monat für uns. Wir fahren in den Himalaya, nach Dschali Tal, und wir treffen Margaret und Jennifer und haben wundervolle Ponies, um in die Berge zu reiten.»

«Ja, natürlich, Lieber.»

«Du sagst das nicht, als ob du es glaubtest.»

«Ich glaube es, wirkrich.»

«Wirklich», sagte ich.

«Ach, Lieber, ich werde das nie lernen. Wirk-lich, wirk-lich.»

«Du weinst ja, Sabby!»

«Ich weiß, daß ich weine. Ich weine nur, weil es so schön ist. Sieh doch den Mond.»

«Ich kann ihn in deinen Tränen sehen.»

«Alle japanischen Mädchen weinen dicke Tränen, wenn sie etwas sehr Schönes sehen. Warum machen schöne Dinge uns auch traurig?»

«Weil die Traurigkeit schon in dir ist.»

«Ich habe mir so vorgenommen, heute stark zu sein und nicht traurig.»

«Dagegen kannst du nichts tun, Liebe, wenn dein Name Sabishii ist.»

«Doch, ich kann. Ich werde auch nicht mehr weinen.»

«Und wirst du lieber an unseren nächsten Urlaub in Dschali Tal denken?»

«Ich verspreche dir, daß ich an nichts anderes denken werde.»

«Du wirst auch nicht wünschen, von dem Minarett herabzufallen?»

«Nein. Ich habe es auch nur gewünscht, wenn du gefallen wärst – dann wäre ich nachgesprungen.»

«Und du bist wirklich glücklich?»

«Ja, denn dies ist die wundervollste Nacht in meinem ganzen Leben.»

«Es bleiben uns noch viele», sagte ich.

«Noch vierzehn Stunden und eine halbe bis zu deinem Zug. Ich habe es ausgerechnet.»

«Du sollst nur zählen, wenn gute Dinge bevorstehen.»

«Dann ist es jetzt noch eine Stunde bis zum Moskitonetz, und dann werde ich deine Nase beißen.»

«Und ich werde dich in deine Ohren beißen.»
«Hast du Sabbys Ohren lieber als das Tadsch?»
«Ja, Liebe, sie sind kleiner und ebenso weiß.»
«Dann wollen wir heimfahren und beißen.»
«Gut», sagte ich, «gehen wir und suchen die Tonga.»

2 Als ich aus dem Badezimmer kam, saß Sabby vor dem Toilettetisch, hatte die Hände im Schoß, und ihr Gesicht war schmerzvoll verzogen. Es hellte sich sofort auf, als sie mich sah, und sie begann ihr Haar mit flinken, geübten Strichen zu bürsten.

«Warum hast du so ein Gesicht gemacht?» fragte ich.

«Ich habe nur ein bißchen Kopfschmerzen, weil ich zuviel in den Mond geschaut habe.»

«Dann nimm ein Aspirin.»

«Ja, Lieber, bitte gib mir Aspirin. Du wirst das Fläschchen in der Lade finden.»

Ich nahm zwei Tabletten heraus und reichte sie ihr mit einem Glas Wasser. Sie schluckte sie, lächelte und sagte:

«Jetzt ist alles gut. Ich wollte nicht schlecht aussehen, denn dies ist eine sehr glückliche Nacht.»

Ich hatte einen langen und beschwerlichen Weg hinter mir, seit ich an diesem Morgen in Fort Cawnpore aufwachte, ohne noch zu ahnen, daß ich nach Imphal sollte, vorher aber das Tadsch sehen und Sabby treffen würde; auch ich hatte leichte Kopfschmerzen. Als Sabby ins Badezimmer gegangen war, suchte ich noch einmal nach der Aspirinflasche in der Schublade des Toilettetisches, um selbst ein Aspirin zu nehmen, aber es war fort. So wartete ich, bis Sabby zurückkäme, und als ich sie danach fragte, zog sie das Fläschchen aus der Tasche ihres Morgenrocks.

«Es tut mir leid, jetzt ist nur mehr eines da.»

«Aber es waren doch vor einer Minute noch fünf?» sagte ich.

«Ja, Lieber, ich hab die andern weggenommen.»

«Du hast sie doch nicht alle geschluckt?»

«Nur damit das Kopfweh besser wird und ich mit Michael glücklich schlafen kann.»

«Aber Liebe, du kannst doch nicht sechs Tabletten nehmen, du machst dich selbst krank.»

«Das macht nichts, ich bin gewöhnt an Aspirin.»

«Eine schlechte Gewöhnung.»

«Aber die Kopfschmerzen werden besser. Bitte, nicht schelten, Lieber!»

Ich lag geraume Zeit wach. Sabbys Antlitz war dicht an dem meinen, ich konnte ihren warmen Atem auf meiner Wange fühlen und ihre Wimpern, wenn sie zuckend meine Haut streiften. Dann war nur mehr ihr Atem zu fühlen, und so dachte ich, sie wäre eingeschlafen. Ich selbst döste in eine Art Halbschlaf hinein, träumte von dem Tadsch und dem Dschungel und den japanischen Gefangenen. Ich sah ihre kleinen Figuren in komischen Verbeugungen, die Khakiuniformen immer um ein oder zwei Nummern zu groß, die Schädel kahlgeschoren. Dann die Hausierer, die Zuckerbäckermodelle des Tadsch verkaufen wollten, den Trott des Tongapferdes; und schließlich floß alles das in ein Gemisch zusammen, und ich muß wohl in einen tieferen Schlaf ohne Träume, deren ich mich nachher erinnern konnte, versunken sein. Als ich aufwachte, war es noch dunkel, und Sabby ächzte im Schlaf. Es war ein Stöhnen in langen, tiefen Zügen, das mit jedem Atemzug begann, in einem Wimmern ausging und wieder neu einsetzte. Ich lauschte im Halbschlaf, bis ich es nicht mehr ertragen konnte, dann berührte ich zart ihren Arm und flüsterte in ihr Ohr.

«Hast du etwas?»

Sie murrte aus dem Schlaf heraus, ich fragte noch einmal, aber sie antwortete nicht. Plötzlich legte sie ihre Arme um mich und preßte sich dicht an mich; ihre Finger hatte sie in meinen Rücken gedrückt, und so blieb sie an mich geklammert, als ob sie mich festhalten müßte, bis ich wieder in Schlaf sank.

Am Morgen, als der Tee hereingebracht wurde, lag sie noch ebenso an mich geschmiegt, aber der Druck hatte nachgelassen, und ihr Gesicht war so friedvoll entspannt, daß es mir schmerzlich war, sie zu wecken.

Mein Zug ging zeitig, noch vor dem ihren. Sie begleitete mich zum Bahnhof, und wir sagten uns immer wieder dieselben nichtigen Dinge, mit denen man schreckliche Minuten auszufüllen pflegt. Sie kaufte mir ein Modell des Tadsch, aber sie tat es nur, um irgend etwas zu tun, und ich mußte ihr versprechen, daß ich es gleich nachher aus dem Fenster werfen würde; ich aber sagte, ich würde es immer aufbewahren, und wir würden es auf unserem Kaminsims aufstellen, um in kommenden Jahren uns dieses Augenblicks zu erinnern, da wir uns für sechs Monate hatten trennen müssen. Und ich sagte ihr immer wieder, sechs Monate wären gar nichts, Ehemänner, die von England herüberkämen, müßten ihre Frauen auf Jahre allein lassen. Schließlich setzte sich der Zug in Bewegung, sie wurde kleiner und kleiner, ich sah ihre zierliche Hand winken, und dann war nur mehr ein kleiner weißer Fleck zu erkennen – ihr Gesicht. Der Zug machte eine Kurve, und jetzt war gar nichts mehr zu sehen, keine Spur von irgendeiner Sabby. Ich zog die Tür des Wagens zu und ging in den Waschraum, um in den Spiegel zu schauen, wie ich wohl mit meinen unglücklichen Augen aussähe. Der Anblick war so komisch, daß ich lachte oder wenigstens mich zu lachen zwang; dann ging ich in mein Abteil und diskutierte mit einem alten dyspepsieleidenden Oberstleutnant über Diener.

In Cawnpore bekam ich einen Wagen zum Fort, aber es blieb mir nur die Zeit zu einem hastigen Abendessen, und um rasch mit Peter und Mario Neuigkeiten auszutauschen. Mario sollte in vierzehn Tagen seinen Heiratsurlaub antreten und lebte schon jetzt in dauernder Ekstase. Was Peter betraf, so sagte er, er werde in dem Fort ohne wenigstens einen von uns verrückt werden, und warum man nicht endlich ein anständiges Hotel als Gefangenenlager einrichte, wenigstens, um zu zeigen, daß sich die Leute darin wohl fühlen? Wir leerten eine Flasche Whisky – es war die Peters, meine war schon eingepackt –, und ich begann Reisefieber zu empfinden, obwohl ich gewünscht hätte, nicht allein zu reisen. Ich bezahlte meinen Diener aus, bekam meinen Handkoffer auf den Jeep geladen, und wir fuhren zur Station. Der Mond stand ebenso strahlend am Himmel wie in der Nacht zuvor; nur war er um einen Tag älter, und ich war einen Tag älter, und die Nacht mit dem Tadsch sank schon in die Vergangenheit zurück als der schöne Traum, als den wir ihn empfunden hatten.

Ich hatte ein Oberbett im Abteil. Ich breitete meine Sachen darauf aus, legte mich sofort nieder und begann zu lesen, aber tausend Dinge schwirrten in meinem Kopf herum, und ich las, ohne den Sinn zu begreifen. So klappte ich das Buch zu und schob es unter das

Kissen. Ich begann mit dem Mann in dem Bett gegenüber zu plaudern, einem klapperdürren Captain der Armee in mittleren Jahren mit dem Gesicht eines desillusionierten Künstlers. Er war kein Künstler, aber er war desillusioniert; die Geschichte seines Lebens kam stückweise aus ihm heraus, während wir mitternächtig durch das Gangestal ratterten. Zu Hause war er als Buchhalter ein Fehlschlag gewesen, dann hatte er versucht, Hausfrauen Borax zu verkaufen, war irgendwie nach Rangoon geraten und war dort Geschäftsführer eines schlechtgehenden Kinos geworden. Dann kam der Krieg, er war zur Armee in Burma gestoßen, hatte den Rückzug mitgemacht und war mit Malaria nach Indien gekommen. Jetzt sollte er wieder an die Front.

Ich fand ihn nett, weil er sich selbst nicht wichtig nahm, sich über die Gründe all seiner Fehlschläge keinen Illusionen hingab und weil sein Geplauder voll kluger Einsicht und liebenswürdiger Ironie war. Ich hörte ihm lange zu, das Thema kam auf den Krieg in Burma, und er sagte:

«Ich werde diesmal bei irgendeinem kleinen zwecklosen Schützengefecht im Dschungel fallen. Es ist ein sonderbares Gefühl, wenn man sich darüber nicht einmal sehr viel Gedanken macht, ob das so oder so geschieht.»

«Was wird bei Imphal los sein?»

«Nicht allzuviel. Die Japs behaupten, daß sie Imphal während des Monsuns nehmen werden. Vielleicht werden sie es. Wir müssen es ihnen dann wieder wegnehmen.»

Er fragte, wohin ich fahre.

«Korpskommando», sagte ich.

«Na, dort sitzen Sie sicher.»

«Mancher andere in Ihrer Lage würde das vorwurfsvoll sagen.»

«Warum sollte er?»

«Ich gehe in die Etappe, und Sie gehen an die Front.»

«Davon wird das Leben auch nicht gut oder schlecht. Ihr Leben wird auch seine harten Stellen haben.»

«Im ganzen habe ich bisher Glück gehabt», sagte ich.

«Und waren auch glücklich?»

«Ich denke doch.»

«Ich nicht. Wenn ich Glück habe, bin ich noch lange nicht glücklich. So habe ich wenigstens nichts zu beklagen.»

«Aber irgendeinen Weg muß es doch geben, um Ihr Leben in eine gute Bahn zu bringen.»

«Scheinbar nicht. Ich stehe irgendwie immer auf zwei linken Füßen.»

«Verstehe ich nicht.»

Es war ein Uhr. Wir drehten das Licht ab, jemand in einem der unteren Betten drehte sich herum und begann zu schnarchen. Der Mond schien durch das Fenster auf den Boden des Abteils. Mir war heiß, ich schob die Decke weg und blieb unter dem bloßen Laken liegen. Dann dachte ich nach, ob ich eigentlich glücklich war oder nicht und ob der leichte Schmerz in meiner Herzhöhle nur der Gedanke an Sabby war; sehr klar aber waren meine Gedanken nicht, und bald fiel ich mit dem monotonen Rattern des Zuges in Schlaf.

Der Captain hieß Manning. Ich lernte ihn näher kennen, denn wir fuhren eine lange Strecke zusammen, und es gibt kein sichereres Mittel, Freundschaften anzuknüpfen, als Bahnfahrten.

Übrigens reisten wir nicht nur mit dem Zug. Wir hatten beide keine Dringlichkeitsausweise für die Assam-Bahn, und so mußten wir von Dhubri ab zu Schiff den Brahmaputra hinauffahren. Der Raddampfer war eine alte, dreckige Kiste, wir gingen zur Nachtzeit im gelben Licht der Öllampen an Bord. Ich konnte die schwarzen Gesichter der Besatzung sehen, schweißüberströmt, und schwarze Hände, die an Tauen zerrten. Es gab viel Geschrei und Lärm und auch Betrunkene, sogar zwei von der Mannschaft waren betrunken. Sie prügelten sich auf dem schmalen Deck, droschen wüst aufeinander los und rollten dann zusammen auf die Planken. Niemand gebot ihnen Einhalt. Die Lampen flackerten, alles war schmutziggelb und unwirklich.

Ich zog meine Whiskyflasche aus dem Handkoffer, wir hängten uns über die Reling und tranken aus Bechern, während die Radschaufeln das Wasser aufwühlten und uns in die Mitte des Stromes hinausführten. Der Fluß war breit, lehmig und kroch träge dahin wie der Dschimna und der Ganges; für mich war diese Art Fluß Indien wie der Wye, der Severn und glucksende Felsenbächlein England. Der Mond kam spät heraus. Er war zuerst gelb wie die schaukelnden Laternen und hob sich nur lethargisch von den Reisfeldern. Irgendwie sah er aus wie eine sterbende Sonne.

Der gute schottische Whisky begann uns in den Kopf zu steigen, wir tranken ihn pur. Ich erzählte Manning von Sabby, er erzählte mir von einem Mädchen in England, das er im Jahre 1934 geliebt hatte; sie hatten sich verlobt, aber er hatte das Verlöbnis gebrochen, weil das Waschmittel nicht ging, und er dachte, sie wäre zu gut für ihn. In Rangoon hatte er eine kleine eifersüchtige Burmanerin zur Geliebten gehabt, die ihm mit der Armee von Burma nach Indien hatte folgen wollen. Er nahm an, daß sie jetzt die Geliebte eines japanischen Offiziers war und den mit ihrer Eifersucht quälte.

Wir verplauderten die ganze Nacht. Es wurde kühl, der Mond weißer. Eine leichte Brise kam über den Fluß auf und strich um den Dampfer. Wir hatten die Whiskyflasche fertigbekommen. Irgendwo in mir war eine kleine Stelle nicht betrunken, ein erbsengroßes Stückchen Nüchternheit, und daran klammerte ich mich, um mich davor zu bewahren, daß ich mich aus der Wirklichkeit hinausspann. Immer wieder sagte ich mir: Dies ist der Brahmaputra. Du bist auf dem Wege nach Imphal. Deine Hände liegen auf der Reling. Und gleichzeitig hörte ich mich laut sprechen. Meine Zunge hatte sich unabhängig gemacht und schwätzte erstaunlich vernünftiges Zeug zusammen. Sie philosophierte über das Leben. Ich hörte sie Lala Vikrana erwähnen. Und dann, ganz plötzlich, fühlte ich eine tiefe warme Zuneigung zu all meinen Freunden, Mr. Headley und Rosie, Lord Durweston und dem Brigadier, Peter und Mario, ja auch zu Manning, und ich wünschte, sie wären alle hier auf dem engen Deck dieses Raddampfers, mit dem Mond darüber, der sich im Fluß spiegelte, und den weißen, flachen Reisfeldern. Ohne sie mußte ich mich von meiner Traurigkeit überwältigen lassen; ich begann nüchtern zu werden. Ich trottete auf dem Deck auf und ab, alles war jetzt realer als die ganze Zeit über, seit wir an Bord gekommen waren. Ich mußte mir nicht mehr in Erinnerung rufen, wo ich war und warum ich da war. Wir gingen hinunter, holten unsere Schlafsäcke auf Deck und entrollten sie. Es war kühl, der Himmel rein und schön und ungeheuer hoch.

Den ganzen nächsten Tag fuhren wir auf dem Fluß. Wir tranken Kaffee, aßen Konservenfleisch und betrachteten die flachen Ufer mit ihren Dschungeln, Teepflanzungen und Reisfeldern. Sampans und Raddampfer, die sich ihren Weg durch den seichten Fluß suchten, kamen an uns vorbei. Unsere eigenen Maschinen ächzten und schnauften und brachten uns ohne Hast weiter. Es war sonderbar, sich vorzustellen, daß wir in den Krieg zogen.

Abends gingen wir in Gauhati an Land. Der Zug, der dort wartete, war schon gesteckt voll von Leuten, die mit der Bahn heraufgekommen waren. Wir quetschten uns dazwischen und dösten bis zum Morgen; dann kamen wir in Dimapur an.

Dort gab es ein Durchgangslager mit Bambus- und Strohbaschas, in denen wir unsere Betten einrichteten; ein durchlöcherter Benzinkanister, den man an einen Baum gehängt hatte, ersetzte das Tröpfelbad. Wir mußten auf einen Transportwagen warten, um über die Berge nach Imphal zu fahren, zu dieser üppigen kleinen Ebene, die zwischen Indien und Burma eingeklemmt ist. Wir sahen zwei Garnituren Transportwagen bereitstehen, und jemand sagte uns, es wäre etwas oben passiert, dicke Luft, die Japaner wären am Meilenstein 109 auf der Tiddimstraße hinter Imphal, Kennedy Peak sei verloren, Verstärkungen würden eiligst hinaufgeschafft. Da wir Einzelreisende waren, schien niemand den Wunsch zu hegen, uns eilig hinaufzuschaffen, und so saßen wir zwei Tage fest.

Am nächsten Tag kamen zwei Briefe für mich. Die Post war bis hierher vorausgeflogen, und ich fing sie auf dem Feldpostamt ab. Ein Brief war von Sabby. Sie schrieb, sie versuchte stark zu sein und nur ein klein wenig zu weinen, bevor sie schlafen gehe, und was immer geschehen möge, nichts könne uns die wundervollen Zeiten wegnehmen, die wir zusammen verlebt hatten. Das Ende des Briefes war: «Lieber, es waren so glückliche Zeiten, nicht wahr? Ich habe vorher keine halb so glücklichen erlebt, nur hoffe ich, Du hast Dich nicht glücklicher gestellt, als Du warst. Du mußt immer so glücklich sein.» Und die ganze Art Sabbys, auch ihre Ausdrucksweise, wirkte so stark auf mich, daß ich glaubte, sie stünde neben mir und sagte diese Dinge.

Der andere Brief war mir über Bombay und Cawnpore nachgeschickt worden. Ich konnte die Kinderschrift auf dem Umschlag nicht erkennen. So riß ich ihn auf und sah zuerst nach der Unterschrift. Sie lautete: Margaret und Jennifer. Und dies war der Brief: «Lieber Onkel Michael, seit langem haben wir Dir schreiben wollen und haben es nur nicht getan, weil Mama meinte, wir sollten Dir keine Sorgen machen, aber jetzt wissen wir keinen Ausweg mehr, wie wir erfahren sollen, ob die liebe Sabby gesund ist. Viel-

leicht hast Du von ihr fort müssen, und sie hat Dir nichts gesagt, wenn sie sich schlecht fühlte, denn vielleicht meint auch sie, man dürfe Dir keine Sorgen machen. Wir beide aber meinen, Du solltest alles wissen, denn sonst kannst Du ihr ja nicht helfen, und das wird Dich noch mehr kränken, wenn Du es später erfährst. Das ist der Grund, warum wir davon schreiben, aber Ehrenwort, Du darfst Sabby nicht sagen, daß wir geschrieben haben, und wir sagen Mama auch nichts, denn eigentlich haben wir ihr versprochen, nicht zu schreiben, und der einzige Grund, warum wir dieses Versprechen brechen, ist, daß Du ein Mann bist, und darum meinen wir, daß Du vielleicht nicht immer verstehst, was Sabby fühlt, nicht ganz so wie wir Frauen. Wir meinen, Du müßtest das wissen, bevor etwas Schreckliches passiert, damit Du herausfindest, was geschehen soll. Bitte, sei nicht böse, wir schreiben Dir diesen Brief, weil wir Sabby und Dich großartig finden, und Du brauchst uns nur ein Wort zu sagen, so kommen wir und tun alles für Dich.
Margaret und Jennifer.
PS.: Wir fahren nächste Woche in die Berge, und Du kannst uns dorthin schreiben. Wäre es nicht wundervoll, wenn Ihr auch kommen könntet, wir versprechen, Sabby und Dich auch manchmal allein zu lassen, weil Mama gesagt hat, voriges Jahr hätten wir das nie getan.»

Irgend etwas brach in mir zusammen, als ich diesen Brief las, das Blut erstarrte mir, wie betäubt ging ich den staubigen Weg zu unserer Bascha zurück und ließ mich auf mein Feldbett fallen.

«Was um Himmels willen ist denn los?» fragte Manning.

Ich schüttelte nur den Kopf. Ich war zu gebrochen, um sprechen zu können.

«Brauchen Sie einen Arzt?» fragte er. «Hier ist einer im Lager.»

«Nein, das ist es nicht.»

Er sah die Briefe.

«Schlimme Nachrichten?»

«Ja, sehr schlimme.»

Plötzlich war alles so klar. Was immer auch mit Sabby los war, ich war offenbar der einzige Mensch in ihrer Nähe, der es nicht wußte, ich, der ich es am ehesten bemerken mußte und der ich behauptet hatte, sie so gut zu verstehen. Was für eine unwahrscheinliche, unverzeihliche Blindheit! Ich hatte nur an unser Glück gedacht, an

Sabbys Liebenswürdigkeit und Schönheit, an alle diese Dinge, die mir gefielen oder mir schmeichelten; aber meine Selbstsucht hatte mich davor bewahrt, tiefer zu schauen, zu sehen, was Sabby in ihrer Selbstlosigkeit verheimlichte, nur um mich zu schonen. Und sogar die Kinder hatten es bemerkt! Sie hatten in einem einzigen Monat entdeckt, was mir ein ganzes Jahr unbekannt blieb! Die Demütigung bei diesem Gedanken war tiefer als irgendeine, die ich je erfahren hatte. Im Augenblick war es aber nicht sie, sondern die nackte Angst, die mich niederwarf. Was war das für ein schreckliches Leiden, das Sabby mir verborgen hatte? War es etwas, wodurch ich sie verlieren konnte?

Allmählich, einzeln, tauchten aus meiner Erinnerung Einzelheiten – ganze Serien von Vorgängen, die ich jetzt als solche begriff, während ich sie früher nur als zusammenhanglose Einzelereignisse verstanden hatte, und diese Serien führten hin zu etwas Dunklem und Drohendem. Ich erinnerte mich, wie Sabby gesagt hatte: «Du wirst mich nicht immer lieben müssen. Glaubst du, daß du mich noch ein Jahr lang lieben kannst?» Und in dem schönen Haus in Bombay wieder hatte sie gesagt: «Kannst du mich wirklich noch sechs Monate lieben?» Und sie hatte es abgelehnt, mich zu heiraten. Hatte sie das getan, weil sie sich scheute, mir eine neue und schreckliche Verantwortung aufzuhalsen? Und Lord Durweston hatte gesagt: «Ich verlasse mich auf Sie. Es wird nicht immer leicht sein.» Vor dem Tadsch Mahal hatte Sabby selbst vom Sterben gesprochen, hatte gesagt, daß ihr nach einem so unerhörten Glück das Sterben nichts mehr bedeutete; und in der gleichen Nacht hatte sie die vielen Tabletten genommen, und ich war von ihrem Ächzen aufgewacht, sie aber hatte sich an mich geklammert, als wäre sie von Schmerz und Angst gejagt. Und in ihrem letzten Brief schrieb sie: «Was auch geschehen mag, nichts kann uns die wundervollen Zeiten wieder wegnehmen.»

Einzeln tauchten diese Dinge vor mir auf, über tausend Meilen entfernt von ihr in einer Bascha in Assam, zu einem Zeitpunkt, da ich nicht zu ihr eilen konnte, um sie zu trösten, sondern noch weiter fort mußte. Die Panik ergriff mich. Wirr entwarf ich Pläne, wie ich zurückfahren sollte; ich dachte daran, sofort einen Zug zu nehmen und in Delhi zu sein, bevor ich in Imphal vermißt wurde. Aber ich konnte ja dann doch nicht bei ihr bleiben. Es war nutzlos. Durch steinerne Wälle war ich von ihr getrennt, vergeblich rannte ich mit meinem Kopf gegen sie an, und das bittere Gefühl der Ohnmacht lähmte mich.

Etwas später begann ich die Dinge ruhiger anzusehen. Es war ja noch nicht wirklich passiert. Margaret und Jennifer waren Kinder, sie drückten sich nicht vorsichtig und gewählt aus, ihre Besorgnisse mochten übertrieben sein. Auch für alle anderen Beobachtungen ließen sich vielleicht einfache Erklärungen finden. Nichtsdestoweniger ging ich auf das Feldpostamt von Dimapur und telegrafierte den Mädchen: «Bitte schreibt an Sabby und kümmert euch um sie, wenn sie es nötig hat.» Ich fühlte mich freier nachher, denn ich wußte, daß sie sich in ihrer zärtlichen Fürsorge um Sabby kümmern würden.

Ich fragte einen Beamten auf dem Postamt, ob er mir jemanden sagen könne, der ein Rundfunkgerät habe. Er meinte, es gäbe ein oder zwei Radios im Dorf; eines wäre in einem Pukkahaus, ein paar hundert Schritte weit, und ein gewisser Major Croslley habe dort sein Quartier.

Ich ging sofort hin und fand das Haus; es war nur ein kleiner Bungalow, pukka, bloß weil es nicht aus Bambus, sondern aus Stein und Mörtel gebaut war. Ein Diener kam heraus und grinste blöde; er verstand kein Wort Englisch. Jetzt tauchte auch der Major auf und schickte den Diener mit einem kurzem Wort weg. Ich redete ihn Sir an und legte ihm mein Anliegen dar. Ich wollte nur ein paar Minuten den Rundfunk hören. Er war verwundert, ging aber auf meinen Wunsch ein und führte mich in sein Wohnzimmer.

Ich bekam die Wellenlänge gerade, als die weiche Stimme einer englischen Frau etwas ansagte. Sie klang unendlich fremd und weither, diese Stimme, die einem Londoner Wohnräume und die Fassaden von Piccadilly vorzauberte. «Achtung, hier ist Delhi. In der nächsten Viertelstunde senden wir Nachrichten für japanische Hörer.» Dann eine Pause. Das Schweigen ließ mich zu Stein erstarren. Mein ganzes Bewußtsein war in die Ohren konzentriert. Durch und durch ging es, dieses Schweigen. Und dann wurde es gebrochen, Sabbys Stimme kam.

Das Aufatmen, die Freude, sie zu hören, riß mich hoch. Ich hörte kaum zu, was sie in dem singenden Tonfall, in dem die japanischen Nachrichten gegeben wurden, sprach. Ich begann zu lächeln, zu lachen, und der Major beobachtete mich aus seinem Lehnstuhl ernsthaft und verwundert. Als die Sendung vorüber war, schaltete ich den Rundfunk aus, und er sagte:

«Für japanische Hörer?»

«Es ist eine Freundin von mir», sagte ich. «Ich dachte, sie wäre krank.»

«Sie verstehen Japanisch?»

«Das ist mein Dienst hier.»

Er behielt mich zum Tee zurück. Er war ein langweiliger Mensch von mittleren Jahren, und all die Erfahrungen in Übersee hatten keinen Eindruck auf ihn gemacht. Aus Yorkshire war er, und selber ein Stück von Yorkshire wie ein Bauernhaus am Pennine Range. Aber es verbarg sich viel Freundlichkeit hinter seiner grauen und starren Schale. Als ich ihm sagte, daß ich hoffte, in dem morgigen Transport nach Imphal einen Platz zu bekommen, erklärte er mir, daß er auch hinfahre. Er war Transportoffizier und hatte einen Wagen. Wenn ich mit ihm kommen wolle, so könne er mir einen bequemeren Platz anbieten, als ich ihn in einem Transportwagen finden würde. Ich erwähnte Manning. Es wäre Platz für uns beide, war die Antwort.

Ich verabschiedete mich und ging zurück in die Bascha. Im Vorbeigehen trat ich in das Postamt und schickte ein Telegramm an Sabby. Ich sagte ihr, daß ich ihre Stimme gehört hätte und daß es mich sehr glücklich gemacht habe. Und ich fügte hinzu: «In spätestens sechs Monaten am Himalaya.»

Als ich aber an diesem Abend einschlief, konnte ich mich nicht zwingen, an den Himalaya zu denken. Ich hatte doch Angst, daß die Kinder nicht übertrieben hätten.

3

Wir waren zur viert im Wagen, den Sikh, der steuerte, eingerechnet. Der Wagen war ein altes Jagdwagenmodell mit hohem Chassis und plumpen Reifen, nicht eigentlich komfortabel, aber er nahm Steigungen mit gutem Tempo und überholte bald den Transport, der vor uns abgegangen war. Die Straße war in tadellosem Zustand. Der Major versicherte uns, daß sie vor dem

Krieg bei feuchtem Wetter kaum befahrbar gewesen sei; jetzt war sie betoniert und gut planiert, aber die Schleifen folgten einander in endloser Zahl. Der Sikh fuhr sie mit kreischenden Rädern, ohne die brüllende Hupe einen Moment ruhen zu lassen.

Er war Subahdar, ein Feldwebelleutnant der vizeköniglichen Armee, gut aussehend, makellos beturbant und mit einem pompösen Bart. Ich versuchte, ihn mir ohne Bart vorzustellen, und fand, daß sein Gesicht dadurch nur noch vornehmer aussehen würde. Hellhäutig hätte er den besten Typ, den unsere Rugby spielenden englischen Schulen produzieren, dargestellt. Unrasiert, nach den Vorschriften seiner Religion, glich er mehr einem Patriarchen. Er sprach den Major Sir an, nicht unterwürfig, sondern eher mit einer freien Anerkennung des Ranges, obwohl seine beiden silbernen Achselstreifen, auf dünnes rotes und gelbes Tuch gesetzt, ihn kaum höher einstufen als einen britischen Sergeanten. Englisch sprach er in einer langsamen, gewählten Redeweise, die auch seinen Fehlern ein Air von Korrektheit verlieh. Auf der Fahrt erzählte er mir davon, wie er sich aus Malaya herausgeschlagen hatte.

«Die Bomberei wurde einem zuviel. Den ganzen Tag über hörten wir die Stimme der Luftwaffe. Es gab Flugzeuge mit einem Ventilator und mit zwei.»

«Jetzt ist das anders», sagte ich.

«Jetzt geben wir ihnen zuviel Bomben. Es ist zuviel, aber es ist noch nicht genug.»

«Sie lieben die Japaner gar nicht?»

«Sir, in Malaya habe ich einem Japaner mit meinem scharfen Messer den Kopf abgeschnitten. Es ist keine schöne Sache, das zu tun, einem Mann den Kopf abzuschneiden, aber ich würde das wieder tun, mit Vergnügen.»

Im Fond plauderten Manning und der Major über England. Der Major hatte eine dogmatische Art zu sprechen und trug ein unerträglich geckenhaftes Lächeln im Gesicht. Als ich mich einmal nach ihm umwandte, bekam ich sein Gesicht in einem solchen Winkel zu sehen, daß mir sein ganzer Eigensinn aus seiner kurzen spitzen Nase und seinem ausdruckslosen Kinn entgegensprang. Trotzdem war, wie ich schon sagte, eine gewisse Freundlichkeit in ihm. Solange man nicht versuchte, die Bastionen seiner Unwissenheit zu berennen, war er ganz umgänglich. Zuerst war er nett zu Manning, weil er zu unaufmerksam war, um den leisen Spott zu bemerken, mit dem Manning ihn beobachtete. Dann aber wurde er mißtrauisch. Schließlich, in der Selbstverteidigung, wurde er im Gespräch geradezu aggressiv und kehrte den Major heraus, der den Captain einer Anrede würdigt. Schließlich suchte er mich auf seine Seite zu ziehen. «Unser junger Freund von der Luftwaffe hier wird mir recht geben.»

Wir brauchten nur eineinhalb Stunden bis Kohima, das 5000 Fuß hoch auf einen Sattel in den Nagabergen liegt. Wir kamen um halb elf oben an und fanden den Morgen wunderbar frisch, irgendwie an einen Frühling in England erinnernd. Die berauschende Atmosphäre drang neben dem offenen Windschirm zu mir herein, ich tat den Mund auf und schlürfte sie wie ein Tonikum. Die kühle Frische durchströmte mich, umschloß die dunkle, taube Stelle in meinem Herzen, die seit dem Vortage dort geblieben war.

Meine Nerven waren erregt, denn hier in Kohima war man plötzlich mitten im Krieg. Truppen bewegten sich in einer langsamen, gespannten und kampferprobten Weise. Mit den Uniformen wurde da kein Quatsch gemacht, man war für den Dschungel gekleidet, man war lange genug im Dschungel gewesen und hatte sich eine Dschungelharmlosigkeit angewöhnt. Einige umstanden ein Zelt, in dem Tee abgekocht wurde. Sie sahen gleichmütig und ungehetzt aus; doch bemerkte ich hinter dem gelangweilten Aussehen, das sie hervorkehrten, eine gewisse fanatische Hartnäckigkeit. Manche scherzten lässig, einer von ihnen machte zu unserem Wagen ein grobes Zeichen herüber. Dieses Zeichen hatte auch eine andere Bedeutung, aber er meinte die unfreundliche; doch war es weniger grob, eher komisch gemeint. Ich erwartete, daß der Major seinen Rang herausbeißen und wütend werden oder wenigstens so tun würde, als ob er nichts bemerkt hätte. Gegen meine Voraussicht aber sagte er:

«Das ist gut, daß wir noch solche Burschen haben.»

Ich mochte ihn lieber dafür. Er war nicht pfiffig genug, das nur gesagt zu haben, um hintenherum seine Würde zu wahren. Es war ein echtes Aufflackern von Großzügigkeit.

Als wir den Paß überquerten, öffnete sich ein ungeheuerliches Panorama vor uns, eine unglaubhaft schöne Aussicht. Zur Rechten erhoben sich die Berge zu einer mächtigen Kette, die nach Süden strahlte, zur Linken mischten sich die Dschungel Indiens und Burmas in einer unkenntlichen Grenze zu Falten und immer neuen Falten von tiefem Blau. Ich hatte das Blau dieser Dschungelberge seit der Zeit, da ich das erste Mal hier durchgekommen war, nicht vergessen – einen blauen Schleier, dessen Tönung mit dem Himmel wechselte, der sich aber nie ganz hob, um die grünen, wirr durchwucherten Täler und steilen Hänge zu entblößen. Aus der Ferne, von hoch oben, war es schön, die Bläue sanft und üppig zugleich.

«Wenn ich ein Mensch wäre, der sich etwas daraus macht, wo er begraben wird», sagte Manning, «so würde ich mir ein einfaches Grab hier wünschen.»

«Sie würden kein Auge dafür haben, wenn Sie wie ich jede Woche hier durchkämen», sagte der Major. «Einmal gefällt einem das, dann wächst es Ihnen zum Hals heraus. Man möchte etwas Kompakteres haben. Das Seengebiet, zum Beispiel.»

Er war durch die unendliche Weite nicht im geringsten eingeschüchtert; übrigens war es die britische Armee auch nicht. Wir überholten eine marschierende Kolonne mit ihrem ganzen Gepäck und später einen zweiten Transport auf Wagen. Ein paar Feldkanonen waren in den Straßengraben gerollt, zwei leichte Tanks hatten sich selbständig gemacht. Wir ließen sie alle hinter uns zurück und hielten erst ein paar Meilen später in einem Heeresrastlager, um eine Tasse Tee zu bekommen. Hier saß man im Freien auf Bänken an rohen Tischen und blickte durch das Tal zu einem Nagadorf hinüber, das auf einer Bergkuppe thronte; alles erinnerte an die angenehmsten Sommerferien. In einem Baum dicht neben uns jubelte ein Vogel, seine Stimme schwang sich so hoch, daß wir dachten, höher könne es nicht mehr gehen, aber schließlich gipfelte sie in einem zitternden kleinen Ton hoch oben über unseren Köpfen.

Eine Ordonnanz brachte die Teetassen. Er hatte eine Haut wie Milchschokolade und geschlitzte Mongolenaugen. Das Tablett stellte er auf den Tisch, der Major sagte: «Soll ich die Mutter machen? Einen Löffel Zucker oder zwei?» und schenkte uns ein.

Die Tanks hatten uns eingeholt. Zwei Offiziere und ein halb Dutzend Leute kamen heran und setzten sich an die Tische nebenan. Einer der Soldaten sagte:

«Wieder so eine Scheißkantine. Was würde ich für fünf Minuten im Odeon-Café geben!»

«Du wüßtest nicht, was du damit anfangen solltest.»
«Womit?»
«Mit dem Odeon.»
«Blimey, abwarten!»
«Was denn abwarten?»
«Was ich auf das Odeon pfeife!»
«Ich werd dir sagen, was du im Odeon tun könntest! Natürlich könntest du eines von den Blitzlichtmädels dort anquatschen, das könntest du. Und das hätte gleich einen ganz anderen Zug als hier.»

Sie rauchten alle. Ihre Gesichter waren sonnenverbrannt und gesund, es war schwer, sie sich in billigen Anzügen auf der Edgware Road vorzustellen. Ihre Hände waren unsauber und sahen auf eine rauhe Art griffsicher aus. Zwei von den Offizieren waren harmlose Mittelklaßburschen, die sich ihre Schnurrbärte erst neu hatten wachsen lassen. Der eine hatte traurige Augen und einen halbwegs intelligenten Blick, der andere war hochgewachsen, hatte einen schwarzen Wuschelkopf und einen breiten Mund, den die Sonne gedörrt und hartgeschnitten hatte.

«Und wohin wollt ihr?» fragte der Major.

«Blimey, du wirst gefragt», sagte einer der Soldaten.

«Wir wissen es selber nicht recht», antwortete der hochgewachsene Offizier.

«Wir wandern nur so herum und schauen uns die schöne Landschaft an.»

«Keine Japs hier rum?»

«Und ob da Japs sind! Könnte man wohl behaupten. Diese kleinen Bettler kriechen überall herum, jawohl.»

«Nein», sagte der hochgewachsene Offizier, «wahr ist, daß sie ein bißchen hier in den Nagas herumprobieren, aber der wirkliche Kladderadatsch ist auf der anderen Seite von Imphal. Sie kommen die Tiddim Straße herauf. Wahrscheinlich werden sie Imphal schon fertiggemacht haben, wenn Sie hinkommen.»

«Solange sie diese Straße nicht in Händen haben...»

«Ohne uns», sagte der Soldat. «Wir werden sie schon mit unseren Blechbüchsen beiseite halten, bis Sie wieder zurückfahren.»

«Halten Sie sie nur gründlich zurück», sagte ich, «wir möchten alle zurückkommen.»

Als wir aufbrachen, passierte gerade das Schwanzende der Wagenkolonne das Rastlager. Die Straße bog hier ins Gebirge hinauf, es gab nur kurze freie Strecken zwischen den blinden Kurven, so daß wir mehrere Meilen brauchten, um den ganzen Transport hinter uns zu bringen. Unser Sikhfahrer hängte sich an irgendeinen Wagen, schoß auf dem schmalen Straßenrand vorwärts, sobald sich eine Gelegenheit ergab, riß den Wagen wieder zurück und klammerte sich an den nächsten vor uns. Gelegentlich kam ein Transporter oder ein Jeep aus der entgegengesetzten Richtung, und wir knallten beinahe zusammen; so arbeiteten wir den Transport, Wagen um Wagen, durch, aber nach einer Viertelstunde hatten wir die Straße frei und konnten loslegen. Wir kamen durch ein paar kleine Dörfer, die nur aus Lehmhütten bestanden, dann wand sich die Straße wieder talwärts, immer noch scharf in den Berg geschnitten und manchmal von kleinen Bergrutschen halb blockiert. Wir sahen den Meilenstein 85 von Dimapur und 47 von Imphal und rechneten uns aus, daß wir in einer Stunde im flachen Land sein würden.

Der Major hatte sich zurückgelehnt und döste, Manning sah mit einem abwesenden Blick aus dem Fenster. Ich zog Sabbys Brief aus der Tasche und las ihn durch, den letzten Passus las ich mehrere Male. So charakteristisch war diese Stelle für sie wie ihre Nase oder ihre Ohren oder ihre zärtlichen Augen, und wenn mir selber nicht die Tränen in die Augen stiegen, so geschah das nur aus Rücksicht auf diesen vornehmen Sikh, der Weinen gewiß für etwas sehr Unmännliches hielt. Dann las ich noch einmal Margarets und Jennifers Brief und versuchte, ihm eine weniger grausame Deutung zu geben. Ich empfand keine Bitterkeit gegen sie, daß sie mir so geschrieben hatten; und ihr instinktives Einfühlungsvermögen konnte sich nicht täuschen. Und wenn ich dieses Unglück später selbst erkannt hätte, wäre der Preis, den ich für meine Ahnungslosigkeit zu zahlen hätte, noch höher gewesen. Es war unendlich besser, schon jetzt Bescheid zu wissen, obwohl meine Hilflosigkeit meine Angst und meine Gewissensbisse verschärfte. Zu wissen... ja, dieser Brief vertrug nur eine Deutung. Die Kinder wußten, wie es stand, und ich wußte es nun auch, nicht nur durch die einzelnen Vorfälle, die ich mir in Erinnerung gerufen hatte, sondern vermöge eines gewissen Sinnes für das Schicksal. Ein Gefühl keimte in mir auf, daß ich unbewußt eine Ahnung gehabt hatte seit jener Nacht in unserem Hause, da die Trommeln zu uns hereingedröhnt hatten. Und ich hatte nicht gewagt, diese Ahnung über meine Bewußtseinsschwelle zu heben, damit kein Schatten auf mein Glück fiel...

Mit einem Ruck prallte der Wagen zur Seite. Der Sikh trat mit voller Kraft in die Bremse, die aufheulte wie ein verwundetes Tier. Wir wurden vorwärtsgeschleudert und rutschten wieder zurück. Schon standen wir still. Die Maschine hatte ausgesetzt. Alle starrten wir durch den Windschirm.

Quer über die Straße war da eine Barrikade gezogen, sie bestand eigentlich nur aus einem Baumstrunk und aufgeschichteten Ästen. Kein Durchlaß an den Seiten; hinter uns war die scharfe Kurve, die wir mit 30 Kilometern genommen hatten, vor uns eine andere blinde Kurve. Zur Rechten fiel das Gelände jäh in eine Bergschlucht ab, zur Linken erhob sich ein dschungelbedeckter Steilhang.

Wir alle saßen und starrten hinaus, und die Sekundenschnelle zuckten alle möglichen Erklärungen für diese Wegsperre durch unsere Gehirne; die schlimmsten hielten wir noch zurück.

«Kann das heruntergerutscht sein?» fragte ich.

«Möglich.»

«Die Sperre ist sehr simpel, Sir», sagte der Sikh, «ich werde sie gleich wegräumen.»

«Warten Sie!» sagte der Major. Es war klar, daß er den Befehl übernommen hatte. Wir warteten und sahen aufmerksam zu dem Baum hinüber, der quer über der Straße lag; es war keine Stelle zu entdecken, wo er aus den Wurzeln gebrochen war. Ein längeres Schweigen folgte. Ohne die Schultern zu rühren, wandten wir die Köpfe und starrten in den Dschungel hinauf. Nichts war zu gewahren als die Schlinggewächse, die von den Bäumen herabhingen und sich mit dem aufwärtswuchernden Strauchwerk verknoteten. Wir horchten gespannt, hörten aber nur das rauhe Gekreisch eines nach dem Weibchen rufenden Vogels. Wieder sahen wir nach dem Baum hinüber, das Schweigen begann unerträglich zu werden, ich sehnte mich danach, daß der Major etwas sagte.

«Dafür gibt es offenbar keine Erklärung», sagte er schließlich. «Da ist weiter vorn was passiert.»

Wir erwogen dies. Alle dachten wir genau dasselbe. Der Major dachte es auch, aber es war Manning, der den Mut hatte, es auszusprechen, und er sagte mit verblüffend schlichter Einfachheit:

«Vermutlich sind das die Japs. Sie warten auf uns, wenn wir aus dem Wagen steigen.»

Ich war wie versteinert vom kalten Grauen, das durch alle meine Adern lief. Das also war das Ende, in ein paar Sekunden würde ich sterben, Sabby ihren Tod allein sterben lassen; und in derselben Sekunde sah ich zwar nicht mein ganzes Leben, wie es vor meinen Augen abrollte, aber ein paar kurze Szenen – die klarste davon spielte im Vorraum des Hauses in Tewkesbury, meine Mutter war gerade dabei, ein Telegramm zu öffnen, das sie in Händen hielt. Dann riß ich mich ein wenig zusammen und sagte mir, daß wir immerhin unser vier waren und daß bis jetzt noch nichts geschehen war. Ich blickte nach dem Sikh hinüber. Seine Miene war regungslos wie Holz, und er blickte geradeaus. Der Major hatte die Nerven verloren, seine Hände zitterten, und als er etwas sagen wollte, bewegte sich sein Mund, aber es kam kein Ton heraus. Aber auch er riß sich wieder zusammen, seine Stimme klang barsch, als er sagte:

«Besser, wir bleiben dicht beisammen sitzen. Der Transport muß in zwanzig Minuten hier sein.»

Der Vogel, der nach seinem Weibchen schrie, kreischte kläglich. Er war irgendwo in den Ästen des Baumes, der über die Straße hing. Ich blickte hinauf und spähte in das Laubwerk. Ich konnte den Vogel nicht sehen, und von Japanern bemerkte ich auch nichts. Aber ich wußte gewiß, daß der Vogel da war.

Manning nahm seine Zigarettendose heraus und reichte sie wortlos herum. Seine Hand zitterte leicht. Ich bekam die Zigarette glatt heraus und steckte sie absichtlich gleichgültig in den Mundwinkel. Der Sikh sagte höflich: «Danke, wir Sikhs rauchen nicht.»

Der Major strich ein Zündholz an, auch die Flamme schlotterte. Manning beugte sich vor und brachte die Spitze seiner Zigarette in das Feuer, dann lehnte er sich zurück und tat einen langen, gedankenvollen Zug. Erst jetzt sagte er gelassen zu dem Major:

«Ich möchte zur Erwägung geben, Sir, daß wir vielleicht, wenn dies eine Falle ist, in der Lage sind, den Transport zu retten.»

«Umkehren und zurückfahren, meinen Sie?»

«Wir würden sehr lächerlich dastehen, wenn es sich als Irrtum herausstellt.»

«Was zum Teufel also sonst?» bellte der Major in nervöser Ungeduld.

«Wir könnten den Baum zur Seite schieben und, wenn nichts geschieht, langsam weiterfahren.»

«Den Baum beiseite schieben?»

«Es ist ein leichter Baum. Ein Mann bringt das fertig.»

«Was geschieht, wenn sich Schwierigkeiten ergeben?»

«Bleibt uns nur eine Wahl. So rasch wie möglich rückwärts fahren, die Straße freischießen, so gut wir können, dann umkehren und zurück zu dem Transport.»

«Vielleicht regen wir uns über nichts auf», sagte der Major.

«Auch möglich.»

«Der Leutnant im Rastlager sagte, hier herum gäbe es keine Japaner. Man würde sie doch sicher von der Straße weghalten.»

«Hier kann sich im Dschungel allerhand verbergen.»

«Das natürlich. Also schaffen wir den Baum weg.»

«Ich möchte das tun, Sir», sagte der Sikh. «Wollen Sie mir, bitte, befehlen, aus dem Wagen zu steigen.»

«Es ist ziemlich egal, wer von uns das tut. Wir sitzen alle in der gleichen Patsche.»

«Ich glaube, es sollte besser mir übertragen werden», schlug Manning vor. «Der Fahrer kann unentbehrlich werden.»

«Ja, besser, Manning geht.»

«Starten Sie die Maschine», sagte Manning, «und schalten Sie den Rückwärtsgang ein. Halten Sie den Fuß auf dem Gashebel.»

«Und was geschieht mit Ihnen?» fragte der Major.

«Wenn irgend etwas passiert, so zögern Sie keinen Augenblick. Wenn Sie zögern, ist alles verpfuscht. Sie müssen alles, was in dem Wagen drin ist, hergeben, um hier herauszukommen. Haben Sie das verstanden?» wandte er sich an den Fahrer.

«Ja, Sir.»

«Fein. Also los. Vielleicht halten wir uns in ein paar Minuten für verdammte Idioten und lachen über das ganze Melodrama.»

«Hoffentlich», sagte ich.

Er hatte einen Revolver wie wir alle. Er zog ihn aus dem Halfter, öffnete die Wagentür und knallte sie hinter sich zu, als er draußen war. Dann ging er mit ruhigem Schritt vor den Wagen. Er war sehr groß und ging stramm aufgerichtet. Die Mütze hatte er im Wagen gelassen, sein Haar war gewellt und wirr. Die Zigarette hing ihm noch im Mund.

Man konnte nur das Surren des Motors hören und wieder den an den Nerven zerrenden Schrei des Dschungelvogels. Wir alle starrten gelähmt vor Spannung auf Manning. Wir sahen ihn etwa ein Dutzend Meter bis zu dem Baum vorgehen, ohne zur Seite zu blikken. Er überschaute die Lage einen Augenblick, stieg über den Baumstamm, dann wandte er sich zu uns und machte eine französische Geste, indem er die Achseln zuckte und die eine Hand auswärtsbog, als wollte er sagen: Was soll all der Quatsch?

Und so traf ihn die Kugel. Wir hörten den Schuß so nahe, daß mein Körper unter dem ohrenzerreißenden Explosionsgeräusch zusammenzuckte. Manning schien im selben Moment in der gleichen Gebärde fixiert. Es kann nur eine Sekunde gedauert haben, aber mir schien es eine unendliche Zeit, die er so zusammengekrampft dastand wie eine bewegte Figur, die in einem Foto festgehalten ist. Dann fiel der Revolver aus seiner Hand und die Zigarette aus seinem Mund. Er schien sacht zurückzutreten, die Beine gaben unter ihm nach, er stürzte zusammen. Der Wagen ruckte an, als der Sikh den Griff löste und in den Hebel trat. Wir fuhren in wahnsinnigem Tempo rückwärts, suchten die Kurve zu gewinnen; im selben Augenblick schlug der tödliche Hammer des Maschinengewehrs zu. Der Windschirm zersplitterte, das Steuerrad wirbelte aus den Händen des Sikhs. Dann neigte sich der Hinterteil des Wagens, ich dachte, wir würden in die Schlucht hinabsausen; ich hoffte es. Der ganze Krach würde in wenigen Sekunden vorbei sein.

Aber die Vorderräder hielten auf der Straße fest. Die Maschine setzte mit einem Stoß aus, wir lagen fest. Und im selben Augenblick waren wir umgeben von kleinen Khakigestalten, die Gewehre mit darauf befestigten Bajonetten trugen. Mein Revolver war zu Boden gefallen. Blind griff ich danach, aber ich wußte, daß es zu spät war. Der Major gab ziellos einen Schuß ab. Dann sahen wir ein Dutzend stählerne Bajonettschäfte durch das Fenster drohen und dahinter ebenso viele nebelhafte verschwommene Gesichter.

Ich erwartete, den Stahl zu fühlen, aber als ich auf der Hangseite aus dem Wagen klettern wollte, war es der Gewehrkolben, der mich quer vor die Stirn traf. Eine Art heilsame Warnung, wie ich annehme, nur hart genug, mich für den Augenblick zu betäuben. Als ich mich wieder erfing und klar war, Umschau zu halten, sah ich, daß die Japs den Wagen auf die Straße zurückzogen.

Einer von ihnen, ein Gemeiner, hielt das Bajonett auf mich gerichtet. Ich hob leicht die Hand, drohend schüttelte er das Bajonett. Seine Augen leuchteten vor Eifer, die Zähne waren halb entblößt. Er war plump und untersetzt gleich den Bauern, die ich im Fort Cawnpore gesehen hatte; aber jetzt war er an der richtigen Seite des Bajonetts, und sein Gesichtsausdruck verriet nichts von Kummer oder lächelnder Philosophie. Er war voll einer grimmigen Bewußtheit, bereit, pflichtgemäß mit dem Stahl zuzustoßen.

Ein Offizier war unter ihnen. Nachdem er seine Anweisungen gegeben hatte, die Straßensperre mit dem Wagen zu verstärken, befahl er zweien seiner Leute, uns abzuführen. Wir drei wurden aneinandergedrängt, die Bajonette zeigten die Richtung, in der wir zu gehen hatten. Wir stiegen den steilen Dschungelhang hinauf. Eine Art Pfad führte durch das dichtverwachsene Gestrüpp, wir folgten ihm, einer nach dem andern, der Major voraus mit einem langsamen, zögernden Schritt. Sein Kopf hing vornüber vor jäher Erschöpfung und Schrecken. Einmal blickte er sich über die Schulter nach mir um, und ich bemerkte, daß sein Gesicht unendlich eingefallener war als vor zwanzig Minuten. Wie ein Verurteilter sah er aus, der zum Schafott geschleppt wird. Ich sagte leise zu ihm:

«Das ist noch nicht das Ende.»

Er blickte matt zurück und brummte etwas; einer der Eskorteleute schrie uns wichtigtuerisch zu, wir sollten still sein. Ich konnte die beiden hinter uns hören, weil sie miteinander tuschelten, aber ich fing nur Fetzen ihres Gesprächs auf; und obwohl sie in ihrer Sprechweise andeuteten, daß sie stahlharte Soldaten wären, fühlte ich, daß auch sie aufgeregt waren.

Einer von ihnen sagte:

«Das müssen wichtige Offiziere sein, daß sie mit einem solchen Wagen fahren.»

«Wenn sie es sind, werden wir eine Auszeichnung bekommen.»

«Wer war es, der den ersten abschoß?»

«Kusano.»

«Wärst es wohl gerne du gewesen?»

«Es war ein feiner Schuß, aber...»

«Vielleicht müssen wir diese abschießen, wenn sie ausrücken.»

«Man wird sie lieber lebendig haben wollen.»

«Ich möchte eine Erinnerung an sie behalten.»

«Ich hätte gern den Hut des Inders», sagte der andere.

Ein paar Minuten später aber wurden sie unverschämter, und einer von ihnen stachelte den Sikh mit seinem Bajonett, scheinbar um ihn zur Eile anzutreiben, aber ich glaube, er tat es mehr, um zu sehen, was daraus würde, und vielleicht hatten sie das Gefühl, Angriffsgeist zeigen zu müssen. Statt seinen Schritt zu beschleunigen, blieb der Sikh mitten auf dem Pfad stehen, wandte sich um, um ihnen ins Gesicht zu schauen, und stieß einen Fluch in Hindustani hervor. Der Soldat hinter ihm tat einen Sprung zurück, hielt das Bajonett stoßbereit und starrte ihn an. Dann begann er japanisch zu schreien: «Vorwärts, marsch!» Aber der Sikh stand regungslos und uneingeschüchtert. Ich fürchtete, es würde etwas daraus werden, und darum sagte ich zu den Soldaten:

«Es war unnötig, ihn zu stoßen.»

Daß ich japanisch sprach, schien allen Wind aus ihren Segeln zu nehmen. Überrascht starrten sie mich an.

«Sie sprechen Japanisch?»

«Etwas.»

«Die andern zwei auch?»

«Nein.»

«Sagen Sie dem Inder, er soll weitergehen.»

Ich sagte es ihm, und wir setzten uns wieder in Bewegung, aber diesmal hielt ich mich neben dem Japaner, denn ich wollte ihn anreden.

«Das habt ihr geschickt gemacht, uns so auf der Straße zusammenzufangen», sagte ich.

«Da kommt kein Transport mehr durch.»

«Was hoffen eure Leute fürs nächste?»

«Die Japaner werden Imphal nehmen.»

«Woher wissen Sie das?»

«Das wurde uns gesagt.»

«Und was tun Sie mit uns?»

«Wir bringen Sie zum Kommando, und was dann weiter geschieht, wissen wir nicht.»

Etwa eine Meile wanderten wir so hügelaufwärts und durch den Dschungel. Plötzlich hörten wir schweres Artilleriefeuer dicht neben uns, unmittelbar darauf feuerten zwei weitere Geschütze, die etwas weiter abseits standen. Dann wieder das erste, und im selben

Moment sah ich es auch vor uns, zwischen den Bäumen auf einem kleinen Vorsprung gedeckt.

Unser Begleitmann leistete sich eine Erklärung.

«Sie nehmen die Straße unter Feuer. Schuppen sie ab wie einen Fisch. Sie können froh sein, daß Sie beizeiten von dort weggekommen sind.»

Es war klar genug, was geschehen war. Auf Schleichwegen hatten sie ihre Gebirgsartillerie herangebracht, hatten der Straße gegenüber eine Stellung bezogen, dann die Straße blockiert und auf einen guten Fang gewartet. Wir waren nur eine kleine Vorspeise gewesen; jetzt aber nahmen sie die Transportwagen unter ihr Feuer. Sie schossen drauflos, was die drei Geschütze nur hergaben. Als wir näherkamen, konnten wir die Leute an den Geschützen sehen, wie sie fieberhaft arbeiteten; im Moment, in dem die Lafette zurückprallte und stillstand, luden sie neu. Es war grauenvoll, zuzuschauen und hilflos zu sein; ich dachte an die Jungen in den Transportwagen, die jetzt an der Reihe waren, dieselben, die eben noch über das Odeon-Café und die Blitzlichtmädel geplaudert hatten.

Zwei oder drei Minuten später gab es etwas Feuer, das antwortete, das Artilleriefeuer setzte aus, und dann war nur mehr Gewehr- und Maschinengewehrfeuer von der Straße herauf. Es klang, als ob sich ein wilder Kampf entwickelte. Eine Viertelstunde ging das pausenlos so weiter, nur klang das Feuer, je weiter wir gingen, hohler, das Maschinengewehrfeuer wie ein plötzliches rapides Hämmern. Und dann eine weithin hallende Explosion, ein furchtbarer Krach, auf den kurz nacheinander ein halb Dutzend schwächere folgten; offenbar war ein Munitionswagen in die Luft geflogen. Und nun tiefe Stille. Wir konnten wieder das Schreien der Vögel hören und das unaufhörliche Zirpen der Grillen. Das Schießen aber hatte aufgehört, und so schien alles andere wie tiefe Stille. Wir konnten uns dieses Schweigen da unten vorstellen, das rauchende Chaos auf der Straße.

«Vielleicht sind Sie auch glücklich, daß Sie aus dem heraus sind», sagte ich zu dem Begleitmann.

«Saa ... derlei wird es noch oft geben.»

Kämpfen Sie gern?»

«Gern oder nicht gern. Da kann man nichts machen.»

Wir mochten wohl drei Meilen gegangen sein, bevor wir das Lager erreichten, und wir brauchten dazu ebenso viele Stunden. Es gab ein Dutzend kleine Hütten hier, von der Art, wie man sie im Dschungel binnen weniger Stunden baut, Bambushütten mit Strohdächern. Etwas abseits waren Laufgräben ausgehoben und Posten aufgestellt; eine Gruppe Soldaten hockte auf dem Boden und aß Reis. Sie sahen uns neugierig an, einer schrie «Banzai!» und die andern lachten. Dann aßen sie weiter, und wir standen beisammen, während einer von der Eskorte in einer Hütte verschwand. Ich konnte die Leute über uns sprechen hören:

«Glaubst du, daß man dem Schwarzen seinen Bart abschneiden wird?»

«Wird man sie nach Japan schicken?»

«Man wird sie brauchen, um den Bombenschaden in Mandalay oder Rangoon aufzuräumen.»

«Es ist ein Jammer, daß wir nicht weibliche Gefangene machen, dann wüßten wir, was man mit ihnen anzufangen hätte.»

«Sehr fürchterlich schauen die da nicht aus.»

«Wahrscheinlich schämen sie sich, weil sie gefangen worden sind.»

Eine Weile später wurden wir zu einer der Hütten geführt und hineingewiesen; am Eingang waren Posten aufgestellt. Die Hütte war ohne jegliche Einrichtung, wir hockten auf den Boden und lehnten uns gegen die Bambuswände. Ich sah nach meiner Uhr und stellte fest, daß es halb sechs war. Es schien unmöglich sich vorzustellen, daß wir am selben Morgen noch in Dimapur gewesen und dann durch Kohima gefahren waren, mit all unseren Truppen rundum, und daß wir vor sechs Stunden noch Tee im Rastlager getrunken hatten; unausdenkbar auch, daß Manning noch gelebt hatte, ohne sich etwas aus dem Leben zu machen, und jetzt irgendwie ungeheuerlich lebendig war. Wohl war er tot, aber auf eine schöne Weise tot, Gott sei es gedankt, gestorben, so wie er es sich gewünscht haben mochte, ausgelöscht mitten in dieser Gebärde: Was soll dieses Zeug? Was hat das zu bedeuten?

Mir tat die Vorstellung wohl, daß er diese Gebärde nicht auf uns gemünzt hatte, sondern auf die Kugel, von der er bereits wußte, daß sie ihn töten würde. Nicht daß ich meine, er habe wirklich, tief in seinem Herzen, zu sterben gewünscht – gewiß hatte er in diesem Augenblick nicht weniger Angst als wir andern. Aber irgendwie erhob ihn diese Geste in meiner Vorstellung, und obwohl ich nur eine Bahnfahrt und eine Strecke auf dem Brahmaputra mit ihm zusammen gewesen war, hatte ich das Gefühl, einen Freund verloren zu haben. Er war ein guter Mann. Er hatte Waschmittel verkauft von Tür zu Tür, und sein Kino in Rangoon war schlecht gegangen; sein ganzes Leben erschien ihm selbst als ein Fehlschlag. Aber er war gut. Und er war tot.

Ich aber hatte kaum eine Schramme abbekommen, nur eine Beule an der Stirn, an der Stelle, wo mich der Gewehrkolben getroffen hatte. Meine Uhr ging noch so, wie ich sie gestern in Dimapur aufgezogen hatte, meine Kleider waren nicht zerfetzt, es waren dieselben Kleider, die ich mit Sabby im Armee- und Marinekaufhaus in Bombay gekauft hatte, zu einer Zeit, als der Krieg unendlich ferngerückt schien – eine Sache, die ich bereits hinter mir hatte und nicht mehr erleben würde. Ich hatte noch die Schachtel Zigaretten in meiner Tasche, die meine Eltern mir aus England geschickt hatten, und meinen Tornister.

Ich erinnerte mich plötzlich, daß ich ein Foto von Sabby im Tornister hatte. Es war immer meine Absicht gewesen, es zu vernichten, wenn ich der Front nahe kommen sollte; ich hatte aber keine Besorgnis gehabt, es nach Imphal mitzunehmen, und nun hatte ich es im Drang der Ereignisse vergessen. Ein Glück, daß wir bisher nur nach Waffen durchsucht worden waren.

Ich öffnete das Gepäckstück und fand das Bild. Es war im Himalaya aufgenommen, am Rand sah man Jennifers Hand und die Hälfte von Margarets Gesicht. Sabby schien durchflutet von der wunderbaren Luft, und man konnte sehen, wie sie vor Glück strahlte. Ich hätte das Bild gern geküßt, obwohl ich so etwas bisher noch nie getan hatte, ein Foto küssen; ich hatte Angst vor dem Posten, der in der Tür stand und herübersah, und so hielt ich es zwischen meinen Knien verborgen, meine Hände waren darüber gefaltet, bis ich es in kleine Stücke zerriß. Wie Verrat kam es mir vor, ganz als ob ich mein eigenes Glück zerrisse. Es zu behalten wäre aber noch verräterischer gewesen, und das Glück war ja doch vernichtet. Ich verscharrte die Stücke in der Erde zwischen den Bambusstäben.

Der Major war vollkommen gebrochen. Er war fast zweimal so alt wie ich, hatte den ersten Krieg mitgemacht und sich ausgezeichnet; sein Ordensband lief in zwei Reihen über die ganze Brust. Vor diesem Krieg, vor dem zweiten Weltkrieg, war er in Leeds im Eisenbahndienst gestanden und hatte gerade darauf gewartet, in Pension zu gehen. Dann war er als Transportoffizier wieder eingerückt, hatte seinen Weg über die Bahnstationen Kairo, Bombay, Delhi und Dimapur genommen. Zwei Jahre war er in Indien, und in weiteren zwei Jahren hätte er heimfahren dürfen; er sehnte sich danach, denn er haßte Indien. Er haßte alles außer Yorkshire, und in dieser Hütte im Dschungel, auf dem Boden hockend und von einem japanischen Gemeinen erster Klasse bewacht, war er einfach erledigt.

Er nahm alle Verantwortung auf sich, und obwohl ich ihm zusprach, wurde er mit seinen Gewissensbissen nicht fertig. Er bestand darauf, daß wir, hätte er uns nicht in seinen Wagen eingeladen, bei dem Transport wären, der jetzt noch kaum über Kohima hinausgekommen war. Und Manning gar wäre noch am Leben. Ganz besonders falsch aber wäre es gewesen, daß er Manning erlaubt hatte, auszusteigen und die Sperre wegzuräumen.

Er wartete, daß er erschossen würde. Mich würden sie aufsparen, sagte er, weil ich Japanisch sprach und also für sie von Nutzen war, seine Stunden aber wären gezählt. Sie würden sich nicht die Mühe machen, ihn ins Hinterland zu schleppen und im Dschungel ihre spärlichen Lebensmittelvorräte auf ihn zu vergeuden. Er zeigte mir ein Bild seiner Frau mit zwei Kindern, eine schrecklich gestellte Aufnahme von irgendeinem Fotografen in Boarlane, und ich mußte ihm versprechen, daß ich seine Frau nach dem Krieg besuchen würde. Ich müsse ihnen sagen, daß er keine Todesfurcht gehabt hätte und nur um sie in Sorge gewesen sei. Und was ich auch von seinem Verhalten im Wagen halten mochte, seinem Sohn sollte ich sagen: «Ihr Vater war ein Prachtmensch.» Sein Sohn glaubte an ihn und dürfe diese Illusion nie verlieren. Ich sagte ihm, es wäre wohl sehr unnütz, etwas dergleichen zu versprechen, wir würden beide lebendig durchkommen, vielleicht sogar schon bald ausrükken. Aber er bestand darauf. Ich versprach es, und er begann zu schluchzen. Der Sikh sah diskret beiseite.

Man brachte uns etwas Reis. Es war nur ganz wenig, aber es wurde uns von einem Gemeinen freundlich gereicht, dem diese

Pflicht offenbar angenehm war. Schon in der Tür, die Schüssel in der Hand, verneigte er sich, und als ich ihm dankte, sagte er:

«Es ist bei weitem nicht ausreichend, aber...»

«Bitte, sprechen Sie nicht davon», sagte ich.

Er wollte gern bleiben und reden. Hastig stellte er einige Fragen. Ob wir uns sehr elend fühlten? Da ich Japanisch spreche, kenne ich doch gewiß auch Kyushu, wo er zu Hause sei. Ob unsere Schulterstücke bedeuteten, daß wir sehr hohe Offiziere wären? Und da er fürchtete, seine Plaudersamkeit könne ihm eine Rüge zuziehen, verneigte er sich mehrere Male tief und sagte: «Ich danke Ihnen, ich danke vielmals.»

Wir würgten noch an dem Reis, als ein Unteroffizier im Eingang erschien. Er sagte in furchtbar häßlichem Englisch:

«Ihr Gefangenen! Rasch herauskommen!»

Wir ließen etwas Reis in der Schüssel und standen auf. Draußen stand schon eine andere Begleitmannschaft mit Gewehren und Bajonetten bereit. Wir traten in die Reihe und gingen etwa 100 Meter weit zu einer Stelle vor den Hütten zwischen den Dschungelbäumen. Der Unteroffizier schrie uns etwas zu, mutmaßlich, wir sollten strammer gehen, aber es war nicht ausfindig zu machen, ob er englisch oder japanisch sprach. Als wir hielten, machte die Eskorte eine Wendung, und wir taten ebenso. In strammer Haltung warteten wir. Der Unteroffizier ging in eine der Hütten, zehn Minuten später kam er hinter einem Offizier wieder heraus.

An den Abzeichen an seinem Kragen konnte ich erkennen, daß er Leutnant war. Er war sehr klein, keine sechs Fuß hoch, aber flink und stolzierte großtuerisch umher. Sein Gesicht war hart und knochig, seine Augen glichen glänzend schwarzen Rosenkranzkügelchen. An seiner Seite trug er ein Schwert. Es war viel zu groß für ihn, und er schleppte es beinahe auf dem Boden nach, so daß er damit wie ein Kind aussah, das mit der Waffe eines Erwachsenen spielt.

Er kam auf uns zu und musterte uns der Reihe nach. Seine Augen brannten. Die Hände hielt er am Rücken, die Schultern waren hochgezogen, weil er nichts von seiner Größe verlieren wollte. Dann sagte er, indem er sich der knappsten möglichen Form bediente:

«Wer von Ihnen spricht Japanisch?»

«Ich habe eine gewisse Kenntnis davon.»

«Sie waren in Japan?»

«Nein.»

«Wo haben Sie es gelernt?»

«Von Freunden.»

«Sie verstehen mich?»

«Wenn Sie nicht zu schnell sprechen.»

«Gut. Ich wünsche, daß Sie mir aufmerksam zuhören und dann die Bedeutung meiner Worte den andern beiden Männern kundtun.»

Er begann vor uns auf und ab zu stolzieren. Unter allen anderen Voraussetzungen wäre dieser Anblick erschütternd komisch gewesen: seine Brust herausgestreckt, das Schwert nachgeschleppt, seine Rede so gespreizt wie sein Gang. Ich verstand nicht alles, was er sagte, aber das Wesentliche wurde mir klar, und das bestand darin, daß wir nun Gefangene von Dai-Nippon wären, dessen gegenwärtiger Kaiser, der Sohn des Himmels, der unmittelbare Nachkomme der hochehrenwürdigen Gottheit Amaterasu Omikami sei; und dann kam noch eine Menge Geschichte wie in einem Zeitungsartikel über Japan, und alles das sollte uns erklären, daß es ein weit besseres Geschick sei, Gefangener einer solchen Macht zu sein als der freie Angehörige einer weit tiefer stehenden Nation. Es schien auch, daß uns durch des Kaisers Willen Gnade widerfahren sollte, doch durften wir das nicht so verstehen, daß es uns darum erspart bleiben solle, nach Verdienst bestraft zu werden. Immerhin gebühre unsere ganze Huldigung dem Kaiser, und in der Richtung nach dessen Palast – er zeigte dahin mit einem ausgestreckten Finger – würden wir uns einige Male zu verneigen haben. Wenn wir des weiteren demnächst einige einfache Fragen gestellt bekämen, so stände es uns zu, wahrheitsgetreu zu antworten, und jedes Widerstreben von unserer Seite würde eine Beleidigung des erwähnten Kaisers sein, durch die wir eine Zahl wohldurchdachter Strafen auf uns ziehen würden.

«Verstehen Sie das alles?» fragte er.

«Ich verstehe Ihre Worte.»

«Gut. Sie werden sich jetzt alle in der Richtung nach dem kaiserlichen Palast verneigen.»

Ich sagte zu den beiden andern auf englisch: «Besser ihr verneigt euch vor dem Baum da; wir ersparen uns eine Menge Unannehmlichkeiten.»

Wir verneigten uns also. Leute haben sich zuvor den Tod auf den Hals geladen, indem sie Geringeres als das zurückwiesen, und ich bewundere sie dafür, daß sie den Mut hatten, zu unerschütterlichen Prinzipien zu stehen. Ich wußte im voraus, daß ich nicht zu ihnen zähle, und so suchte ich mir einzureden, daß diese Heuchelei nur ein Scherz sei; dabei fiel mir ein, wie Peter wohl gelacht hätte, wenn er diese bizarre Szene gesehen hätte, ein Major, ein Sikh und ich selbst, irgendwo im Dschungel in einer Reihe aufgestellt und sich auf die Entfernung eines Kontinents und eines Meeres vor dem Kaiser Hirohito verneigend.

Nachdem dieses geschehen war, trat der Leutnant auf mich zu und musterte mich finster.

«Was ist das?» sagte er und deutete auf meine Schulterstreifen.

«Das sind meine Rangabzeichen.»

«Sie haben jetzt keinen Rang mehr», sagte er.

Er streckte seine Hand aus und riß meine Luftwaffenabzeichen ab. Als er mir so nahe stand, konnte ich sehen, wie straff seine Haut über den Knochen gespannt war. Seine Wangen waren hohl, so daß die Backenknochen hervorsprangen, seine Nasenlöcher waren weit und schwarz. Nur seine Augen hatten ein hartes, stählernes Leben.

Er musterte die Rangabzeichen des Sikhs und ging vorbei; vermutlich wollte er uns demütigen, indem er dem Inder seinen Rang beließ. Dann kam er zu dem Major und betrachtete einen Moment lang aufmerksam die auf die Schulter gewebte Krone.

«Welchen Rang hatte dieser Mann?» fragte er.

«Shosa.»

Er lächelte und riß einen der Schulterstreifen ab. Der Major hob die Hand und legte sie fest auf die andere Schulter. Sofort verschwand das Lächeln des Leutnants, und er sah böse drein.

«Sag ihm, daß er die Hand wegnehmen soll», befahl er dem Unteroffizier.

«Hand weg!»

«Ich behalte meinen Rang auch als Gefangener», sagte der Major.

«Hand weg!»

Der Major bewegte seine Hand nicht. Ich sah, daß seine andere Hand, die herabhing, zitterte. In seinem Gesicht aber stand ein neuer, herausfordernder Mut.

«Darf ich ihn schlagen?» fragte der Unteroffizier.

«Nein. Der Inder wird ihn schlagen. Sag den beiden, daß sie einen Schritt vortreten sollen.»

Sie traten den Schritt vor. Der Major hatte immer noch seine Hand auf der Schulter. Auf der anderen Schulter war seine Tropenbluse an der Seite zerfetzt, wo der Streifen abgerissen worden war.

«Gesichter gegeneinander», sagte der Unteroffizier.

Sie wandten sich einander zu.

«Du, Inder, schlägst dem Engländer ins Gesicht.»

Der Inder rührte sich nicht.

«Verstehst du Englisch?» fragte der Unteroffizier.

«Ich verstehe Englisch.»

«Dann befehle ich dir, den Engländer zu schlagen.»

«Ich werde meinen Vorgesetzten nicht schlagen.»

Der Unteroffizier übersetzte das seinem Leutnant. Dieser trat nahe vor den Sikh hin, wie ein kleiner, die Brust herausstreckender Zwerg wirkte er vor dem imposanten Inder. Der Sikh blickte regungslos in den Himmel hinauf, sein dichter schwarzer Bart zitterte nicht einmal. Von der Seite konnte ich das Weiße seiner Augen und den edlen Schwung seiner Adlernase sehen. Und ebenso sah ich aus der Geschlossenheit seiner Züge, daß nichts ihn zwingen würde, jenen Befehl zu befolgen.

Wütend stieß der Leutnant seine geballte Faust gegen das Kinn des Sikh. Der stand steinern wie eine Statue.

«Befiehl ihm, den Mann so zu schlagen», sagte der Leutnant.

«Der Befehl lautet, den Offizier so zu schlagen», übersetzte der Unteroffizier.

«Um Gottes willen, tun Sie es, Mann», sagte der Major leise, «es bedeutet nichts.»

Wir warteten, aber der Sikh rührte sich nicht. Seine Arme hingen starr an seinen Seiten herab.

«Entschuldigen Sie, Sir», sagte er, und dann machte er einen Sprung, schob sich zwischen dem Major und dem Unteroffizier hindurch, zu rasch, als daß man ihn hätte greifen können, und bevor der Posten sein Gewehr heben und in Anschlag bringen konnte, hatte er einen Graben, der etwa zwanzig Meter vor uns lag, übersprungen, und erreichte die vordersten Bäume.

Es war ein hoffnungsloser Versuch. Er mußte es gewußt haben. Neben mir wurde gefeuert, ein paar Sekunden sah ich ihn noch laufen, aber nur gleichsam losgelöst von dem, was bereits geschehen war, und ruckweise zusammenklappen. Dann rührte er sich, er wandte sich wieder auf das Gesicht zurück, er schien sich hochstemmen zu wollen. Langsam ging der Leutnant zu ihm hinüber. Er ging gelassen, konzentrierte sich sichtlich auf das Todeswerk, das er an dem grauenvoll geschüttelten Körper vollstrecken wollte. Er erreichte den Graben, und da dieser zweieinhalb Fuß breit war, umging er gelassen das Grabenende. Ich flüsterte dem Posten zu: «Schieß noch einmal!», aber der hielt seine Waffe gegen mich gerichtet, um mich an einem Fluchtversuch zu hindern, und der andere ließ den Major nicht aus den Augen. Ein Dutzend anderer Soldaten kamen jetzt aus den Hütten gelaufen und stürzten auf den Platz zu, wo der Sikh sich im Todeskampf wand. Hinter dem Leutnant blieben sie stehen, starrten fasziniert hin, während er langsam sein Schwert zog. Regungslos standen sie, als er es mit beiden Händen über seinen Kopf erhob: Und in diesem Augenblick rührte sich auch der Sikh nicht. Das Schwert fiel. Ich konnte nicht sehen, was geschah, aber am Boden war keine Bewegung mehr, der Leutnant machte kehrt, und die Soldaten traten zurück, um ihn durchzulassen. Er kam zu uns zurück, den Griff des Schwertes in der einen Hand, die Spitze an den Zeigefinger der anderen Hand gelegt. So hielt er das Schwert hoch, damit wir es sehen konnten. Der glänzende Stahl war von frischem Blut überströmt wie ein Metzgermesser.

Dann reichte er das Schwert dem Unteroffizier, blieb vor dem Major stehen und riß den andern Schulterstreifen ab.

4

Wir wurden einzeln in der Hütte des Leutnants verhört. Ich fürchtete dieses Verhör, denn ich wußte, wie schwer es sein würde, im Angesicht der drohenden Folterung Haltung zu bewahren. Doch kannte ich die militärische Methode noch nicht; die des Leutnants war durchsichtig, und es schien leicht zu lügen.

Zehn Minuten zuvor hatte er mir das blutige Schwert vor die Augen gehalten; jetzt empfing er mich mit einem Grinsen, das die beiden Reihen seiner vorspringenden Zähne entblößte. Er klopfte mir auf die Schulter. Es war offenbar, daß er noch nie jemanden auf die Schulter geklopft hatte, aber man hatte ihm gesagt, daß Engländer das untereinander täten, und so meinte er, es wäre eine gewinnende Geste. Er hieß mich auf dem Boden der Hütte Platz nehmen und bot mir eine Zigarette an.

«Es war ein rechter Jammer», sagte er, «daß wir den Inder töten mußten. Ich bin nur froh, daß es der Inder war und nicht einer von Ihnen beiden.»

«O ja», sagte ich.

«Wie ich bereits erwähnt habe, wünschen wir Sie mit Milde zu behandeln.»

Und er fuhr fort, sich jovial zu gebärden. Geraume Zeit redete er gleichgültiges Zeug, um die Fragen, die er bereithielt, zu tarnen, aber als sie dann hervorkamen, standen sie in possierlicher Klarheit da. Ich stellte mich natürlich meinerseits, als ob ich die Falle nicht bemerkte, und leistete es mir, kopfüber in jede hineinzufallen, aber mit harmlosen Antworten. Sichtlich weidete er sich an seinem Erfolg, das kalte Lächeln, das bisher das gelbe Pergament über seinen Backenknochen verzerrt hatte, wurde wärmer. Als er es aber aufgab, seine Fragen zu tarnen, und direkt fragte, wurden meine Antworten ausweichender, und sofort, wie weggewischt, verschwand der sanftere Zug, und das Gesicht wurde wieder hart und böse. Seine Augen blickten hart und glasig, seine Backenknochen zeigten eine unbarmherzige Linie. Er begann mir das blutige Schwert in Erinnerung zu rufen und auf andere dunkle Dinge anzuspielen, und so mußte ich eine neue Taktik entwickeln; ich stellte mich, als ob ich ihm widerstrebte, dann aber unter der Drohung nachgäbe, lieferte ihm aber auch jetzt nur falsche Informationen. Es war kindlich einfach, denn ihm war es offenbar unerträglich, sich vorzustellen, daß er getäuscht wurde und das Gesicht verliere. So einfach war das alles, daß ich mich bereits fragte, ob er mein ganzes Spiel nicht durchschaue und mich plötzlich zum Erschießen hinausführen lassen würde. Er schien aber befriedigt, als er mich zu meiner Hütte zurückschickte. Nach mir wurde der Major zu ihm geholt, der Unteroffizier machte den Dolmetsch. Er blieb zwei Stunden fort, und als er zurückkam, sah er so elend und ausgemergelt aus, daß ich ihn nur fragte, ob er mißhandelt worden sei. Er schüttelte den Kopf.

«Sie wollten tausend Dinge von mir wissen, von denen ich keine Ahnung habe.»

«Was haben Sie getan?»

«Gesagt, daß ich es nicht weiß.»

«Das ist schlimm», sagte ich. «Man muß ihnen irgend etwas erzählen. Jede Antwort befriedigt sie.»

«Ich wußte überhaupt keine Antwort», sagte er todmüde, «und ich würde nichts gesagt haben, wenn ich etwas gewußt hätte.»

«Natürlich nicht.»

«Diese Schweine», sagte er. «Haben Sie gesehen, wie er dem Sikh den Kopf abschnitt?»

«Ja, ich habe es gesehen.»

«Mein Gott, mit einem Schwert!»

«Es ist immer der Tod, egal wie es gemacht wird», sagte ich. «Es kommt aufs gleiche heraus, ob man es mit einem Schwert oder mit einer Kugel tut.»

«Es kommt nicht aufs gleiche heraus. Mit kaltem Blut köpfen!»

«Der Sikh war schon zu weit, um es noch zu sehen.»

«Aber ich habe es gesehen. Sie haben es gesehen. Einfach mit dem Schwert dem Sikh den Kopf ab. Er war ein Prachtmensch, mein Fahrer.»

«Ja», sagte ich. «Ich hätte die beiden gern in einem fairen Kampf gegeneinander stehen sehen.»

«Ich würde gern mit diesem Jap kämpfen. Aber ich bin zu alt. Ich bin fertig. Mit mir ist es aus.»

«Sie fangen sich schon wieder», sagte ich. «Hier kommen wir bald heraus. Sie glauben doch nicht, daß wir die Burschen an der Hauptstraße nach Imphal sitzenlassen? Oder ja? Wenn sie abhauen, werden wir irgendwie wegzukommen trachten.»

Ich sagte das, ebensowohl um mir selbst wie um dem Major Mut zuzusprechen, aber es war nur ein kleiner Samen von Hoffnung, den ich da einpflanzte. Ich war mir durchaus klar darüber, daß die Milde des Kaisers, wenn ein rascher Rückzug notwendig wäre, eine häßliche Deutung erfahren würde; und auch wenn sie vorrückten, würde man uns erst nach hinten befördern, sobald die Verbindungslinien glatt funktionierten. Bis dahin würden sie nichts riskieren. Als es dunkelte, begnügten sie sich nicht damit, vor unserer Hütte einen Posten aufzustellen, sondern legten uns Handschellen an und banden uns mit einer Kette aneinander. Sie gaben uns etwas mehr Reis und ein Gefäß voll fauligem Wasser. Ich trank von dem Wasser, denn meine Kehle war wie ausgedörrt und wund, und der Reis war trocken wie Sägespäne. Hernach streckten wir uns auf dem Boden aus, ohne uns zuzudecken, die Gesichter gegeneinander, und versuchten zu schlafen. Einmal in der Nacht wachte ich davon auf, wie ich grauengeschüttelt schrie, und ich fand, daß ich so verzweifelt an der Kette gezerrt hatte, daß ich dem Major beinahe den Arm ausriß. In der Tür erschien die Silhouette des Postens, er kam näher, um mich schweigen zu machen. Schon war er nahe daran, mit dem Gewehrkolben auf mich loszuschlagen, als ich im letzten Augenblick zu schreien aufhörte. Offenbar waren wir dem «Feind» zu nahe, als daß Schreie oder Licht erlaubt gewesen wären. Den Rest der Nacht lag ich im Fieber und wälzte phantastische Fluchtpläne, die im Morgenlicht undenkbar waren.

Am nächsten Tag, vom Morgengrauen an, war der Lärm zweier lebhafter Gefechte zu hören – eines weiter unten gegen Imphal, das andere in der Richtung auf Kohima, beide vermutlich an der Straße. Gegen Mittag wurden einige weitere Gefangene hereingebracht. Man hatte ein Stück Gelände mit Stacheldraht eingezäunt, und wir sahen, wie ein paar abgekämpfte britische Soldaten und Inder hereingeführt wurden. Uns wurde zunächst nicht erlaubt, uns mit ihnen zu verständigen, dann aber wurde ich hingerufen und erhielt Befehl, für den Leutnant zu dolmetschen, während der Unteroffizier selbständig verhörte. Der erste Mann war ein kleiner Bursche aus Exeter oder irgendwo aus dieser Gegend. Er war ganz betäubt und blöde. Der Leutnant stellte einige Fragen über Tanks, über Stellungen und Zahl der Truppen, ich gab sie möglichst vage weiter, erhielt entsprechende Antworten und übersetzte sie falsch. Ich dachte, mein Leben würde so zu einem raschen Ende kommen, wenn ich entlarvt wurde, andernfalls aber würde ich mir die Vorteile eines willigen Helfers verschaffen und dadurch eine leichtere Fluchtchance finden. Auf jeden Fall war das Risiko die Sache wert. Nach dem verschüchterten Schützen wurde ein grobschlächtiger

Sergeant mit einem harmlosen Gesicht hereingebracht. Zwischen seinen Begleitern trottete er herein und sah sich in der Hütte um, als wäre er ein Tourist, der sich ziemlich enttäuscht in einer fremden Stadt umsieht.

«Erzählen Sie recht viel, nur nicht die Wahrheit», sagte ich.

«Gern möcht ich sie ihm sagen. Die Wahrheit über seine Affenfratze.»

Ich ließ die Unverschämtheiten aus seiner Antwort weg, aber seine Miene war unnachahmbar höhnisch. Der Leutnant schlug ihm ins Gesicht, er blieb sitzen, ohne den Gesichtsausdruck im geringsten zu verändern, und brummelte. Schließlich wurde er zwischen klirrenden Bajonetten hinausgeführt, ohne das geringste von seinem Cockneyaplomb aufgegeben zu haben.

Nachmittags erhielt ich die Erlaubnis, an den Major gekettet, Bewegung zu machen. Von einer Eskorte geleitet, wanderten wir zwischen den Dschungelhütten umher. Ich zog die Sache absichtlich bis fünf Uhr hinaus, denn zwischen den Hütten hatte ich im Freien unter den Bäumen ein Radiogerät entdeckt. Es war ein Sende- und Empfangsgerät, der Funker saß davor auf einem Feldstuhl. Als wir vorbeikamen, fragte ich:

«Was gibt es für Neuigkeiten?»

Der Funker sah freundlich aus. Es war ein junger Kerl mit einer platten Nase und einem breiten Mund.

«Das hier ist nicht, um Neuigkeiten abzuhören» sagte er.

«Aber Sie könnten es doch tun?»

«Ich würde Japan nicht hereinbekommen.»

«Aber Indien könnten Sie erwischen.»

«Vermutlich, aber ...»

«Ich würde gern die Nachrichten hören», sagte ich.

«Sie sollten lieber weitergehen», mahnte der Posten.

«Der Leutnant würde es nicht übelnehmen, wenn wir die Nachrichten hörten. Es sind ja gute Nachrichten für euch. Soviel ich höre, seid ihr daran, Imphal zu nehmen.»

«Sagen die Engländer, daß wir bald Imphal haben werden?» fragte der Funker.

«Schalten Sie doch ein, Sie werden es gleich hören.»

Ich sagte ihm die Wellenlänge, zögernd drehte er die Schaltscheibe. Dann zog er die Kopfhörer über die Ohren, während ich atemlos wartete. Eine lange Weile horchte er regungslos, während der Posten das Bajonett stoßbereit hielt, falls wir irgendwelche Possen im Sinn hätten. Im übrigen befürchtete er nicht allzusehr, daß wir etwas dergleichen tun würden, denn ich hatte mich mit ihm angefreundet, als er vor unserer Hütte Posten stand, hatte ihn von seiner Familie erzählen lassen, und so wollte er uns nicht übel. Er hielt uns für hohe Offiziere und behandelte uns mit einem gewissen Respekt, bediente sich auch immer der höflichsten Sprechweise.

«Das sind englische Propagandanachrichten», sagte der Funker, als er den Kopfhörer abnahm.

«Bitte, lassen Sie mich hören.»

«Das kann ich nicht», sagte er.

«Ich berühre Ihr Gerät nicht.»

«Unmöglich.»

«Nur einen Augenblick.»

«Ich werde Unannehmlichkeiten bekommen.»

«Niemand ist da, der es sieht.»

Er kratzte sich den Kopf, unglaublich komisch und affenhaft sah er mit dieser charakteristischen Gebärde der Unsicherheit aus.

«Sa... ich weiß wirklich nicht, was ich tun soll.»

«Es geht in Ordnung», sagte ich. «Ist doch nichts dabei.»

Wie um mich zu versuchen, reichte er mir die Kopfhörer her. Ich gab mir Mühe, nicht allzu gierig zuzugreifen. Ich gab mir erst gar nicht die Mühe, den Kopfhörer aufzusetzen, legte nur die eine Muschel an mein Ohr, und da war Sabbys Stimme, ganz so wie ich sie schon gehört hatte, ihre etwas singende Radiostimme.

Ich war trunken vor Freude. Die einzige Nacht in der Gefangenschaft hatte auf mich gewirkt, als ob ich eine Kluft überschritten hätte, eine zeitliche und räumliche Kluft, durch die Sabby mir jetzt in gewissem Sinne unwirklich erschien, mehr wie ein wundervoller Traum. Jetzt brachte ihre Stimme sie mir in meine Gefangenschaft, einen Nachrichtentext, aber ich sah sie vor mir, wie sie die Nase zusammenzog, ich fühlte das sanfte Streicheln ihrer Hand, wie eine vertraute Melodie Erinnerungen hervorruft, die einst mit ihr zusammenhingen. Die Zeit seit gestern war für mich wie ein Jahr, eine ungeheure Zeitspanne, in der Sabby alles mögliche widerfahren sein konnte. So war es, als ob ich nach Monaten der Angst eine gute Nachricht hörte, und zugleich erinnerte es mich daran, daß für Sabby ja nun ein gewöhnlicher Tag mit vierundzwanzig Stunden verstrichen war.

Sie sprach jetzt von Burma.

«Britische und indische Kräfte greifen die beiden Sperren an, die der Feind an der Straße von Imphal nach Kohima errichtet hat...»

Konnte sie erraten, daß ich bei diesem unerwarteten Einbruch der Japaner gefangen worden war? Ahnen, unter welchen Umständen ich ihr jetzt zuhörte? Hatte sie Angst um mich? Wenn ich ihr nur durch das Rundfunkgerät hätte zurufen können: «Ich höre dich – ich bin am Leben!» Aber da gab es keine Möglichkeit, sie zu rufen, keine, ihr zu schreiben. Monate, vielleicht ein Jahr lang würde ich außerstande sein, ihr auch nur ein Wort zu senden. Die Tage würden verstreichen, einer nach dem andern, und kein Brief würde für mich kommen. Man würde ihr nicht einmal sagen, daß ich vermißt war. Das Telegramm ging ja nach Tewkesbury. «Wir bedauern, Ihnen mitteilen zu müssen, daß Ihr Sohn vermißt ist.» Meine Eltern würden Sabby keine Nachricht geben, ich hatte ihnen nie davon geschrieben, daß ich Sabby liebte, denn ich wußte nur zu gut, wie bestürzt sie sein würden, von «einer Japanerin» zu hören.

Vielleicht würde Peter ihr etwas sagen.

«Genug jetzt. Geben Sie den Hörer zurück.»

Plötzlich bekam der Funker Angst, daß er etwas angestellt habe. Er konnte sich wohl mein plötzliches Aufatmen nicht erklären, denn die Nachricht, die da gesendet wurde, war ja keineswegs günstig für die Briten. Er war mißtrauisch, ich war ihm lästig, offenbar machte er sich Vorwürfe. So reichte ich ihm den Kopfhörer zurück.

«Ich danke», sagte ich. «Es war sehr interessant. Eure Armee scheint an der Straße durchzustoßen.»

«Natürlich. Das ist der Durchbruch nach Indien. Unsere Offiziere haben es uns gesagt.»

Die zweite Nacht in der Hütte war schlimmer als die erste. Zunächst hatte ich die Handfesseln mit Resignation hingenommen und hatte gedacht, eine Fluchtchance würde sich schon einmal von selbst ergeben. Jetzt aber kam eine tiefe Depression über mich, und ich mußte meine Augen schließen und versuchen, mir vorzustellen, daß ich nicht Handfesseln um meine Gelenke hätte, denn eine plötzliche panische Wut auf sie rann mir durch das Rückenmark. Ich hatte Angst, daß ich überschnappen würde, wenn ich dieses Gefühl nicht in der Gewalt behielt, und versuchen würde, die Handfesseln im Wahnsinn abzureißen.

Mein Körper war vom Liegen auf dem harten Boden schon klamm und steif, und nun kamen neue Schmerzen im Bauch dazu, die sich wie Dysenterie anließen, und das war nur zu wahrscheinlich nach all dem fauligen Wasser, das man uns zu trinken gegeben hatte.

Ich bat den Wachtposten um eine Zigarette. Er gab mir eine, und der Rauch beruhigte mich, linderte aber nicht den dumpfen Schmerz der Niedergeschlagenheit. Um von den Gedanken an Sabby und an zu Hause loszukommen, begann ich mit dem Major Fluchtmöglichkeiten zu erörtern. Er war vollkommen verzweifelt, ging aber auf mein Spiel ein, und obwohl wir genau wußten, daß es zu nichts dergleichen kommen würde, verabredeten wir, in der nächsten Nacht etwas zu unternehmen. Schließlich schlief ich doch darüber ein, daß ich unseren Plan wieder und wieder überdachte. Am Morgen genügte ein Blick rundum ins Lager, um zu sehen, daß dieser Plan aussichtslos war. Selbst wenn wir unseren eigenen Posten mit der Kette, die uns aneinanderfesselte, erwürgten, ohne schon dabei die Aufmerksamkeit der andern auf uns zu ziehen, so mußten wir dann durch die Linien der Bunkerstellen und der Posten durch. Es war Selbstmord. Bei Nacht erschien einem Selbstmord besser als Jahre im Gefangenenlager. Bei Tageslicht gefiel einem das Leben besser.

Dann wurde der Major fortgeführt. Sie kamen herein und führten ihn ohne weitere Erklärung ab; ich sah, daß auch die anderen Gefangenen aus ihrem stacheldrahtumzäunten Platz herausgeführt wurden. Sie waren alle gefesselt. Nahe vor meiner Hütte wurden sie formiert, und der Major sah bedrückt zu mir herüber. Er war der Niedergeschlagenste von allen. Ich sah ihre Rücken, als sie durch den Dschungel fortgeführt wurden, die Eskorte war ebenso zahlreich wie sie selbst; und das war das letzte, was ich von ihnen und von dem Major sah.

Unten an der Straße flammte der Kampf gelegentlich auf. Ein einzelner Schuß, der irgendwo fiel, schien alle Kanonen ringsum in der Nachbarschaft in Bewegung zu setzen, ungefähr zwanzig Minuten lang gab es ein ununterbrochenes Artilleriefeuer. In beiden

Richtungen aber entfernte sich der Lärm des Kampfes, und das bedeutete, daß die Japs ihre Sperre ausweiteten und unsere Truppen auf Kohima und Imphal zurückdrückten. Das bedeutete fernerhin, daß ich, wenn ich einen Fluchtversuch unternahm, einen weiteren Weg zu bewältigen hatte. Britische Flugzeuge waren in großer Zahl über dem Kampfgebiet, ich konnte sie den ganzen Tag hören. Einmal kreuzte eines dicht über uns. Es war ein Hurricane, ich konnte die vier Schnellfeuergeschütze aus den Flügeln herausschauen sehen. Einer der japanischen Soldaten, der als Fliegeralarmposten in einem Baumwipfel saß, trommelte aus Leibeskräften auf einen Munitionskasten, und auf dieses Signal hin stürzte alles zwischen den Bäumen dahinhastend in die Luftschutzgräben. Ich wurde von meinem Posten mitgeschleppt, aber der Hurricane war schon lange verschwunden, ehe wir den Graben erreichten. Ich hoffte, daß das Gewimmel hier unten seine Aufmerksamkeit erregt hatte und daß er zurückkommen würde, um uns zu bombardieren. Mit seinen vier Geschützen konnte er genau die Verwirrung anrichten, die ich brauchte. Aber das Geräusch seiner Maschine verebbte, wir krochen wieder aus unseren Gräben hervor und trotteten haufenweise zurück.

Nachmittags hatte ich wieder, zur selben Zeit wie am Vortage, meinen Spaziergang, und wir kamen an der Radiostation vorbei.

«Darf ich wieder hören?» bat ich.

«Nein, es ist nicht erlaubt.»

«Ich werde den Leutnant bitten», sagte ich.

«Ich rate Ihnen, es nicht zu tun», sagte der Funker.

«Ganz gewiß werde ich es tun.»

«Dann bitte ich Sie, nicht zu erwähnen, daß Sie schon einmal gehört haben.»

«Ich werde es nicht erwähnen, wenn Sie mich noch einmal hören lassen.»

Er schaltete um, und eine Weile lang war er von dem Gehörten absorbiert; die Kopfhörer saßen so dicht auf seinen Ohren auf, daß ich nicht das geringste hören konnte.

«Gehen Sie weg und kommen Sie wieder», sagte er.

Wir streunten wieder zehn Minuten herum, der Posten hielt die ganze Zeit über sein Bajonett auf mein Kreuz gerichtet. Als wir zurückkamen, fragte ich:

«Was haben Sie gehört?»

«Die Japaner haben die Straße zwischen Imphal und Kohima an vier Stellen durchbrochen; sie rücken auch an der Straße nördlich von Kohima vor.»

«Und die Briten?»

«Er sagte, sie hätten keine Angst, daß Imphal fallen könnte, aber das kann nicht stimmen.»

«Er?»

«Der Mann, der die Nachrichten verlas.»

«War es ein Mann?»

«Ja, heute war es ein Mann.»

«Eine Frau hat gar nicht gesprochen?»

«Nein», sagte er, «gestern war es eine Frau.»

Am nächsten Tag erhielt ich keine Erlaubnis, die Hütte zu verlassen. Ich fragte den Posten, warum ich keinen Spaziergang bewilligt bekäme, und er sagte, er wisse es nicht, aber Leutnant Nakamura hätte ausdrücklich Befehl erteilt. So sah ich niemanden außer den Posten, die einander vor meiner Hütte ablösten, aber sie alle lernte ich gut kennen, denn sie waren zumeist einfache Bauernburschen, von denen keiner länger als ein Jahr in der Armee stand. Es war nicht schwierig, die Tünche, die die Armee ihnen gegeben hatte, abzukratzen, und wenn man erst soweit war, sprachen sie voll Trübsal von ihrer Sehnsucht nach Hause. Aber sie schienen nicht wirklich zu glauben, daß sie jemals wieder heimkommen würden; alle lebten sie in der fatalistischen Überzeugung, daß der Tod hier im Dschungel auf sie wartete. Ich sagte:

«Und wenn ihr vorrückt, warum lauft ihr nicht zu den Engländern über? Ihr werdet gut behandelt und bekommt gut zu essen.»

Ich dachte, wenn es mir gelänge, einen dazu zu bringen, so würde er mir vielleicht helfen zu flüchten; aber das war ein vergebliches Unterfangen. Sie hatten weniger Angst vor den Kugeln als vor der Schande, die eine solche Handlung über sie bringen würde; und da ich selbst nur ein Gefangener in ihrer Obhut war, konnte ich diesen Glauben nicht ins Wanken bringen.

Da ich außerstande war, wieder mit dem Funker zu sprechen, überredete ich einen der Posten, dies für mich zu tun, nach den Nachrichten zu fragen und nebenbei auch herauszubringen, wer sie vorgelesen hatte. An diesem Tag war es wieder eine Männerstimme. Ich war der Verzweiflung nahe, und besonders während der Nacht spiegelte meine Phantasie mir die schlimmsten Erklärungen für Sabbys Abwesenheit vor. Alles, was mir gleich nach Margarets und Jennifers Brief in den Sinn gekommen war, wurde wieder aufgewühlt, nur kam es jetzt unter diesen ungünstigen Umständen mit doppelter Gewalt über mich. Es war, als ob mein Mark, ein dunkler starrer Kern in mir, zu brennen begänne. Auch mein Herz brannte, ein Gefühl, das ich noch nicht gekannt hatte, das Schlimmste, was ich je erduldete, denn es war beides zugleich, körperlich und seelisch; eine langsame grausame Tortur, der man unmöglich widerstehen konnte. Sie begann mich zu ersticken, und in meiner Ohnmacht schwor ich mir, daß ich, wenn zwei Tage lang Sabby nicht wieder sprach, bei Nacht ausbrechen würde, so hoffnungslos die Sache auch aussah. Hier zu bleiben und zu glauben, daß Sabby sich quälte und vielleicht starb, war ein langsamer Tod.

Am nächsten Tag war es wieder dasselbe: Ein Mann verlas die Nachrichten. Ich wollte sofort ausbrechen, einfach im hellen Tageslicht drauflosrennen wie der Sikh. Eine Art Wahnsinn kam über mich, und wenn ich mich seiner nicht erwehrt hätte, so hätte ich es gewiß getan und wäre fünf Sekunden später nicht lebendiger gewesen als damals der Sikh. Aber ich riß mich zusammen, es war fast so, wie wenn man gegen das Erbrechen ankämpft oder sich einer aufsteigenden Trunkenheit erwehrt und dabei wohl weiß, daß man seine Sache schon auf ein Haar verloren hat. Der irrsinnige Drang bohrte in meinem Körper. Ich saß in meiner Hütte auf dem Boden, klammerte mich an die Bambusstäbe hinter meinem Rücken und starrte auf die Tür; die Wände konnte ich nicht ansehen, denn sonst kam noch Platzangst zu meiner Raserei.

Dann, am nächsten Morgen kurz nach der Dämmerung, kam wieder ein Hurricane über uns. Er warf zwei leichte Bomben zu beiden Seiten der Baschas ab, und erst nachdem die Explosionen verklungen waren, begann der Munitionskasten oben im Baumwipfel zu dröhnen. Es gab ein wildes Durcheinander, nichts war zu sehen als laufende Gestalten. Die Maschine machte eine Schleife und kam zurück, alle Schnellgeschütze schußbereit; ich sah über meine Schulter, während ich in den Graben rannte. Ich konnte sehen, wie die Maschine über das ganze Lager schwenkte. Jetzt hinunter in den Graben. Ringsum lauter kleine Explosionen und aufspritzende Erde. Dann nur noch das Geräusch der Maschine, die in der Ferne verschwand; noch wartete man, einzelne wagten einen Blick hinaus und sahen ein Dutzend ihrer Kameraden tot oder sterbend auf dem Platz liegen. Sekunden später brauste die Maschine wieder heran, diesmal nur wenige Fuß über den Baumwipfeln; sie setzte zwei der Bambushütten in Brand, aber meine war nicht darunter. Dann flog sie schnurgerade und mit voller Geschwindigkeit davon, da ihr nichts mehr zu tun übrigblieb. Das war aufregend, aber nicht gerade das Schlupfloch, durch das ich hoffen durfte zu entkommen. Der Leutnant kam ziemlich bald in den Graben, in den der Posten mich geführt hatte. Er streckte die Hand aus und zeigte auf die herumliegenden Toten.

«Für den Tod dieser japanischen Krieger», sagte er, «wird mit britischem Blut bezahlt werden hundertfältig. Ich schone Sie nur, weil Sie für uns nützlich sein werden.»

Er schlug mich mit aller Kraft, die er aufbrachte, ins Gesicht. Er war einen Fuß kleiner als ich und mußte sich auf die Zehenspitzen stellen, um das zu tun, aber er war kräftig und der Schlag betäubend. In seinen Augen glomm der wilde Haß.

«Fesselt ihn an den Baum», befahl er.

Es war ein großer Baum, meine Arme konnten ihn nicht ganz umfassen. Als die Fesseln an meine Gelenke gelegt wurden, schnitt das Metall in die Haut, und ich war gegen den Baumstrunk gepreßt. Ich konnte meine Arme weder aufwärts noch abwärts bewegen und stand fast auf den Fußspitzen. Zuerst tat ich es überhaupt, um das Gewicht von meinen Armen zu nehmen, aber bald wurden meine Füße müde, und ich mußte mich herabhängen lassen. Es war, als ob mir die Arme aus den Gelenken gerissen würden, und der Stahl wollte mir beinahe den Armrist brechen. Eine halbe Stunde lang war der Schmerz fürchterlich. Ich biß auf ein Stück Rinde, das aus dem Baum ragte, und dann verfiel ich darauf, kleine Spiele zu spielen, um mich auf andere Dinge zu konzentrieren. Ich stellte mir vor, die Rinde wäre Sabbys Nase, und ich schüttelte sie im Spiel. Dann fing ich ein imaginäres Gespräch mit ihr an.

«Liebe», sagte ich, «es ist doch nicht wirklich wahr, daß du sterben mußt, nicht wahr?»

«Ich bin so glücklich gewesen, jetzt liegt mir nichts am Sterben.»

«Warum hast du mir nicht gesagt, wie es um dich stand?»

«Dann wärst du lieb zu mir gewesen, weil du in Sorge um mich warst, ich aber wollte, du solltest lieb zu mir sein, weil du mich ein wenig gern hattest. War es nicht so, Lieber, hast du mich nicht ein wenig gern gehabt?»

«Ich habe dich geliebt aus ganzem Herzen.»

«Wenn *ich* das sagte, so hast du mir geantwortet, es wäre Criché, und so etwas meine ich nicht im Ernst.»

«Cliché, Liebe.»

«Bitte, du sollst mich nicht schelten. Ich werde es nie lernen, Englisch richtig auszusprechen.»

«Gut, dann sag eben Criché.»

«Du hättest gesagt, Lieber, es wäre Criché, und vielleicht wäre es doch nicht die richtige Liebe aus dem ganzen Herzen. Vielleicht ist es auch bei dir nur Criché und du liebst mich nicht von innen.»

«Mein Herz verbrennt.»

«Denk nicht an das Herz, du bist in so schlimmer Pein.»

«Als du Schmerz littest, hast du es nicht gezeigt», sagte ich.

«Lieber, ich bin so beschämt und unglücklich, weil die Japaner dir Schmerz zufügen. Mußt du mich nicht hassen, wenn du denkst, daß ich Japanerin bin?»

«Ich denke nicht an dich als Japanerin.»

«Wie denkst du an Sabby?»

«Ich denke an sie als Frau.»

«Sabby ist eine japanische Frau.»

«Sie ist eine Frau schlechthin», sagte ich.

«Was meint das, Lieber – eine Frau schlechthin?»

«Eben irgendeine Frau.»

«Ich bin keine indische Frau. Ich habe keine vornehme Sänfte wie eine reiche Inderin.»

«Dafür hast du ein vornehmes Herz», sagte ich.

«Es ist ein selbstsüchtiges Herz, denn ich denke nur an Michael.»

«Bitte, laß es nur dabei», sagte ich. «Dies hier wird mich schon nicht unterkriegen. Dieser Schmerz bedeutet nichts, und bald wird er vorübergehen. Irgendwie werde ich es schon schaffen, daß ich zu dir zurückkomme. Was immer auch mit dir geschieht, du darfst nicht sterben, bevor ich zurückkomme. Wenn ich bei dir bin, will ich es schon so machen, daß du wieder Lust zu leben hast, und all unser Glück ist dann nur der Anfang gewesen. Du wirst mich heiraten und mit mir nach Tewkesbury kommen. Wenn meine Eltern dich erst gesehen haben, werden sie dich lieben müssen, ob sie wollen oder nicht, und wir werden ein schönes Leben haben voll Frohsinn und Glück. Bald wird dieser Schmerz hier vorüber sein. Das ist nur eine Probe, auf die ich gestellt werde. Eine Probe für uns beide, und wir lassen uns nicht besiegen. Ich komme zu dir zurück, ich verspreche es dir.»

Man ließ mich so an dem Baum hängen bis spät in den Nachmittag. In meinem ganzen Leben hatte ich wenig Schmerz auszuhalten gehabt, und so habe ich diesen auch nicht wie ein Held ertragen; aber ich lernte die Lektion des Heldentums – daß nämlich der Entschluß, sich vom Schmerz nicht unterkriegen zu lassen, die Qual lindert wie eine Droge.

Als man mich von dem Baum losband, wurden mir die Handfesseln sofort wieder angelegt, und eine kurze Kette wurde darangebunden, um mich so durch den Dschungel zu führen. Den ganzen Nachmittag über hatte ich beobachtet, wie die Truppen mit ihrem Gepäck aus dieser Stellung fortzogen, und nun wurde ich von der Nachhut mitgenommen. Es wurde mir nicht ganz klar, ob sie diese Bewegung schon vorher geplant hatten oder ob der Hurricane sie von hier fortgejagt hatte, aber auf jeden Fall ließen wir all die Hütten und Gräben leer zurück und kamen auch an der Stelle vorbei, wo Leutnant Nakamura mit großem Mut sein Samuraischwert geschwungen hatte, um dem Sikh den Kopf abzuschneiden. Im Gänsemarsch zogen wir auf dem Dschungelpfad dahin, der Posten vor mir führte mich an der Kette, und der Posten hinter mir hielt das Gewehr auf mich gerichtet, so daß jeder Fluchtversuch vergeblich war, auch wenn ein Flugzeug über uns kreuzte und wir uns im Buschwerk verkrochen. Ich war übrigens erschöpft und taumelte nur vor mich hin, um zu vermeiden, daß sich die Handfesseln noch tiefer in meine blutenden Gelenke einschnitten. Seit ich Gefangener war, hatte man mir nur Reis in ganz geringen Mengen gegeben, und obwohl ich mir darüber nicht viel Gedanken machte, fühlte ich jetzt doch die Wirkung in der Schlaffheit meines Körpers. Plötzlich überkamen mich Anfälle von Schwindel und Betäubung; aber ich taumelte durch sie hindurch, bis mein Kopf wieder klar wurde.

Glücklicherweise hatten wir nur ein paar Meilen zu marschieren, allerdings führte der Pfad stellenweise steil aufwärts. Die neue Position des Kommandos lag auf der Kuppe eines Hügels; rund herum waren Gräben und Bunkerstellungen mit engen Eingängen, die stufenweise in die Erde hinabführten, angelegt. Ich wurde in einen dieser tiefen Bunker geführt, den sie den Wachraum nannten, und fand mich dort in Gesellschaft eines Feldwebels und zwei oder drei Gemeiner.

«Soll ich bei Ihnen bleiben?» fragte ich.

«Sie werden die Nacht hier verbringen.»

«Ich wollte, man nähme mir die Handfesseln ab», sagte ich.

«Das ist nicht erlaubt», antwortete der Feldwebel. «Aber was mich betrifft, so brauchten Sie keine Handfesseln zu haben; doch ich muß den Befehlen gehorchen, da kann man nichts machen.»

«Dann lassen Sie mich, bitte, sitzen.»

«Keine Umstände, bitte, machen Sie es sich so bequem wie möglich.»

Ich setzte mich auf den Boden und lehnte den Rücken gegen die Wand. Es begann dunkel zu werden, und wir hatten nur eine kleine flackernde Paraffinlampe, die die Gesichter der Soldaten noch tiefer gelb färbte und Schatten hineinzeichnete. Sie alle hatten über dem Mund und rund um das Kinn Bartstoppeln. Ich erinnerte mich, daß ich selbst stoppelig sein mußte, denn mein Bart war seit meiner letzten Rasur in Dimapur gewachsen. Ich strich mir mit der Hand über das Gesicht und überlegte, wie ich wohl aussehen mochte. Einer der Soldaten bemerkte die Geste und grinste. Er zog einen Metallspiegel aus seiner Tasche und hielt ihn mir vor das Gesicht.

«Möchten Sie sich sehen?»

«Ich habe mich sehr verändert, seit ich bei Ihnen bin», sagte ich.

«Sie sehen eher einem Soldaten gleich als damals, als Sie kamen.»

«Ich fühle mich auch mehr als Soldat», sagte ich.

Vielleicht war es zum Teil eine Folge der Beleuchtung, jedenfalls sah ich so lächerlich makaber aus, daß ein Lachreiz mich ergriff, aber er zeigte sich nicht in meinen Zügen. Meine Augen waren sehr dunkel und wild, mein Haar hing in verfilzten Strähnen herab und war staubbedeckt. Die Wangen waren eingefallen und ließen die Backenknochen stärker hervortreten. Mein Mund zeichnete sich mit seinen geschwollenen trockenen Lippen stark ab. Ich betrachtete mich eine Zeitlang und versuchte mir darüber klarzuwerden, daß ich das wirklich war. Aber ich konnte diesen wüsten Anblick nicht mit meinem Gefühl in Übereinstimmung bringen, denn obwohl ich vom Schmerz zermartert war und mit jedem Knochen die Abtrennung von meinem früheren Leben fühlte, in dieser Beziehung also verändert war, blieb der Kern meines Lebens doch an seinem alten Platz. Alle meine Zärtlichkeit und meine Gefühle, meine Freundschaften, all diese Eindrücke, die mein früheres Leben aufgebaut hatten, standen klar und wirklich in diesem Kern verzeichnet. Das war eindeutig, und als ich es fand, erfuhr ich auf diese Weise mehr über mich selbst, als ich je von mir gewußt hatte. Was ich aber in dem kleinen ausgezackten Spiegel sah, den mir ein japanischer Soldat von Lachen geschüttelt vorhielt, war nur ein kleiner Augenblick, ich als Kriegsgefangener, elend und fremd.

Etwas später gab man mir eine Handvoll Reis und einen Napf voll Wasser. Die Posten waren freundlich und voll Neugierde; ich war immer noch ein Museumsstück für sie, und sie empfanden einen gewissen Respekt vor mir, weil ich Japanisch sprach. Sie hatten wohl schon Engländer in Japan gesehen, aber ich war der erste, mit dem sie in Fühlung kamen; immerhin hatte man sie jahrelang gelehrt, alles Englische zu hassen. Sie stellten endlose Fragen über meine Heimat, wie ich die Gefangennahme empfände und wie meine Familie sie ertragen würde. Würden die Meinen noch den Kopf hochtragen können? Und würde ich nach dem Krieg nach England zurückkehren können?

Ich werde vielleicht schon viel früher zurückkehren, dachte ich, aber ich sagte: «Ich habe die Ruhr. Würden Sie mich freundlicherweise hinausführen?»

Der Feldwebel bestimmte einen Mann, und wir begannen die Stufen hinaufzusteigen. Ich wandte mich um.

«Mit diesen Handschellen werde ich es nicht zuwege bringen», sagte ich.

«Das ist zu verstehen», sagte der Feldwebel. «Sie können Ihnen für den Weg zur Latrine abgenommen werden.» Und zu dem Begleitmann fügte er hinzu: «Paß auf!»

Wir stiegen weiter die Treppe hinauf, der Posten hatte eine Pistole in der Hand. Der Mond war nicht sichtbar, aber die Sterne funkelten, und ich konnte die Umrisse der Bäume unterscheiden; nach einiger Zeit nahmen auch die Stämme in der Dunkelheit Gestalt an. Der schwere Geruch des Dschungels lag über allem. Von den andern Gräben war kein Geräusch zu hören, aber in den Auslugscharten der Gräben, aus denen Perimeter hervorragten, konnte ich die Köpfe von Posten in Abständen von zehn Metern gewahren. Von weiter hinten hörte man gelegentlich Schreie von Vögeln oder anderen Tieren und das unermüdliche Zirpen der Grillen; die Straße unten aber lag in tiefem Schweigen.

Unter einem Baum war ein Erdloch als Aushilfslatrine ausgehoben worden. Abgeschlossenheit war hier keine geboten, die einzige Diskretion verschaffte die Nacht. Der Posten stand, Gesicht gegen mich, einige Meter abseits, und die ganze Zeit über hielt er den Revolver in der Hand; ich hatte gesehen, wie er ihn schußfertig machte. Im Unterstand hatte er freundschaftlich, ja sogar achtungsvoll gesprochen; hier nahm er kein Risiko auf sich.

Ich hatte wirklich wieder die Ruhr, sogar schlimm. Die Schmerzen zerschunden meinen Magen. Ich blieb lange unter dem Baum, und zehn Minuten, nachdem wir zurück waren, mußte ich wieder hinaus. Die Soldaten lachten. Sie wußten aus Erfahrung, was Ruhr war. Als ich zurückkam, machten sie ihre Scherze, und einer sagte:

«Es lohnt kaum, ihm die Handschellen anzulegen.»

Ich wurde aber doch wieder gefesselt, damit ich nicht eines ihrer Gewehre packen und Unheil anrichten könnte.

Ich ging sechs- oder siebenmal hinaus, und mein Begleitmann begann sorglos zu werden. Er kam wohl mit mir, aber während ich unter dem Baum hockte, schritt er auf und ab, so daß er mir die halbe Zeit über den Rücken zuwandte. Ich stellte mich elender, als ich war. Im Unterstand lehnte ich mich gegen die Wand, schloß die Augen und versuchte, noch geisterhafter auszusehen, als ich mir bereits im Spiegel erschienen war. Wenn ich hinausging, markierte ich schleppenden und mühseligen Gang.

Es war nach Mitternacht. Die gute Laune des Feldwebels verwandelte sich plötzlich in Ungeduld.

«So geht das nicht weiter», sagte er. «Wollen Sie wieder draußen an einen Baum angekettet werden?»

«Nein», sagte ich, «es wäre mir sehr unlieb.»

«Dann müssen Sie sich beherrschen.»

«Lassen Sie mich noch einmal gehen», bat ich.

Er nahm die Fesseln ab, und ich schleppte mich die Stufen hinauf. Die Nacht schien etwas heller geworden zu sein, aber unter dem

Baum war es fast stockfinster. Ich nahm meinen Platz ein und wartete, während der Begleitmann ein Dutzend Schritte weit abseits ging und kehrtmachte. Es war unmöglich, einen direkten Fluchtversuch zu unternehmen, denn bevor ich die Perimeterlinie erreichte, die etwa 30 Meter entfernt war, mußte er meine Schritte hören, sich umwenden, auf mich schießen oder die Posten alarmieren. Ich hatte einen anderen Plan ausgeheckt, schon bei meinen früheren Besuchen, keinen unfehlbaren, aber es war immerhin der beste Augenblick. Ich hockte da in unheimlicher Stille und wußte, daß die nächsten zehn Minuten alles entscheiden würden: ob ich jemals Sabby wiedersah, ja, ob ich überhaupt irgend jemanden wiedersah. Jetzt stand alles auf Leben und Freiheit oder Tod – Tod, wenn nicht durch die erste Kugel, dann durch Leutnant Nakamuras bereits eingeweihtes Schwert.

Es nahm meine ganze Energie in Anspruch, den ersten Schritt zu tun. In einer letzten Unschlüssigkeit fragte ich mich, ob mir die Kraft fehlen würde; aber während ich noch daran zweifelte, fand ich mich bereits in Bewegung. Ich richtete mich auf. Ich konnte die Silhouette des Begleiters sehen, der gerade im Wegschreiten war. Ich hob meine Hände über meinen Kopf, griff nach einem Ast, von dem ich festgestellt hatte, daß er dort wäre, vergaß alle meine Schmerzen und meine Schwäche. Ich stemmte die Ellbogen ein und zog meine Beine langsam hoch. Mein Kopf folgte in einer Rückwärtswelle, eine Übung, die ich im Gymnasium am Barren erlernt hatte, damals allerdings nur aus Furcht, bei einem Mißerfolg ausgelacht zu werden, jetzt aber mit einer Angst, die zu groß war, daß ich sie im Moment ganz ausmessen konnte. Jetzt saß ich mit meinem schmerzenden Magen da oben auf dem Ast. So verblieb ich, während der Posten zurückkam. Aus meiner Stellung hätte ich mich auf ihn herabfallen lassen und ihn erwürgen können, bevor er einen Ton von sich gab. Ich hätte das vielleicht getan, wenn ich es mir recht überlege, vorausgesetzt, daß ich keine andere Wahl hatte. Aber ich kannte ihn aus dem Unterstand, es war ein kleiner Bursche mit einem scheuen Blinzeln – er war Hilfsverkäufer in einem Porzellanladen gewesen, und ich konnte mir gut vorstellen, wie er voll Stolz ein Stück Töpferware verkaufte. Er war zu menschlich, zu einfach, um ihn so kurzerhand aus der Nähe umzubringen. Ich wußte genau, daß er mir eine Kugel in den Rücken jagen würde, wenn ich davonrannte, aber nur, weil man ihn zum Krieg eingezogen und ihm ein Gewehr in die Hand gedrückt hatte, und darum allein konnte ich keine Bitterkeit gegen ihn fühlen.

Eine Weile später richtete ich mich auf meinem Ast auf, tappte mich zum Stamm durch, übersiedelte auf den nächsten Ast, zehn Fuß über dem Boden. Es war ein dicker kräftiger Ast, und ich konnte mich darauf vorwärtsarbeiten, bis ich dicht im Laub saß, jederzeit bereit zu springen. Dann wartete ich.

Der Posten war geduldig. Gute zehn Minuten verstrichen, bevor er zum erstenmal unter dem Baum nachsah. Ich konnte ihn im Schatten einigermaßen sehen, wie er zögernd näherkam. Dann hörte ich ihn sagen:

«Sind Sie fertig?»

Schweigen.

Er rührte sich nicht, ich konnte mir vorstellen, wie das Entsetzen in ihm aufstieg. Jetzt sagte er, schon mit einem Schnappen in seiner Stimme:

«Sie... sind Sie fertig?»

Eine Sekunde noch stand er, dann kam er zu der Latrine und tastete. Da er nur den Baumstamm zu fassen bekam, wurden seine Bewegungen jetzt wirr. Er lief um den Baum herum, spähte ins Dickicht, und ich hörte ihn ganz leise, so daß es die Posten nicht hören und seine Verfehlung nicht entdecken sollten, flüstern:

«Kommen Sie hier heraus, oder ich schieße. Wirklich, ich schieße.»

Er hatte keine Taschenlaterne, denn Licht aller Art war verboten; in der Dunkelheit packte ihn plötzlich die Angst. Mit einemmal wußte er, daß ich verschwunden war und daß es keine Möglichkeit mehr gab, das zu verheimlichen. Wie ein Kaninchen hoppelte er zurück zum Unterstand.

Ich sprang.

Schwer plumpste ich herab, kam wieder ins Gleichgewicht und begann zu laufen. Im rechten Winkel zu dem Pfad, der zu unserem Unterstand führte, rannte ich auf den nächsten Perimetergraben zu. Es schien endlos weit. Ich sah den Graben näherkommen und gewahrte den Posten, es war nur die Rückseite seines Kopfes. Seine Aufmerksamkeit war darauf gerichtet, Angriffe von außerhalb zu bemerken, auf ungewöhnliche Geräusche hinter ihm paßte er nicht auf. Der Graben war deutlich zu sehen. Ich übersprang ihn einige Schritte neben dem Posten. Mit einem Seitenblick gewahrte ich, daß er das Gewehr neben sich liegen hatte, aber noch nicht in Position, wie ich es befürchten mußte. Er wandte den Kopf herüber, aber das Gewehr hatte sich noch nicht bewegt, als er im Dunkeln untertauchte. Das gewährte mir einige Sekunden Gnadenfrist. Gebückt stürzte ich pfeilgerade vorwärts, direkt auf einen Platz zwischen den Bäumen zu, den ich mir vorgemerkt hatte. Ich brauchte 45 Meter zur nächsten Deckung, aber abwärts, und ich wußte voraus, daß ich gegen den dunklen Hintergrund kein gutes Ziel bot. Egal, ich fühlte mich doch schrecklich ausgeliefert. Mindestens drei der Posten hatten mich in ihrer Feuerlinie, und während ich lief, waren meine Gedanken zur Hälfte auf mein Kreuz gerichtet, denn dort erwartete ich den Schuß.

Dreiviertel des Weges hatte ich hinter mir, und noch war nichts passiert; ich konnte auch nichts Verdächtiges hören. Irgend etwas mußte aber doch geschehen. Ein jäher Schrecken sprang explosionsartig in mir auf, zuckte durch meine Beine, und ich verlor sie sofort aus meiner Gewalt. Ich fürchtete zu stürzen, denn ich lief allzustark steil abwärts. Aber ich war schon auf gleicher Höhe mit den Bäumen, die mich vor unmittelbarer Gefahr schützen würden. In diesem Augenblick stolperte ich über irgend etwas und schlug der Länge nach hin.

Im selben Moment hörte ich gleich neben mir ein furchtbares metallisches Klirren. Ich lag auf meinem Gesicht, eine Ewigkeit schien zu verstreichen, bevor ich Klarheit gewann, was eigentlich geschehen war, aber in Wirklichkeit mögen es kaum ein paar Sekunden gewesen sein. Ich war über den Fangdraht gestürzt, den die Japs hier ausgespannt hatten, um gewarnt zu werden, wenn jemand in der Dunkelheit herankam. Das knatternde Geräusch kam nur von Konservenbüchsen. Ich stand auf. Jetzt, da der erste Schrecken überwunden war, mußte ich mich wieder in Bewegung setzen. Gebückt eilte ich weiter. Ein paar Meter noch, dann war ich unter den Bäumen, und nachts würde mir niemand nachgehen können. Ich streckte die Hand aus, um das Dickicht zu teilen, und im selben Augenblick fühlte ich an meinem Ellbogen einen Schlag. Der Knall des Schusses kam im gleichen Augenblick. Mein Arm wurde jäh vorwärtsgestoßen, der Schmerz sprang sofort bis zur Schulter hinauf. Er war nicht allzu schlimm. Ich tauchte im Gestrüpp unter und wußte, daß jetzt keine weiteren Kugeln mehr zu fürchten waren. Ein Schuß fiel noch, ich hörte das Pfeifen in der Luft, aber nun hatte ich schon Baumstämme hinter mir. Ich tastete mich weiter, tappte mit der linken Hand vorwärts und ließ den rechten Arm im Ellbogen gekrümmt hängen. Bewegen konnte ich mich nur langsam, denn es war stockfinster, nur die schwarzen Wipfel der Bäume starrten in den sternenübersäten Himmel. Wohin ich ging, wußte ich nicht, es war auch gleichgültig, solange der Weg mich vom Lager wegführte. Glücklicherweise war das Dickicht nicht allzu undurchdringlich, immer wieder stieß ich auf Stellen, die nur mit Gras bewachsen waren und die sich rasch überqueren ließen. Ich achtete der scharfen Blätter und Halme nicht, die meine Hände und mein Gesicht zerschnitten. Einmal verhielt ich und lauschte in der Richtung, aus der ich gekommen war. Nichts war zu hören, nur Insekten und gelegentliche Geräusche von Tieren. Um Tiere kümmerte ich mich nicht, auch nicht um Schlangen, denn sie waren weniger schlimm als die Gefahr, der ich entkommen war. Sie konnten keine Bajonette in mich stoßen und mich nicht für Jahre hinter Stacheldraht zwingen.

Etwas später blieb ich wieder stehen und lehnte mich gegen einen Baum, um Atem zu schöpfen. Ich war geschwächt von der harten Mühe, blind durch den Dschungel zu gehen, und überlegte, ob ich wohl viel Blut verlor. In meinem Arm war ein dauernder dumpfer Schmerz, ich konnte den Ellbogen nicht bewegen. Ich tastete an dem Ärmel hinab und fand ihn durchweicht; so knöpfte ich meine Hemdbluse auf und begann sie auszuziehen. Als ich meinen rechten Arm heben wollte, war er steif und so schwer, als wäre er aus Blei; ich mußte die linke Hand nehmen, um aus der Bluse zu schlüpfen. Jetzt war ich von den Hüften aufwärts entblößt; ein kühler Luftzug trocknete meine schweißüberströmte Haut. Ich sah auf den verwundeten Arm, aber es war zu dunkel, um irgend etwas zu erkennen außer dem Blut, das sich noch dunkler von der blasseren Haut abhob. Ich tastete mit meinen Fingern das Fleisch ab und fand die Stelle des Einschusses. Soviel ich sagen konnte, war der Knochen in Ordnung, vielleicht war das Geschoß daran vorbeigegangen. Alles in allem bedeutete es nichts. Ich hätte einen weit höheren Preis für diese Nacht allein im Dschungel bezahlt.

Ich setzte meinen Fuß am Boden auf die Schulter meiner Bluse und riß mit der linken Hand den Ärmel ab. Es war zäher Stoff, aber ich bekam den Ärmel am Saum herunter; dann wickelte ich den ganzen Ärmel als Verband um meinen Arm. Das Buschhemd zog ich wieder an, dann streckte ich mich auf dem Boden, den verwundeten Arm hochgehalten, aus.

Während dieser Nacht träumte ich in unruhigem Schlaf, daß Leutnant Nakamura ein ganzes Maschinengewehr auf Kernschußweite auf mich verfeuerte. Ich wachte auf und konnte das Maschinengewehr noch rattern hören, aber es klang von weit herüber, von der Straße nach Imphal.

5 Am Morgen begann ich damit, daß ich den Ärmel von meinem Arm loswickelte, um mir die Wunde bei Tageslicht anzuschauen und einen reineren Flecken daraufzulegen. Der Stoff war aber an das Fleisch angeklebt, und es tat sehr weh, als ich versuchte, ihn abzureißen. Indessen begrüßte ich diesen Schmerz, denn er bewies, daß noch Leben in dem Arm war, obwohl ich ihn weder biegen noch heben konnte. Ich hatte aber kein Wasser, ihn zu waschen, und befürchtete, daß die Blutung wieder beginnen würde, wenn ich die Bandage abriß. So rollte ich die Enden wieder auf und knüpfte sie zusammen, ohne die Wunde zu entblößen.

In welcher Richtung ich gehen sollte, war gleichfalls schwer zu entscheiden. Ich fand keinen Pfad und mußte mir also meinen Weg ohne Buschmesser und mit nur einem brauchbaren Arm durch die verschlungene Vegetation bahnen. Es war unmöglich, die steilen Hänge zu vermeiden, denn es gab hier nichts als Berge, eine Kette nach der andern, spitze Berge von etwa 1000 Fuß Höhe, zwischen die enge Täler eingeschnitten waren. Beim Abstieg glitt man aus, stürzte hinunter, bis man sich im Gestrüpp wieder erfing und zum Stehen kam. Meine Hand blutete, zerstochen und zerschnitten von Dornen und messerscharfen Gräsern. Versuchte ich aber bergauf zu klettern, so rutschte ich oft aus, und jedesmal mußte ich etwas länger liegenbleiben, um die Lebensgeister wieder aufzufrischen. Der einzige Führer war der Schlachtenlärm, der von der

Straße heraufdrang. Ich nahm wenigstens an, daß noch an der Straße gekämpft würde, obwohl der Lärm in beiden Richtungen ferner rückte, als ob die Unsrigen ständig zurückgedrückt würden. Es hatte also keinen Sinn, gegen Kohima zurückzugehen; im Lager hatte ich gehört, daß die Japs dicht vor dem Ort die Straße blockiert und sich auch schon hinter dem Ort festgesetzt hatten, so daß sie sicher mit seinem Fall rechneten. Sie waren auch überzeugt, daß sie Imphal bekommen würden, gewiß, aber da hatten sie noch einen weiteren Weg vor sich, und auf jeden Fall war ich in dieser Richtung unseren Linien näher. Ich schätzte, daß das Artilleriefeuer vier Meilen entfernt war; wenn ich also zehn Meilen parallel zur Straße marschierte und dann einbog, kam ich wohl auf die richtige Stelle. Zuerst versuchte ich den Tälern zu folgen, aber sie bogen immer ab und leiteten mich in die falsche Richtung, so daß ich es nicht vermeiden konnte, Berggipfel zu übersteigen. Dort und da sah ich ein Nagadorf, auf den Gipfel eines Berges genistet, aber ich scheute mich, näher heranzugehen, denn ich hatte zwar gehört, die Nagas wären freundlich, aber man lief Gefahr, den Japanern dort zu begegnen, die Reis aufbrachten und Arbeitskolonnen zu konskribieren versuchten.

Hinderlicher für mein Weiterkommen als der verwundete Arm war die Ruhr. Ich hatte nur wenig Futter im Bauch; woran sie sich austoben konnte, und so boten ihr meine Darmwände ein volles Ziel. Ich hatte ein Gefühl, als ob sie in Fetzen gerissen würden. Diese Krankheit war bisher nie wirklich schmerzhaft für mich gewesen, nur lästig; auch jetzt war es nicht der Schmerz selbst, auf den es ankam, ja, die Umstände machten ihn eher erträglich, aber die Krankheit sog die letzte Kraft aus mir, nachdem bereits der Blutverlust das Seine getan hatte. Und sie nahm überdies ihren eigenen Blutzoll. Zuerst unterbrach ich dazu immer meinen Weg, dann aber wurde es zu lästig und nahm mir zuviel Zeit weg, so daß ich einfach weitertrottete und dachte, ich wäre schon so verdreckt und heruntergebracht, daß es nichts mehr ausmachte. Ein Ärmel meiner Hemdbluse war ja zum Teufel gegangen, und die Knöpfe waren alle längst abgerissen. Die Knöpfe meiner Hose waren zerbröckelt und alles war mit Blutspuren und Dreck bedeckt, weil ich ja seit meiner Gefangennahme nur mehr auf dem blanken Boden geschlafen hatte. Alles das aber machte nichts aus, nicht mehr als das ebenso entstellte Gesicht, das ich im Spiegel gesehen hatte, denn ich empfand mich gar nicht mehr als meine eigene Person, obwohl mein körperliches Elend an diese Person gebunden war. Zum mindesten war, was da durch den Dschungel kroch, nur irgendein Teil von mir, der in diesem Augenblick lebte, ein kurzer Ausschnitt aus dem Film, der gerade durch die Vorführmaschine lief. Mein wirkliches Selbst, die Rolle des ganzen Films, der bereits abgelaufen war – das würde ich intakt aus dem Dschungel herausbringen; und was auch geschah, was man mir auch tat, nichts konnte dieses Vergangene beschädigen. Als Sabby einmal gesagt hatte, niemand würde uns das Glück, das wir zusammen erlebt hatten, nehmen können, hatte ich, ohne es auszusprechen, gemeint, die Zeit könne vielleicht auch das vernichten. Jetzt wußte ich es besser, denn ich hatte herausgebracht, daß dieses Glück mit mir im Dschungel war wie auch alle Traurigkeit; und darum dachte ich an mich nicht als an diesen Mann in Fetzen, mit eingetrocknetem Blut und mit zehn Tage alten Bartstoppeln.

Bis Mittag kam ich vorwärts, ohne ein schlimmes Bedürfnis nach Wasser zu empfinden, dann aber kam der Durst, als ob mein Körper jetzt plötzlich bemerkt hätte, daß er vernachlässigt worden war. Den ganzen Morgen über hatte ich nirgends Wasser gesehen, nicht einmal auf den Talsohlen, und nun begann ich mich deswegen zu sorgen, denn ich wußte, daß mich zuletzt der Mangel eines Bechers Wasser zu den Japanern zurücktreiben konnte.

Wieder arbeitete ich mich eine Stunde weiter; nach dem Sonnenstande schloß ich, daß es ein oder zwei Uhr sein mochte. Jetzt stieß ich auf eine Spur und bog in sie ein. So war es leichter, Wasser zu finden, aber die Gefahr war auch größer, auf Japaner aufzulaufen, ich mußte wachsamer marschieren. Wirklich war ich kaum ein paar hundert Meter gegangen, als ich schon vor mir eine Bewegung bemerkte und sofort im Buschwerk untertauchte. Ich lag so auf meinem Bauch, daß ich durch das Pflanzengewirr auf eine kurze Strecke des Pfades hinausschauen konnte.

Es war eine ganze Kompanie Japaner, die im Gänsemarsch vorbeizog. Sie trugen ihr Gepäck und Wasserflaschen und Gewehre und bewegten sich in der Richtung auf die Straße. Sie marschierten schweigend, ihre Gesichter waren ausdruckslos und tot. Hätte ich ein Maschinengewehr bei mir gehabt, so hätte ich sie ohne Gewissensbisse allesamt niedermähen können, denn aus diesem Abstand schienen sie nicht wie menschliche Wesen, sondern wie irgendeine scheußliche Abart von Dschungeltieren. Und doch wußte ich im gleichen Augenblick, daß dem nicht so war, daß ihr Äußeres gleich dem meinen nur von dem Augenblick sprach, daß irgendwo hinter ihrer Ausrüstung und ihrem Khaki und ihren erstarrten Soldatengesichtern Gefühle und Erinnerungen aufgespeichert waren, und daß jeder einzelne, der sich da an mir vorbeischleppte, auf irgendeine Weise anders war als die übrigen.

Ich ließ sie vorbeiziehen und nahm dann auf demselben Pfad, aber in der entgegengesetzten Richtung, meinen Weg wieder auf. Nach ein paar Minuten hörte ich wieder etwas vor mir und verschwand. Ein Zug Maultiere kam heran, kräftige langohrige Tiere, die enorme Lasten schleppten. Manche hatten Maschinengewehre und schwere Munitionskisten aufgeladen. Ein Dutzend Soldaten geleiteten diesen Zug, hinterdrein kam noch eine Truppe im Gänsemarsch. Langsam zogen sie vorbei, ich mußte regungslos liegenbleiben, denn ich war kaum ein paar Schritte von ihren Füßen entfernt.

Als sie verschwunden waren, nahm ich wieder die Richtung direkt in den Dschungel, denn es schien mir zu gefährlich, dem Pfad zu folgen. Die Trockenheit in meiner Kehle und im Mund hatte den Speichelfluß vollkommen abgestoppt. Ich hatte Geschichten genug gelesen, in denen Männer auf einem Floß, das auf dem Meere trieb, oder in einer Wüste Durst litten und wie die Qual sie in Idioten, die fieberischen Unsinn schnatterten, verwandelte; die Angst, etwas dergleichen könne mir widerfahren, bewirkte eine Nervenreaktion, die die Sache nur schlimmer machte. Ich hatte auch stark geschwitzt und begriff, daß das verlorene Wasser ersetzt werden mußte.

Ich dachte, in einem der Täler müsse es wohl einen Wasserlauf geben, und darum bahnte ich mir meinen Weg wieder abwärts. Den ganzen Tag war ich gewandert und hatte mich durch das Buschwerk geplagt, aber mehr als zwei oder drei Meilen hatte ich nicht hinter mich gebracht. Und jetzt mußte ich unabhängig von der Richtung weitergehen, nur auf der Suche nach Wasser. Essen war noch nicht wichtig, und selbst wenn ich welches fand, so konnte ich es ohne Wasser nicht mehr hinunterbringen.

Ich kam zur Talsohle hinunter, auf der anderen Seite ging es wieder hinauf, ohne daß ein Wasserlauf dazwischen gewesen wäre. Es blieb einfach nichts übrig als weiterzukriechen. Ich arbeitete mich den nächsten Berg hinan, ohne noch an etwas anderes zu denken als an meinen Durst. Er war noch nicht unerträglich, aber bereits grimmig genug, um eine schlimme Ahnung von dem zu geben, was vor mir lag.

Ich fand einen Felsenvorsprung, von dem aus ich über die Berggipfel weg ins Land hinausschauen konnte. Ringsum nichts als Bergketten, kaum ein paar Lichtungen im Dschungel und nirgends etwas, was auf Wasser deutete. Ich wählte das tiefste sichtbare Tal, eine Art Schlucht, mit einem dahinter aufspringenden Berg, der wie eine Wasserscheide aussah. Eine Stunde brauchte ich, um dahin zu gelangen, die Sonne stieg schon zu meiner Linken herab und entschwand gegen Cawnpore und Delhi, gegen Peter und Sabby. Ich kroch in die Schlucht hinab, in der es tiefdunkel war. Der Boden war zur Gänze von wucherndem Schlinggewächs überzogen. Ich drang in die Pflanzenwirrnis ein, teilte sie mit einer Hand und einem Fuß. Da gab es die glatten Steine eines Bachbettes, aber ich konnte weder Wasser sehen noch hören, so kniete ich nieder und tastete zwischen den Steinen. Alles beintrocken. Ich schob die Steine beiseite, fühlte nach, fand aber nicht einmal eine Spur von Feuchtigkeit. Das Wetter war seit dem letzten Monsun trocken gewesen, nun wartete dieser ausgetrocknete Wasserlauf auf den nächsten. Der war frühestens in einem Monat zu erhoffen, in der Zwischenzeit würde ich verrückt geworden und gestorben sein, oder verrückt geworden und zu den Japanern zurückgegangen.

Ich arbeitete mich wieder aus dem Bachbett heraus und kletterte die Seitenwand der Schlucht hinan. Ich wußte, was ich jetzt zu tun hatte – weitermarschieren mit aller Entschlußkraft, die ich aufbrachte, schnurgerade bis zu unseren Linien, ohne auch noch die geringste Zeit auf die Suche nach Wasser zu vergeuden, das es ja doch nicht gab. Mit diesem Entschluß fühlte ich mich weniger durstig, ja ich spürte eine erhöhte Kraft, mich in das verstrickte Schlinggewirr hineinzuarbeiten. Wütend schüttelte ich meine Füße frei. Ich würde nicht zu den Japanern zurückgehen, um mir von diesem unverschämten kleinen Affen Nakamura den Kopf abschneiden zu lassen; ich würde auch nicht sterben, denn ich mußte

Sabby sehen, und die Unsrigen waren ja auch nur ein paar Meilen entfernt. Männer hatten tausendmal Schlimmeres erlebt als dies, und sie mußten nicht Sabby sehen. Ich würde die ganze Nacht marschieren und morgen durchkommen. Wenn ich morgen durchkam, war alles Wasser der Welt gleichgültig. Es machte auch nichts, wenn es bis zum nächsten Tag dauerte, man konnte eine Woche laufen, ohne zu trinken. Auf jeden Fall brannte mir die Sonne nicht auf die Haut, da ich unter einem Baumdach blieb, dadurch war ich besser daran als Männer in der Wüste oder auf einem ungeschützten Floß. Ich würde ganz gut durchkommen, mit meiner Verwundung würde man mich sofort rückwärts schicken, und binnen einer Woche konnte ich bei Sabby sein. Der Durst war gar nichts, wenn man wußte, daß man so bald bei ihr sein konnte.

Es wurde schnell finster. Die unermeßliche Wildnis des Dschungels entschwand, und jetzt war nur mehr pechschwarze Nacht um mich, höchstens die schwachen Umrisse, die meine unmittelbare Umwelt ausmachten. Überall ringsum raspelten, knirschten und scharrten die Grillen, und allerlei anderes Geräusch setzte ein. Es mögen dieselben Geräusche wie am hellichten Tag gewesen sein, aber sie klangen neu, so wie ein Ton in einer Kathedrale anders klingt, wenn man ihn vorher nur auf der Straße gehört hat. Wirklich war es im Dschungel bei Nacht wie in einer Kathedrale, die Stille verstärkte alle Geräusche, sie war angsteinflößend, und irgendeine Gewalt war in dieser Natur, die man unmöglich begreifen konnte. Ich versuchte mich weiterzukämpfen, von Baum zu Baum tastend, der eine Arm tot an meiner Seite. So schleppte ich mich vorsätzlich weiter, bis ich zu erschöpft war, um mir etwas daraus zu machen, wo ich lag, dann sank ich unvermittelt zusammen und blieb liegen, wo ich hingefallen war, nur auf einen Ast beißend, der mir quer ins Gesicht ragte, um meine vertrockneten Lippen auseinanderzuhalten und die Zunge davor zu bewahren, daß sie am Gaumen festklebte. Die Kälte brach rasch herein, fraß sich in meine entblößten Glieder und durchschauerte mich ganz. Es war eine lange Nacht, die längste, die ich jemals verbracht habe. Sie dehnte sich aus, bis ich nicht mehr länger glauben konnte, daß dies wirklich nur eine Nacht war; ich meinte bereits, ich müßte irgendwie den Tag überschlafen haben und nur erwacht sein, um die nächste Nacht zu erdulden. Ich zählte vermeintliche Minuten; jede dehnte sich wie der Hang eines steilen Berges, dessen Gipfel man noch nicht einmal sieht. Ich dachte, es müsse drei oder vier Uhr morgens sein, und um mir selbst eine Überraschung zu bereiten und die Dämmerung früher zu sehen, als ich sie erwartete, suchte ich mir einzureden, es wäre erst Mitternacht. Aber diese willkommene Überraschung kam nicht, denn wenn es erst Abenddämmerung gewesen wäre, so hätte ich den Morgen immer noch früher erwartet. Schließlich gab ich es auf, noch auf den Morgen zu warten, und fand mich darein, daß diese Nacht tatsächlich endlos war; und dann kam die Dämmerung, als ich beinahe aufgehört hatte, an sie zu denken. Ich stand auf, denn ich meinte, daß ich in der Morgenkühle gut vorwärtskommen würde, besonders da der Durst nachgelassen zu haben schien. Als die Sonne durch die obersten Zweige der Bäume herabzusickern begann, rechnete ich aus, daß ich eine Meile hinter mich gebracht haben mußte. Mein Herz wurde leichter, denn ich dachte, ich würde mich, wenn der Kampfeslärm wieder einsetzte, so ziemlich auf gleicher Höhe mit ihm finden. Dann stieß ich plötzlich auf die Schlucht, in der ich am vorigen Abend nach Wasser gesucht hatte, und die Verzweiflung erwürgte alle Hoffnung in mir. Irgendwie hatte ich meine Richtung verloren, die Sonne hatte mir nicht gezeigt, daß ich falsch ging, jetzt aber war der neue Tag im Fortschreiten, die Sonne stand hoch und erhitzte die Luft, die Luft aber wühlte in meiner wunden Kehle.

Von Schießen war nichts zu hören. Ich fragte mich schon, ob es vielleicht Sonntag wäre und die Armeen den Tag des Herrn respektierten. Ich versuchte auszurechnen, welcher Wochentag es sein konnte, rechnete auf den Dienstag zurück, an dem ich gefangen worden war. Jeden Tag merkte ich mir in meinem Gedächtnis mit einem Vorfall an, aber jedesmal kam ich drei oder vier aus der Rechnung, und alles verwirrte sich. Nun, es war auch gleichgültig, welch ein Tag heute war, es gab keinen Kampf, der mich lenkte, das war der springende Punkt.

Ich richtete mich nach der Sonne und ging südwärts, immer noch parallel zum Imphal Road. Später stieß ich auf ein Lager der Japs. Glücklicherweise hörte ich sie zuerst und verschwand aus der Sicht, aber es kostete mich eine Menge Zeit, das Gelände zu umgehen, wobei ich den größten Teil der Strecke vorsichtig auf allen vieren kriechen mußte, und das war mit einem Arm, der zu nichts taugte, ein schrecklich erschöpfendes Unternehmen. Als ich schließlich wieder aufstehen wollte, brach ich zusammen und mußte liegen, um Kräfte zu sammeln. Ich fühlte mich schwächer als je, der Schmerz breitete sich von der Schulter über den verwundeten Arm wie Gift über den ganzen Körper aus. Ich hatte den Verband darangelassen und wagte ihn nicht zu verrücken, teils weil ich wußte, daß ich doch nichts tun konnte, teils weil ich fürchtete, der Anblick der Wunde könnte mich aufregen. Über den ganzen Arm und besonders an Stellen, wo das Fleisch von dornigem Gewächs zerkratzt und aufgerissen war, verbreitete sich eine schmutzig blaugrüne Farbe. Die Ruhr bedeutete jetzt nichts mehr. Da ich weder Nahrung noch Wasser im Leib hatte, war ich ausgetrocknet, und der Schmerz allein galt nichts. Jetzt aber machte sich eine brennende Qual fühlbar, die wie ein rotglühendes Stahlband um meinen Kopf gelegt war. Diese Qual war es, die mich zum Weinen brachte. Ich hätte das Weinen vielleicht zurückhalten können, aber das hätte mich Energie gekostet, die ich dringender brauchte, und so ließ ich mich drauflos schluchzen. Es war gleichgültig, ob man im Dschungel weinte, wenn doch niemand da war, der einen sah. Als ich damit erst begonnen hatte, begannen furchtbare Schluchzkrämpfe meine Brust zu erschüttern, aber an ihrem Ende hingen nur ein paar dürftige Tränlein, armselig hervorgepreßt, als ob mein Körper nicht mehr genug Wasser für sie aufbrächte. Ich preßte mein Gesicht gegen den Boden und biß in die Erde, bis die Wellen, die mich hin und her warfen, verebbt waren. Dann stand ich wieder auf und tappte weiter, aber nunmehr halbblind. Ich fühlte mich gänzlich zerbrochen und hoffnungslos.

Und doch hielt mich irgend etwas aufrecht, eine Kraft, die nicht mehr mit mir in Zusammenhang zu stehen schien. Es war, als ob ich aus dem Bereich der Wirklichkeit in den des Traumes übergetreten wäre; der Traum aber brachte den Segen der Zeitlosigkeit mit sich.

Ich hörte auf, Stunden zu zählen oder sie auch nur zu beobachten. Aber als ich endlich an den Flußlauf kam, wußte ich, daß die Sonne schon unter die Baumwipfel gesunken war.

Zuerst konnte ich in dem Fluß gar kein Wasser gewahren, nur die weißen Steine, die bewiesen, daß hier in der Regenzeit ein Sturzbach verlief. Ich war zu betäubt, um mich erregt auf sie zu stürzen. Ich tappte mich zu ihnen hin und ließ mich niederfallen, bevor ich wußte, ob es hier Wasser gab oder nicht. Dann hörte ich ein leises Glucksen. Es kam langsam in meine Ohren, wurde lauter wie ein Ton, der einen aus dem Schlaf weckt. Ich lauschte eine lange Zeit auf diesen Ton, bevor ich mich hinwandte, einen Stein wegrückte und die Lichtreflexe tanzen sah. Ich versuchte meinen Kopf zwischen die Steine hinabzudrängen, aber es war nicht genug Raum da; so schob ich mich noch ein oder zwei Körperlängen weiter, und als ich das Wasser mit meinen Lippen berührte, hatte ich ein Gefühl, als ob zärtliche Finger über mich hinstrichen. Ich legte den Kopf zur Seite, und das Wasser rann in meinen Mund. Ein paar Augenblicke vergingen, bevor ich meine Muskel zusammenziehen konnte, um das Wasser hinunterzuwürgen. Als es dann gelang, konnte ich fühlen, wie es durch den Kanal zu meinem Magen hinabfloß. Meine Kehle war ganz gehärtet, der erste Schluck brachte keine Linderung. Ich schluckte noch sechs- oder siebenmal, immer mit größerer Anstrengung, dann fühlte ich eine furchtbare Schwäche und konnte mich nicht mehr dazu bringen, weiterzuschlucken. Vage dämmerte die Vorstellung in mir auf, ich hätte dieses Wasser zu spät gefunden. Auch das machte nicht mehr viel aus. Jetzt hatte ich nurmehr den Wunsch zu schlafen. Ich schloß meine Augen, das Wasser sprudelte in meinen Mund und über mein Gesicht, aber ich war zu matt, an irgend etwas zu denken außer an diese Schlafdunkelheit, die sich über mich breitete, und an das allmähliche Erlöschen des Schmerzes.

Ich wachte auf, und es war Nacht. Es war eine sehr weiche, bestirnte Nacht, über die ein federleichter Wind hinstrich. Ich konnte nicht ausmachen, wo ich war. Ich hatte von Bombay und dem Haus auf dem Hügel geträumt, und als ich erwachte, glaubte ich auf einer weichen Matratze zu liegen, ein weißes Kissen unter meinem Kopf, und Sabby an mich geschmiegt, um mir mit ihren geschmeidigen Fingern den dumpfen Schmerz von der Stirn zu streichen. Nur allmählich wurden diese Finger zu Wasser und dieses Kissen zu einem runden Stein, und es war keine Sabby da, nur ein dunkles Gefühl von offenem Raum ringsum und die Vorstellung, dies wäre der Dschungel.

Ich erinnerte mich, daß ich krank gewesen war. Jetzt hatte ich gar kein Körpergefühl mehr. Es war kein Schmerz in meinem Körper, unterhalb des Halses hätte so gut wie gar nichts sein können. Ich dachte nach, ob das alles längst tot und nur mein Gehirn noch in Funktion wäre, und um eine Probe zu machen, versuchte ich mein Bein zu heben. Ich bekam es nur ein paar Zoll hoch. Dann bewegte ich meinen Arm, einen Stein zwischen den Fingern, aber ich konnte den Stein nicht so fassen, daß ich ihn hochbekam. Es war nur ein kleiner Stein.

Ich versuchte aufzustehen. Ich zählte bis fünf mit der Absicht, bei fünf alle meine Energie auf dieses Ziel zu werfen. Ich zählte langsam, denn alles in mir widerstrebte dem Versuch. Als ich fünf erreichte, lief ein kurzer Krampf durch meinen Körper, der sich selbst verbrauchte, bevor ich hochgekommen war. Irgendeine Kraft schien mich am Boden festzuhalten, mein eigenes totes Gewicht. Ich dachte, ich sollte es vielleicht anders herum versuchen, so schob ich mein oberes Bein langsam vor, bis ich auf dem Gesicht und nicht mehr seitwärts lag; dann versuchte ich mich auf dem gesunden Ellbogen hochzustemmen. Ich gelangte ein oder zwei Zoll hoch, dann fiel ich erschöpft zurück. So blieb ich, mit dem Gesicht auf den Steinen, liegen und dachte, dies wäre das Sterben.

Ich wußte nicht genau, woran ich eigentlich starb, ob an der Schwäche dieser Tage, da ich nur von ein paar Handvoll Reis gelebt hatte und die letzten beiden Tage von nichts, oder an dem Gift von der Wunde. Was es auch war, ich hätte stärker sein müssen. Wäre ich ein Soldat gewesen, so wäre ich mit Leichtigkeit durch so etwas hindurchgekommen. Aber ich war zu lange da hinten auf der Schulbank gesessen und dann eingepfercht in Fort Cawnpore; ich hatte gut gegessen, ein angenehmes Leben geführt und keine Pappschachtel selbst hochgehoben, da immer ein Träger zur Stelle war. Ich starb nicht in einem zähen Todeskampf, sondern blieb entkräftet am Straßenrand liegen. Meine Niederlage beschämte mich tief, und ich fühlte, daß ich durch meine Weichheit Sabby betrog. Auch Lord Durweston hatte ich betrogen, als ich ihm versprach, auf Sabby aufzupassen; und mich selber hatte ich betrogen.

Es war mir gleichgültig, wie lang diese Nacht dauerte. Sie war nicht wie die vorige, eine qualvolle Minute um die andere, sondern ein zeitloser Kummer im Herzen. Nach einiger Zeit begannen gewisse Szenen aus meinem früheren Leben aufzutauchen, ich sah sie mit einem seltsamen Sinn von Losgelöstheit, als wären sie aus dem Leben eines Fremden geschnitten. Ich wunderte mich, wie das kam, daß mein eigenes Leben aus diesen Szenen bestanden hatte und nicht aus anderen; wie das geschehen war, daß ich auf dieser ganzen Welt, wo man überall geboren werden konnte, gerade an einem Platz namens Tewkesbury in den englischen Midlands geboren worden war. Und welche Kraft, weit stärker als mein eigener Wille, hatte hernach mein Schicksal geformt? War das vorausbestimmt, daß ich einmal aus Burma entkommen sollte, um in Indien ein Jahr intensivsten Glücks für mich bereitzufinden; und daß ich dann zuletzt auf den Steinen eines Flußbettes in Manipur liegenbleiben sollte? Was für ein seltsamer Ort, um hier zu sterben! Irgendwie war es mir nie in den Sinn gekommen, daß ich an einem so entlegenen Platz zugrunde gehen sollte. Aber so war es ja immer, die letzte Wendung des Weges brachte die großen Überraschungen.

Jetzt aber, da der Tod in Reichweite war, schien nichts an ihm fürchtenswert. Ich fürchtete, das Leben zu lassen – Sabby zu verlassen, die vielleicht in Qualen und tief unglücklich war. Mehr als alles wünschte ich, bei ihr zu sein, ihren gebrechlichen Körper eng in meinen Armen zu halten und ihre tropfengroßen Tränen fortzuküssen; ich wünschte ihr Liebe zu zeigen mit einer Wärme, aus der sie neue Kräfte zog. Am Leben wollte ich sein, um Sabby alt werden zu sehen, denn mit dem Alter mußte eine neue freundlich-heitere Schönheit über sie kommen. Ich liebte sie für das, was sie noch werden sollte, nicht weniger als für den Teil ihres Lebens, den ich schon kannte; und wenn es mir leid tat zu sterben, so mehr als um alles andere darum, weil ich sie so nicht sehen und ihr nicht helfen sollte, durch das Elend dieses Augenblicks hindurchzukommen.

«Sabby, Liebe», sagte ich... «süße, liebe Sabby.» Und ich konnte meine eigene Stimme zwischen den Steinen hören und stellte mir irgendwie vor, sie müsse sie auch hören und sich der köstlichsten Momente des Glücks erinnern, wie ich es tat... jenes Glück, als sie damals in ihrem ersten Schlafzimmer in Bombay das Badetuch zwischen uns hielt, und wir hatten einander geküßt mit Lippen, die sich kaum streiften; und die Nacht, als ich von Rosie zu ihr zurückkam, und die Zeiten, da wir unter einer Fichte gelegen und auf Dschali Tal herabgeblickt hatten; dann die Nacht, da wir das erste Mal zusammen in das neue Haus fuhren und auf dem

Balkon aßen, alle Lichter von Bombay wie ein Juwelenkranz unter uns; und Agra im Mondlicht, diese seltsam köstliche Mischung von Glück und Traurigkeit... all dies, und tief in alledem eingebettet das Zusammenströmen unserer Liebe. Ich war gelehrt worden zu lieben, hatte den Sinn der Zartheit und Großherzigkeit verstehen gelernt... aber das alles waren nur Samen, die in mich gepflanzt wurden, sie sollten erst zu wirklicher Kenntnis aufspringen und heitere Weisheit in mein Leben tragen. Nun aber starb ich mit all meiner alten Selbstsucht und Torheit... und es war zu spät. Ich hatte noch nicht begonnen zu leben.

«Aber Lieber, du bist doch ein lebender Mensch.» Deutlich hörte ich Sabbys Stimme.

«Man muß erst sterben», sagte ich zu ihr in meinen Gedanken, «um zu wissen, wie reich das Leben sein kann.»

«Lieber, kannst du das Leben und Sabby gleichzeitig lieben?»

«Es ist ja beides das gleiche.»

«Dann, bitte, möchtest du nicht lieber zu mir zurückkommen?»

«Ich glaube, ich kann es nicht mehr.»

«Aber, du mußt ja noch nicht sterben. Du bist zu jung, um zu sterben, Lieber, und ich erlaube nicht, daß du von einer Kugel getötet wirst, die ein japanischer Mann abgeschossen hat. Ich werde schon machen, daß dir besser wird.»

«Wenn irgendwer das könnte, so wärst es nur du.»

«Nein, du wirst jetzt noch nicht sterben.»

«Gut», sagte ich, «dann wollen wir einen Pakt schließen. Keiner von uns beiden darf sterben.»

«Halte nur du den Pakt. Auf mich kommt es nicht an.»

«So etwas darfst du nicht sagen. Du mußt es versprechen.»

«Gut, Lieber, ich verspreche es. Bitte, willst du es jetzt versprechen?»

«Ich verspreche, daß ich mein Bestes tun werde.»

«Du willst mich täuschen.»

«Ich weiß, daß es Schwindel ist. Aber ich bin schrecklich müde und muß jetzt einschlafen. Bitte küß mich noch einmal.»

Die Dämmerung stieg hinter den Bergen auf, ein fahles, ernstes Licht überzog den Himmel im östlichen Burma. Ein paar Meilen weiter westlich begann ein schweres Geschütz seine Morgenarbeit. Ein Maschinengewehr antwortete mit seinem Bellen. Das Wasser plätscherte sanft über mein Gesicht, kühl von den Bergen. Aber es war der sanfte Druck von Sabbys Lippen, den ich fühlte, als ich in Traumschlaf sank.

Als ich meine Augen öffnete, war ich verwundert, den blauen Himmel und Baumäste, die sich bewegten, über mir zu sehen. Einen Augenblick lang dachte ich: Bin ich tot? Dann wußte ich, daß ich es nicht war, ich versuchte mich aufzurichten und blickte in ein Gesicht, das mit langgeschnittenen, dunklen Augen und einer flachen Nase über mich gebeugt war. Ich schloß meine Augen wieder.

Ich lag lang ausgestreckt auf einer primitiven Bambusbahre. Ich konnte fühlen, wie sie schwer getragen wurde, konnte den Schritt plumper Schuhe auf dem Boden hören. Als ich unter den Augenbrauen hervorsah, ohne die Lider ganz zu öffnen, erkannte ich vor mir den Rücken zweier Männer. Es waren gedrungene breitschultrige Gestalten, das Haar im Genick war schwarz.

Ich hielt die Augen geschlossen, denn ich wollte Zeit gewinnen, um nachzudenken. Eine furchtbare Verzweiflung kam über mich. In meinem Körper steckte eine Menge anderer Schmerzen, aber dieses ungeheure schwarze, tote Gewicht der Verzweiflung war wie ein Balken quer über meine Brust gefallen. Wirre Bilder einer zweiten Gefangenschaft zuckten durch mein Gehirn, die unendlich schlimmer sein würde als die erste, denn diesmal würde man mich hoffnungslos gegen Fluchtversuche sichern; und ich würde erbarmungslos für diesen tölpelhaften Fluchtversuch gestraft werden, der mir nichts eingebracht hatte als eine Verwundung und nahezu den Tod. Ich fühlte mich wie einer, der durch ein gräßliches Sterben hindurchgezerrt worden ist, um sich am Ende dort wiederzufinden, von wo er ausgegangen war. Alles war nur Schwindel, nur Selbsttäuschung gewesen.

Ich dachte nicht, daß ich jetzt sterben sollte, wenn diese andern es nicht so wollten. Wenn sie es aber wollten, warum ließen sie mich nicht zu einem Gerippe zerfallen an dem Platz, auf dem ich gelegen hatte, wozu vergeudeten sie die Kraft von vier strammen Soldaten, um mich zurückzuschleppen? Ich wunderte mich, was ihnen an mir gelegen war, daß sie es taten.

Ich hob den Kopf und sagte japanisch:

«Bitte, wollen Sie mir Wasser geben?»

Das Gesicht, das ich ausnehmen konnte, hatte stark vorspringende Backenknochen und dunkle Augen. Der Mann erwiderte meinen Blick mit einem lustigen Blinzeln, dann sah er zu seinem Gefährten hinüber, der den andern rückwärtigen Griff der Bahre hielt.

Der sagte in mühsam zusammengestoppeltem Englisch: «Sprechen Sie nicht Englisch?»

«Natürlich. Ich bin Engländer.»

«Ist Ihnen jetzt besser?»

«Ich möchte etwas Wasser.»

«Wenn wir diese Höhe erreicht haben, gebe ich Ihnen meine Flasche.»

«Wohin bringen Sie mich?»

«Ins Feldlazarett.»

«Bringen Sie mich zu den Engländern», verlangte ich verzweifelt. «Wenn Sie mich zurückbringen, werde ich darauf sehen, daß Sie gut behandelt werden. Bitte, bringen Sie mich zurück!»

Er sah mich verwundert an und lächelte wieder. Ich dachte, er lächle über die Arglosigkeit meines Ansinnens.

«Natürlich bringen wir Sie zurück zu den Engländern», sagte er.

Ich dachte ein paar Augenblicke über seinen Ton nach und wunderte mich, daß ich keinen Hohn darin finden konnte. Sprach er nur so aus Freundlichkeit? Mein Gehirn arbeitete noch nicht, ich fand mich nicht zurecht. «Natürlich bringen wir Sie zurück.» Dieser Mann sprach Englisch. Er hatte mein Japanisch nicht verstanden. Aber er war sichtlich ein Japaner.

«Wir sind Gurkhas», sagte der Mann, als ob er meine Gedanken erraten hätte.

Mein Gesicht schien nicht zu lachen, aber die Freude kam in großen Wellen, und meine Augen müssen ihren toten, verzweifelten Blick verloren haben, sie begannen zu leben und zu funkeln.

«Gurkhas?» fragte ich nach langer Zeit.

«Ja. Was dachten Sie?»

«Natürlich seid ihr Gurkhas», sagte ich. «Eure Mützen...»

Ich hätte ihre Mützen bemerken müssen, aber ich hatte nur in ihre Gesichter geschaut, hatte nur die Mongolenaugen und die dunkle Haut gesehen, die so sehr japanisch wirkten.

«Wie spät ist es?» fragte ich.

«Drei Uhr.»

«Und welcher Tag?»

«Freitag.»

«April, nicht wahr?»

«Fünfter April.»

«Ich werde mich immer an den fünften April erinnern», sagte ich. «Wieder zu Freunden sprechen...»

Auf der Höhe bekam ich einen langen Schluck aus einer Wasserflasche, und der Tod war jetzt weit hinter mir.

«Ich will versuchen zu gehen», sagte ich und wollte mich von der Bahre aufrichten, die sie auf den Boden gesetzt hatten; aber da fand ich, daß die Gesundung in meinem Gehirn stattgefunden hatte, daß mein Körper aber noch tot war. Mein Blick fiel auf meinen Arm. Ich hatte ihn fast vergessen, jetzt war es ein Schock, dies tote Ding an meiner Seite zu sehen und gleichzeitig den üblen Geruch des Verbandes in die Nase zu bekommen. Den Arm würden sie mir abschneiden müssen, eine verdammt üble Sache...

«Ist Ihnen schlecht?» fragte der Gurkha, der Englisch konnte.

«Nein», sagte ich, «ich habe nur zuviel geredet, das ist alles.»

«Wir gehen weiter. In einer Stunde können wir im Lazarett sein.»

Den Rest des Weges über fühlte ich mich sehr übel. Ich wollte krank sein, mein Magen wand sich in Krämpfen, aber es kam nichts herauf als ein Mundvoll Wasser. Mein Kopf war betäubt. Ein paarmal öffnete ich die Augen und sah Truppen den Weg entgegenkommen; irgendwo war der Kampf wieder kräftig aufgeflammt. Jede Viertelstunde schien er neuen Auftrieb zu bekommen, die Maschinengewehre rasselten los, die Gewehre knatterten, Metall zischte durch die Luft. Als ich das alles hörte, schämte ich mich, daß ich mich von Selbstbedauern so hatte überströmen lassen. Was hier passierte, war härter als alles, was mir widerfahren war, schlimmer als ein zufälliger Gewehrschuß und ein Beinahesterben in einem Flußbett. Alles egal, ich wollte, ich wäre schon aus alledem heraus gewesen. Sie konnten meinen Arm behalten, wenn sie ihn nur schnell nahmen und mich zu Sabby zurückschickten. Was immer geschah, ich mußte zurück zu Sabby. Mein Körper war erschöpft und verhungert und vergiftet, aber die Sehnsucht hatte er nicht vergessen. Dieser ganze Körper war nur Sehnsucht nach ihr, Sehnsucht durch alle Ängste hindurch.

Es war halb fünf, als wir das Lazarett erreichten. Man trug mich in eine Bambushütte, ein Sanitäter brachte ein Gefäß mit Suppe herein. Kurz nachher wurde ein anderer Leidender hereingetragen, der eine Bajonettwunde in der rechten Brust hatte. Der Sanitäter sagte, der Doktor würde in einer Minute kommen. Ich versuchte, irgend etwas zu sagen, aber mir kamen keine Worte in den Kopf. Es schien lächerlich, so mit jemandem Seite an Seite zu liegen, vielleicht war man aus derselben Stadt, und jetzt lag man hier verwundet im indischen Dschungel. Schließlich reimte ich einen Satz zusammen und sagte:

«Es ist komisch, Suppe statt Tee zu bekommen.»

Er antwortete gar nichts, gleich hernach kam der Doktor herein, sah ihn an und gab dem Sanitäter Befehl, ihn hinauszutragen. Dann wandte er sich mir zu und begann den Verband von meinem Arm zu lösen.

6 Ich wurde in derselben Nacht mit einem Ambulanzwagen weggebracht. Meinen Arm hatte ich noch, und der Arzt sagte, ich hätte Hoffnung, ihn zu behalten: Sie würden unten in Imphal die Entscheidung treffen, wenn die Wirkung der ersten Hilfe zu übersehen sei. Es schien wirklich, daß ich jetzt im ganzen Glück hatte. Auf Holz klopfen, dachte ich, und ich tastete mit der linken Hand nach der Tragbahre, denn ich konnte noch ein wenig mehr Glück brauchen.

Im Inneren des Ambulanzwagens war es dunkel. Eine Zeitlang krochen wir mit kaum ein paar Stundenkilometern über eine holperige Straße, dann fühlte ich die glattere Oberfläche einer guten Heeresstraße unter den Rädern. Das wäre der Imphal Road, sagte jemand; und ich rechnete aus, daß wir etwa fünfzehn Meilen näher zu Imphal waren als der Platz, an dem ich vor zwei Wochen in die Falle gegangen war. Nur zwei Wochen! Mir schien es eher zwei Jahre her, seit wir damals in dem Rastlager bei Kohima haltgemacht, Tee getrunken und gemeint hatten, wir würden in ein paar Stunden in Imphal sein. Seither war Manning erschossen, der Sikh abgeschlachtet, des Majors Geist gebrochen worden. Und schon waren diese Dinge in die Ferne der Erinnerung gerückt; es überraschte mich festzustellen, daß ich Mühe hatte, mir Mannings Gesicht einigermaßen klar vorzustellen. Aber in einiger Zeit würde ich ihn wieder präziser vor Augen haben. Die Zeit würde die Ereignisse dieser vierzehn Tage in die richtige Perspektive setzen und mich vielleicht fähig machen, Dinge, die mich jetzt nur verwunderten, zu begreifen. Warum, fragte ich mich, war es uns erlaubt gewesen, vergnügt in dem Rastlager zu sitzen, wenn an der nächsten Ecke alles das auf uns lauerte? Warum hatte das Schicksal mir allein das Los zugeworfen, wieder zu entkommen? Was für ein Plan wirkte in alledem, welches Schema stand hinter solchen Ereignissen? Oder war das alles weder Plan noch Schema, nur Chaos und endlos sinnloser Wechsel? Vielleicht mußte man, um die Antwort darauf zu wissen, Gott kennen. Aber selbst der Glaube, daß ich nun sterben sollte, hatte mich ihm nicht nähergebracht. Würde es die Zeit nun doch tun?

Ich ließ mich selbst locker. All die Zeit über, die ich unter den Japanern verbracht hatte, war es mir unmöglich gewesen, die Zügel hängen zu lassen, jetzt aber war es ein unerhörter Genuß, sich frei und schlaff den Bewegungen des Krankenwagens zu überlassen und zu wissen, daß freundliche Hände am Steuer waren. Von meinem Liegeplatz aus sah ich in der Dunkelheit drei rotglühende Zigarettenenden sich bewegen; und jedesmal, wenn eines zwischen Lippen gesteckt wurde, glühte es heller und beleuchtete ein freundliches Soldatengesicht; dann stieg eine neue Wärme, eine Welle von Dankbarkeit in meinem Herzen auf.

Da wir jetzt auf der ebenen Straße schnell fuhren, schien es nur eine kurze Weile, bis wir an unseren Bestimmungsort kamen. Sofort wurden unsere Bahren aus dem Wagen gehoben und hinausgetragen; da war eine Lazarettaufnahmestelle, dann gab es ein Bett mit weißen Laken und Kissen, und auch eine Pflegerin war zur Stelle – und plötzlich stand mir vor Augen, wie ich schon einmal aus dem Dschungel entkommen und durch alles dies hindurchgegangen war, und es war eine seltsame Sensation zu denken, dies alles wäre nur eine Wiederholung aus irgendeinem früheren Leben, das meine Erinnerung mir vorgeisterte.

Ich wünschte zu schlafen. Doch da kam die Pflegerin, wusch mich, steckte mich in einen Pyjama, und ihre Hände waren voll wohltätiger Wirksamkeit. Hernach tauchte ein Arzt auf und tat irgend etwas an meiner Schulter, aber ich versank in köstliche Bewußtlosigkeit, und so erfuhr ich erst am nächsten Morgen, daß ich meinen Arm behalten würde.

Ich war überaus froh; das erregendste Glück dieses Morgens aber war es, einen Brief an Sabby zu schreiben. Ich zog meine Knie hoch, so daß ich auf ihnen schreiben konnte, ohne den Körper aufzurichten, und benützte die linke Hand. Die Schrift war die eines ABC-Schützen, aber ich dachte, es würde Sabby Spaß machen, wenn sie sich nur nicht allzuviel Sorge um meine rechte Hand machte. So schrieb ich ihr, ich hätte mich geschnitten; und da ich ihr nicht wirklich sagen konnte, was alles geschehen war, füllte ich ein paar Seiten mit den Dingen, die wir einander so gern gesagt hatten, versiegelte den Brief und gab ihn der Pflegerin. Ich überlegte, wie lange ich wohl auf Antwort würde warten müssen. Und ob man mich nach Indien zurückschicken würde. Hier in Imphal war es fünf vor zwölf – kein Wunder, denn die Japaner kamen ringsherum von den Bergen herab. Das Korps war in Igelstellung gegangen, sogar die Lazarettmannschaft war in Alarmbereitschaft. Keine Straße war mehr für den Rückmarsch offen, aber das Flugfeld war in Betrieb, und schon brachte man die schwersten Fälle aus Assam hinaus. Ich betete, daß auch ich krank genug befunden würde, um evakuiert zu werden.

In meinem Zimmer stand ein Radiogerät, und am Nachmittag stellte ich es auf die Wellenlänge Delhi ein. Die Spannung des Wartens war unerträglich. Ich wußte: Wenn Sabby sprach, waren alle meine Ängste mit einem Hauch fortgewischt, die ganze Farbe meines Lebens änderte sich; sprach sie aber nicht, dann gab es für meine qualvolle Sorge kein Aufatmen.

Sie sprach nicht. Es war eine Männerstimme, für mich war es nur ein Untertauchen ins Dunkel.

Ich mußte die ganze Geschichte meiner Gefangennahme und Flucht einem Captain erzählen, der sich zu mir auf den Bettrand setzte und mitschrieb wie ein Reporter. Immer wieder sagte er: «Ein wunderbares Erlebnis, und lebendig entkommen!» Mir aber schien es nicht so wunderbar, und jedermann hätte es sich im Tausch gegen eine glatte Fahrt von Kohima nach Imphal verschaffen können.

Am nächsten Tag aber kam Peter.

Zuerst war ich eine ganze Weile sprachlos vor Glück, ihn bei mir zu haben. Grinsend kam er hereingetrottet, sein Schnurrbart schien auf eigene Rechnung mitzufeixen, er packe meine gesunde Hand, und ich schüttelte sie in der seinen. Man hatte ihn an meiner Stelle nach Imphal geschickt, nachdem ich als vermißt gemeldet worden war. Im Flugzeug war er hereingekommen; erst jetzt, nach drei Tagen, hatte er erfahren, daß ich hier im Lazarett lag.

«Ich habe eine Unmenge Mitgefühl auf dich vergeudet», sagte er. «Du bist mein ewiger Hereinfall! Ich dachte, du wärst tot, und du kannst mir glauben, ich habe die Rolle eines tiefbetrübten Freundes mit einem Schauspielertalent gespielt, das schon an Genialität streift. Und da liegst du vor mir, ein Bild der Gesundheit. Warum konntest du nicht wenigstens ein paar japanische Gefangene mitbringen, zum Herzeigen, als Zeugen deiner Flucht?»

«Ich hätte es ja getan», sagte ich, «aber ich wußte nicht, daß du hier bist, um sie zu verhören.»

«Natürlich bin ich hier, und ich komme mir furchtbar wichtig vor. Kein Mensch ist in Reichweite, der mein Japanisch prüfen könnte, und das gibt mir ein großes Gefühl meiner Wichtigkeit. Inhaber einer Schlüsselstellung, jawohl, das bin ich. Es ist verzweifelt aufregend, in einer Igelstellung zu sitzen, völlig eingekreist vom Feind. Geschichten liefert das, um zum Dinner eingeladen zu werden, auf Jahre hinaus. Natürlich, wenn wir die Igelstellung auf dem Tisch demonstrieren, mit Hilfe des Eßbestecks und des Essig- und Ölservices, werden wir verschweigen, daß wir höchst unbequem durch die Luft verschwinden konnten.»

«Das ist es genau, worauf ich es abgesehen habe», sagte ich.

«Du willst doch nicht verduften?»

«Doch, will ich.»

«Du bildest dir doch nicht ernstlich ein, daß eine Kugel genügt, um sich mit voller Pension zur Ruhe zu setzen?»

«Sie muß genügen, um aus Imphal hinauszukommen.»

«Was du wieder für eine bittere Enttäuschung bist! Wir alle haben von dir erwartet, daß du irgend etwas Heroisches tun würdest und dann zurückkommen und sagen: Es war nicht der Rede wert, jeder andere hätte das auch getan. Statt dessen legst du dich in einen Bungalow, wenn alle Welt in Baschas oder Zelten oder unter freiem Himmel schläft und sich auf den großen Kladderadatsch vorbereitet.»

«Ich will trotzdem aus Imphal hinaus», sagte ich.

«Ich hab dich in Verdacht, daß der wirkliche Grund ein anderer ist. Du schmachtest nach Sabby.»

«Ja», sagte ich, «das ist wohl der wirkliche Grund.»

Ich erzählte ihm, daß ich fürchtete, Sabby wäre krank und niemand kümmere sich um sie; und für einen Augenblick schimmerte Peters zärtlicherer Teil durch die Verhüllung.

«Wenn dem so ist», sagte er, «werden wir dafür sorgen müssen, daß deine Evakuierung sofort in die Wege geleitet wird. Es wäre nett gewesen, dich hier zu haben, aber wenn du die Wahrheit wirklich herausbringen willst, dann ist es natürlich ganz quer, hier in dem Igel zu sitzen. Der Herzog von Wellington, oder wer sonst der Erfinder der Igelstellungen war, muß vollkommen sinnesverwirrt gewesen sein. Es ist verdammt schwer, aus Igelstellungen herauszukommen, egal ob man nun Aeroplane hat oder nicht. Und ich würde viel lieber nachher beim Dinner Geschichten erzählen, wie ich den Krieg damit verbracht habe, in Simla im Cecil burra pegs zu trinken.»

«Es ist unmöglich, dich wirklich zu verstehen», sagte ich. «Du bist mein bester Freund, und ich weiß immer noch nicht, ob du eigentlich lieber in Imphal oder in Simla sein möchtest.»

«Weiß ich doch selber nicht. Aber wenn ich schon in Imphal sitzen muß, so tut es mir leid, daß ich dich nicht zum Plaudern hierbehalten kann. Du bist der einzige Mensch, der mich nicht versteht, und das ist so erfrischend. Immerhin wirst du als Gast in vornehmen Landhäusern eine Prachtgeschichte bereit haben: wie du mit dem letzten Flugzeug aus der Igelstellung entkamst, bevor die Wände ringsum einstürzten und dein bedauernswerter Freund Peter auf seinem Posten starb.»

«Und was wirst du dabei tun?»

«Ach, sicher irgend etwas vollkommen Unpassendes. Über Frank Harris und Oscar Wilde plaudern, das wäre schon etwas. Oder meinst du, daß es mir besser stehen würde, wenn ich mir ein Gewehr nähme und die ‹letzte Patrone› verschösse?»

«Das wäre natürlich das denkbar Unpassendste.»

«Schön, werde ich mir ein Gewehr besorgen. Bitte, vergiß nur nicht, aller Welt zu erzählen, wie ich auf dem Schlachtfeld gefallen bin. Auch deiner Adoptivtochter.»

«Ich werde es ihr erzählen», sagte ich.

Ich erreichte es ohne Schwierigkeiten, daß man mich im Flugzeug fortbrachte, denn sie wollten im Lazarett freie Betten schaffen für den beständigen Zustrom von Verwundeten, der zu erwarten war. Es geschah zehn Tage später, als die Medikamente meine Ruhr bereits wieder untergekriegt hatten, und mein einziges Übel bestand eigentlich in dem Gipsverband, in dem mein Arm lag. Man erlaubte mir sogar, zu Fuß zum Flugzeug zu gehen, um meine Bahre für einen anderen freizubekommen; aber was ich auch reden mochte, nichts brachte die Dienststellen dazu, mich geradenwegs nach Delhi zu schicken. Man sagte mir, ich würde sofort wieder ins Bett gesteckt werden, sobald wir das Krankenhaus in Kalkutta erreicht hatten, und ich dürfte mich darauf verlassen, daß ich vor einem Monat nicht daraus freikäme. Und so dachte ich mir: Also werde ich selber mein Schicksal abändern müssen.

Peter kam zum Flugplatz, um adieu zu sagen.

«Ich habe so ein Gefühl», sagte er, «daß ich heil durch diesen Krieg hindurchkomme. Und du auch.»

«Hast du nicht zufällig auch irgendein Vorgefühl in bezug auf Sabby?» fragte ich.

«Das muß ich dir überlassen. Vielleicht wird Sabby auch wieder gesund.»

«Vielleicht?»

«Oh, sie wird schon wieder in Ordnung kommen.»

«Du hast mir niemals wirklich gesagt, was du von Sabby hältst.»

«Sie ist das süßeste Geschöpf, das ich je gesehen habe.»

«Genau meine Meinung.»

«Die wolltest du doch auch hören, nicht?»

«Natürlich.»

«Darum hab ich es doch auch gesagt.»

«Trotzdem, es klang, als ob du es auch meintest.»

«Ich sag die richtigen Dinge immer auf die richtige Weise, und, du wirst es nicht glauben, einen großen Teil davon meine ich ernst. Zum Beispiel, wenn ich behaupte, daß du mir fehlen wirst. Und wenn du jemals das Bedürfnis nach einer Schulter haben solltest, um dich an ihr auszuweinen – hier, bitte.»

«Ich möchte sagen: zur Revanche bereit, aber du weinst ja nicht.»

«Brauche ich auch nicht – ich bin ja nicht verliebt. Bin es nie gewesen, du hast es selbst gesagt.»

«Es war aber ein Irrtum. Natürlich bist du verliebt gewesen. Es steht in jeder Zeile deines Buches.»

«Ich war in Frankreich ein bißchen angestochen. Aber zum Weinen hat es nicht gereicht.»

«Ich möchte jetzt am liebsten losheulen», sagte ich. «Nun wollen wir Lebewohl sagen.»

«Schön. Also leb wohl!»

«Ich komm wieder! Wenn mein Krankenurlaub vorüber ist, lasse ich mich selbst wieder hierherschicken.»

«Dann habe ich längst alle gefährlichen Geschäfte für dich erledigt. Und du kommst gerade rechtzeitig für eine Erholung im Monsun.»

«Im Monsun wirst du es nicht merken, wenn ich heule», sagte ich.

Es war sieben Uhr morgens. Wir kamen vom Flugplatz gut ab und machten eine Schleife über Imphal, dann nahmen wir Kurs nach Westen. Die ganze Ebene von Manipur lag unter uns, flach wie ein See und von Bergen umkränzt. Wir blickten hinab und wußten, daß jetzt die Japaner unter uns waren, kein Dutzend Meilen von Imphal. Was für eine kolossale Unverschämtheit sie doch hatten, sich so ihren Weg nach Indien zu bahnen! Wir hatten ihnen alle Brücken in Burma gesprengt, ihre Vorratslager zerschossen, ihre Leute und ihre Flugzeuge, wir hatten sogar ein paar Landeplätze für unseren eigenen Gebrauch mitten in ihr Gebiet hineingepflanzt, und doch hatten sie ihren Weg durch diese unmöglichen Berge gebahnt, unsere Basis umgangen, und jetzt gab es keine Hoffnung, daß wir sie vor Beginn der Regenzeit wieder hinausbekamen. Irgend einmal würden wir es natürlich schaffen, daran zweifelte niemand, wir würden sie aus diesen Bergketten und Schluchten wieder hinauskratzen, sie aus Burma wieder hinaustreiben. Aber wie lange das dauern würde? Schon standen wir viereinhalb Jahre im Krieg; durfte man annehmen, daß wir es in geringerer Zeit erreichen würden? Früher einmal hatte ich an den Krieg als eine Sache gedacht, die abseits von der Straße lag, und nachher würde das Leben eben weitergehen... als ob der Krieg nur eine Periode aus unserem Leben herausgeschnitten hätte, ohne zu diesem Leben selbst zu gehören. Nun aber hatten diese Kriegsjahre die tiefste und eindringlichste aller Erfahrungen gebracht, sie hatten mich mehr geformt, mir mehr von ihrer Form aufgeprägt als meine Schuljahre. Es war schwer geworden, sich eine Welt im Frieden vorzustellen – Zeitungen, die nicht voll von Heeresberichten waren, Freunde, die nicht die Uniform trugen. Es war schwer, sich uns selbst als Zivilisten vorzustellen; als einen, der hinter Autobussen und Untergrundbahnen herläuft, Flanellhosen trägt, Bootstouren auf dem Avon unternimmt, im Bett unter einer Daunendecke liegt und auf seinem polierten Eichentisch seine Lieblingsbücher liegen hat... Und wenn ich jemals zu jenem Leben zurückkehre, würde es dann nicht ebenso sicher sein, sich das vorzustellen, was man jetzt war, die Atmosphäre einer Szene wie dieser wieder einzufangen?

Als ob ich mir das Bild besser einprägen müßte, um es mir in einer späten Zukunft leichter in Erinnerung rufen zu können, sah ich um mich, sah die Verwundeten auf ihren Bahren, blickte durch das Fenster auf die dschungelbedeckten Hügel, die da unter mir wegglitten; und ich dachte an den Gipsverband um meinen Arm und an die Besorgnisse in meinem Herzen, die noch schwerer waren als er. Ich wußte, daß dies, wenn es auch in Zukunft in nebelhafte Ferne rücken sollte, nie wieder ganz verlorengehen würde. Man mußte das Leben nehmen, Augenblick um Augenblick, und man konnte weder die Zeit aufhalten, um sein Glück zu binden, noch sie beschleunigen, um seine Sorge fortzuscheuchen. Peter hatte gesagt: Wenn du weinen möchtest... Wenn ich weinen mußte, so würde ich es eben tun, und auch das würde ein Teil von meinem Leben sein.

Um zehn Uhr landeten wir in Kalkutta. Zwei Krankenwagen des Lazaretts kamen längsseits an das Flugzeug heran, und Sanitäter trugen die Bahren hinaus.

Einer fragte mich:

«Können Sie selbst gehen, Sir?»

«Ja», sagte ich. «Welcher Wagen?»

«Im ersten ist noch Platz.»

Ich ging an dem vordersten Krankenwagen vorbei und stand ein paar Minuten herum, während die Bahren hineingetragen wurden.

«Ist es dieser Wagen?» fragte ich.

«Ja, Sir.»

Ich wartete, bis der Sanitäter zu dem Flugzeug zurückgegangen war, dann begann ich loszumarschieren. Ich ging bis zu dem Kontrollturm, ohne mich umzublicken. Ich trat in den Kiosk ein, ein Staffelführer saß hinter einem Schreibtisch.

«Gibt es eine Flugverbindung nach Delhi?» fragte ich.

Er sah auf meinen Arm, der ganz in Gips eingepflastert war und in der Schlinge hing.

«Denke doch», sagte er. «Es geht immer einmal eine Maschine ab.»

«Ich möchte gern einen Platz bekommen.»

«Haben Sie denn nicht darauf gebucht?»

«Nein», sagte ich, «ich komme eben von Imphal.»

«Schön, wir werden Sie schon unterbringen», sagte er. «Natürlich wollen Sie nicht mit dem angeschlagenen Arm da im Zug fahren. Einen Augenblick!»

Ich blickte aus dem Fenster und sah den ersten Krankenwagen starten. Er kam über das Flugfeld, passierte hinter dem Kontrollhaus, und eine Minute später folgte ihm der zweite. Niemand schien bemerkt zu haben, daß ich fehlte. Meine Krankenpapiere waren mit den andern mitgekommen, aber es würde eine gewisse Zeit dauern, bevor man herausfand, was passiert war. Mittlerweile war ich längst in Delhi bei Sabby. Wenn ich Sabby fand, war es mir vollkommen egal, was nachher geschah.

«In einer Stunde geht eine Kiste ab», sagte der Staffelführer.

«Kann ich mitkommen?»

«Wir quetschen Sie schon hinein.»

Ich fand eine Kantine und kaufte mir eine Limonade und ein Paket Zigaretten. Die Luft in Kalkutta war schrecklich schwül. Ich fühlte, wie mein Arm in dem Gipsverband anschwoll, die Hand glühte an der Stelle, an der sie aus dem Verband heraussah. Ich goß etwas kaltes Wasser darüber, aber als die Hand getrocknet war, schien sie noch heißer. Ich setzte mich unter einen Ventilator. Sofort wurde ich unruhig und lief wieder hinaus; meine Bluse war schweißdurchnäßt. Es war eine schlecht sitzende Bluse, die man mir im Krankenhaus in Imphal gegeben hatte, und meine olivgrünen Hosen waren sehr weit und bauschig wie ein Sack.

Als ich in das Kontrollhaus zurückkam, sagte mir der Staffelführer, daß die Maschine eine halbstündige Verspätung habe.

«Wann wird sie in Delhi sein?» fragte ich.

«Um sechs.»

«Nicht später?»

«Kann auch sieben werden, haben Sie es eilig?»

«Nein, ich frage nur so.»

Ich mußte noch einmal drei viertel Stunden warten, dann wurde ich zu einer Maschine hinübergeführt. Ich stand beiseite, während ein paar höhere Offiziere hineinkletterten, bis ein Brigadier meinen Arm nahm und sagte: «Nach Ihnen, Kamerad.» Ich war noch immer nervös, daß nicht genug Platz sein würde, aber als alle saßen, war noch ein Sitz frei. Noch vor Mittag flogen wir ab, und mein Aufatmen, als ich in die Luft entkommen war, übertraf alles. Dies also war der letzte Sprung, und an seinem Ende war Sabby. Wir überflogen Bengal und Bihar, hielten dann den Fluß Dschimna aufwärts, und als wir schon ein paar Stunden unterwegs waren, brüllte mir jemand ins Ohr: «Wenn Sie da hinunterschauen, sehen Sie das Tadsch Mahal.» Ich spähte hinab, da lag die alte Stadt Agra, ein Haufen Dächer in dem ausgedörrten, erschöpften Land. Außerhalb der Stadt, an dem braunen Fluß, stand das Tadsch wie eine winzige Elfenbeinminiatur, nur weißer als Elfenbein, schimmernd, als wäre es eben gewaschen worden. Es war mir überraschend, es so zu sehen, im Sonnenlicht, aus großer Höhe. Ich konnte es mir nur im Mondschein vorstellen, mit Sabby und mir im Gras zu seinen Füßen; jetzt aber wurde mir klar, daß diese Art, so wie ich es in Erinnerung hatte, eben auch nur ein Moment in seinem Leben war, ein Augenblick, vergangen und von allen außer uns vergessen.

Diese Miniatur da unten hatte nichts mit unseren Erinnerungen zu tun. Es war das grandiose Totenmal, das Schah Dschehan gebaut hatte, damit es dereinst ein Reisender dem andern zeigen könne, wenn sie im Zweihundertmeilentempo darüber hinwegfegten. Und als solches mochte ich es nicht; so setzte ich mich wieder zurück und wartete, bis auch die letzte Stunde zu ihrem Ende käme.

7 Wir erreichten den Flugplatz Willingdon kurz nach sechs. Ich ging schnurgerade auf die Straße hinaus, fand eine Tonga und nannte dem Kutscher den Namen von Sabbys Hotel. Es war eine lange Fahrt, zuerst durch die Avenuen der neuen Stadt und

dann durch die Basare der alten. Die heiße Luft blies mir ins Gesicht, trocknete mir Lippen und Kehle aus. Über den Basaren hing schwerer Geruch, überall schwärmten die Fliegen. Ich war zerrüttelt, schweißüberströmt und schmutzig und sehnte mich nach dem Hotel. Diese Reise schien kein Ende nehmen zu wollen. Fußgänger und Radfahrer kamen immer wieder dem Pferd in den Weg, so daß wir konstant stehenblieben. Und wir fuhren langsam. Mein Arm schmerzte sehr und scheuerte gegen den Verband. Ich hätte den Verband abgerissen, aber ich wußte nicht, was ich damit anfangen sollte. Ich begann zu beten: «Bitte, möchte ich doch Sabby im Hotel finden! Ich will alles dafür geben. Bitte, bitte, laß Sabby da sein.»

Als wir endlich ankamen, fiel mir erst ein, daß ich doch kein Geld hatte, um die Tonga zu bezahlen. Peter hatte mir in Imphal eine Rupie gegeben, alles, was er bei sich hatte, aber die hatte ich in Kalkutta für Zigaretten ausgegeben. So hieß ich den Mann warten und ging in das Hotel. Ich ging geradewegs zu Sabbys Zimmer, klopfte und lauschte. Mein Herz pochte, so war ich die Treppe heraufgerannt, aber das war der einzige Laut. Ich keuchte, mein Hals war trocken. Nach einer Weile versuchte ich die Klinke. Sie bewegte sich, aber die Tür war versperrt. Ich ging wieder hinunter, schritt durch den Eßsaal in den Salon. Alle betrachteten mich neugierig, vermutlich wegen des schmutzigen Verbandes und meines heruntergekommenen Aussehens. Ich erwiderte die Blicke, ich sah durch alle hindurch, denn Sabby war nicht da. Auch draußen auf der Terrasse war sie nicht. So ging ich zu dem Mann in der Rezeption.

«Miss Wei?» fragte ich.

«Ja, Herr», sagte er mit einer unterwürfigen Kopfbewegung.

«Nun, ist sie da?»

«Ja, Herr.»

«Wo?»

«Belieben gütigst zu warten. Ich sehe sofort für Sie nach.»

Er begann in einem Register zu suchen.

«Ich weiß ihre Zimmernummer», sagte ich. «Wissen Sie, wo sie ist?»

«Ja, Herr. Ich werde es Ihnen gleich sagen.» Sein Finger glitt die Seite hinab. «Miss Wei ist in Zimmer 37.»

«Das weiß ich, aber wo ist sie jetzt?»

«Versuchen Sie es in ihrem Zimmer. Erster Stock, Zimmer 37.»

«Ja doch», sagte ich, «aber sie ist nicht dort. Haben Sie sie ausgehen gesehen?»

«Ja, Herr.»

«Wann?»

«Ich verstehe Sie nicht ganz, Herr.»

«Miss Wei», sagte ich. «Haben Sie sie heute ausgehen gesehen?»

«Nein, Herr.»

«Wissen Sie überhaupt, wer sie ist?»

«Sie hat Nummer 37.»

«Geben Sie mir um Himmels willen die Geschäftsführerin», schrie ich ihn an.

Er kletterte von seinem Stuhl und kam aus seiner Loge in die Halle. Er sprach zu einem Groom, als ob er ihm einen Mord erzählte, der eben stattgefunden hätte, in furchtbarer Hast. Der Groom legte seinerseits los, so standen sie und hatten ein langes Gespräch. Ich unterbrach sie.

«Die Geschäftsführerin», sagte ich, «Memsahib. Wollen Sie sie holen?»

«Atscha, Sahib», sagte der Groom und verschwand.

Ich wartete in der Säulenhalle des Vorraumes. Es war halbdunkel, die Luft war schrecklich schwer und bedrückend. Ich hatte Delhi nie leiden können. Immer schien es mir seelenlos, immer kam ich mit einer Art von Angst hierher. Es lag inmitten von trockenen, häßlichen Ebenen und war kaum gastlicher als diese Ebenen selbst. Nun stieg ein tiefer Haß gegen Delhi in mir hoch. Ich wünschte Sabby zu finden und sie von hier wegzubringen, irgendwohin, wo der Himmel großherzig Sonne und Regen verteilte, wo es reichlich Bäume gab und Blumen. Was auch geschah, ich mußte sie von hier fortbringen. Sabby war eine köstliche Blüte, die in Delhi nur welken und sterben konnte.

Der Groom kam zurück und begann mit dem Pförtner zu plappern.

«Nun?» fragte ich.

«Die Geschäftsführerin ist nicht da», sagte er.

«Wo ist das Telefon?»

«Hier, Herr. Benützen Sie dieses.»

Ich blätterte in dem Telefonbuch und fand die Nummer der Sendestation in Neu-Delhi. Ich stellte die Nummer. Ein Klingelgeräusch ertönte eine ganze Zeit lang, dann sagte eine apathische Stimme:

«Hallo!»

«Ist das der Sender Neu-Delhi?» fragte ich.

«Ist der was?»

«Der Sender. Die Radiostation.»

«Nein.»

Ich hängte ab, stellte die Nummer noch einmal und bekam die gleiche Stimme; diesmal klang sie etwas gereizt. Ich knallte den Hörer in die Gabel, ohne zu antworten, und ging in den Salon zurück. Ein Oberst saß da, den ich schon gesehen hatte, als ich Sabby früher einmal hier besuchte. Er las eine uralte Nummer der *Illustrated London News*.

«Entschuldigen Sie», sagte ich, «wissen Sie vielleicht, wo ich eine Freundin von mir finden kann, die hier im Hause wohnt – Miss Wei?»

Er sah mich über seine Brillengläser hinweg an.

«Wer sind Sie?»

Ich dachte: Was zum Teufel hat das damit zu tun? Aber ich sagte höflich:

«Mein Name ist Quinn. Ich komme gerade von der Front.»

«Ja, das sehe ich wohl.»

«Ich suche meine Freundin ... eine Chinesin.»

«Ich habe gelegentlich eine Chinesin hier gesehen, aber ich kenne sie nicht.»

«Haben Sie sie heute gesehen?»

«Ich erinnere mich nicht genau, wann ich sie gesehen habe. Fragen Sie lieber Mrs. Betterton. Ich glaube, sie ist eine Bekannte von ihr.»

Er deutete auf eine ältliche Dame und blickte wieder in sein Magazin.

Ich ging zu der Dame hinüber und begann sie auszufragen.

«Können Sie mir, bitte, Auskunft geben», sagte ich, «haben Sie Miss Wei in letzter Zeit gesehen?»

«Miss Wei? Doch, natürlich ... sie ist doch ins Krankenhaus gekommen, nicht wahr?»

«Ins Krankenhaus?»

«Sie war einige Zeit dort.»

«Aber was ist denn los mit ihr? Wissen Sie irgend etwas darüber?»

«Soviel ich gehört habe, ist sie operiert worden... am Kopf, fürchte ich. Mehr weiß ich nicht darüber.»

«Welches Krankenhaus ist es?» fragte ich.

«Das King George Hospital. Es tut mir leid, ich sehe, Sie machen sich Sorgen. Wenn ich irgend etwas tun kann...?»

«Nein, ich danke. Ich werde sofort ins Krankenhaus fahren.»

Die Tonga wartete noch. Der Kutscher hockte im Wagen und ließ die Beine über den Rand baumeln. Er kletterte schwerfällig herab und fummelte eine Ewigkeit herum, bevor er seine Öllampen zum Brennen brachte. Minuten verstrichen, ehe wir losfuhren, und ich zitterte vor Ungeduld. «Rasch!» sagte ich, und er brachte das Pferd mit einem Peitschenhieb zum Leben. Mir war das Pferd im Augenblick wirklich gleichgültig, wenn wir nur schneller vom Fleck kamen. Wieder mußten wir durch die ganze Altstadt. Der Basar war grell beleuchtet, es gab eine Menge Geschrei, und aus einem Straßenlautsprecher dröhnte eine metallische Stimme. Eine Tonga kam an uns vorbei, in der zwei Offiziere mit einem Mädel saßen, quietschvergnügt und ein wenig angetrunken. Einer von den beiden rief mir im Vorbeifahren etwas zu. Ich brachte weder eine Antwort noch ein Lächeln zustande, sondern starrte sie nur weiter an. Das schien ihnen noch komischer, und sie riefen noch ein Witzwort herüber. Aus den Gassen der Altstadt kamen wir endlich in die offenen Avenuen von Neu-Delhi, beinahe bis zum Flugplatz zurück. Schließlich bogen wir in die Straße, in der das Krankenhaus lag.

Ich sprang aus der Tonga und lief hinein. Es war ein hübscher moderner Bau, kühl und überraschend sauber nach der staubigen Hitze draußen. Die Korridore aus poliertem Marmor wie das Tadsch. Ein Inder saß an einem Tisch in der Eingangshalle, stand auf und kam mir entgegen.

«Kommen Sie zur Behandlung?»

«Nein, ich möchte Miss Wei sehen.»

«Miss Wei. Sehr gut. Wollen Sie, bitte, hier drin warten.»

«Bitte, führen Sie mich gleich zu ihr.»

«Sie müssen leider warten. Man muß immer warten.»

Ich stand in dem kahlen Warteraum. Ein Tisch war da, eine

Menge Stühlc, aber der ganze Raum wirkte leer durch seine hohen, schmucklosen Wände und durch den Steinfußboden. Ein Ventilator surrte an der Decke. Ich trat darunter, und als der Schweiß weggetrocknet war, empfand ich auf der Stirne Kühle. Ich zog eine Zigarette heraus und trat in eine Ecke, fort aus der Zugluft, um sie anzuzünden. Der Rauch tat meiner ausgetrockneten Zunge und Kehle weh, so trat ich sie am Boden aus, eine lange weiße Zigarette, und ging auf die andere Seite. Ich setzte mich und starrte die Zigarette an, die auf dem sauberen Boden lag. Ich hätte sie nicht dahin werfen dürfen. Das war nicht fein, eine Zigarette auf dem Boden eines fleckenlos sauberen Krankenhauses zu zertreten. Ich hätte sie wegtun müssen. Wenn jemand sie so sah, mußte er meinen, daß ich keine Achtung vor ihrem schönen blanken Fußboden hätte. In Krankenhäusern mußte man solchen Boden haben, und es war schwer genug, ihn sauberzuhalten, auch ohne Leute, die ihre Zigaretten überall austraten. Ich mußte den Stummel wirklich wegbringen... wenn ich nur die Energie aufbrachte, von meinem Stuhl aufzustehen. Aber dieses tödliche Gewicht in mir war einfach nicht hochzukriegen.

«Sie möchten Miss Wei sehen?»

Eine Schwester in einer steifen weißen Uniform stand in der Tür.

«Ja», sagte ich, «Miss Wei.» Mit jäher Energie stand ich auf.

«Sind Sie ein alter Bekannter?» fragte sie, immer noch in der Türe.

«Ein vertrauter Freund.»

«Ich muß Sie anmelden, ich kann Sie nicht einfach so hineinlassen.»

«Warum nicht?»

«Die Aufregung könnte gar zu groß sein. Ich gehe zu ihr und melde Sie an, und gleich nachher...»

«Aber es geht ihr doch gut, nicht wahr?» fragte ich.

«Es war eine schwere Zeit für sie. Die Operation war gefährlich.»

«Aber jetzt...?»

«Wir müssen abwarten. Seit zehn Tagen warten wir.»

«Bitte, gehen Sie zu ihr und melden Sie mich an. Sagen Sie nur: Michael.»

«O ja, Michael Quinn. Sie hat von Ihnen gesprochen.»

«Bitte, melden Sie mich ihr. Es wird ihr eher guttun. Ich bin überzeugt, daß es ihr helfen würde, wenn ich sie sehen könnte.»

Sie ging wieder und schloß die Tür sacht hinter sich. Ich starrte die Tür an, dann blickte ich wieder zu Boden, die Zigarette kam mir wieder vor Augen, und es schienen Stunden, seit ich sie da hingeworfen. Ich hob sie auf und blickte umher, wohin ich sie wohl tun könnte. Es war kein Aschenbecher in dem Raum und auch kein offenes Fenster. Ich wollte sie schon durch das Schutzgitter des Ventilators stopfen, dann überlegte ich es mir wieder und stand mitten in dem Raum, das Ding in meinen Fingern, und dachte nach, was ich tun sollte. Ich fühlte, wie der Wind des Ventilators leise mit meinem Haar spielte. Ich tappte in meiner Tasche nach einer Streichholzschachtel, in die ich den Stummel stopfen konnte, aber während ich das tat, wurde mir plötzlich klar, wie verdammt gleichgültig es mir war, was aus diesem blankgescheuerten Fußboden wurde, ich warf den Stummel wieder hin und zertrat ihn auf dem Boden, als ob ich ihn in die Erde hineinstampfen müßte. Geschah dem Fußboden ganz recht, weil er sich gar so albern makellos aufspielte. Der ganze Raum war mir verhaßt, ein Zimmer konnte gar nicht unfreundlicher und herzabwürgender sein. Ich war eben daran, hinauszugehen und draußen auf dem Korridor zu warten, als die Schwester wieder auftauchte.

«Alles in Ordnung», sagte sie, «Sie können gleich kommen.»

«Was hat sie gesagt?»

«Gesprochen hat sie gar nicht. Nur mit den Augen.»

«Und ihre Augen?»

«Ich glaube, sie wünscht Sie bei sich», sagte die Schwester.

Wir gingen endlose Korridore entlang, die Schwester voraus auf geräuschlosen Sohlen, nur die steife, weiße Tracht raschelte. Dann sah ich ein Gesicht vor einer Tür auftauchen. Es war Bahadur. Er schob sich, den Rücken gegen die Wand, hoch, ein schwaches Lächeln hellte sein Gesicht auf. Viel Traurigkeit war in seinen Augen.

«Bahadur», sagte ich.

«Michael Sahib.»

«Ich dachte, daß du hier sein würdest.»

«Sie wartet auf Sie», sagte er.

Ich schob den Bambusvorhang beiseite und ging hinein. Sabby

lag auf dem Rücken, nur mit einem Laken bedeckt. Die ganze obere Hälfte des Kopfes war in Bandagen gewickelt. Ihr Antlitz war sehr klein und hob sich sogar von den Kissen blaß ab.

Ich trat näher und setzte mich an den Bettrand. Sagen konnte ich gar nichts, ein Knebel steckte mir im Halse. Ich konnte sie nur anschauen, und so sah ich die dicken Tränen aus ihren Augen hervortreten. Das Naß verbreitete sich über ihre großen dunklen Augen und rann dann seitlich über das Gesicht herab. In ihrem Hals war ein Würgen. Ihre Lippen lächelten, und auch ihre Augen ließen ein Lächeln durch den feuchten Schleier schimmern. Plötzlich begann sie zu schluchzen. Sie schluchzte sehr leise, immer noch lächelnd, und die Tränen überströmten jetzt ihr ganzes Antlitz. Ich beugte mich über sie, legte mein Gesicht an ihres, und nun wußte ich nicht mehr, wessen Tränen es waren. Meine Lippen tasteten ihr feuchtes Antlitz ab, ich fühlte, wie ihre Hand meinen Rücken streifte. Wieder eine Weile später begann ich an ihren winzigen Ohren zu knabbern, biß in ihre Nase, und sie schluchzte wieder; als ich mich wieder aufsetzte, war in ihrem Gesicht mehr Glück, als ich je darin gesehen hatte, und es funkelte noch in den Tränen.

«Lieber, ich kann dich gar nicht sehen.»

Ich griff nach einem Taschentuch, fand aber keines. So trocknete ich ihr Gesicht mit dem Laken, wischte die Tränen aus ihren Augen, und dann tat ich das gleiche mit den meinen.

«Liebe Sabby», sagte ich, «meine arme, süße Sabby! Was haben sie dir nur getan? Du hast einen Turban wie ein Inder.»

«Und etwas ist mir dir geschehen», sagte sie, «etwas ist schlecht mit deinem Arm.»

«Es ist eine unbedeutende kleine Wunde. Schon geheilt.»

«Du bist verwundet worden, Lieber.»

«Das einzige, was mir weh getan hat, war die Sorge um dich. Und du hast vorher gewußt, daß es so kommen würde. Du hast es doch die ganze Zeit über gewußt?»

«Ja, Lieber, ich habe es gewußt.»

«Du hättest es mir sagen müssen.»

«Ich wollte gar nichts tun, was unser Glück mindern konnte. Das war selbstsüchtig, nicht wahr, das Glück all die Zeit über festhalten zu wollen? Ich habe nicht an das Ende denken mögen. Ich hätte dir vom Ende sprechen müssen.»

«Ein Ende ist das nicht.»

«Ja, einmal muß ein Ende sein. Sei nicht traurig darum, Lieber, denn es war schön, und ich habe dich sehr geliebt.»

«Warum hast du nicht Margaret und Jennifer kommen lassen?» fragte ich. «Sie hätten auf dich aufgepaßt. Sie haben es mir versprochen.»

«Lieber, ich wollte nicht die netten jungen Menschen traurig machen. Auch dich wollte ich nicht traurig machen; jetzt aber, da du hier bist, bin ich sehr froh. Alles ist gut jetzt, wenn dir nur der Arm nicht weh tut.»

«Er tut nicht weh», sagte ich.

«Dann beug dich, bitte, über mich und küsse mich.»

«Ich bin furchtbar ungewaschen.»

«Ich mag dich gern, wenn du ungewaschen bist und komisch angezogen. Warum bist du so komisch angezogen, Lieber?»

«Meine Uniform ist im Dschungel zerrissen.»

«Du Armer, du bist wieder im Dschungel gewesen. Hast du wieder schlimme Geschwüre gehabt?»

«Gar keine. Und jedenfalls bin ich jetzt gar nicht mehr im Dschungel. Ich bin bei Sabby, ich werde sie küssen, und alles wird gut sein.»

Ich schob meinen linken Arm unter ihre Schulter und fühlte ihren kleinen zarten Körper an meinem. Ihr Gesicht war warm und weich unter meinen Lippen. Sie schloß ihre Augen, ich küßte ihre weißen Lider, dann stützte ich mich auf den Gipsverband des andern Armes und legte mein Gesicht gegen das ihre.

«Du bist noch immer dieselbe, Liebe», sagte ich. «Du hast denselben zarten fraulichen Duft. Im Dschungel habe ich immer an diesen deinen Duft gedacht.»

«Oh, ich bin eine ganz andere Sabby», sagte sie. «Kein Haar unter dem Turban. Mußt du eine Sabby ohne Haar nicht hassen?»

«Das macht nichts aus. Es wäre mir nicht recht gewesen, wenn sie deine Nase abgeschnitten hätten, dein Haar aber wird nachwachsen, und nachher ist es immer noch schöner.»

«Lieber, wäre es nicht gut, wenn sie die Nase weggeschnitten hätten?»

«Das wäre eine Katastrophe.»

«Aber du hast immer gesagt, es ist eine komische Nase.»

«Es ist die einzige Nase, die zu dir paßt.»

«Also ist Sabbys Gesicht komisch?»

«Nicht eigentlich. Es ist eher ein nettes Gesicht.»

«Also du liebst mich nicht nur für das Gesicht? Einmal hörte ich dich sagen, wenn jemand einen andern liebt, so ist es für das Gesicht.»

«Ich liebe dich auch für deine Hände.»

«Ist das alles, die Hände und das Gesicht?»

«Nein, Liebe, ich liebe dich auch für alles andere noch. Du bist die einzige Frau, die ich jemals für alles geliebt habe, was an ihr ist.»

«Und du wirst keine andere für alles lieben?»

«Nein, keine außer dir.»

«Bitte, du mußt eine andere lieben und glücklich sein. Ich werde nicht böse sein.»

«Liebe, wenn wir verheiratet sind...»

«Nein, bitte, sprich das nicht aus», sagte sie. «Wir werden nicht verheiratet sein.»

«Willst du mich denn nicht heiraten?»

«Doch», sagte sie. «Ja, Lieber, genau das will ich mit all meinem Herzen.»

Nach einer halben Stunde schickte der Arzt mich hinaus, alle Proteste Sabbys vermochten nichts dagegen. Er sagte aber, ich dürfte nach einer Stunde wiederkommen und ihr noch einmal gute Nacht sagen.

Draußen im Korridor sprach ich mit ihm.

«Es geht ihr doch wieder gut, nicht wahr?» sagte ich. «Sie hat doch Kraft genug, um durchzukommen?»

«War das Ihr Eindruck?»

«Sie kann doch nicht sterben. Es ist soviel Leben in ihr.»

«Es war eine Gehirnoperation», sagte der Arzt. «Sie gelingt nicht immer.»

«Aber es ist doch schon zehn Tage her.»

«Man kann nie etwas Bestimmtes sagen, Sie müssen eben tapfer sein und warten. Sie ist auch eine tapfere Frau, Sie müssen sich ein Vorbild an ihr nehmen.»

«Ich weiß, sie ist viel tapferer als ich.»

«Sie hat nicht erwartet, die Operation zu überleben. Das ist langsam in ihr großgewachsen, binnen zwei Jahren.»

«Warum hat sie sich nicht früher operieren lassen?»

«Vielleicht hätte sie dann diese beiden Jahre nicht mehr erlebt. Mag sein, daß ihr daran lag.»

«Und hat sie Schmerzen ausgestanden?»

«Im letzten Jahr muß sie furchtbare Schmerzen erduldet haben.»

«Und ich wußte es nicht! Ich hatte nur mein Glück im Sinn, und all die Zeit über war sie sterbenskrank.»

«Sie hätten ja nichts tun können.»

«Ein Weg hätte sich gefunden, ihr zu helfen.»

«Sie können ihr jetzt helfen, indem Sie Kraft zeigen», sagte der Arzt.

«Gut, ich werde stark sein, wenn ich bei ihr bin.»

«Das nutzt nichts. Sie wird sofort fühlen, daß Sie nur vor ihr Kraft zeigen. Sie müssen immer stark sein.»

«Ja, natürlich, Sie haben recht. Ich will versuchen, immer stark zu sein, ganz wie sie.»

Ich konnte es nicht ertragen, die ganze Zeit im Warteraum zu verbringen, und so verließ ich das Krankenhaus. Ein Mond, der gelb war von all dem Staub, der von der Ebene aufgestiegen war, kam gerade herauf. Es war das erste Mal seit jener Nacht am Tadsch, daß ich den Mond so wiedersah. Das war vor einem Monat gewesen, damals. Nicht einmal ein ganzer Monat – 25 Tage. Aber es war unmöglich, eine Zeit wie diese nach dem Kalender zu zählen. Zeit ist eine ganz persönliche Sache. Einmal hatte Peter mir Wilde zitiert: «Leiden ist ein einziger langer Augenblick. Man kann ihn nicht in Jahreszeiten teilen.» So war es, ein einziger langer Augenblick. War es für Sabby auch so gewesen, ein endloser Moment?

Ich trat auf die Auffahrt hinaus und schlenderte zur Straße hinüber. Meine Tonga wartete noch vor dem Gittertor. Als ich vorbeikam, schrie der Kutscher hinter mir drein.

«Ich brauche dich noch nicht», sagte ich.

Er dachte, ich versuche ihn zu prellen, und fuhr mit der Tonga hinter mir her.

«Vier Rupien», sagte er.

«Gleich.»

«Ich nicht mehr warten. Vier Rupien.»

«Ich komme gleich zurück.»

«Zahlen gleich.»

«Ich hab jetzt nichts bei mir.»

Ich schlenderte die Straße hinunter, die Tonga fuhr auf gleicher Höhe neben mir her, die Glöckchen des Pferdes bimmelten. Die ganze Zeit sprach der Kutscher zu mir herüber, verlangte immer wieder sein Geld.

Ich beachtete ihn nicht, zuerst absichtlich, dann vergaß ich ihn wirklich und dachte an Sabby. Etwa eine Viertelstunde ging ich so weiter, dann machte ich kehrt. Er fuhr wieder auf der Straße neben mir her, in Hindustani vor sich hin brummend. Ich stieg trotzdem nicht ein, ich wollte gehen, obwohl die Luft unleidlich heiß war und mein Arm nach dem vielen Geschüttel des Tages arg schmerzte.

Um zehn Uhr kehrte ich in Sabbys Schlafzimmer zurück. Sie lag regungslos, von der Nachttischlampe fiel ein schwacher Schein auf ihr Gesicht. Sie lächelte mir leicht zu, das meiste Lächeln aber war in ihren Augen. Ihre Augen schienen in diesem sanften Licht schöner als je, tiefer und dunkler und großherziger und schrecklich liebreich.

Als ich in diese Augen sah, wallte meine ganze Liebe in mir auf, und wenn ich mir nicht so streng vorgenommen hätte, stark zu bleiben, hätte ich wieder aufgeweint vor unsagbarer Freude über diese Liebe und über all die Traurigkeit darin. Ich setzte mich ans Fußende ihres Bettes, ich fand ihre Hand unter dem Laken, nahm sie in die meine und preßte sie gegen mich.

«War ich sehr häßlich?» fragte sie mit schwacher Stimme.

«Warum sollst du häßlich gewesen sein, Liebe?»

«Weil ich gesagt habe, wir wollen nicht vom Heiraten sprechen.»

«Natürlich warst du nicht häßlich. Wir wollen auch jetzt nicht davon sprechen. Wir wollen darüber in einiger Zeit sprechen.»

«Lieber, bitte, sprich jetzt.»

«Was sollen wir davon reden?»

«Nach dem Krieg, wie wird dann unser Haus sein, Lieber?»

«Es hängt davon ab, ob wir in London leben oder auf dem Land.»

«Laß uns auf dem Land leben. Manchmal können wir auf einen Sprung nach London fahren.»

«Dann wird unser Haus ein sehr altes Haus in Gloucestershire sein. Vielleicht wird es nur ein ganz kleines Landhaus sein, denn wir werden gar kein Geld haben, aber es wird schöne alte Bäume darum geben und einen wunderbaren Duft, und im Winter werden wir vor einem großen Kaminfeuer sitzen.»

«Was wird im Sommer sein?»

«Im Sommer wird der Garten voll herrlicher Blumen sein, und du wirst gar nichts zu tun haben, als zwischen ihnen auf und ab zu gehen und sie im Haus in Vasen anzuordnen.»

«Und wie wird Michael seine Zeit verbringen?»

«Ich werde meine Zeit damit verbringen, daß ich ein alter langweiliger Schwätzer bin, der den Leuten in den Ohren liegt mit Indien und dem Krieg und einer seltsamen Nacht, die wir einmal in einem Krankenhaus in Delhi verbracht haben.»

«Wirst du nicht auch ein wenig arbeiten?»

«Darum werden wir ja auf dem Lande leben, damit ich nicht viel zu arbeiten brauche. Vielleicht werde ich einen kleinen Laden an der Straße betreiben und Pflaumen und Äpfel verkaufen und sehr blaßfarbige Getränke.»

«Kann ich dabei helfen, bitte?»

«Du kannst im Garten Tees veranstalten, Liebe. Jeder, der vorbeikommt an unserem Haus, wird anhalten, nur um dich zu sehen.»

«Weil ich so merkwürdig bin?»

«Nein, weil du schön bist wie die Blumen. Und du wirst eine Blume im Haar haben, wie du es tatest, als wir im Himalaya waren.»

«Können wir nicht auch kleine Ponies haben wie im Himalaya?»

«Wir wollen sehen, ob wir uns Ponies leisten können. Wir werden Johannisbeeren ziehen, damit verdient man viel Geld. Dann können wir auch Ponies halten.»

«Glaubst du, daß Bahadur mitkommen wird?»

«Bahadur hat seine Familie in Indien, und ich glaube nicht, daß er sehr gern nach England kommen möchte.»

«Wir wollen uns aber vorstellen, daß Bahadur auch da ist.»

«Natürlich. Wir stellen uns das vor.»

«Werden wir für die Ferien verreisen?»

«Wenn dir das Haus langweilig wird, können wir verreisen.»

«Nein, Lieber, das Haus wird nie langweilig sein, aber es ist so lustig, ein bißchen wegzugehen.»

«Gewiß, wir werden nach Wales fahren, und ich werde dich auf die Berge hinaufführen.»

«Du wirst Sabby hinaufschleppen müssen, Lieber.»

«Nichts dergleichen werde ich tun.»

«Das ist sehr gemein von dir.»

«Liebe, du weinst ja. Ist das, weil ich gemein bin und dich selbst auf die Berge hinauflaufen lasse?»

«Nein, es ist nur eine kleine Träne, die ist mir ausgekommen.»

«Jetzt brauchen wir gar keine Tränen mehr.»

«Es ist eine glückliche Träne. Sie ist gekommen, weil ich sehr glücklich bin.»

«Wirklich?»

«Ja, Lieber, wirklich.»

«Du hast es diesmal richtig gesagt – du hast gesagt ‹wirklich›. Dein Englisch ist schon sehr gut.»

«Früher einmal hast du gesagt, daß du es lieber hast, wenn ich wirkrich sage.»

«Es macht nichts aus, ob du es so oder so sagst, wenn du nur wirklich glücklich bist.»

«Sehe ich nicht wirklich glücklich aus, Lieber?»

«Doch, du siehst glücklich aus.»

«Ich wollte gern, du lägst dicht bei mir, dann wäre ich noch glücklicher.»

Ich ließ mich auf meine linke Seite herab und legte meinen Kopf neben ihren aufs Kissen. Sie schob ihren Körper enger an meinen heran, ich konnte ihn durch das Laken zittern fühlen. Ich preßte mich dagegen, allmählich hörte dies Zittern auf, und sie lag ganz still und friedvoll.

«Ich werde getadelt werden, daß ich mit meiner schmutzigen Uniform auf deinem Bett liege», sagte ich.

«Bitte, nicht gehen, Lieber. Mir ist die schmutzige Uniform egal.»

«Die Schwester wird mich bald hinausweisen.»

«Wir wollen nicht an das denken, was sein wird», sagte sie. «Laß uns an das denken, was gewesen ist. Ich will lieber an das Moskitonetz denken.»

«Wir werden auch in England ein Moskitonetz haben, um uns immer daran zu erinnern.»

«Lieber, du sahst so nett aus unter dem Moskitonetz. Gewiß hat noch nie jemand unter einem Moskitonetz halb so nett ausgeschaut.»

«O-seiji», sagte ich. «Erinnerst du dich, wann du mir dieses Wort beigebracht hast?»

«In der Ghari, als du mich in den Basar führtest. Du hast mir Schmeicheleien gesagt.»

«Natürlich.»

«Du hast sie damals nicht ernst gemeint?»

«Doch habe ich das, Liebe.»

«Jetzt bist du an der Reihe, jetzt mußt du dich an etwas erinnern.»

«Ich erinnere mich, wie du in der Schule warst und den Wischlappen neben der Tafel aufhängen wolltest, wo doch gar kein Haken war, und wie du dich immer gewundert hast, warum er auf den Boden gefallen war.»

«Du machst dich über mich lustig.»

«Und dann erinnere ich mich, wie du gesagt hast: ‹Wenn sie zu Haus ist, was ist dann eine Bombay-Ente?› Du hattest den Ausdruck gehört und wolltest mir zeigen, daß du den Spottvers auf die Bombayer Trockenfische kanntest.»

«Das war doch gut, nicht wahr?»

«Gewiß, Liebe, nur klang es so sonderbar, daß ich gar nicht verstand, was es sollte.»

«Ich finde, du bist häßlich zu mir.»

«Und für alles das hatte ich dich so lieb wie für deine Augen. Und ich sagte noch viel närrischeres Zeug auf japanisch.»

«Du meinst doch, daß es gut war, einander zu lieben?»

«Auch dafür hatte ich dich lieb.»

«Ich hoffe, es war gut für dich?»

«Für mich war es das Allerschönste, was es geben konnte», sagte ich. «Aber für dich?»

«Lieber, es war wie leise einschlafen und hübsche Träume haben. Es war gar nicht so wie Leben sonst ist.»

«Ich meine, es war, wie Leben ist», sagte ich. «Und alles andere wie Totsein.»

Als die Pflegerin hereinkam, sagte sie:

«Wenn ihr beiden nur sehen könntet, wie ihr ausseht! Einer von euch den Kopf eingebunden, der andere den Arm in Gips. Als ob ihr euch gegenseitig die Treppe hinuntergeworfen hättet.»

Sie sah nach ihrer Uhr, dann blickte sie mich streng an, und ich verstand, daß ich gehen mußte, weil Sabby müde war und schläfrig. Ich erinnere mich, daß ich gar nicht wußte, wo ich schlafen würde, auch keinen Pyjama hatte und keine Waschsachen. Ich dachte gar nicht an Sabbys Hotelzimmer, bis sie selbst es in Vorschlag brachte, und dann meinte ich, daß ich dort lieber sein würde als sonstwo. Bahadur hatte den Schlüssel, ich konnte ihn in der Tonga mit nach Hause nehmen.

Aber das bedeutete, daß ich Sabby die ganze Nacht nicht sehen sollte. Sie war krank, und ich wollte die Nacht bei ihr wachen; wollte an ihrer Seite liegen. In ihrem Bett schlafen war nicht soviel wie an ihrer Seite sein, und wenn sie nachts mit Kopfschmerzen aufwachte, würde ich nicht zur Stelle sein, um ihr den Schmerz fortzuküssen.

«Ich möchte lieber hierbleiben», sagte ich zu der Schwester.

«Das ist leider unmöglich.»

«Ich werde in dem Lehnstuhl schlafen», sagte ich. «Ich werde sie nicht stören.»

«Der Doktor hat gesagt, daß sie alleingelassen werden muß.»

«Dann lassen Sie mich wenigstens noch einmal kommen. Ich werde für eine Stunde weggehen, dann komme ich nur für fünf Minuten wieder und sage gute Nacht.»

«Aber nächstes Mal dürfen es wirklich nicht mehr als fünf Minuten sein.»

«Gut, ich verspreche, daß es nicht länger sein wird.»

Bahadur wartete noch draußen. Den ganzen Abend über hatte er wie ein Hund Wache gehalten. Zwei Nächte hatte er vor Sabbys Tür geschlafen, und er wollte wieder hier schlafen. Aber ich sagte ihm, daß ich ihn in einer Stunde ins Hotel bringen würde und daß wir dann am Morgen zurückkommen würden. Er hatte noch immer diesen traurigen verwirrten Blick und nickte mit einer Art dumpfer Ergebung in Unvermeidliches.

«Mach dir keine Sorgen», sagte ich. «Alles wird jetzt gut werden. Sie wird jetzt gesund.»

Ein Lächeln kam in sein Gesicht, aber die Augen blieben gleich, ihre Hoffnungslosigkeit schüchterte mich ein; so wandte ich mich ab, ging den Korridor entlang und trat aus dem Hause; da stand der Tongamann und wartete.

«Jetzt fahren?» fragte er.

«Noch nicht, du mußt noch länger warten.»

«Zahlen Geld.»

«Komm wieder», sagte ich.

Zornig kam er hinter mir her, sein hoher, unordentlich gebundener Turban schaukelte auf seiner braunen Stirn. Er tat mir leid, er hatte so Angst, ich wollte ihn prellen. Aber ich hatte gar kein Geld. Ich würde ihm meine Uhr gegeben haben, aber die hatten die Japs behalten, und einen anderen Wertgegenstand hatte ich auch nicht bei mir. Ich würde schon Geld für ihn auftreiben. Ich konnte es von Sabby nehmen oder von der Schwester leihen oder das Hotel beauftragen, ihn auszuhalten.

«Wart bei der Auffahrt», sagte ich.

«Sechs Rupien», sagte er. «Zahlen sechs Rupien.»

«Später dann.»

Auf seinen bloßen braunen Füßen trottete er neben mir her. Er war dürr und alt und sehr zornig, und sein Schnurrbart sah aus wie eine Bürste, die schon bessere Tage gesehen hat. Ich ließ ihn 100 Meter so neben mir herlaufen, dann war mir seine Gegenwart plötzlich lästig, und ich fuhr ihn an:

«Marsch zurück und wart!»

Er blieb stehen und sah mich unsicher an. Mit letztem Mut wiederholte er:

«Sechs Rupien.» Ich ließ ihn stehen und ging weiter.

Ich schritt die Avenue hinab, die Straßenlaternen übergossen die trockenen, staubbedeckten Blätter an den Bäumen mit gelbem Licht. Der Mond stand jetzt hoch und war sehr hell, der Himmel ringsum stand in fahlem Schein. Der trockene Staub schwebte in der Luft, meine Füße waren staubbedeckt von der Straße.

Aber ich dachte nur an das saubere, von dem Ventilator gekühlte Zimmer im Krankenhaus und an Sabbys Gesicht auf dem Kissen. An Sabbys Lippen, die warm und weich und leidenschaftlich auf den meinen ruhten, und an ihre lebhaften Hände. Man konnte nicht glauben, daß sie sterben würde. Ich konnte mir nicht vorstellen, daß ihr Körper tot wäre oder daß der Glanz der Liebe und der Innigkeit in ihren Augen erlöschen sollte. Sabby war warm und lebendig, und ich liebte sie, also konnte sie nicht sterben. Und als ich das begriffen hatte, stieg eine neue Freude in mir auf, erblühte aus all der schweren Angst, die in meinem Leibe hockte, wie Blüten, die plötzlich aus dem dürren Strunk eines Kaktus aufblühen. Ich war in gehobener Stimmung, alles hätte ich umarmen mögen, sogar den Staub liebte ich und die schmutzigen Gestalten, die auf dem Pflaster hockten, und den zornigen Tongakutscher. Und über alle Maßen liebte ich Sabby; diese Liebe hob mich wie auf einer Welle hoch, brandete durch mich, überall war sie in mir, in meinem Rücken, in meinen Schultern, und sogar in meinem eingepferchten Arm fühlte ich sie wie eine lindernde Salbe.

Es war halb zwölf, ich ging raschen Schrittes zurück. Als ich an das Gitter des Krankenhauses kam, war ich zehn Minuten zu früh zur Stelle. Ich hätte hineingehen können, aber ich dachte, ich müßte dann auch zehn Minuten früher wieder gehen. Ich wollte das noch vor mir haben, diesen Weg zu ihr und dieses Gute-Nacht-Sagen. So wartete ich draußen.

Als ich endlich das Krankenhaus betrat, lag es in tiefer Stille, meine Schritte hallten auf dem Korridor. Niemand schien noch auf zu sein. Die Korridore waren halbdunkel, man hatte nur ein paar Birnen brennen lassen. Und während ich so ging, dachte ich: Schrecklich würde das sein, jetzt eben nur gute Nacht zu sagen und dann zu gehen. Wie ein Weggehen für Monate würde es sein. Wie gern würde ich vor ihrer Tür schlafen wie Bahadur, dann könnte ich öfters nach ihr sehen und sie zuweilen in ihrem Schlaf küssen.

Ich kam durch den letzten Gang. Eine Tür wurde geöffnet, die Schwester kam heraus. Es war Sabbys Tür. Langsam kam die Schwester auf dem glatten Boden näher. Sie ging, als ob sie sehr müde wäre. Dann blieb sie stehen, ich ging auf sie zu, aber ich trat nicht an ihr vorbei, denn sie war mitten auf dem Gang stehengeblieben und blickte mich an mit ihren sehr müden Augen.

«Es werden wirklich nur fünf Minuten sein», sagte ich.

«Der Arzt ist gerade drin», sagte sie.

«Soll ich warten?»

Darauf antwortete sie nicht; ihre Schwesternhaube war schön weiß, aber ihre Augen waren sehr müde und matt.

«Nun?» fragte ich.

«Sie wußten doch, daß es geschehen würde, nicht wahr?»

«Was geschehen?»

«Vor einer halben Stunde. Sie starb plötzlich.»

«Starb?» sagte ich. «Sabby?»

Sie nickte, und alles, was ich sehen konnte, waren ihr Gesicht, das in dem fahlen elektrischen Licht nickte und immer wieder nickte, und ihre traurigen Augen, die mich anblickten, eingerahmt von dem weißen Linnen.

«Ja», sagte sie, und ich hörte ihre Stimme durch Wolken wie aus einer anderen Welt, «wir wußten, daß dies plötzlich kommen würde. Und ganz ohne Schmerz. Sie hatte gar keine Schmerzen. Sie war sehr glücklich, als sie starb. Sie sagte mir, als Sie gegangen waren, daß sie wußte, was jetzt geschehen würde. Sie wollte nicht, daß es lang dauere, um Ihretwillen, und es kam so, wie sie es wünschte. Und Sie sollten wissen, daß sie glücklich war.» Ich fühlte ihre Hand auf meinem linken Arm. «Möchten Sie sie sehen?»

«Nein. Ich möchte sie nicht sehen. Ich könnte es nicht ertragen, sie so zu sehen, ohne Leben.»

«Möchten Sie hierbleiben?»

«Nein. Ich möchte nicht bleiben.»

«Können wir nichts für Sie tun?»

«Nein, nichts.»

8 Ich ging zwischen den verschwommenen Wänden zurück. Als ich um die Ecke bog, sah ich die Schwester noch einmal, die regungslos im Korridor stand und mir nachblickte. Dann sah ich alle die Türen an mir vorbeigleiten, auch den indischen Pförtner, der am Eingangstisch über seinem Buch brütete. Ich ging hinaus und die Stufen hinab.

Jemand stand mir gegenüber, ein gelber Turban, ein braunes Gesicht, und sprach auf mich ein. Ich konnte seine Stimme schwach hören. Ich versuchte, mich zu erinnern, wer das war. Dann sah ich das Pferd und die Tonga, und alles erschien mir in der Erinnerung wie etwas weit Zurückliegendes. Es kam mir jetzt wieder zum Bewußtsein, gleich darauf aber tauchte es wieder unter wie ein Stück von einem Wrack, das auf dem Meere treibt, und ich stand nur so da und wartete, bis ich es wieder greifen könnte. Endlich hörte ich mich sagen:

«Ich will dir deinen Fuhrlohn besorgen.»

Ich machte kehrt, ging die Stufen wieder hinauf und den Korridor entlang. Irgendwo stieß ich auf Bahadur. Wir starrten einander lange an. Er versuchte, etwas zu sagen, aber nur sein Adamsapfel sprang.

«Ich habe kein Geld», sagte ich.

Seine Hand tastete nach der Blusentasche. Er zog alles hervor, was er an Banknoten darin stecken hatte, und reichte es mir her, ohne danach zu sehen. Ich suchte eine Zehnrupiennote heraus, den Rest schob ich ihm zurück. Er schüttelte den Kopf, so steckte ich es ihm selbst in die Tasche.

«Ich muß eine Tonga bezahlen», sagte ich.

«Fahren wir jetzt ins Hotel zurück?» brachte er hervor.

«Nein. Ich will nicht zurück.»

«Sie haben keinen Schlafplatz.»

«Ich werde irgendwo unterkommen. Dorthin will ich nicht zurück.»

«Sie werden Bahadur brauchen.»

«Ich helfe mir selbst.»

«Heute nacht müssen Sie Bahadur haben, um auf Sie aufzupassen.»

«Nein», sagte ich. «Bleib nur hier, ich komme morgen früh.»

Ich ging wieder, der Tongamann tauchte aus dem Schatten auf und streckte seine Hand aus. Ich legte die Banknote hinein, er prüfte sie aufmerksam, dann berührte er seinen Turban, grunzte und ging zurück zu seiner Tonga. Ich hörte die Glocken seines Pferdes bimmeln, als er die Auffahrt hinunterfuhr.

Ich schritt auf der Straße dahin unter den dürren Bäumen. Die Nachtluft war noch immer heiß, der flammende Mond stand hoch. Weißgekleidete Gestalten glitten wie Geister an mir vorbei. Ich ging weiter, ohne Anstrengung, gedankenlos. Ich sah ein paar Ladenschilder, dann den Eingang zu einem Kino, aus dem die Zuschauer der letzten Vorstellung in einer Welle kalter Luft herausströmten. Dann das Fenster von Davicos Bar. Ich erinnerte mich, daß ich Peter bei Davico getroffen hatte, als ich von meinem Erholungsurlaub in Simla kam, und daß ich hier zum erstenmal gehört hatte, wir würden nach Bombay kommen. Dies kam wie eine jähe Welle von Schmerz über mich; aber der Schmerz starb sofort dahin. Ich war wie tot. Irgendwie dachte ich überhaupt nicht an Sabby.

Dann kam ich zu einem grasbewachsenen Rondeau. Einige Bettler und Betrunkene und Paare lagen hier herum, dort und da waren Blumenbeete. Der Mond sog die Farbe aus den Blumen, aber einige waren nachtduftend, und die Luft war schwer von ihrem Geruch. Ich trat aus ihrer Aura heraus, mir ekelte vor dem Duft. Ich wollte weder Blumen sehen noch riechen. Ich ging weiter, dann legte ich mich auf den Boden. Der Grund war hart wie ein Tisch. Ich ließ den Kopf zurückfallen, jetzt gab es nichts mehr als den Himmel und den Mond. Ich wollte über den Mond nachdenken, aber mein Gehirn hatte aufgehört zu funktionieren. Ich hatte nur dieses Gefühl des Totseins, einer unendlich schweren Totheit, die mich mit ihrem Gewicht auf die trockene, harte Erde zwang.

Es schien mir eine unendliche Zeit, die ich so dalag. Als ich aber wieder aufstand, wiesen die Zeiger einer Straßenuhr erst auf eins, eine einzige Stunde war verstrichen, seit die Schwester mit ihren müden grauen Augen mitten auf dem Korridor gestanden hatte. Ich ging wieder weiter. Eine neue Schwere war in mir, ich mußte meine Füße schleppen. Ich zwang mich zu gehen, denn ich wollte müde werden bis zur Erschöpfung, mich fallen lassen und sterben. Nur hatte ich Angst, daß ich nicht sterben würde, sondern aus einem schweren Schlaf aufwachen zu etwas, was schlimmer war als der Tod.

Ich sah den hell beleuchteten Eingang eines Hotels und ging hinein. Es war ein hoher, moderner Bau, weiß und lichtüberflutet. Ich stieg die Stufen hinauf. Am Empfangstisch in der Halle stand ein Inder im Frack.

«Ich brauche ein Zimmer», sagte ich.

«Ich bedaure», sagte er mit entschuldigendem Lächeln, «es ist unmöglich. Wir sind bis Juli besetzt.»

«Bringen Sie mich irgendwo unter, es ist nur für diese Nacht.»

Er musterte mich, sah meine schmutzige Uniform und meinen Arm im Gipsverband. Ich tat ihm wohl leid wegen des Gipsverbandes.

«Ich will sehen, was ich tun kann», sagte er. «Bitte, warten Sie. Ich frage an.» Er hob das Telefon ab.

Ich wartete, aber es war mir nicht sehr wichtig, was geschah. Lange mußte ich warten, in der großen Halle auf und ab gehen. So wartete ich noch, als ich einen Mann und eine Frau durch das Tor hereinkommen sah. Sie waren sehr gut angezogen und hübsch, sie gingen eingehängt. Die Frau hatte ihr weiches Haar in Fluten über die Schultern gekämmt. Sie kamen quer durch die Vorhalle, dann sahen sie mich, zögerten und blieben stehen. Es waren Mario und Dorcas.

«Michael», sagte Mario. Ein fragender Unterton war in seiner Stimme, ganz sicher war Mario nicht, ob ich es war.

«Mario.»

«Mein Gott», sagt er, «ich dachte doch gleich, daß du es wärst. Du lieber Gott, was hast du mit dir angestellt?»

«Es ist alles in Ordnung mit mir», sagte ich.

«Wann hast du Imphal verlassen?»

Ich konnte zuerst den Gedanken nicht fassen. Die Wahrheit schien so unsinnig. Dann brachte ich sie zustande.

«Heute morgen.»

«Aber was tust du hier?»

«Ich versuche, ein Zimmer zu bekommen. Was tut ihr?»

«Wir haben gestern geheiratet», sagte Mario. «Das ist unser Hochzeitsurlaub. Morgen fahren wir in die Berge.»

«Das ist herrlich», sagte ich, «wundervoll. Wenn ich sauber sein werde, möchte ich gern die Braut küssen.»

«Wie geht es Sabby?» fragte Dorcas.

«Sabby?»

«Haben Sie sie in letzter Zeit gesehen?»

«Ja», sagte ich.

«Geht es ihr gut?»

«Oh, doch... ja.»

Der Mann vom Büro kam zurück und lächelte mir zu.

«Eine kleine Vorratskammer steht zur Verfügung», sagte er. «Wir können ein Bett darin aufstellen.»

«Sie müssen zu uns kommen», sagte Dorcas. «Sie sind in einem schrecklichen Zustand – mit diesem Arm können Sie nicht für sich selbst sorgen.»

«Es wird alles gehen», sagte ich, «ich nehme diese Kammer.»

«Der Herr kommt mit uns», sagte sie zu dem Inder.

«Ihr seid auf der Hochzeitsreise. Ich möchte lieber in der Vorratskammer schlafen.»

«Nichts dergleichen wirst du tun», sagte Mario. «Wir haben ein Feldbett bei uns, einer von uns kann im Baderaum schlafen.»

Ich ging mit ihnen hinauf und folgte ihnen in ihr Zimmer, weil ich nicht mehr darüber reden mochte. Es war ein geräumiges, luftiges Zimmer, von einem Ventilator gekühlt. Ich saß in einem Lehnstuhl, während Dorcas in den Baderaum ging und dort ihr Abendkleid gegen einen seidenen Morgenanzug vertauschte. Mario begann das Bett aufzuschlagen. Sie waren beide sehr geschickt, sahen gut aus, und sie waren schrecklich verliebt. Ich konnte sehen, wie verliebt sie waren, wenn sie einander anblickten oder wenn ihre Hände einander berührten.

Sie wollten mich in ihr eigenes großes Bett legen, mit seiner weichen Matratze und dem hohen Moskitonetz. Ich mußte eine Menge reden, bevor sie mir das Feldbett im Baderaum überließen. Ich wollte sie nicht kränken, aber ich mußte unbedingt in dem Baderaum schlafen, denn ich hatte Angst vor den Falten des Netzes und wollte in keinem geräumigen Bett liegen, so wie ich den Duft der Blumen gefürchtet hatte. Es war besser, man lebte so weiter, innerlich tot. Noch immer fühlte ich mich ganz tot und schwer, und ich hatte nur den Wunsch, daß sie sich beeilen und mich auf meinem Feldbett im Baderaum allein lassen sollten.

Ich sagte ihnen nichts von Sabby. Um ihnen etwas zu sagen, hätte ich es in Worte kleiden müssen, und ich hatte Angst vor diesen Worten. Auch wollte ich sie nicht traurig machen. Sie sollten weiterhin lächeln und verliebt sein und ihre Flitterwochen haben. Die Traurigkeit wollte ich für mich haben, alles andere sollte seinen Gang weitergehen. Ich war beinahe eifersüchtig auf die Traurigkeit.

Als sie das Bett fertig hatten, ging ich in den Baderaum, Mario half mir aus den Kleidern und steckte mich in eines seiner Pyjamas. Es war ein schöner Pyjama aus schwarzer Seide, luxuriös und geschmackvoll wie alle Dinge Marios. Dann lag ich auf dem Bett, Dorcas kam herein und wusch mein Gesicht mit ihrem Schwamm und meine schmutzige Hand, soweit sie aus dem Verband herausragte. Einzeln wusch sie meine Finger und die Furchen dazwischen und trocknete alles sorgsam mit einem Handtuch ab. Mario saß in der Ecke und plauderte herzlich.

«Du siehst jetzt besser aus», sagte er. «Als ich dich erst sah, dachte ich, du wärst einer von den Toten des Krieges und aus dem Grabe wiedererstanden.»

«Morgen bringen wir Sie wieder ins Krankenhaus», sagte Dorcas.

Sie breitete ein Laken über mich und stopfte es überall in den Bettrand, Mario schleppte ein Tischchen aus dem Nebenraum herüber und stellte es neben mich, ein Glas Wasser darauf, Zigaretten und sein Feuerzeug, weil ich ja mit Streichhölzern nicht hantieren konnte. Sie standen beide in der Tür, dicht aneinandergeschmiegt, Mario dunkel und sanft, Dorcas sonnverbrannt in einer Kaskade von blondem Haar, mit ihren offenen, gescheiten englischen Augen.

«Wohin, sagtet ihr, fahrt ihr morgen?» fragte ich.

«Erst bringen wir dich unter. Dann fahren wir nach Kaschmir.»

«Kaschmir ist bezaubernd im April.»

«Wir freuen uns schon auf die Berge.»

«Wart nur, bis ich dich auf sie alle hinaufgetrieben habe», sagte Mario.

«Du kannst mich hinaufschleppen, wenn du magst. Andernfalls bleibe ich unten und begnüge mich damit, kalte Drinks zu schlürfen. Ist das nicht nur gerecht?»

«Aber gewiß», sagte ich. «Sie dürfen ihm nicht erlauben, daß er Sie unterdrückt.»

Im Hinausgehen löschten sie das Licht aus, dann zogen sie behutsam die Tür zu. Ich hörte ihre leisen Stimmen nebenan. Zweimal dumpfe Aufschläge, das waren offenbar Marios Schuhe, die zu Boden fielen. Dann bildete ich mir ein, ich könnte hören, wie Dorcas ihr Haar bürstete. Sie bürstete es sehr lang, und dann stellte sie irgendwelche Dinge auf die Glasplatte des Toilettentisches. Etwas später hörte ich einen Schalter knipsen, und das einzige Licht, das noch unter der Tür hereinschimmerte, war der schwache, orangefarbene Schein der Nachttischlampe. Dann erlosch auch sie. Sie sprachen noch eine Weile, aber nur mehr stockend, ihre Stimmen klangen wie ein Murmeln durch die Tür.

Das Badezimmer war dunkel bis auf die fahlen Streifen von Mondlicht, die die Rouleaus durchließen. Ich starrte in die Finsternis. Und dann, aus der Totenstille in mir herauf, stieg etwas an, stoßweise, hob sich, brach sich Bahn. Leise zuerst, dann erstickt unter dem Kissen, in das ich mich vergrub, begann ich zu schluchzen.

Ernest Hemingway

Gesammelte Werke
3584 Seiten
Kassette in 10 Bänden
rororo 31012

In unserer Zeit
15 stories. rororo 278

Männer ohne Frauen
14 stories. rororo 279

Der Sieger geht leer aus
14 stories. rororo 280

Der alte Mann und das Meer
rororo 328

Schnee auf dem Kilimandscharo
6 stories. rororo 413

Über den Fluß und in die Wälder
rororo 458

Paris – Ein Fest fürs Leben
rororo 1438

Die Sturmfluten des Frühlings
rororo 1716

ro
ro
ro

C 1085/5

Ernest Hemingway

In einem anderen Land
rororo 216

Haben und Nichthaben
rororo 605

Die grünen Hügel Afrikas
rororo 647

Tod am Nachmittag
rororo 920

Insel im Strom
rororo 4080

Die Nick Adams Stories
rororo 5091

Der Abend vor der Schlacht
Stories aus dem spanischen Bürgerkrieg
rororo 5173

Fiesta
Roman
rororo 5

49 Depeschen
Ausgewählte Zeitungsberichte und
Reportagen aus den Jahren
1920 – 1956
rororo 1533

ro
ro
ro

C 1085/5 c